Emilie von Drachenfels
Der Ewige Palast

Zu diesem Buch

Die Seuche hat alles erfasst — Körper, Gedanken, Erinnerungen. Das, was einst Menschen waren, taumelt wie zerrissene Marionetten aus den Außenbezirken, löst die letzten Fäden der Ordnung und stürzt alles in ein schwarzes Loch aus Wahnsinn und Zerstörung. Die Straßen sind leer, und die letzten Überlebenden tragen die Seuche wie eine unausweichliche Last. Menschen zersplittern, sobald sie berührt werden. Es gibt kein Schreien mehr, keine Wut, nur eine schreckliche Stille, in der das Unvermeidliche Raum greift. Die Seuche hat die Zeit selbst zerbrochen, jedes Versprechen zunichtegemacht. Elara steht zwischen den Ruinen, die einst ihre Welt waren. Sie weiß: Es gibt keinen Ort mehr, an dem die Zeit nicht zersplittert. Was bleibt, ist nur ein endloser Fall ins Nichts.

Emilie von Drachenfels, geboren 1996 in Prag, ist Kunsthistorikerin und Ethnologin. Sie lebt und arbeitet in Berlin-Charlottenburg. (Emilie von Drachenfels ist ein Pseudonym.)

Emilie von Drachenfels

DER EWIGE PALAST

Die Augen der Medusa I

ROMAN

TRIGGERWARNUNG

Dieser Roman ergründet die Bedingungen menschlicher Existenz in all ihrer Konsequenz — körperliche und psychische Extremzustände, Gewalt, Machtmissbrauch und tiefgreifende existenzielle Krisen. Wer um seine emotionale Stabilität besorgt ist, möge bedenken, ob er bereit ist, sich diesen auszusetzen.

Ungekürzte Originalausgabe

Umschlaggestaltung und Satz: Ticro Goto
Druck und Vertrieb im Auftrag des Autors.

ISBN 979 8 33772 910 7

BYUNG-CHUL HAN

I

HINTER DEM SAMTIGEN VORHANG VERWEILTE SIE, Maribel, ihr Herz ein bebender Vogel im Rhythmus der leisen Musik, die durch den dicken Stoff drang. Ihr Kleid aus Seide, so fein, dass es im Licht zu zerfließen schien, umschmeichelte ihre Figur in einem Karmesinrot, durchzogen von goldenen Fäden, die an die Adern eines schlafenden Drachen erinnerten. Jede Perle ein in Finsternis geborener Stern, ihr tröstender Glanz ein leises Versprechen an die vergessenen Gestaden der Kindheit.

Die Luft im Saal knisterte förmlich, als ein tausendfach gebrochenes Licht durch die bunten Glasfenster strömte und den Raum in ein schweigendes Meer glitzernder Vorfreude tauchte. Die seitlich gelegene Schenke summte vor Leben; Stimmengewirr waberte durch die Luft, Gläser stießen fröhlich aneinander, und über allem schwebte das sehnsuchtsvolle Wehklagen einer Laute.

Maribel spürte die aufgeladene Spannung des Publikums wie ein Flüstern auf ihrer Haut. Der Saal füllte sich, als würde hier gleich ein Wunder geschehen. Es war nicht die schiere Menge der Gesichter, sondern die brennende Hoffnung, die sie teilten, die die Luft zum Knistern brachte. Die sorgfältig arrangierten Plätze boten jedem eine uneingeschränkte Sicht, als ob das Schicksal selbst jeden Einzelnen auserwählt hätte.

Die Grenze zwischen Publikum und Bühne löste sich auf, und eine unsichtbare Brücke aus Erwartung spannte sich über den Raum, während die letzten Sekunden verstrichen wie Sandkörner in einer kosmischen Uhr.

Dieses Theater, in dem sie gleich auf die Bühne treten würde, war mehr als ein Aufführungsort. Es war ein Juwel der verborgenen Künste, ein Schmelztiegel der Imagination, in dem Geschichten zu Offenbarungen wurden und Charaktere über die Grenzen der Bühne hinaus existierten; versteckt wie ein kostbares Geheimnis in den verwinkelten Gassen von Etherion, die sich wie Fäden eines uralten Gewebes durch die Stadt zogen. Kurz: Es war das *Theater der Träume.*

Jenseits des Vorhangs herrschte emsiges Treiben. Maribel konnte das Klirren von Schwertern und das Rascheln von Brokatmänteln hören, während sie auf ihren Auftritt wartete. Kulissen schoben sich knarrend in Position, Requisiten wurden mit theatralischer Gewissheit platziert, während sich Schauspieler in prächtige Kostüme warfen und Bühnenarbeiter letzte Vorbereitungen trafen. Die Luft war erfüllt vom Duft frisch gesägten Holzes, vermischt mit der stechenden Schärfe von Ölfarbe und der zarten Spur von Puder.

Der Saal selbst war ein lebendiges Gemälde. Mythische Landschaften und heldenhafte Gestalten entfalteten sich an den Wänden, als wären sie aus der Leinwand getreten, lebten im flackernden Schein, der den Raum in goldenes Licht tauchte. Filigrane Kerzenständer warfen Schatten, die wie Geister an den Wänden lauerten, wartend auf das, was hinter der Bühne verborgen lag. Verzierte Stühle, von Generationen von Zuschauern geprägt, trugen nun das Gewicht gespannter Körper, deren

Blicke erwartungsvoll der Bühne entgegenfieberten, während die abgenutzten Armlehnen an die tausend Hände erinnerten, die sich in Momenten der Verzückung an ihnen festgeklammert hatten. Und in einer schattigen Ecke, fast unbemerkt, stand ein alter Flügel, dessen leicht abgestumpfte Tasten reglos verharrten, als warteten sie darauf, ihre Melodien in die Stille zu träufeln.

Dann, mit einem letzten, tiefen Atemzug, war es soweit. Der Vorhang teilte sich, und Maribel offenbarte sich dem Publikum. Ein atemloses Schweigen legte sich über den Saal, fragil wie eine Seifenblase, bereit, beim kleinsten Geräusch zu zerplatzen. Alle Blicke waren wie magisch angezogen von ihrer Erscheinung, von der Anmut und Stärke, die sie ausstrahlte. Mit einer Verbeugung, so graziös wie das Aufblühen einer nächtlichen Blume, die sich dem Mondschein neigt, durchdrangen ihre Worte den Raum, jedes ein Fenster zu einer anderen Wirklichkeit. Die Zuhörer lauschten gebannt, während ihre Stimme wie flüssiges Silber in die verwundbarsten Winkel der Seele sickerte — lebendig und voller Gefühl.

»Auf denn, ihr ahnungslosen Glückspilze«, hob sie mit honigsüßer Stimme an.

»Folgt mir in ein Abenteuer, das nicht in süßen Minneliedern erklingt, sondern in den schaurigsten Molltönen eines grausamen Epos. Wir werden eintauchen in die ehrfurchtsgebietenden Nebelwälder, wo uralte Bäume das Sonnenlicht mit knorrigen Ästen erdrosseln und nur zögerlich Strahlen auf moosumsäumte Pfade fallen. In diesen Wäldern, wo Vergänglichkeit nur ein falscher Gedanke ist, der sich durch die verwitterten Fasern der Existenz windet, werden wir den scharfen, metallischen Geschmack des Abenteuers auf unseren Lippen spüren. In den ehrwürdigen Hainen, in denen jedes Blatt, das zur Erde gleitet, wie eine Absolution aus längst vergangener Zeit herniederfällt, vermischt sich das höhnische Gelächter der Toten mit dem Heulen des Windes, der das raue Atmen sturmgepeitschter Meere in sich birgt. Wenn die Chroniken von diesen Orten berichten, so sprechen sie nicht von Ruhm, sondern von Wunden, in die das Röcheln der See und die eisige Umarmung des Wahnsinns für alle Zeit eingeätzt sind.«

Mit jedem Schritt über die Bühne umgarnte Maribel den Raum wie ein hypnotisierender Schmetterling. Wohlüberlegt waren ihre Bewegungen, als wolle sie eine geheime Wahrheit ans Licht zerren. Ihr Tanz war keine sanfte Umarmung, sondern eine glühende Verhandlung mit der Wirklichkeit. Jeder Muskel, jede Sehne wurde zur Waffe im Tanz gegen die Leere. Ohne jeden Schmuck malte sie mit ihren Bewegungen Bilder in die Luft, die das Irdische und das Übernatürliche untrennbar verwoben. Ihre Stimme, mal zart und tröstend, mal kraftvoll und mitreißend, hauchte den verschiedensten Charakteren Leben ein. Eine heilige Geometrie aus Schmerz und Ekstase ließ den Boden erbeben, während das Publikum die unsichtbaren Fäden spürte, die sie mit der Bühne verbanden — als zöge Maribel ihre eigenen Eingeweide heraus, um daraus Kunst zu spinnen.

Dann begann der pantomimische Teil. Es war die Geschichte von Lunara, der Prinzessin und Kriegerin, die sich dem Unrecht in ihrem Königreich widersetzte. Maribels Bewegungen flossen wie Wasser, jeder Blick, jede Pose ein offenes Bekenntnis von Mut und Widerstand. Ihre Augen glühten wie brodelndes Magma, als sie die verzweifelte Kriegerin zum Leben erweckte, deren Kampf wie ein Schock durch die Reihen fuhr. Jedes Handzeichen entblätterte die Geschichte wie fallende Blütenblätter vor den Augen des Publikums.

Der Saal verwandelte sich mit jeder Wendung: dornige Wälder wuchsen aus den Brettern, sternenbesäte Himmel legten sich wie ein glitzerndes Tuch über das Geschehen, und unter ihnen brodelten unerforschte Meere aus schwarzem Glas, deren Flüche in Wellen heranrollten. Das Publikum schluckte, als Maribels Darbietung die Zuschauer tiefer in diese magische Sphäre zog und die Mauern der Realität zu brechen schienen. Holz atmete unter ihren Füßen, verwandelte sich in Fleisch, Farben in lebendiges Gewebe. Blätter wurden zu Klingen, Wellen brachen sich an den Knöcheln der Zuschauer. Das Blut der Niedergemähten strömte in üppigen, weinroten Kaskaden die Wände des Theaters hinab, und der Raum erzitterte unter dem unsichtbaren Gewicht von Leichenbergen. Maribels Worte jedoch erhoben das Tal aus den Nebeln der Vergessenheit, nicht durch profane Bühnenzauberei, sondern durch die schiere Wucht ihrer Erzählkunst, die das Publikum mit der Zartheit einer seidengleichen Guillotine umschloss.

Mühelos glitt sie durch ihre Rollen — Kriegerin, Hexe, Narr, Verliebte, kühne Seefahrerin und stolze Herrscherin. Mit majestätischer Grazie regierte sie über ein Reich der Magie, als wäre sie selbst die unsichtbare Hand, die das Schicksal lenkte. Doch in jeder Rolle offenbarte sich dasselbe: *die Dunkelheit, die alle Menschen in sich tragen*. Jede Figur — sei es die erhabene Königin, der schelmischer Narr oder die verlorene Seele auf der Suche nach ihrem Platz in der Welt — fügte sich nahtlos in das wachsende Mosaik ihres künstlerischen Schaffens.

Als strahlendes Licht die Bühne überflutete und die grausam-göttliche Symphonie aus Blut, Schönheit und Eleganz die verborgensten Winkel ihrer Seelen öffnete, erstarrte der Saal im Höhepunkt der Geschichte. Maribel, ganz in der Maske der Lunara versunken, stand einem Drachen gegenüber — einem gewaltigen Abbild, das ihre tiefsten Ängste und Zweifel in den Schatten ihres eigenen Wesens warf. Mit einer fast schmerzhaften Hingabe erfüllte sie den Moment mit solcher Intensität, dass das Publikum die sengende Hitze des Drachenfeuers auf ihrer eigenen Haut zu spüren meinte. Ihre Bewegungen wurden zu einem Duell mit der Finsternis selbst, ein spiritueller Krieg, bei dem dem Publikum unweigerlich klar wurde: Helden entstehen nicht im Licht, sondern in den schwärzesten Abgründen des Geistes — geschmiedet auf dem Amboss der Agonie, gehärtet in Flammen heißer als die Hölle selbst, erheben sie sich aus der Asche verbrannter Welten.

Maribel stürzte, und mit ihr das Publikum, als hätte sich der Boden unter ihnen aufgetan. Gemeinsam fielen sie in die Dunkelheit, durch die Verzweiflung, in die Hoffnung. Doch im letzten Moment, als die Hoffnung fast erlosch, zerriss ein sanftes Licht die Finsternis. Kein grelles Bühnenlicht, sondern das innere Glimmen einer Seele, die sich selbst erblickt hatte, gespiegelt in Maribels Augen. Sie war nicht länger Lunara — sie wurde zur Pilgerin, verloren in der Suche, doch gefunden auf dem mühsamen Pfad zur Erlösung.

Maribels Bewegungen waren keine Choreografie, sondern ein stilles Gebet, ein mächtiger Ruf, der sich unauslöschlich in die Knochen des Publikums brannte. Kinder saßen mit weit aufgerissenen Augen am Rand ihrer Sitze, während die Erwachsenen in vergessene Träume und längst verloren geglaubte Sehnsüchte versanken. Als der Fluch gebrochen war, blieb der Saal leer — nicht von Menschen, sondern von Worten. Nur das Echo von Maribels Tanz schwebte noch durch die Luft. Mit einer letzten, präzisen Geste beendete sie die Darbietung, und ein Sturm aus Applaus brach los. Die Wände bebten unter der Wucht des Jubels.

Mit ihren letzten Versen, die wie ein Zauber durch die Luft tanzten und sich wie kühle Tropfen auf die erhitzte Haut legten, vollendete Maribel die Vorstellung — jedes Wort ein scharf geschliffener Edelstein, funkelnd im Nachhall des Moments:

In den Tiefen des Ungesagten,
wo der Mut im Verborgenen ruht,
ziehen geisterhafte Seelen vorüber,
und wir, nur Schemen ihrer Glorie,
erlöschen im flüchtigen Schein.

Wie ein stilles Feuer, das in uns glimmt,
eine Sphäre aus flüssigem Gold,
vergehen wir in ihrer Pracht.
Und wenn die Form den Raum erfüllt,
verweilt die Zeit im Nichts,
und sie, die Seelenfürsten, leben dann.

So leuchten wir in fremdem Mana,
kaum wahrnehmbar für eine Zeit.
In dem Moment, da wir uns selbst verlieren,
leben sie durch uns, in uns
— die Könige der Geisterwelt.

Nachdem ihr Gedicht verklungen war, verharrte Maribel einen Augenblick in der Stille. Ihre Augen glänzten, und in ihrem Lächeln mischten sich Freude und Wehmut. Das Publikum erhob sich wie von einem einzigen Impuls getragen. Die Liebe und Anerkennung, die ihr entgegenströmten, berührten sie tief. Mit einem letzten, langen Blick erfasste sie die Gesichter vor sich, bevor sie langsam, fast widerwillig, in die Schatten der Bühne zurücktrat. Der Vorhang fiel, doch die Magie, die sie erschaffen hatte, verblasste nicht. Sie blieb, spürbar als Nachbild und Zeichen der unendlichen Macht der Fantasie, als stille Verbindung zwischen den Menschen. Maribel wusste, dass dieser Moment nicht vergehen würde: *Jede Begegnung ist ein ganzes Leben, und ein Moment, gelebt, bleibt ewig.*

Nach Maribels beeindruckender Aufführung strömten die Besucher in die Theaterbar *Zeppelin*, die von einer Atmosphäre ausgelassener Freude und lebhafter Diskussionen erfüllt war. Die Bar, benannt nach den majestätischen Luftschiffen über den Dächern Etherions, strahlte mit ihrem Interieur aus poliertem Holz und schimmerndem Messing den einzigartigen Charme der Stadt aus. Sie war durchdrungen von einer Aura der Eleganz und des Abenteuers, eine Hommage an die goldene Ära der Luftschifffahrt. Die metallenen Oberflächen funkelten unter dem warmen Schein der Ætherlampen, während die Wände, geschmückt mit kunstvollen Gemälden und Karten alter Expeditionen, von Etherions glorreicher Vergangenheit und ihrem unersättlichen Innovationsdrang zeugten.

In diesem Refugium der Träumer und Denker verweilten die Gäste, deren Gesichter noch immer von Emotion und Bewunderung für Maribels Darbietung geprägt waren. Sie ließen den

Abend im warmen Schein der Bar ausklingen, während der Barkeeper, ein Meister seines Handwerks, kunstvoll zubereitete Getränke servierte. Jeder Cocktail, angereichert mit exotischen Zutaten aus den vielfältigen Ecken Etherions, war ein individuelles Meisterwerk — ein Fest für die Sinne, das zum Verweilen und Genießen einlud.

Im Zentrum dieses alchemistischen Spektakels stand der *Æther-Brandy*, ein Getränk von dunkler, reichhaltiger Tiefe, durchzogen von ætherischen Ölen, die ihm eine hauchzarte, nebelgleiche Qualität verliehen — fast so, als würde man einen Schluck des Æthernebels selbst trinken. Neben ihm glänzte der *Dampf-Gin*, ein kristallklares Elixier, destilliert in einer speziellen, dampfbetriebenen Anlage. Sein Geschmack war scharf, erfrischend, eine Belebung für Geist und Sinne, mit einem subtilen metallischen Unterton, der durch das Dampfdestillationsverfahren entstand.

Der *Mechanische Mojito*, ein zeitloser Klassiker, angereichert mit einem Schuss metallisch schimmerndem Sirup, verzauberte den Gaumen mit seiner einzigartigen Geschmackskomposition und war nicht nur ein optisches Highlight. Der *Ætherlicht-Cocktail*, serviert in einem hohen Glas, erstrahlte durch seine phosphoreszierenden Substanzen in der Farbe des Æthers — ein hypnotisierender Mix, der die Betrachter in seinen Bann zog. Und schließlich, als Ode an die industrielle Seele der Stadt, das *Gießerei-Stout*. Ein kräftiges, dunkles Bier, dessen subtile Anklänge an geschmolzenes Metall und rauchige Nuancen an die robusten Tiefen einer alten Schmiede erinnerten.

In der Bar, wo sich eine Vielfalt aus Theaternarren, Künstlern und Intellektuellen versammelt hatte, entstand ein lebhafter

Austausch über Maribels Aufführung. Ihre Stimmen vermengten sich zu einem gedämpften Murmeln, während die Tiefgründigkeit und emotionale Kraft ihres Gedichts gelobt und die feinen Nuancen ihrer Performance diskutiert wurden. Die Themen in der Bar waren so vielfältig wie die Stadt selbst, reichend von den neuesten wissenschaftlichen Entdeckungen bis zu den jüngsten Gerüchten über exzentrische Erfinder und hochrangige Persönlichkeiten.

Auf einer kleinen Bühne, umgeben von Vakuumröhren, spielte die hauseigene Band. Der Bass, ein Ungetüm aus gekerbten Metallstreben und Saitenspannern mit Kurbelmechanik, schuf einen tiefen, erdigen Grundton, der das Klangspektrum der Band bestimmte. Darüber erhoben sich die Saxofone, deren Töne durch das Zusammenspiel von dampfgeölten Kolben und vakuumisolierten Resonanzkammern erzeugt wurden. Sie entfalteten einen warmen und zugleich mechanischen Sound, als käme er aus dem Inneren eines automatisierten Werkaggregats. Die Trompeten, geschmückt mit glänzenden Messingventilen, antworteten mit kräftigen Fanfaren aus hartverchromtem Kupfer, die an das Zischen entweichender Energie erinnerten. Winzige Mechanismen lenkten die Luftströme und formten eine mutige, lebendige Klangfarbe, die gleichermaßen fremd wie vertraut wirkte. Und über all dem: der Schlagzeuger, umringt von dampfbetriebenen Becken und dem knirschenden Spiel rotierender Zahnräder, die den Takt vorgaben. Jeder seiner Schläge war ein rhythmisches Wunderwerk. Zusammen webten diese Instrumente einen dichten musikalischen Teppich, den unverwechselbaren Sound des *Dampf-Jazz* — den es nur in Etherion gab, und der die Fusion aus Fortschritt und Tradition hörbar zu machen schien, den die Stadt feierte.

In dieser Nacht, umgeben von der warmen Atmosphäre der Bar, lehnte die gefeierte Künstlerin des Abends lässig an der Theke. Ihr dunkles, enganliegendes Kleid umschmeichelte ihren Körper und verlieh ihr eine atemberaubende, unkonventionelle Eleganz. Das gedämpfte Licht der Ætherlampen ließ ihr kurzes Haar glänzen, während sie ein halb geleertes Glas mit dampfendem Cocktail hielt. Maribel stand darin wie ein lebendig gewordenes Gemälde, umgeben von einem Meer aus Stimmen und klirrenden Gläsern. Das sanfte Licht verschmolz mit den schattigen Nischen zu einem geheimnisvollen Ambiente.

Ihr durchdringender Blick glitt durch den Raum, erfasste jede Nuance, während sich die Geschichten und Schicksale der Anwesenden miteinander verwoben. Eine Gruppe älterer Freunde stieß gemeinsam an, während sich ein junges Paar in einer abgelegenen Ecke vertrauliche Worte zuflüsterte. In einer Ecke diskutierten zwei Akademiker mit lebhaften Augen und gestikulierenden Händen über eine neuartige Rechenmaschine. Am anderen Ende tauschten zwei Künstler — einer mit einem Schal, der wie ein abstraktes Kunstwerk aussah, der andere mit einer bemalten Weste — Gedanken über die neuesten Trends in der Ætherlicht-Malerei aus.

Während sie leise zur Musik wippte, wechselte Maribel zwischen einem nachdenklichen Lächeln und einem amüsierten Ausdruck, als lauschte sie einer stillen, eigenen Melodie. Ihre Präsenz, geprägt von Bühnencharisma und natürlicher Ausstrahlung, zog selbst nach der Aufführung unweigerlich Blicke auf sich. Sie genoss den Moment, ihre leuchtend grünen Augen verfolgten aufmerksam das Geschehen um sie herum.

Jeder Tisch war eine eigene Welt, doch alle waren verbunden durch das Gefühl, Teil eines größeren Ganzen zu sein.

Maribels Blick fiel auf eine Jukebox, beschienen vom weichen Glühen gasgeführter Phosphorleuchten, deren Lautstärkeregler wie ein skurriler Miniatur-Taucherhelm aussah, der sich beim Aufdrehen mit Luft füllte und dann ein zufriedenes »Plopp« von sich gab. Daneben erregten zwei Gäste ihre Neugier, vertieft in eine fesselnde Unterhaltung:

»Denken Sie nur, was wäre, wenn wir so tun könnten, als sei die Welt nichts weiter als eine Bühne und wir alle lediglich Darsteller in einem großen Schauspiel. Stellen Sie sich eine Welt vor, in der die Naturgesetze nur großzügige Empfehlungen sind. Heute könnten wir Könige sein, morgen Abenteurer, geleitet vom unberechenbaren Wind.«

Der Mann trug ein extravagantes Monokel und einen akkurat getrimmten Bart, gekleidet in einen dunkelgrünen Samtanzug. Seine Begleiterin, eine Frau mit einer blauen Feder im Haar, rührte ihr glitzerndes Getränk und stimmte in das Spiel ein:

»Und was, wenn dieser Raum ein Schiff wäre, das durch die Sterne segelt? Ich könnte die Königin von Ahm sein oder ein Pirat auf der Suche nach unentdeckten Welten.«

Ihr Lachen, klar und fröhlich, hallte durch die Bar.

»Oh, und in meiner Rolle als die geheimnisvolle Dame mit der blauen Feder erkläre ich die Schwerkraft für aufgehoben. Schweben wir also durch die Bar?«

Beide stießen an, lachten. Gäste am Nebentisch schmunzelten. Der Mann fuhr fort:

»Stellen Sie sich vor, wenn jeder hier in der Bar eine Rolle spielt. Der Barkeeper ist ein geheimer Alchemist, der mit jedem

Drink ein neues Zaubertrank-Rezept ausprobiert.«

Die Augen der Frau, deren Iris an die Maserung polierten Marmors erinnerte, tanzten vergnügt.

»Und die Musiker der Band sind eigentlich Zeitreisende, die hier gestrandet sind und nun versuchen, durch ihr Spiel eine Botschaft in die Vergangenheit zu senden.«

Er nickte.

»Eine geniale Idee! Und wir sind die Einzigen, die das Geheimnis kennen. Aber wir tun so, als ob wir nichts wüssten, um das Spiel spannender zu machen.«

Mit einem schelmischen Lächeln lehnte sie sich zurück.

»Das wäre das größte Theaterstück aller Zeiten. Jeder spielt mit, ohne es zu wissen. Eine Welt, in der alles möglich ist, solange wir so tun, *als ob* es wahr wäre. Ein Ort, an dem Wünsche Wirklichkeit werden — *mühelos.*«

Er hob das Glas, betrachtete die glitzernde Flüssigkeit darin, und nahm einen bedächtigen Schluck.

»Aber vielleicht ist das alles tatsächlich wahr, und wir tun nur so, als ob es ein Spiel wäre.«

Ohne abzusetzen, trank er den Rest aus.

Während das Gespräch der beiden seinen Gang nahm, fingen Maribels Augen den Blick eines jungen Mannes ein, der sich mit einer Mischung aus Unbekümmertheit und Charisma durch das bunte Gewimmel bewegte. Seine bedächtigen Schritte wirkten, als habe er vor, einen heiligen Tempel zu betreten, doch sein Ausdruck verriet eine Besonnenheit, die sich wohltuend von der Atmosphäre der Bar abhob.

»Nun, ich könnte jetzt etwas Klischeehaftes sagen«, begann der Herr, während er sich beiläufig mit einem Ellbogen auf den

Tresen stützte, seine Stimme zugleich ernst und verspielt, »etwa ›Deine Vorstellung hat mich umgehauen‹, aber das wäre dir vermutlich zu banal, oder?«

»Nur, wenn du erwartest, dass ich vor Überraschung in Ohnmacht falle«, erwiderte Maribel mit schlagfertigem Witz. »Und wie darf ich meinen geheimnisvollen Gesprächspartner nennen?«

»Valerius«, antwortete er mit einem Schmunzeln.

»Ich gestehe, ich habe eine überwältigende Schwäche für Bühnenvirtuosen. Was, glaubst du, macht einen guten Schauspieler aus?«

»Die meisten hätten sich mit einem charmanten Lächeln begnügt, aber du willst gleich die Seele ergründen?«

»Warum Zeit mit dem Vorwort verschwenden, wenn die Geschichte so viel aufregender ist?«

Maribel grinste verschmitzt, dann legte sie den Finger sanft auf ihre Lippen, als wolle sie die Worte zurückhalten, die sich auf ihrer Zunge drängten. Ihr Blick verweilte kurz auf Valerius, bevor sie sich etwas zu ihm vorbeugte und ihre Worte mit der weichen, verschwiegenen Intimität eines wohlgehüteten Geheimnisses zu ihm herüberglitten:

»Nun, ein wahrer Schauspieler braucht zwei Dinge. Erstens, die Gabe, sich so tief in den Charakter hineinzuversetzen, dass er dessen Welt nicht nur sieht, sondern spürt — so, als ob er selbst darin lebte. Das Publikum will keine Imitation, es will die unverfälschte Wahrheit, die nur dann entsteht, wenn der Schauspieler sie wirklich in sich trägt. Diese Fähigkeit, die Realität durch die Augen der Figur zu sehen, haucht der Rolle Leben ein.«

Valerius hörte mit unverhohlenem Interesse zu.

»Und das Zweite?«

»Ein Schauspieler muss seine eigenen Abgründe kennen«, antwortete Maribel mit einem Hauch von Ernsthaftigkeit. »Nur wer sich selbst wirklich versteht, kann authentisch in eine Rolle eintauchen und die Emotionen glaubhaft darstellen. Ohne den Mut, sich selbst zu erforschen und die eigene Unsicherheit zu überwinden, bleibt alles flach. Es ist die Selbsterkenntnis, die die tieferen Schichten der Darstellung ermöglicht. Diese beiden Fähigkeiten — Empathie und Selbsterkenntnis — sind das Herzstück wahrer Schauspielkunst.«

Maribel ließ ihre Schultern leicht sinken. Valerius nickte nachdenklich.

»Aber wie hält man die Balance zwischen beidem? Es muss doch ungeheuer schwer sein, sich so tief in eine Rolle zu versenken und gleichzeitig man selbst zu bleiben.«

Maribel hielt seinem Blick stand, als wüsste sie die Antwort bereits, und musterte ihn dann spielerisch.

»Weißt du, im Theater — wie in jeder Kunst — suchen wir nach dem, was hinter der Maske liegt: die Persönlichkeit. Schauspielerei ist keine Verwandlungskunst, sondern eine Kunst der Enthüllung. Es geht nicht darum, sich äußerlich zu verändern, mit Maske, Stimme oder Gesten, um jemand anderes zu sein. Der Schauspieler taucht in ein fremdes Schicksal ein, bleibt aber er selbst — erfüllt von fremden Leidenschaften, aber nicht verwandelt in einen anderen Menschen. Wenn ein Schauspieler in seiner Rolle verschwindet, ohne selbst sichtbar zu werden, bleibt uns nur ein leeres Bild. Je stärker und größer die Persönlichkeit ist, desto mehr fühlen wir uns erfüllt. Das wahre Glück für den Schauspieler liegt in der Ekstase der Empfindung, und für die Zuschauer in der Offenbarung dessen, was der Schauspieler in sich trägt.«

Mit sprühendem Witz und spielerischer Leichtigkeit entfaltete sich ihr Gespräch, durchzogen von einer elektrisierenden Spannung, die die Luft um sie herum zu beleben schien. Maribel teilte ihre Weltanschauung auf eine ungebändigte und zugleich bezaubernd aufrichtige Weise. Ihre Worte flossen frei, ungekünstelt, trugen die unverstellte Ehrlichkeit, die in Etherion so hoch geschätzt wurde — und doch nur selten zu finden war. Valerius, hingerissen von ihrer Authentizität, fand Valerius schnell in ihren Rhythmus. Geschmeidig wechselten sie zwischen humorvollen Spitzen und tiefgründigen Überlegungen, während sie die verborgenen Ecken und Widersprüche Etherions erkundeten. Sie sprachen von den dampfbetriebenen Wundern der Stadt, den labyrinthartigen Gassen, und den fernen Lichtern über den Dächern, die wie versprengte Sterne schimmerten.

Valerius ließ ihren Blick nicht los und kostete beiläufig von seinem Getränk, als er fragte:

»Ich bin neugierig, Maribel. Was reizt eine Frau deines Formats an einer Stadt wie dieser?«

Maribel zog mit einem Finger sanft den Rand ihres Glases entlang, als würde sie die Stille zwischen ihnen dehnen.

»Ich muss zugeben, Etherion ist wie dieser Charmeur, der ständig Grenzen überschreitet, aber nie so weit, dass man ihm wirklich böse sein könnte. Ein bisschen dreist, ein bisschen gefährlich, aber am Ende folgst du ihm, weil es sich einfach richtig anfühlt.«

Sie neigte den Kopf leicht zur Seite, als wolle sie seine

Gedanken aus einem anderen Winkel betrachten.

»Aber du, Valerius, siehst nicht aus wie jemand, der sich von einem kleinen Abenteuer einschüchtern lässt. Oder bin ich da auf dem Holzweg?«

Ein amüsiertes Flackern blitzte auf, nur um sofort wieder der Maske seines Selbstbewusstseins zu weichen.

»Für die Chance, jemanden wie dich zu treffen, würde ich in den größten Sturm segeln.«

Ihr Lachen perlte wie feiner Champagner.

»Pass auf. Etherion ist bekannt dafür, selbst die Wagemutigsten in die Knie zu zwingen.«

Valerius nahm einen übertrieben langsamen Schluck.

»Und du? Wie oft stürzt du dich ins stürmische Getöse? Ist das der Nervenkitzel, der dich hierhält?«

Sie lehnte ihre Schulter lässig an die Theke.

»Oh ja, diese Stadt ist ein Spielplatz für Experimente. Jeder Schritt bringt dich näher an etwas, das dich fesseln oder zerstören kann. Das Leben ist eindeutig zu kurz, um am Rand zu stehen und zuzusehen, wenn das wahre Abenteuer darin besteht, mehr zu werden als man ist.«

Valerius grinste breit, als wäre er plötzlich auf etwas gestoßen, das ihm besonders gefiel.

»Nun, Maribel, was wäre das Unerwartetste, das ich jetzt tun könnte, um deine Neugier zu wecken?«

Sie hielt inne, musterte ihn abermals mit prüfendem Blick, als ob sie überlegte, wie viel er wirklich zu riskieren bereit war. Dann lächelte sie leicht.

»Du könntest mir ein Gedicht vortragen. Mitten in dieser Bar. Das wäre wirklich unerwartet.«

»Ein Gedicht? Für dich? Ich bin zwar kein Dichter, aber für dich mache ich gerne eine Ausnahme.«

Er räusperte sich theatralisch, zog sein Gesicht in eine übertriebene Maske von Ernsthaftigkeit und wandte sich ihr voll und ganz zu.

Im Schattenreich, wo alles schweigt,
Und selbst die Hoffnung sich versteigt,
Da weint ein Stern, so fern und klein:
»Ich wollte nie so einsam sein.«

Maribel blieb für einen Moment still, als ob sie das Gewicht seiner Worte auf sich wirken ließ, dann schnappte sie dramatisch nach Luft und legte die Hand auf ihre Brust, als wäre sie zutiefst bewegt.

»Ein Poet!« rief sie, die Augen theatralisch geweitet.

»Und ich dachte schon, du könntest nicht noch interessanter werden! Was kommt als Nächstes — ein heimlicher Meister der Architektur? Oder vielleicht der beste Schwertkämpfer diesseits des Kontinents?«

Valerius zwinkerte und hob sein Glas.

»Nur eines von vielen versteckten Talenten.«

»Ach ja? Welche anderen ›versteckten Talente‹ hast du denn noch?«

Seine Hand verharrte kurz in der Luft, zwischen Bewegung und Stillstand, als ob er an einem unsichtbaren Faden zog, der sie beide näher zusammenführte.

»Ich beherrsche die Kunst, in Etherion nicht verloren zu gehen, kann ein exzellentes Frühstück zubereiten und bin ein

Meister darin, den perfekten Moment für einen schlechten Witz zu finden.«

Maribel lachte.

»Das sind beeindruckende Fähigkeiten. Besonders das mit den schlechten Witzen. Etherion kann nicht genug davon gebrauchen.«

»Und du?« — die Luft zwischen ihnen knisterte — »Welche versteckten Talente hast du, abgesehen davon, das Publikum zu verzaubern?«

»Nun, ich kann in fünf Sprachen fluchen, bin ein Experte im Teeblätterlesen, und finde immer die besten Bücher in verstaubten Ecken.«

Valerius nickte anerkennend.

»Nützlich. Etherion bietet sicherlich genug Anlässe, diese Sprachen einzusetzen.«

»Ohne Zweifel«, stimmte Maribel zu, während sie einen Blick über die Bar warf.

»Manchmal ist ein gut platziertes Fluchwort die einzige Antwort auf das Chaos in dieser Stadt. Neulich hat mich ein selbsternannter Liebestrankverkäufer in der Gasse aufgehalten und behauptet, sein Gebräu könne das Herz eines jeden zum Schmelzen bringen. Ich habe ihm in fünf Sprachen erklärt, dass ich keine Tränke brauche, um das zu schaffen — meine bloße Anwesenheit reicht völlig aus. Um meinen Punkt zu beweisen, habe ich mich zu einem vorbeigehenden Söldner umgedreht, ihn angelächelt, und er hat prompt sein Schwert fallen lassen, während ihm ein verräterischer Strom entglitt, der sich zitternd über meine Stiefel ergoss. Der Verkäufer hat daraufhin sein gesamtes Sortiment in den nächsten Abfluss geschüttet und Etherion verlassen — angeblich, um einer ›ehrlichen Arbeit‹ nachzugehen.«

Valerius ließ den Moment zwischen ihnen kurz hängen, während seine Augen über ihr Gesicht glitten.

»Ich wusste, dass du unwiderstehlich bist, aber das? Vielleicht sollte ich mir besser einen Regenmantel zulegen, wenn ich in deiner Nähe bin.«

Sie lachten beide, und der Moment zog sich wie ein wohltuendes Knistern durch die Luft, bevor Valerius schließlich den Kopf schüttelte und auf sein Glas sah.

»Und das Teeblätterlesen? Kannst du meine Zukunft voraussagen?«

»Ich befürchte, meine Fähigkeiten sind eher künstlerischer Natur.«

»Schade. Ich hatte gehofft, du könntest mir verraten, ob ich eine Chance habe, dich wiederzusehen.«

Valerius' Augen verweilten auf ihren Lippen, als wollte er die unausgesprochenen Worte von dort pflücken.

»Dafür brauche ich keine Teeblätter. Ich denke, die Chancen stehen ziemlich gut.«

Valerius strahlte.

»Das ist die beste Nachricht des Abends.« — Er lehnte sich noch näher zu ihr.

»Sag, du bist wie geschaffen für diesen Ort, oder? Die Stadt… sie muss dir doch schon zu Füßen gelegen haben. Ich frage mich: Was ist das Verrückteste, das du je hier angestellt hast? Etwas, das sogar dich überrascht hat?«

»Hmm, das Verrückteste…«

Sie schob ihr Glas zur Seite, als würde sie Platz für eine

unausgesprochene Wahrheit schaffen.

»Es gab da diese eine Nacht, wo ich mich spontan einer verbotenen Aufführung auf dem Dach der königlichen Salinen anschloss. Ein wilder Mix aus Tanz, Feuershow und Akrobatik. Keine Ahnung, was mich geritten hat, aber plötzlich stand ich dort, hoch oben auf einem Seil, gespannt zwischen den Dächern — mit der Stadt zu meinen Füßen und den Sternen über mir. Und für einen Moment dachte ich wirklich, ich könnte fliegen.«

Sie streckte sich leicht.

»Vielleicht tat ich's sogar.«

Er ließ seine Hand über die Tischkante gleiten, als könne er sich den Kommentar nicht verkneifen.

»Klingt, als wärst du entweder lebensmüde oder unvernünftig mutig.«

»Nennen wir es einfach unvernünftig charmant.«

Valerius lachte, aber es war ein Lachen voller Faszination und ironischem Staunen.

»Unvernünftig charmant, hm?«

»Oh, ich könnte dir Geschichten erzählen, die dich erröten lassen würden. Die besten Nächte in Etherion sind die, von denen man am nächsten Morgen keine Erinnerungen hat — nur das Gefühl, dass sie *legendär* waren.«

»Und ich dachte, *ich* wäre der Draufgänger hier. Aber gut, Maribel, jetzt bin ich dran: Sagen wir mal, ich war nicht ganz zufällig dort. Manchmal führt der Dienst eben an Orte, die offiziell nicht existieren — man hält die Augen offen, sieht zu, dass alles in geregelten Bahnen läuft. Also finde ich mich plötzlich in einer verlassenen Gießerei, irgendwo in der Altstadt.

Es war eine dieser geheimen Dampf-Tech-Soireen, von denen man nur hinter vorgehaltener Hand hört. Überall Maschinen, Erfinder, Künstler, zwielichtige Typen. Die Musik war ein mechanisches Crescendo aus Zahnrädern und Pfeifen und schien direkt in meine Adern zu dringen — als hätte ich mein Leben lang darauf gewartet, in diese dampfende Symphonie zu geraten. Es war surreal. Ich tanzte bis zur Dämmerung, mein Herz schlug im Takt der Zahnräder, und irgendwann fühlte es sich an, als wäre ich nur eine weitere Schraube im Getriebe der Stadt. Und das Verrückteste daran? Was denkst du: die Musik oder die Maschinen?«

Maribel legte eine Hand spielerisch ans Kinn.

»Weder noch.«

Valerius beugte sich vor und seine Stimme nahm einen fast verschwörerischen Ton an.

»Es war dieser Typ, der mitten auf der Tanzfläche stand und seelenruhig seine Taschenuhr polierte. Als wäre er persönlich dafür verantwortlich, dass die Zeit nicht auseinanderfällt, während wir alle in diesem Dampf versinken. Ich meine, wer bringt eine Uhr zu einem Fest mit, das wirkte, als hätte der Wahnsinn höchstselbst beschlossen, eine Industriekathedrale in die Luft zu sprengen?«

Ein Moment der Ruhe verstrich, während sich ein wissendes Lächeln auf Maribels Gesicht abzeichnete.

»Nun, der Wahnsinn, wenn er kollektiv wird, heißt Vernunft. Vielleicht hat dieser Typ ja nur auf die Zeit gewartet, um zu sehen, wann wir alle endgültig den Verstand verlieren?« erwiderte sie gleichermaßen trocken wie amüsiert, während sie mit einem Finger einen Tropfen Kondenswasser auf dem Tisch verteilte, als wäre sie dabei, eine Grenze zu ziehen, die sie längst überschritten hatte.

»Es gibt Schlimmeres, als mit der Vernunft zu brechen«, antwortete Valerius. »Manchmal *muss* man sich in den Wahnsinn stürzen, um wirklich zu leben.«

»Ein Mann, der den Wahnsinn schätzt... Vielleicht ist das ja unser Geheimnis, Valerius. In einer Stadt voller Zahnräder mögen wir wohl die letzte Bastion des Widerstands sein.«

Maribel hob ihr Glas und stieß mit ihm an.

»Ich ziehe es vor, meine eigenen Knochen zu brechen, statt sie durch Stahl zu ersetzen. Die Vermischung mag für manche verlockend sein, aber es gibt etwas Heiliges im unberührten Körper — eine natürliche Magie. Ich suche nach Erlebnissen, die mehr sind als Dampf und Getriebe.«

»Das ist das Paradoxe an dieser Stadt«, fügte Maribel hinzu. »Wir feiern den Menschen als Prothesenschrein, vergessen aber oft, was menschlich zu sein eigentlich heißt.«

Valerius nickte.

»Weißt du, Maribel, wenn die Stadt eine Disziplin für ästhetische Perfektion hätte, wärst du sicherlich die unangefochtene Siegerin.«

Maribel lachte — ein helles, bezauberndes Lachen — und drehte sich zur Theke, um ihr Glas abzustellen.

»Schmeichelst du mir etwa, Valerius?«

»Nur die Wahrheit. Du verkörperst doch alles, was diese Stadt so faszinierend macht. Bist du eigentlich immer so oder nur auf der Bühne?«

»Oh, ich bin durchgehend faszinierend. Es ist ein Vollzeitjob.«

»Klingt nach der härtesten Arbeit in ganz Etherion.«

»Du glaubst gar nicht, wie anstrengend das ist.«

»Aber wenn ich dich anschaue, sehe ich mehr als äußere Schönheit. Du bist eine Frau, die ihre Einzigartigkeit lebt und Etherion dadurch auf unnachahmliche Weise bereichert.«

Maribel senkte leicht das Kinn, als überlegte sie, ob sie Valerius eine Antwort schuldig bleiben wollte — nur für den Moment.

»Die Stadt mag ihre Schattenseiten haben, aber das sind auch die Orte, an denen man sich neu erfindet.«

Sein Blick verharrte auf ihr, still und drängend, wie eine unausgesprochene Bitte.

»Was bringt dein Herz wirklich zum Rasen, Maribel?«

Für einen Augenblick tauchte sie in die Weiten ihres Geistes, als würde sie in einem Meer aus Gedanken nach dem einen Funken suchen — doch dann sprudelten die Worte aus ihr heraus, als wäre jede Silbe Teil eines flammenden Monologs, den nur sie halten konnte.

»Na gut, wenn du es wirklich wissen willst... Ich habe eine tiefe Liebe zur alten Literatur — sie ist für mich wie ein geheimer Dampfresonator, der direkt in die Hirne längst toter Genies funkt.«

Valerius' Blick wanderte über Maribels Gesicht, seine Hand ruhte beiläufig auf der Theke. In seinen Augen blitzte amüsiertes Schweigen, fast, als hätte er gegraben und wäre plötzlich auf eine sprudelnde Quelle gestoßen.

»Das klingt, als würdest du die alten Dichter in deinem eigenen Kopf aufleben lassen.«

Maribel lachte kurz auf, ihre Stimme beschleunigte sich, als hätte er etwas in ihr losgetreten.

»Weißt du, Valerius, damals hatten sie nichts außer Zeit. Sie saßen da, wie Statisten ihrer eigenen Langeweile, und zerbrachen sich die Köpfe darüber, wie sie ein ›Ich liebe dich‹ über drei Seiten auswalzen können, während wir heute in drei Sekunden ein ›Bin unterwegs‹ über den Dampfresonator raushauen. Und klar, dieser Dampfresonator, wer kann da schon widerstehen? Du sprichst eine Nachricht, und sie erreicht die andere Person noch, bevor du den Satz zu Ende denkst. Aber früher hätten sie dir mit einem Brief die Seele aus dem Leib geschrieben. Heute reicht ein knapper Satz über den Resonator, der emotional so tief geht wie eine lose Schraube.«

Sie gestikulierte, als wolle sie die Worte in der Luft formen.

»Früher war Verführung eine Kunstform — monatelang haben sie sich hingezogen, die Briefe, so süß und quälend langsam, dass man dachte, die Worte selbst würden brennen. Heute kippen wir unsere Gefühle schneller raus als Kohle in einen Dampfkessel. Und dann wundern wir uns, warum das Feuer nicht mehr richtig brennt.«

Er verschränkte die Arme locker vor der Brust und beobachtete sie mit nachdenklicher Geste, als überlegte er, ob er sich auf dieses literarische Schlachtfeld wagen sollte.

»Klingt, als wären *wir* die Dampfkessel, die kurz vor der Explosion stehen.«

Sie machte eine Pause, ihre Stimme wurde weicher.

»In gewisser Weise sind die alten Texte genau das, was ich auf der Bühne mache. Sie sind keine Worte, sie sind in Tinte gefangenes Leben. Jedes Mal, wenn ich sie lese, fühle ich mich, als ob ich ein Stück von mir selbst auf diese Seiten übertrage.

Und hier stehe ich, in einer dampfverpesteten Stadt, spiele meine Rollen, tauche in ihre Gedankenwelten ein, und es fühlt sich an, als hätten sie es tatsächlich für mich geschrieben. Es ist fast so, als hätten sie gewusst, dass wir eines Tages auf ihren alten Unsinn hereinfallen würden. Eine perfekte Tragikomödie, inszeniert über Jahrhunderte. Und ich stehe mittendrin, auf der Bühne des Lebens, mit all seinen absurden und grandiosen Szenen.«

Valerius lächelte, setzte sein Glas ab und sah sie einen Moment still an. Seine Augen verrieten eine Spur Neugier und spielerischen Respekts.

»Du hast recht«, sagte er, »in dieser Stadt tragen wir alle unsere Masken. Die Frage ist nur, ob wir sie freiwillig ablegen.«

Maribel lehnte sich ein wenig vor, als ob sie einen geheimen Faden aufgreifen wollte.

»Sag, Valerius, was ist deine Rolle in diesem Spiel? Oder ist das alles nur Teil deines mysteriösen Charmes?«

Valerius lächelte und nahm einen gemessenen Schluck aus seinem Glas.

»Vielleicht verrate ich es dir eines Tages, wenn du mir weiterhin so entzückende Gesellschaft leistest.«

Maribel hob eine Augenbraue.

»Eine Herausforderung? Du weißt, das weckt nur meinen Entdeckerdrang.«

Valerius balancierte den Moment, als hielte er ein unsichtbares Pendel. Sein Blick verweilte auf Maribel, nicht, um sie zu entschlüsseln, sondern weil das Rätsel schöner war als die Antwort.

»Neugier ist der Anfang jeder Geschichte. Die schönsten

Geschichten sind die, die nicht enden, weil sie niemals bereit waren, zu enden. Etherion ist eine Stadt, geformt aus flüchtigen Momenten und unsichtbaren Fügungen, die unser Leben schreiben, ohne dass wir es begreifen. Vielleicht ist unsere Geschichte eine von jenen seltenen, die sich einem Ende verweigern.«

Die letzten Töne der Dampf-Jazz-Band verebbten, und nur das leise Summen der Jukebox zog wie ein melancholischer Faden durch den Raum. Eine wohlige Wärme durchströmte Maribel und Valerius, als würde die Welt um sie weicher werden, aufgelöst in der Stille, die nur ihre Nähe atmete. Das Klirren der Gläser verklang wie ein silbriges Echo, und das Gemurmel der Gäste brandete wie ferne Wellen an die Ufer ihrer Intimität. Ihre Worte schwebten schwerelos, getragen vom Takt der Umgebung, während alles um sie verschwamm — nur sie blieben klar, die Luft zwischen ihnen geladen von unausgesprochener Spannung. Maribels Atem ging tief und ruhig, ihre Glieder schwer, als würde jeder Moment sich endlos dehnen. Valerius spürte ein sanftes Prickeln auf seiner Haut, während der Raum an Tiefe gewann und die Farben satter wurden. Es fühlte sich an, als existierten nur noch sie beide in dieser kleinen, entrückten Welt, in der sich selbst das raue Atemholen der Rohre und Ventile über ihnen wie ein Herzschlag in die Stille schmiegte, nach Zimt und aufsteigendem Dampf schmeckend. Die Nacht wurde tiefer, und die Lichter in der Zeppelin-Bar begannen zu flackern. Das Band zwischen Maribel und Valerius schien dichter und süßer zu werden, wie Honig, der träge fließt, während sich jenseits der wärmenden Wände das Antlitz Etherions in all seiner erhabenen Pracht entfaltete.

Diese Stadt war ein Puls, der unter der Haut der Welt schlug, gefüllt mit Geschichten, die nur schwerlich in Worte zu fassen waren. Geschichten, die aus dem Chaos erwuchsen, das jenseits der Mauern wütete — dort, wo die Welt in Flammen aufging und Königreiche zu Staub verbrannten. Jenseits der hohen, unüberwindlichen Mauern, die Etherion umgaben, erstreckte sich eine apokalyptische Landschaft, ein verwüstetes Ödland, die sogenannten *Stahlbrachlande*, die einst blühende Zivilisationen beheimatete. In dieser gottverlassenen Welt waren die Städte in einem Strudel aus Chaos und Wahnsinn untergegangen. Die Menschen verfielen der Barbarei, getrieben von einem unstillbaren Durst nach Zerstörung und Gewalt. Städte und Dörfer verwandelten sich in Schlachtfelder, auf denen die Einwohner einander zerfleischten. Die Straßen waren übersät mit den Überresten der Gefallenen, deren Körper geschändet wurden. Kinder mit leeren Augen durchwühlten Leichenberge nach wertvollen Gütern wie Prothesen. In dieser Welt, wo Mitleid längst versiegt war, kämpften selbst die Stärksten um jeden Atemzug, während sich die Schwachen am Abgrund ihrer Existenz wiederfanden. Ihre zerbrechlichen Körper wurden zu Brennstoff für das Feuer der Verzweiflung, das die Nacht erleuchtete.

Aus dieser alles verzehrenden Glut erhob sich Etherion wie ein trotziges Monument gegen den Zerfall. Kein gnädiges Schicksal bewahrte die Stadt, sondern die unbeugsame Willenskraft eines Volkes, das sich der Vernichtung entgegenstemmte und aus den Flammen des Untergangs das Feuer der Hoffnung entfachte. Aus diesem Widerstand gingen die Wächter hervor, Krieger aus Notwendigkeit, geformt im Schmelztiegel der Verzweiflung. Ihre Disziplin war hart wie Diamant, ihre Herzen kalt wie das Vakuum zwischen den Sternen. Mit unerbittlicher Präzision errichteten sie Mauern, während ihre Klingen die Nacht durchdrangen, die vor den Toren lauerte. Jedem Schlag gleich exzidierten sie die Barbarei, jenes maligne Gewächs, das in der Schwäche gedieh. Unter ihrem ägidischen Schirm stieg die Stadt, die hätte zerbrechen müssen, unaufhaltsam auf. Die Augen der Wächter, gefroren wie arktisches Eis, zahlten den unausweichlichen Tribut jener, die nichts mehr kannten als den ewigen Kampf gegen die Finsternis. Ihre Türme ragten gleich schwarzen Speeren an den Grenzen, durchbohrten das Ödland, ihren Blick unverwandt auf eine Welt gerichtet, die zu einem Friedhof verkohlter Hoffnungen geworden war. Wachsam verharrten sie, stumme Sentinelle, stets bereit, die nächste Bedrohung niederzuschlagen.

Etherion war nicht mehr die Stadt, die sie einst gewesen war. Ihr Wandel reichte tiefer als die äußere Metamorphose; die Macht der Wächter spannte sich wie ein unsichtbares Miasma über jeden Winkel. Sie jagten Schleuser, mischten sich unter die Menge und saßen unerkannt in Tavernen und Cafés, ihre Sinne geschärft für jede Spur von Dissens, ihre Ohren gespitzt für die leisesten Zweifel am Frieden. Niemand wagte es, ihrem Blick zu erwidern, denn jeder wusste: dass sie über dem Gesetz standen; sie waren die ausgestreckte Hand des Schildherrn — jenes enigmatischen Senators, dessen Name nur in atemlosen Flüstern über die Lippen kam. Doch selbst die Wächter zahlten einen Preis. In der Stille ihrer einsamen Stunden zerbrachen viele unter der Last ihrer Aufgaben, ihre Seelen zermahlen zwischen den Mühlsteinen von Pflicht und Menschlichkeit. Die unaufhörliche Konfrontation mit der Verzweiflung der Ausgestoßenen, der Blick in den Abgrund menschlichen Leids, trieb manche in den Wahnsinn, andere in die erlösende Umarmung des Todes. Doch darüber schwieg man; ihre Opfer blieben ungenannt, ihre Geschichten unerzählt — verschluckt vom blendenden Glanz des Fortschritts, der Etherion umhüllte. So erhob sich die Stadt, neugeboren aus dem Blut ihrer Märtyrer und den stillen Tränen ihrer Bürger, als ein strahlendes Monument inmitten einer Welt, die in Scherben lag.

Doch dieses Opfer war kein Abschluss, sondern der Anfang einer Geschichte, die niemals ganz erzählt werden kann. Wie ein endloser Faden zieht sie sich durch die Zeit und entgleitet jedem Griff, der sie zu fassen sucht. Die schiere Größe dessen, was sich dort ereignete, verblasst in der Sprache — als beginne die Wahrheit ebendort, wo das Verstehen endet. Vielleicht ist dies das Wesen dieser Geschichte: dass sie unvollendet bleiben muss, weil das Geschehene zu schwer wiegt, um ausgesprochen zu werden. Diese Erzählung kann daher nur ein Versuch sein, eine vage Andeutung dessen, was für immer unergründlich bleibt.

Jahrhunderte waren vergangen, und Etherion erblühte in schwindelerregender Pracht. Die düsteren Anfänge der Stadt waren zu bloßen Erzählungen verblasst, die man in Tavernen mit einem Lächeln abtat. Der Schrecken, der Etherion einst an den Rand der Vernichtung geführt hatte, galt nun als ferne, überwundene Vergangenheit, als hätte er nie wirklich existiert. Sorglos wandelten die Bewohner durch die Straßen, berauscht vom Überfluss und verloren in den Wundern einer Stadt, die längst über ihre Vergangenheit hinausgewachsen war. Wie Fische in einem mechanischen Riff lebten die Menschen, von einem Wunder zum nächsten treibend, während unter ihnen die rostigen Überreste der Vergangenheit zerflossen. Die Wächter blieben zwar allgegenwärtig, ihre Präsenz spürbar, doch ihre Bedeutung versank im Schatten dieser neuen Zeit. Etherion trug noch immer den bittersüßen Duft vergossenen Blutes in ihren Blüten. Und in den Gassen, wo gotische Spitzbögen und dampfbetriebene Zahnräder sich zu einer erhabenen Skyline verbanden, erzählten jede Fuge und jeder Stein die Geschichten dieses vergessenen Opfers.

Die Türme ragten hoch auf wie das Skelett eines Titanen, ihre Spitzen verborgen in den Wolken. Straßen durchzogen die Stadt wie Adern einen lebendigen Organismus. Jedes Viertel, jeder Bezirk war in das weit verzweigte Lebensnetz Etherions eingeflochten. Die Fassaden, veredelt mit Schnitzereien, leuchteten im Glanz der Ætherlichter, die mit dem immerwährenden Gold der Sonne wetteiferte. Überall hallte das rhythmische Hämmern der Maschinen wider, durchsetzt vom melodischen Läuten der Ætherglocken, die von den Türmen der Stadt in den Himmel stiegen. Majestätische Luftschiffe mit massiven Rümpfen segelten unter einem Himmel, der sich wie ein weites Feld aus flammenden Wolken aufspannte. Ihre Silhouetten schnitten durch das Firmament, gleitend durch ein Æthermeer, umgeben von Nebelschwaden. Diese Luftschiffe dienten nicht nur als Transportmittel, sondern als Symbole für das menschliche Streben und Träumen. Ein verwobenes Labyrinth aus Kopfsteinpflaster und schimmernden Metallschienen durchzog das Stadtgefüge. An jeder Straßenecke standen dampfende Laternen, die in nebelverhangenen Nächten ein warmes, einladendes Licht aussandten. Die Straßen, gesäumt von prächtigen

Häusern in den Farben des Sonnenuntergangs, waren belebt von dampfbetriebenen Kutschen und einem stetigen Strom von Menschen. Die Luft war erfüllt vom Duft geölten Eisens und frischer Farbe — Zeugnisse der unermüdlichen Arbeit, die das Leben hier in Gang hielt. Dieses glich selbst einem hochentwickelten, harmonischen, aber zutiefst menschlichen Uhrwerk. Menschen, mechanische Diener und legendäre Wesen wandelten Seite an Seite und bildeten das Herz einer Gesellschaft, die von der Idee des Miteinanders und des gemeinsamen Florierens geprägt war.

Trotz des kalten Glanzes von Stahl und dem unaufhörlichen Dampf erblühte die Stadt in üppigen Gärten voller Schönheit und Sinnlichkeit. Die Bewohner, sei es auf den lebhaften Marktplätzen oder in den geheimen Höfen der Alchemisten, waren wandelnde Kunstwerke, gezeichnet von einer Harmonie aus Grazie und Perfektion. In ihren Augen glomm eine tiefe Leidenschaft, die in den Melodien ihrer Gespräche und ihrer durchdachten Wortwahl mitschwang. Ihre Gefühle — ob Freude, Schmerz oder Liebe — entfalteten sich mit einer Sensibilität, die aus den Tiefen ihres Innersten zu schöpfen schien. Jedes Wesen, ob aus Fleisch oder Stahl, fand seinen eigenen, unverzichtbaren Platz im filigranen Gewebe der Stadt.

Auf den quirligen Marktplätzen mischten sich die Rufe der Händler mit dem Lachen spielender Kinder. Händler boten exotische Gewürze, glitzernde Ætherkristalle und mechanischen Spielereien feil. Der betörende Duft gerösteter Kräuter zog durch die Straßen, und das süße Bouquet frischen Gebäcks strömte aus den offenen Fenstern der Bäckereien, begleitet von den sanften Klängen der Straßenmusiker und dem fernen

Hämmern in den Werkstätten. Die Bewohner, ob jung oder alt, trugen Gewänder, die Elemente der Vergangenheit und der Zukunft vereinten. Ihre erlesene, sorgfältig ausgewählte Kleidung strahlte Würde und verführerische Eleganz aus. Lange Mäntel, versehen mit Stickereien, und dampfbetriebene Armreifen sowie Æthermonokel prägten das Bild der Stadt. Von den rauchenden Schloten der Fabriken bis zu den okkulten Kaufläden in verborgenen Winkeln verschwammen die Grenzen der Realität und schufen eine Aura des Wunderbaren. Die Menschen bewegten sich mit einer Anmut, die die Symbiose von Sehnen und Metallstreben beinahe vergessen ließ. Ihre Augmentationen waren keine bloßen Technologien, sondern individuelle Meisterwerke, die einzigartige, wenngleich anerschaffene Persönlichkeiten offenbarten.

Das Feuer der Innovation loderte in den Ateliers, wo Künstler den menschlichen Körper als Leinwand behandelten. In der Malerei und Bildhauerei wurde die harmonische Koexistenz mechanischer Perfektion und künstlerischen Feinsinns nachgerade zelebriert, während Kunst und Kultur diese Verbindung feierten. Auf den Bühnen der Theater- und Opernhäuser erwachten die Geschichten von Menschen und Maschinen, ihren Kämpfen, Hoffnungen und Träumen, zu neuem Leben. In den Akademien und Bibliotheken vertieften sich Gelehrte in ihre Studien, umgeben von alten Büchern und modernsten Apparaturen, angetrieben vom unstillbaren Durst nach Wissen. Alchemisten und Ingenieure arbeiteten in den Werkstätten und Laboren Hand in Hand, um mechanische Gliedmaßen zu erschaffen, die nahtlos mit Fleisch und Blut verschmolzen, sowie Maschinen, die von magischen Kristallen angetrieben wurden.

Untrennbar waren die Menschen mit ihren Erfindungen verbunden. Die Maschinen und Apparate waren nicht nur Werkzeuge, sondern das pulsierende Blut der Stadt — Symbole für die Funktionen des menschlichen Körpers. Doch selbst inmitten des unablässigen Lärms der Mechanik bot Etherion auch Orte der Stille. Zwischen den gepflegten Straßen, versteckten sich verborgene Gärten, umschlossen von hohen Mauern, die sie wie eine andere Welt wirken ließen. Innerhalb dieser Mauern entfaltete sich eine üppige Flora: Bunte Blumenbeete, von Rosen und Lilien dominiert, umrahmten plätschernde Brunnen, deren Tropfen auf moosbewachsene Steine fielen und das Klingen alter Windspiele nachahmten. Hier, im Schatten alter Bäume und umgeben vom Duft blühender Blumen, konnte man dem Wirrwarr der Stadt entfliehen und für einen Moment innehalten.

Schmiedeeiserne Gitter und schattige Bögen wölbten sich über die Pfade, ein Band der Verbundenheit zog sich durch jeden Winkel der Stadt — von den lebhaften Märkten bis hin zu den verborgenen Innenhöfen. Unter dem dichten Gewebe aus Stimmen und Schicksalen offenbarte sich die Tiefe menschlicher Erfahrung. Kinder tanzten und spielten durch die Straßen, ihr Lachen hallte wider und breitete sich aus wie Sonnenstrahlen, die die dunklen Ecken erhellten. Diese kleinen Gestalten, umsorgt und behütet, gediehen in einer Welt, die sie als wertvolle Mitglieder der Gemeinschaft feierte. Familien aller Art fanden in Etherion eine Heimat, einen Ort, an dem alte Bräuche geachtet und neue, unergründliche Netze gesponnen wurden. In diesem Geflecht aus Stein und Dampf griffen die sozialen Strukturen ineinander wie die Saiten eines perfekt gestimmten Instruments, durchdrungen von Wärme und Fürsorge, die allerorten spürbar war. Diese innige Verbundenheit und gegenseitige Unterstützung bildeten das Nervenelixier Etherions — eine unsichtbare Kraft, die die Stadt zu etwas Besonderem machte. Geprägt von Herausforderungen der Vergangenheit und Gegenwart hatten die Bewohner gelernt, dass ihre Stärke in der Einheit lag. In Krisenmomenten reichten sie sich über alle Grenzen hinweg die Hände, um Trost und Lösungen zu bieten. In dieser Stadt, deren jeder Dampfpfeif den menschlichen Erfindergeist atmete, war gegenseitige Hilfe nicht bloß eine Geste des guten Willens, sondern Teil des Alltäglichen. Die Menschen wussten, dass jedes Rädchen und jedes magische Artefakt Teil eines größeren Ganzen war, an dessen Gestaltung sie alle mitwirkten.

Wenn die Sonne hinter dem Horizont verschwand und der Himmel sich in ein glitzerndes Sternenfeld verwandelte, strömten die Menschen auf die Straßen. Zwischen laternenbeschienenen Fassaden und im Zwielicht glänzenden Bauten entfaltete sich ein farbenprächtiges Spektakel aus Gesprächen, Musik und künstlerischen Darbietungen. Umrahmt vom üppigen Grün der Gärten und dem leisen Plätschern der Brunnen, feierten die Menschen auf großzügigen Plätzen. Die von warmen Lichtern erhellten Straßen und Gebäude glänzten wie Preziosen einer anderen, traumhaften Welt. Plätze und Parks verwandelten sich in Bühnen für wogende Dialoge, wirbelnde Tonkaskaden und aus dem Nichts geborene Kunstwerke. In den zahllosen Spelunken, Tavernen und Gasthäusern versammelten sich die Einwohner an warm beleuchteten Holztischen und glänzenden Theken, um bei dampfenden Tassen Tee oder schäumenden Gläsern Bier über die Tagesereignisse zu sprechen. Perlendes Gelächter und sprühende Wortwechsel erfüllten die Räume, atmeten die stille Intimität des Beisammenseins. Über den Tischen schwebte die Energie leidenschaftlicher Debatten, und in dieser lebendigen Szenerie wurde ausgiebig gelacht, getanzt und von Zukunftsträumen gesprochen, wodurch Oasen der Zusammenkunft entstanden, in denen jeder — ob Freund oder Fremder — in die Wärme der Gemeinschaft eingehüllt wurde.

In den Häusern von Etherion, durchzogen vom Duft köstlicher Abendmahlzeiten aus heimischen Küchen, sammelten sich Familien und Freunde in der Behaglichkeit von Kerzen und dem Knistern des Kamins. Geschichten wurden gesponnen, Pläne gewebt und Träume geteilt. Unter dem samtigen Schleier der Nacht tauchte Etherion in ein Reich aus Stille und Schatten, die flossen wie vergessene Stimmen — leise und unergründlich. Die lebhaften Straßen des Tages, durchzogen von eiligen Schritten, sanken in einen tiefen Schlummer. Die Lampen, die tagsüber verborgen waren, entflammten nun und warfen weiches Licht auf die Fassaden, und ihre Strahlen huschten über das Kopfsteinpflaster, erweckten funkelnde Reflexionen auf den nassen Steinen, die ein leichter Regenschauer hinterlassen hatte.

Dichter Nebel, der wie ein Geist aus den Winkeln der Stadt aufstieg, vermengte sich mit dem Licht und schuf eine Geometrie aus Dunst und Schatten, umhüllte die Gassen in ein geheimnisvolles Schweigen, in dem sich jeder Laut — sei es das ferne Zischen der Leitungen oder das Klappern eines losen Fensterladens — in die stumme Choreografie der Dunkelheit wagte. Die letzten Schritte der Passanten verhallten im Nebel, und die Stadt, nun ein verwunschener Ort, schien innezuhalten. Die

Luft war kalt und frisch, mit einem Hauch von Feuchtigkeit, der die Sinne wachhielt. Man konnte das leise Rascheln der Blätter in den Gärten hören, das sanfte Plätschern des Wassers in den Brunnen, die im Mondlicht schimmerten. Jedes Element, von den geschwungenen Eisenbalkonen bis zu den fein gearbeiteten Türklinken, schrieb sein eigenes Kapitel in das nächtliche Szenario der Stadt.

In den letzten Stunden des Tages, wenn sich die goldenen Wege in der Dunkelheit lösten, öffneten sich die Türen zu den verborgenen Werkstätten. In diesen Hallen, wo das Menschliche seine Grenzen verschob, arbeiteten die Augmentierten mit einer Präzision, die nichts von der Welt da draußen ahnen ließ. Wie stillgelegte Kathedralen wirkten diese Kammern, Körper lagen ausgestreckt auf metallenen Tischen, die Haut aufgeschnitten und entblößt. Mit akribischer Sorgfalt und stummer Hingabe kerbten die Augmentierten das zerrissene Fleisch ihrer Kunden, falteten es, webten Metallplatten und hydraulische Glieder in offene Wunden. Hitze fraß sich durch verwandlungswilliges Fleisch, und der scharfe Geruch von Öl und Blut stieg auf, begleitet vom gedämpften Stöhnen derer, die bereit waren, sich der Transformation zu unterziehen. Die Luft war dick von Metallstaub, der sich auf allem niederlegte wie eine zweite Haut.

Etherion war nicht nur eine Stadt der Verteidigungsmauern, sondern auch der Körper, die sich mit derselben Entschlossenheit formten. Ihre Mauern, geformt aus Stein, Metall und dem unerschütterlichen Willen ihrer Bewohner, symbolisierten mehr als Schutz; sie spiegelten die innere Stärke wider, die jeden Bürger prägte. Dieser äußere Widerstand gegen den Verfall wandelte sich in eine verstörende Form der Innovation. Die Prinzipien, die einst die Mauern festigten, formten nun die Identität der Menschen, ihre Körper durch Technologie verstärkt. Augmentierungen wurden zu sichtbaren Narben, die sich in jedem Bürger fortsetzten. Unter dem Druck drohender Vernichtung entstand eine schmerzhafte Transformation, die sich über Generationen verfeinerte. Mit beklemmender Hingabe führten die Augmentatoren das Skalpell, jede Narbe ein Triumph über die eigene Verwundbarkeit. Was einst durch Stärke bewahrt wurde, hielt nun durch eiserne Kontrolle zusammen.

Doch im Laufe der Zeit verkehrte sich Überlebenswille in hohle Eitelkeit. Was einst ein Ausdruck des Überlebens war, verkam zur leeren Insignie selbstgefälliger Prunksucht, deren einziger Zuschauer das eigene Spiegelbild war. Die Reichen ließen sich maßgefertigte Augmentationen in ihre Leiber fügen, nicht aus Not, sondern als Zeichen der Überlegenheit. In ihrer Suche nach Perfektion verloren sie sich selbst, vergessend, dass Perfektion ohne Seele nur ein anderer Name für Verfall ist.

In diesem ewigen Tanz zwischen Fortschritt und Zerfall, zwischen Macht und Verantwortung, zwischen Tradition und Innovation, verkörperte Etherion den unstillbaren Drang der Menschheit, sich über ihre eigene Vergänglichkeit zu erheben. Seine Mauern, geformt nicht nur aus Stein, sondern auch aus dem Willen seiner Bewohner, umschlossen eine Stadt, die sich weigerte zu vergehen, verwurzelt in den Trümmern einer untergegangenen Welt. So stand die Stadt als lebendes Zeugnis menschlichen Ehrgeizes, und als Symbol dessen, was war und wieder sein könnte.

Doch der Glanz der Stadt ruhte auf einem Geflecht politischer Macht, das sie nicht nur formte, sondern auch zusammenhielt. Unter den Gewölben des *Ewigen Palastes*, wo sich dieses Machtgefüge verdichtete, trug die Stadt nicht nur das Erbe ihrer Wächter, sondern auch die stählernen Sehnen einer komplexen politischen Struktur. Der Senat, ein elitäres Gremium, regierte mit kaltem Kalkül, während der Erzregent, vom Volk legitimiert, die Macht in einem prekären Gleichgewicht hielt. Ursprünglich vom Senat ernannt, durfte der Erzregent seine Krone nur mit Zustimmung des Volkes tragen — eine notwendige Übereinstimmung, denn er hatte nicht sich selbst, sondern das Volk zu vertreten. Im Schatten des Senats lenkte er die Geschicke der Stadt, während im Hintergrund der Rat, unbemerkt und doch unverzichtbar, Belange des Alltags regelte.

Diese fragile Allianz aus Senat, Erzregent und Rat spannte sich wie ein Seil über dem Abgrund, jede Säule ein potenzieller Bruchpunkt in Etherions sorgsam austarierter Stabilität. Kein Senator konnte den Rat ignorieren, oft waren sie selbst Mitglieder beider Gremien, wandelnd zwischen den Machtsphären, deren Grenzen eine Frage der Auslegung waren. Jede Entscheidung war durchtränkt von Intrigen und dem ständigen Ringen um Kontrolle. Über allem schwebte das Volk, oft nur Zuschauer, doch im Bewusstsein, dass seine Zustimmung den Regenten legitimierte — oder stürzte. In Zeiten der Uneinigkeit, wenn hitzige Debatten durch die Gemächer des Senats dröhnten, lag das Schicksal der Stadt in den Händen jener, die das Wort wie eine Waffe führten. So webte sich ein dichtes Geflecht aus politischer Weisheit und militärischer Stärke, das Etherion auf der Klinge eines Messers balancierte, stets nur eine Entscheidung vom Chaos entfernt. In diesem komplexen Spiel, dessen Regeln sich ständig änderten, war jeder Schritt ein sorgsam kalkuliertes Manöver.

Während die Stadt in schwindelerregendem Glanz erstrahlte, tobte im Verborgenen ein stiller Kampf. Verräterisches Geflüster durchzog die Kammern des Ewigen Palastes, während die allgegenwärtigen Augen der Wächter wachsam blieben. Das Volk, berauscht von Fortschritt und Fülle, nahm die unterschwelligen Spannungen kaum wahr, doch die eiserne Hand des Schildherrn griff tiefer, bis in die Herzen und Köpfe jener, die sich fälschlicherweise frei wähnten. Doch die wahre Gefahr lauerte nicht außerhalb der Mauern, sondern im brüchigen Fundament der eigenen Stärke. Etherion kämpfte nicht nur gegen äußere Bedrohungen, sondern gegen die eigene Zerbrechlichkeit. Unter der glänzenden Oberfläche blieben Risse sichtbar für jene, die zu sehen wagten. Die lautlosen Patrouillen der Wächter erinnerten stetig daran, dass die Stadt, trotz aller Erneuerung und des Strebens nach Ewigkeit, auf einem schmalen Grat zwischen Glanz und Verfall wandelte.

In der Morgendämmerung, als die Strahlen die noch schläfrigen Straßen Etherions küssten, traf das erste Licht auf Stein, der älter war als die Sprache, die ihn beschrieb. Marmorsand rieselte von der gewölbten Decke des Palasteingangs und sammelte sich auf den Bodenplatten. Die eisenbeschlagenen Tore erhoben sich sieben Mannslängen hoch, ihre Scharniere, grün wie uralte Bronze und dicker als Säulen, bewegten sich lautlos. Nicht einmal ein Luftzug war zu spüren, wenn die tonnenschweren Flügel sich regten. Langsam schoben sich die Steinmassen zurück und gaben den Blick auf eine Struktur frei, die nicht vom Menschen erbaut schien, sondern sich selbst erschuf und den Menschen nur duldete. Der elfenbeinfarbene Marmor erwachte in einem Hauch von Rosaton, der zart über die Fassade floss, wie die Innenseite einer Muschel aus einem Meer, das nie existiert hatte. Diese majestätische Unnahbarkeit durchdrang jede Terrasse, geschichtet in kühnen Winkeln. Der Palast schien zu atmen — nicht wie ein Lebewesen, sondern wie etwas, das Leben nie nötig gehabt hatte. Um ihn standen rotweiße Pflanzen, deren Farbspiel unwirklich, fast surreal wirkte, als gehörten sie zu einer fremden Jahreszeit — einem ewigen Herbst, der nur hier, an diesem Ort, existierte. Sie waren rot wie frisches Blut und weiß wie alte Knochen, und der Frost mied ihre Nähe. Ihre Zweige trugen gleichzeitig Knospen und welke Blätter. Ihre Wurzeln griffen tief in die Vergangenheit, und ihre Kronen schienen einen anderen Himmel zu berühren.

Hinter dem Tor öffnete sich ein weites, stilles Atrium unter freiem Himmel, von Mauern umfangen, die das Licht wie Spiegel zurückwarfen und die Säulen aufleuchten ließen wie den ersten Schnee des Winters. Dieses Areal, dessen Pracht und Größe an antike Thermen erinnerte, lag eingebettet in eine Oase lebendiger Vegetation. Dreihundert Marmorsäulen, durchzogen von feinen Quarzadern, säumten den offenen Bereich und trugen die Bögen und Hallen des Palastes, die sich um das offene Atrium wie ein steinernes Band schichteten. Die hohen Arkaden wuchsen darüber hinaus, und wer den Blick hob, verlor sich in den Säulen, die wie kristallisierte Gedanken einer fremden Geometrie emporstrebten und den Himmel durchbohrten. Ein Mosaik spannte sich unter den Füßen, die Steine so fest gefügt, dass keine Klinge dazwischenpasste. Ein Farbfluss aus tiefem Kobaltblau, leuchtendem Eisenrot und kühlem Smaragdgrün zog sich über den Boden, als hätte das Atrium die Farben vergangener Zeiten bewahrt. Diese Mosaike erzählten von Kriegen und Königen, triumphalen Siegen und tiefgründigen Entdeckungen. Die Farben schienen zu fließen, sobald man den Blick abwandte. In der Sonne schwebte der Staub und bewegte sich in Mustern, die an alte Schriftzeichen erinnerten. An der zentralen Kreuzung befand sich eine achteckige Quelle, umrandet von glattem, azurblauem Stein — als hätte das Meer selbst ihn geformt. Wie geschmolzenes Mondlicht ergoss sich das Wasser, jeder Tropfen ein fallender Stern. Das Rauschen wurde zur Ode an die Ewigkeit, deren zeitloser Gesang noch den unruhigsten Geist zu besänftigen vermochte.

Etwas abseits stand ein einzelner, würfelförmiger Block, drei Schritt hoch, drei Schritt breit, drei Schritt tief. Seine Oberfläche war makellos glatt, als habe nie eine Hand ihn berührt. Kein Staub lag auf ihm, keine Inschrift erklärte seinen Zweck. Die Morgensonne erreichte ihn nie. Das Licht, das durch die hohen Fenster fiel, schien ihn zu meiden. Wer lange genug hinschaute, begann zu zweifeln, ob der Block wirklich aus Stein war. Oder ob der Stein nur die Form war, die sich etwas viel Älteres gewählt hatte, um unter Menschen zu weilen.

Die Mauern des Palastes flüsterten von Geheimnissen, und ein verborgenes Ächzen drang aus der Ostwand, hörbar nur an Vollmondnächten. Jede Linie, jeder geschwungene Bogen sprach von alten Schlachten, vergessenen Schätzen und den Herrschern, die darüber wachten. Im Herzen der Stadt thronte dieses Wächterwerk unangefochten: ein Monument der Macht, durch das eine elitäre Führung die Geschicke Etherions lenkte. Beim Betreten des Hauptgebäudes stieß man auf eine Treppe, deren Dimensionen sich erst im langsamen Aufstieg erschlossen. Siebzehn Stufen, jede ausgetreten von zehntausend Schritten, führten zur ersten Galerie. Die Temperatur fiel um zwei Grad. Von dort gelangte man über weitere Stufen zu den höheren Ebenen, wo sich Senatssäle und Gemächer öffneten. Weiter innen entfalteten sich Räume grundverschiedener Art, jeder abgestimmt auf eine eigene Stimmung und ein bestimmtes Thema. Ferne Stimmen hallten durch gewölbte Gänge, begleitet vom Flüstern der Schritte, deren Echo 2,3 Sekunden brauchte, um die Kuppel zu erreichen. Fresken erstreckten sich entlang der Wände bis zu den mit Sternenbildern bemalten Decken, deren Farben sich aus dem Dunkel des Gewölbes lösten und die Weiten des Kosmos widerspiegelten.

Die höher gelegenen Räume waren dem Senat vorbehalten und atmeten erhabene Unnahbarkeit. Dreihundertzwölf Räume verteilten sich über mehrere Ebenen, abgeschirmt von dicken Stoffbahnen, die jede Bewegung dämpften und mit goldenen Stickereien glitzerten. Massive Möbel flankierten die Kammern. Fenster mit Glasmalereien in Edelsteintönen fingen das Morgenlicht und warfen es in splitterndem Glanz über den Stein. In Raum 147 fehlte seit dem großen Erdbeben eine Bodenfliese.

Im Herzen des Palastes lag die opulente Versammlungshalle, deren Wände in Farben leuchteten und Gemälde verhüllter Gestalten zeigten. Hohe Stühle und kunstvoll gearbeitete Tische standen beisammen. Kein Vorhang regte sich, kein Staubkorn schwebte auf, als hielte das Licht es seit Jahrhunderten im selben Strahl gefangen. Wie bestellt fielen die Lichtstrahlen, wanderten über gewebte Muster und polierte Böden, verweilten in schwerer Faltenlandschaft und setzten den Raum in ihr vertrautes Relief — ihre altbekannte Rolle, wieder einmal fehlerlos dargeboten, als rechneten sie fest mit dem geduldigen Blick des Lesers.

In einem Saal, dessen Pracht den prunkvollsten Palästen *Histrions* Konkurrenz machte, fand die tägliche Ratsversammlung statt. Die Fenster waren so hoch, dass die Wintersonne um Punkt zwölf den Boden streifte. An der mit vergoldeten Schnörkeln und feinen Linien verzierten Decke hingen Kristallkronleuchter, die über den Köpfen der Ratsmitglieder schwebten und facettenreiches Licht auf Gemälde und Wandteppiche warfen. Diese Meisterwerke, in lebendigen Farben und feinster Detailtreue, illustrierten triumphale Momente Etherions, von kühnen Luftschiffexpeditionen bis hin zu bahnbrechenden Entdeckungen in der Alchemie. Die Ratsmitglieder saßen im Kreis, ihre Gewänder so schwer wie ihre Blicke. Um Hals und Finger funkelten Edelsteine, die Rang und Macht in allen Farben spiegelten. Inmitten dieser Runde lag der Ratstisch aus schwarzem Ebenholz, seine Oberfläche gesprenkelt von den Reflexionen der Kronleuchter. Hohe Stühle mit Samt gruppierten sich darum und gewährten Etherions Elite einen würdigen Platz. Die Stühle knarrten in einer Tonlage, die so alt war, dass selbst der Staub darauf noch Staub angesetzt hatte.

Unterhalb der Bogenfenster stand eine mechanische Uhr, ihr Innenleben sichtbar hinter gläsernen Zahnrädern, ihr Ticken durchdrang den Raum. Sie maß mehr als nur die Zeit — sie maß das Fortschreiten unnachgiebiger Gedanken und unumkehrbarer Entscheidungen. Massive Holztüren führten in diesen Saal, der Etherions ehrgeizigste Köpfe vereinte. Hier debattierten Erfinder, Gelehrte und Aristokraten unter der Leitung von Viktor, des Erzregenten. Man sprach von Handel und Sicherheit, doch oft drehte sich das Gespräch um Themen, die niemand auszusprechen wagte: die ethischen Grenzen der Augmentation, die Ausweisung illegaler Flüchtlinge, der soziale Unfrieden in den Bezirken und die wachsende Dekadenz der Wohlhabenden. Die Luft war gesättigt vom gedämpften Murmeln, dem Knirschen von Papier und dem leisen, metallischen Klicken von Tintenfedern. Eine Feder glitt über Pergament und hinterließ Worte, die niemand mehr lesen würde.

Viktor schwieg, sein Blick ruhte auf den Versammelten. Die grauen Strähnen in seinem dunklen Haar verliehen ihm Würde, seine Augen spiegelten die Last seines Amtes wider und machten ihn zum Leuchtfeuer der Stabilität, zum Maßstab selbst in turbulenten Zeiten. Goldenes Licht, das durch das Buntglas sickerte, hüllte den Rat in sanftem Schein, als ob die Sonne selbst sie zu Klartext drängen wollte. Doch trotz der gelösten Atmosphäre blieb die Schönheit des Raumes eine flüchtige Randnotiz angesichts der drängenden Themen, die auf der Tagesordnung standen. In ruhiger Haltung saß er am Kopf des langen Tisches, die Finger fest um die Lehne seines Stuhls gelegt, als wäre dieser Griff das einzige Bindeglied zu einer Welt, die er mit unbeirrbarer Sorgfalt zusammenhielt. Seine Augen waren unverwandt auf Ratsherrin Helena gerichtet, seiner engsten Vertrauten und zugleich schärfsten Kritikerin. Ihr Blick war unverstellt und direkt, eine Mischung aus Schärfe und Wärme, die Viktor zugleich herausforderte und tröstete. Sein Blick glitt weiter und blieb an Eberhard hängen, dessen berühmte Eloquenz legendär war — besonders wegen jener denkwürdigen Rede, in der er mit nichts als einem Halbdutzend scharf gewählter Worte und einer Handvoll Kirschkerne den gesamten Senat zum Schweigen gebracht hatte. Viktor ließ die Stille einen Moment länger wirken. Eberhard, immer für eine subtile Provokation zu haben, schob sich gemächlich nach vorn, als hätte er etwas Besonderes zu sagen.

»Würdiger Hüter des Volkes, wie steht es um Ihren Gemütszustand?«

Er hielt inne, fixierte Eberhards Gesicht, als prüfe er den Gehalt der Frage, bevor er den Blick senkte und den Siegelring an seinem Finger drehte.

»Gemütszustände sind wie die Schatten auf den Mauern, Eberhard — sie zeigen sich, doch fassen kann man sie kaum. Ich messe meinem eigenen Empfinden wenig bei; wichtiger ist, was ich tue und bewirke. Ob ich ruhig bin oder aufgewühlt, das sollen die beurteilen, die mich von außen betrachten. Für mich zählt, dass die Stadt stabil bleibt — am Ende ist das das einzige Maß.«

Während er sprach, verriet ein flüchtiger Schatten in seinem Blick das Gewicht unausgesprochener Bürden. Eberhard lehnte sich entspannt in das Polster und grinste spitzbübisch, offenbar eher beeindruckt als überrascht von Viktors Antwort. Dann nutzte er sie wie ein gut präpariertes Instrument, um den Ton der Versammlung zu setzen.

»Stellt euch vor, verehrte Kollesgen, weit jenseits der Stahlbrachlande, in einem Land, das selbst die Karten vergessen haben, soll ein verborgenes Reich existieren.«

Einige Ratsmitglieder warfen sich amüsierte Blicke zu, andere schauten skeptisch. Marcus, nie um einen sarkastischen

Kommentar verlegen, zog spöttisch die Mundwinkel hoch.

»Was für ein Unsinn. Als ob wir hier nicht schon genug Sorgen hätten.«

Eine überraschte Miene zierte Viktors Gesicht, während Helena, deren Verstand schneller arbeitete als die feinsten Zahnräder der Stadt, anerkennend zu Eberhard nickte.

»Was jenseits der Brachlande liegt, bleibt eines der letzten Mysterien. Doch wer weiß, vielleicht trotzen dort tatsächlich unverwüstliche Siedlungen dem Niedergang.«

Eberhard zwinkerte ihr zu, bevor Julius, das jüngste Ratsmitglied, mit jugendlichem Überschwang dazwischenrief:

»Und vielleicht finden wir dort Dörfer, in denen die Leute Hühnereier essen!«

Schallendes Gelächter brandete auf. Selbst der alte Konrad, der nur noch aus tiefer Freundschaft zu Viktor im Amt war, zeigte sich erheitert. Viktor hob beschwichtigend die Hand.

»Freunde, lasst uns zur Tagesordnung zurückkehren. Es gibt Wichtigeres zu besprechen.«

Doch das Lachen wollte den Raum nicht verlassen. Marcus, dessen Witz immer einen spitzen Rand hatte, hakte nach:

»Wir sollten wirklich mal Hühnereier verkosten. Vielleicht sind sie gesünder als unser übliches Essen.«

Eberhard lachte laut auf, legte die Hand auf die Tischkante und trommelte leicht mit den Fingern. Während Viktor sich innerlich noch sammelte, ergriff Konrad das Wort.

»Mit Verlaub, Herr Viktor, die Ernährungslage in Etherion könnte besser sein. In den ärmeren Bezirken ist man bereits auf Fledermausfleisch ausgewichen.«

»Ich habe gehört, Fledermausfleisch ist ziemlich schmackhaft«, fügte Marcus hinzu.

Konrad wartete, bis das Gelächter verklungen war, und sprach dann mit einer Stimme, weich wie altes Leder.

»Manchmal ist das, was wir für gesundes Wachstum halten, die eigentliche Krankheit, und was wir als Bedrohung abtun, der unsichtbare Funke unserer Erneuerung.«

Viktor hob die Hand mit einer Ruhe, die den Raum durchdrang wie ein ungesagtes Gebet.

»Danke, Konrad. Das ist ein Gedanke, der unser volles Gewicht verdient. Der Fortschritt lockt uns, ungebremst voranzueilen. Doch erst die Krise reißt uns aus dieser Blindheit und zwingt uns zur schonungslosen Selbsterkenntnis. Konflikte und Rückschläge sind untrennbar mit dem Menschsein verbunden. Sie testen unsere Grenzen, fordern uns heraus, sie zu überschreiten. In solchen Momenten der Prüfung dürfen wir uns nicht vom Wandel nicht blenden lassen. Wahre Stärke zeigt sich darin, auch gegen Widerstände an seinen Überzeugungen festzuhalten — und den Wandel zu nutzen, ohne seine Grundsätze zu verraten.«

Seine Stimme zog die Ratsmitglieder zurück in die Wirklichkeit wie ein Anker ein treibendes Schiff in den Hafen.

»Bevor wir uns jedoch in der Schwere der Verantwortung verlieren«, erwiderte Eberhard, »darf ich daran, dass das *Fest der Talente* vor der Tür steht. Der Ewige Palast wurde nicht erbaut, damit wir darin wie gefrorene Statuen regieren.«

»Das ist wahr«, antwortete Viktor. »Doch die Gerüchte aus dem Ödland sind keine Märchen. Während wir hier tanzen, zieht ein Sturm herauf, der nicht ignoriert werden kann.«

Helena, deren Verstand präziser arbeitete als die feinsten

Zahnräder der Stadt, nickte mit der Klarheit eines unbestechlichen Urteils.

»Sparen wir uns die Panik und konzentrieren uns auf das Wesentliche: Neuankömmlinge sind kein Problem für Etherion. Wer aus den prosperierenden Teilen des Ödlands, aus Argos oder Lunaris kommt, bringt Fähigkeiten und Wissen mit, die unsere Stadt bereichern. Diese Verbindungen haben uns immer gestärkt, und es gibt keinen vernünftigen Grund, sie abzulehnen. Wir teilen eine gemeinsame Grundlage aus Fortschritt, Toleranz und Respekt. Schon vor der Transformation haben wir von diesen Verbindungen profitiert. Wenn wir über die Flüchtlinge sprechen, sollten wir Möglichkeiten sehen, nicht Bedrohungen.«

Ihre Stimme blieb getragen von intellektueller Überlegenheit, doch die Schärfe darin traf genau auf den Punkt. Julius, ein Verfechter des Fortschritts, nickte zustimmend.

»Vollkommen richtig. Wir müssen die Chancen sehen, die sich uns bieten. Neue Menschen bringen neue Ideen, und Etherion hat immer davon profitiert.«

Marcus, wie immer kritisch, ließ sich tiefer in seinen Stuhl sinken und strich mit den Fingern über den Stoff seines Gewandes, als ob er einen unsichtbaren Makel beseitigen wollte.

»Es ist nicht immer so einfach. Zuwanderung wird problematisch, wenn Menschen aus Regionen kommen, die technologisch und zivilisatorisch weit hinter uns zurückbleiben.«

Eberhard richtete sich auf.

»Besonders jene aus den nahegelegenen Dörfern, wo Aberglaube wuchert und die Verbindung zur Technologie kaum existiert. Diese Menschen bringen nicht nur einen anderen

Geschmack für Fledermausfleisch mit, sondern auch Vorstellungen von Autorität und Hierarchie, die im Widerspruch zu den Freiheiten stehen, die wir so hochhalten.«

Ein leises Raunen ging durch die Versammlung, bevor Marcus erneut das Wort ergriff:

»Das ist nicht nur eine hypothetische Frage. Lunaris und Argos sind uns kulturell nahe, aber diese abgeschotteten Regionen? Dort ist Magie ein religiös-politisches Werkzeug. Wenn diese Leute hierherkommen und unsere Straßenlaternen sehen, was glaubt ihr, wie sie reagieren? Sie würden uns vermutlich als Ketzer verbrennen.«

Helena fuhr gedankenverloren mit den Fingern über den Tisch, als wolle sie die nächsten Worte sorgfältig in den Stein ritzen.

»So mag es erscheinen. Nur sind es nicht die Menschen selbst, die eine Bedrohung darstellen. Es sind die Unterschiede in den Grundwerten, die den sozialen Frieden gefährden. Wer aus einer Kultur kommt, in der Tradition über Innovation steht und religiöse Dogmen das Leben bestimmen, wird sich nur schwer in eine Gesellschaft einfügen, die auf Fortschritt und Integration setzt. Doch wer in den Stahlbrachlanden ein guter Bürger war, wird auch in Etherion ein guter Bürger sein.«

Konrad ließ die Stille wirken, dann sprach er erneut, mit der Ruhe eines Mannes, der die Zeit auf seiner Seite weiß.

»Wohl wahr. In meiner Jugend, und das war vor langer Zeit« — er zwinkerte Julius zu, der kicherte — »da hatten wir ähnliche Probleme. Es ging nicht darum, ob es Heimatlose oder Flüchtlinge waren, sondern ob es Menschen waren, die zu uns passten.«

Viktor schaute Konrad lange an, bevor er sprach.

»Gleichwohl dürfen wir nicht vergessen, dass es nicht darum geht, ob sie uns ähnlich sind, sondern ob wir stark genug sind, zu bleiben, was wir sind, selbst wenn wir uns öffnen. Unsere Mauern dürfen uns nicht isolieren, denn was uns wirklich zusammenhält, ist der gemeinsame Geist, der uns hierhergeführt hat. Uns alle eint das Streben nach Freiheit und Würde, und mit jedem, der an unsere Tore klopft, wächst die Unruhe in den Straßen. Die Menschen spüren die Enge, sehen die schwindenden Ressourcen. Deshalb müssen wir zeigen, dass Etherions Größe in mehr liegt als bloßen Quadratkilometern.«

Marcus nickte langsam, seine Zustimmung schwer wie ein Stein, der widerwillig ins Wasser fällt. Konrad streckte die Hände aus, als könne er die aufgewühlte See der Besorgnis mit einer einzigen Geste glätten.

»Etherion hat schon Schlimmeres überstanden. Die Menschen sind verunsichert, aber sie haben auch die Fähigkeit, die Lage zu meistern. Ein bisschen Geduld, ein wenig Vertrauen, und die Menschen werden erkennen, dass die Welt nicht untergeht.«

Helena lächelte, doch es war ein Lächeln, das die Lächerlichkeit der Welt mit müder, fast spöttischer Nachsicht betrachtete — als hätte sie eine Pointe gehört, die längst ihren Reiz verloren hatte. Doch wer genau hinsah, konnte die ganze Palette ihrer gefassten Ironie darin lesen — ein Echo von unzähligen ähnlich gelagerten Momenten, die sie längst durchschaut hatte.

»Ihre Gelassenheit ist bemerkenswert«, begann sie, ihre Stimme süß, aber mit einer Kante, die man nicht ignorieren konnte. »Fast so bemerkenswert wie der Geduldsfaden, den man aufbringen muss, um dem Schildherrn zuzuhören, wenn er über ›Sicherheit‹ doziert. Bei ihm sind Vertrauen und Geduld in etwa so nützlich wie ein Fallschirm aus Backpapier — schön gedacht, aber sobald es ernst wird, eine völlige Katastrophe.«

Sie ließ eine kurze Pause, dann fuhr sie fort.

»Wissen Sie, dieser Zephyrus ist wirklich ein Mann der Tat. Während wir uns hier die Köpfe zerbrechen, wie wir die Stadt zusammenhalten, plant er längst, Etherion in ein luftdicht versiegeltes Bollwerk zu verwandeln. Ich sehe ihn schon vor mir, wie er an den Toren steht, in der einen Hand eine Flammenwerferlaterne, in der anderen einen schwingenden Kolbenschlägel, bereit, die Stadt hermetisch abzuschotten, während wir drinnen brav unsere Ætherlampen justieren und uns einreden, dass alles unter Kontrolle ist.«

Sie schüttelte leicht den Kopf, als ob sie sich von einem unangenehmen Gedanken befreien wollte.

Viktor erhob sich. Das Kratzen seines Stuhls schmiegte sich an die Wände. Sein Blick durchmaß den Saal wie eine Sanduhr, deren Körner Menschenleben waren.

»Es war immer die Konfrontation mit dem Andersartigen, die uns vorangetrieben und inspiriert hat. Erst durch das Fremde konnten wir das Eigene wirklich begreifen. Durch den Sprung in den Nebel haben wir nicht nur die Grenzen des Bekannten verschoben, sondern auch die Konturen unseres Selbst neu gezeichnet. Doch ohne den Blick von außen und die Bereitschaft, verwundbar zu sein, erstarren wir, bleiben taub für das Flüstern unserer schlummernden Potenziale. Wir schneiden uns ab von der Quelle der Erneuerung.«

Helena nickte kaum merklich — sie kannte Viktor lange

genug, um die Anspannung in seiner Haltung zu lesen. Viktor fuhr fort:

»Gastfreundschaft ist keine Gnade, die wir gewähren, sondern die Anerkennung eines fundamentalen Rechts. Wer in Frieden zu uns kommt, hat ein unveräußerliches Recht darauf, mit Würde und Respekt behandelt zu werden. Wenn wir im Namen der Sicherheit die Hand zurückziehen, die wir anderen entgegenstrecken, errichten wir Mauern nicht nur gegen sie, sondern ebenso gegen uns selbst.«

Viktor verweilte einen Moment an der Schwelle zwischen Gedanke und Wort.

»Vielleicht", sagte er schließlich, »können wir die Abstimmung mit den Senatoren vorverlegen, ohne dass Zephyrus davon erfährt.«

Die Worte ließen den Raum gefrieren. Draußen heulte der Wind um die Türme. Eberhard sprach als Erster:

»Das wäre ein gefährlicher Schritt, verehrter Viktor. Den Schildherrn zu umgehen, hieße, das Vertrauen in Ihr Amt zu verraten. Sie sind dem Volke verpflichtet sind. Eine Manipulation der Senatsabstimmung wäre höchst verantwortungslos.«

Viktors Gesicht blieb eine unleserliche Chiffre.

»Wenn ich in meinem Leben nicht gelegentlich höchst verantwortungslos gehandelt hätte, stünde ich heute nicht hier«, gab er zurück. »Wir sind keine Bilanzprüfer im Kontor von Nutzen und Schaden. Wenn wir uns darauf reduzieren, untergraben wir das Fundament, auf dem dieser Palast steht.«

Unwillkürlich glitten seine Finger zur Narbe an seinem Handgelenk, als ob die Erinnerungen daran noch immer in seiner Haut pulsierten. Helena bemerkte das fast unmerkliche

Zittern seiner Muskeln unter der Haut, und die feine Linie des Unbehagens, die seinen Nacken hinaufkroch.

»Wir wissen das, Viktor«, sagte sie behutsam und doch unnachgiebig. »Jeder hier erkennt in dir den größten Mann, den Etherion je hatte. Du hast uns durch Stürme geführt, die andere verschlungen hätten, ohne jemals deine Menschlichkeit aufzugeben. Es ist deine Fähigkeit, weiter zu sehen, wo andere nur das Ende erblicken, die dich zum Anführer macht, den Etherion jetzt braucht.«

Als der Rat sich auflöste, schien die körperliche Erschöpfung ein armseliger Gegner im Vergleich zur Legion ungelöster Fragen. Stühle schabten zurück, draußen zogen dunkle Wolken auf. Viktor saß weiterhin reglos am Kopf des Tisches, während er die anderen beobachtete, wie sie sich zur Tür wandten. Als der letzte den Saal verließ, erhob er sich mit einem leisen, resignierten Seufzen. An der massiven Eichentür blieb er einen Moment stehen, eine Hand auf der kühlen Metallklinke, während er den Duft von Holz und Pergament einsog. Er spürte, wie sich sein Kiefer anspannte, und für einen kurzen Moment schien er wie weggetreten. Er sah das Gesicht seiner Mutter, verschwommen und undeutlich, spürte das Gefühl von warmem Gras unter nackten Füßen. Doch allzu flüchtig blieben diese Bilder.

Er öffnete die Tür. Das Stöhnen der Scharniere begleitete seinen Abgang wie eine schwermütige Weise, als er in den kühlen Palastkorridor trat, der sich vor ihm erstreckte wie ein unerforschter Fluss. In diesen endlosen Marmorhallen materialisierte sich Zephyrus, ihre Schritte hallten in einem synkopierten Rhythmus. Ihre Blicke trafen sich, und in diesem Augenblick verdichtete sich die Zukunft der Stadt zu einem greifbaren

Gewicht zwischen ihnen.

»Unerwartet und doch wenig überraschend, dich hier zu sehen«, sagte Viktor, während Zephyrus mit einem Lächeln antwortete, das die Kälte des Marmors widerspiegelte:

»Viktor, nach der Farce, die sie ›Ratsversammlung‹ nennen, ist es eine Erfrischung, auf einen Geist wie deinen zu treffen.«

Viktor lächelte müde zurück, seine Augen verrieten eine tiefe Erschöpfung.

»Du siehst die Welt immer durch einen Vorhang der Intrigen, nicht wahr? Was führst du diesmal im Schilde?«

»Ich habe deinen Scharfsinn immer bewundert. Wir leben in einer Ära des Wandels, und doch scheint der Rat von einem naiven Optimismus geblendet zu sein. Wäre es nicht ratsam, dass die Etagen der Macht auf den Boden der Realität zurückkehren?«

Viktors Blick verhärtete sich.

»Deine ›Realitäten‹ sind oft nur geschickt inszenierte Dramen. Du spielst mit den Ängsten der Leute, um deine Ziele zu erreichen.«

»Ach, Viktor. Du verstehst mich so gut und doch so wenig. Es geht nicht darum, Ängste zu schüren. Echte Stabilität wird nicht durch das Verbreiten von Illusionen erreicht. Es geht darum, die Menschen von der Wahrheit zu überzeugen und sie auf das vorzubereiten, was kommen mag.«

»Und du siehst dich als denjenigen, der Etherion ›vorbereitet‹? Durch Manipulation und Kontrolle?« fragte Viktor skeptisch.

»Nein, nein«, stellte Zephyrus klar. »Nicht Kontrolle. Die Stadt steht auf den Zinnen der Hölle, und ich reiche ihr lediglich eine Schaufel. Komm, lass uns ein Stück laufen.«

Während sie durch den immensen Korridor schritten, dessen Dimension fast surreal wirkte, funkelte der Marmorboden in tausend Farben, als wären unzählige Edelsteine darin eingebettet. Als sie sein Ende erreichten, gelangten sie ins Foyer. In dieser stillen Halle, die nur selten besucht wurde, befand sich das gewaltige Fresko *Der Zyklus des Endlosen*, das sich über eine gesamte Wand erstreckte. Seine Farben und Formen schienen fast lebendig, als würden sie sich vor den Augen der Betrachter bewegen. Viktor verweilte für einen Moment vor dem Meisterwerk, während Zephyrus neben ihn trat.

»Weißt du, warum die meisten Besucher dieses Fresko meiden?« fragte Viktor nachdenklich. »Warum sie fast immer schnell an ihm vorbeigehen? Es präsentiert uns die Vision einer Zukunft, in der Schmerz und Lust, Leben und Tod untrennbar miteinander verbunden sind.«

»Andere hingegen sind wie gebannt von seiner Schönheit. Sie können den Blick nicht abwenden. Es ist eine Allegorie auf die Symbiose von Mensch und Maschine, Leben und Technologie; ein Akt der Selbstüberwindung«, ergänzte Zephyrus, während er auf eine der verstörenden Gestalten deutete, die im Zentrum des Freskos stand.

Viktor folgte seinem Blick zu einer Gestalt auf dem Fresko, deren Körper eine groteske Verschmelzung aus zerteiltem Fleisch und eisernem Flechtwerk war. Die Haut der Kreatur schien sich in metallische Platten und Röhren zu verwandeln, die sich in eleganten Mustern über ihren Körper schlängelten. Ihre Haut war aufgerissen und vernarbt, durchzogen von Implantaten und Drähten, die sich wie parasitäre Ranken ins blutige Fleisch gruben. Die Augen der Gestalt starrten ins Leere.

»Selbstüberwindung oder Abstieg ins Chaos?« entgegnete Viktor und richtete seinen Blick auf eine besonders verstörende Szene des Freskos, wo eine Gestalt, halb Mensch, halb Maschine, zwischen den Polen von Leid und Veränderung gefangen war.

»Chaos und Ordnung sind nur zwei Perspektiven auf ein und dieselbe Realität«, erklärte Zephyrus. »Sieh, wie diese Figur sich wandelt. Sie verkörpert die Schönheit unserer Ambitionen — ein Phönix aus der Asche unserer vergänglichen Natur.«

Viktor studierte die Details des Freskos.

»Du sprichst von Schönheit, doch ich sehe in diesem Werk nur die Verzerrung unserer Natur. Schau dir die Verzweiflung in den Gesichtern dieser Figuren an, sie zerschellen an den Kanten ihrer zerrissenen Hybridnatur.«

Mit einem Anflug von Hohn, der kaum die Lippen verzerrte, trat Zephyrus näher an das Fresko.

»Ein notwendiges Opfer auf dem Weg zu einem besseren Leben. Siehst du nicht, wie die Technologie sich nahtlos in das Fleisch integriert und eine neue Form der Existenz ermöglicht? Es geht um eine Neuerfindung unseres Menschseins.«

Viktor sah wieder auf das Fresko, sichtlich in Gedanken versunken. Zephyrus nutzte diesen Moment.

»Denk an die Möglichkeiten, die uns offenstehen. Wir könnten Krankheiten ausmerzen, unsere Lebensspanne verlängern, unser Bewusstsein erweitern.«

Viktor wandte sich ab, fixierte Zephyrus.

»Wozu? Um als zuckender, gurgelnder, stöhnender Torso zu erwachen, angeschlossen an einer Maschine?« fragte er, deutend auf die Szenerie rund um die zentrale Figur des Freskos. Um diese entfaltete sich eine Landschaft, die sowohl organisch als auch mechanisch anmutete. Verwachsene Bäume und Pflanzen verschmolzen mit geometrischen Metallstrukturen, als bestünden sie aus ein und demselben Stoff.

»Beachte die Verästelungen, die sich wie Adern verzweigen«, fuhr Zephyrus fort, »die Blüten, die mechanische Gelenke imitieren, und die Ranken, die wie Schläuche aussehen? Die Technologie ist ein Schlüssel, sie erlöst uns von den Ketten unserer armseligen Biologie.«

»Das mag sein«, erwiderte Viktor nachdenklich, »doch gibt es eine Grenze, an der die Verschmelzung von Mensch und Maschine mehr nimmt, als sie uns gibt.«

»Genau das ist der Punkt. Unsere Werte müssen sich ebenso weiterentwickeln wie unsere Körper. Die Zukunft, die wir anstreben, ist keine einfache oder bequeme, aber manchmal müssen wir Grenzen überschreiten, um etwas wahrhaft Großes zu erreichen. Das Fresko mag verstörend sein, aber es ist auch ein Symbol unserer grundlegendsten Sehnsucht — ein Spiegel, der uns zeigt, wer wir wirklich sind. Erinnerst du dich an das Experiment von Dr. Halsey? Wie er durch Technologie das Denken erweiterte, um die Geheimnisse des menschlichen Geistes zu entschlüsseln? Die Technologie ist und bleibt unsere Schöpfung, gestaltet nach unserem Ebenbild.«

Viktor nickte langsam, während er weiter das Fresko betrachtete.

»Ebenbild, ja. Nur liegt es an uns, was wir in diesem Ebenbild sehen wollen. Halseys Probanden verloren die Fähigkeit, zwischen Realität und Illusion zu unterscheiden. Deine Vision einer vereinten Mensch-Maschine-Welt mag verführerisch klingen. Aber haben wir nicht erkannt, dass jede Entscheidung ihre verborgene Kehrseite birgt?«

»Betrachte es als Evolution«, schlug Zephyrus vor, während er seine Hand langsam über die Marmorwand gleiten ließ. »Die Menschheit steht an der Schwelle zu einer neuen Ära, in der wir nicht länger durch unsere Beschränkungen definiert werden. Eine Ära, die unsere Natur befreit und den nächsten logischen Schritt in der Evolution der Menschheit darstellt.«

Viktor fixierte ihn erneut.

»Evolution? Von was für einer redest du da? Die Flucht vor dem, was uns menschlich macht? Unsere Menschlichkeit ist nicht in unseren Schwächen verankert, sondern in unserem Streben, sie zu überwinden. Unsere Fehler sind Teil unserer Identität.«

Zephyrus schnaubte verächtlich.

»Nun, Viktor, du ewig Zweifelnder. Erinnerst du dich auch an Oberst Marek? Wie seine Augmentationen ihn nach einem schweren Unfall retteten? Seine künstlichen Gliedmaßen und verbesserten Sinnesorgane machten ihn nicht nur wieder mobil, sondern fähiger als je zuvor.«

Viktor ließ ein langsames Nicken zu, während er Zephyrus durchdringend musterte.

»Ja, ich erinnere mich an Marek. Aber in dem Prozess verlor er etwas Unersetzliches. Er konnte nie wieder die Wärme seiner Kinder spüren, wenn er sie umarmte. Der Regen auf seiner Haut, die Wärme der Sonne bedeuteten nichts mehr. Seine Hände spürten nicht mehr den Unterschied zwischen Blütenblättern und Plastik, und unter seinen Füßen fühlte er bloß noch das

Gewicht seiner Schritte. Er spürte nicht mehr den beruhigenden Rhythmus seines Herzschlags oder die Erleichterung eines tiefen Atemzugs. Das Kribbeln der Vorfreude erlosch, ebenso wie der Trost einer liebenden Berührung. Was nützt es, die Welt schärfer zu sehen, wenn man den Schmerz darin nicht mehr erkennt? Wenn man schneller denkt, aber die Geduld des Verstehens verliert? Die Technologie gab ihm Kraft, aber sie nahm ihm auch das, was uns zu Menschen macht. Dieses Fresko zeigt keine Vision, sondern eine Mahnung an das, was wir unwiederbringlich verlieren.«

Zephyrus' Stimme sank, doch in der Tiefe klang unbeugsamer Wille mit.

»Die größte Gefahr ist nicht der Fortschritt, sondern die Angst davor. Stagnation, das Festhalten an überholten Idealen — das ist das wahre Risiko. Um zu gewinnen, müssen wir Opfer bringen — andernfalls werden wir untergehen. Halseys Arbeit war nur ein erster Schritt; ein notwendiger, wenn auch unvollkommener Versuch.«

Viktor betrachtete ihn schweigend, seine Augen durchdringend und abwägend. Dann, mit einem leichten Kopfschütteln, sagte er selbstsicher:

»Wir sollten unsere Ideale niemals vergessen, ebenso wenig wie unsere Wurzeln. Wir dürfen nicht zulassen, dass uns die Technologie definiert — wir müssen vielmehr sie definieren.«

»Mein verständiger Freund. Lenke deinen Blick auf den wirtschaftlichen Aufstieg der Stadt seit dem Einsatz von Hybriden. Ohne sie hätte Etherion niemals überleben können«, argumentierte Zephyrus weiter. »Denk an die Vorteile, die unsere Stadt durch solche Technologien genießt. Unsere Arbeitskraft ist effizienter, unsere Verteidigung stärker. Etherion hat das Potential, ein Leitstern für die Welt zu sein — ein strahlendes Vorbild dafür, wie wir die Fesseln unserer Vergangenheit sprengen und in eine neue Ära aufsteigen können.«

Viktor wich zurück — sichtbar aufgewühlt.

»Von welcher Welt redest du da? Wir wissen nicht einmal, ob außerhalb von Etherion überhaupt noch etwas Größeres existiert. Die Stahlbrachlande sind eine einzige Einöde. Und die Fluchtsuchenden, die an unseren Toren um Einlass flehen, möchtest du von den Stadtmauern aus erschießen lassen. Ist das die strahlende Zukunft, die du uns verheißt? Eine Utopie auf den Gebeinen der Unerwünschten?«

»Genau das meine ich«, erwiderte Zephyrus und spielte mit einem kleinen metallischen Gegenstand zwischen seinen Fingern. »Es wäre uns ebenso ergangen, wie all den zugrunde gegangenen Siedlungen«, erwiderte er, während er mit einem kleinen metallischen Gegenstand zwischen seinen Fingern spielte. »Wir Menschen sind nicht bloß Kreaturen aus Fleisch und Blut. Wir sind Manifestationen unserer tiefsten Gedanken und Emotionen. Wir formen die Technologie nach unserem Bild, nicht umgekehrt — erst durch *sie* finden wir zu uns selbst.«

Viktor schenkte ihm seine ungeteilte Aufmerksamkeit.

»Es mag den Anschein erwecken, als ob die Oberfläche der Wirklichkeit uns diese Wahrheit zuflüstert. Doch unser Selbst wird ein recht ärmliches, wenn wir es der unkontrollierten Augmentation überlassen. Sie lässt uns leiden, selbst dann, wenn dieses Leiden in Gestalt des Vergnügens auftritt, um die Grenzen zwischen authentischem Erleben und künstlicher Realität aufzulösen; das Bild unseres Ichs zu verzerren und es in tausend schillernde, aber trügerische Facetten zu zersplittern. Was bleibt von der Fähigkeit zur Inspiration und Intuition, die in den Schaltkreisen der Maschinen nicht angelegt ist? Wir sehen es schon jetzt: Menschen verlieren ihr Mitgefühl füreinander, entfremden sich und zelebrieren Selbsterniedrigung als ästhetischen Genuss. Im Streben nach einem todlosen Leben verwandeln sie ihre Lebensprozesse in mechanische Abläufe. Die Anpassung des menschlichen Lebens an die Funktionslogik der Maschinen ist längst zur Todeskunst geworden, bei der wir uns unter Metall begraben und im Dampf ersticken — und so wird Unsterblichkeit nur um den Preis des Lebens selbst erreicht.«

»Deine Naivität in allen Ehren, aber Menschlichkeit ist ein Konzept in ständiger Veränderung. Sie ist fließend, wandelbar. Was wir heute als ›Verlust‹ betrachten, könnte morgen unsere Errungenschaft sein. Die Technologie kann unser Menschsein nicht nur nachahmen, sondern auch verstärken. Sie kann uns erheben, frei von den Begrenzungen unserer sterblichen Körper. Sie vermag uns menschlicher zu machen als je ein Mensch gewesen ist. Bedenke, dass *wir* es waren, die die Maschinen erschufen, daher werden sie uns stets ein Spiegel sein.«

Viktor runzelte die Stirn und wandte sich wieder dem Fresko zu. Die düsteren Farben webten eine unausweichliche Atmosphäre. Jeder Pinselstrich verlieh dem Leid der Kreaturen eine erschreckende Plastizität. Blutiges Rot vermischte sich mit dem Glanz des Metalls, während tiefe Schwarztöne die Szene umhüllten. Das gedämpfte, ungleichmäßige Licht, das auf das Kunstwerk fiel, ließ die dystopische Szenerie noch unwirklicher und traumhafter wirken.

Er betrachtete die vielen kleineren Gestalten auf dem Fresko, die um die zentrale Figur in einem unaufhörlichen Tanz gefangen waren. Einige versuchten verzweifelt, sich zu befreien, zerrissen dabei ihre eigenen Gliedmaßen, während ihre metallenen Prothesen sie in einer endlosen Mühle der Qualen hielten. Andere lagen am Boden, ihre Körper von der Technik bis zur Hälfte aufgefressen, ihre Gesichter ein Ausdruck unvorstellbarer Schrecken.

In der Luft des Freskos schwebten kleinere Figuren, halb Mensch, halb Maschine, in grotesken Posen. Ihre Gesichter eine Mischung aus Schmerz und Ekstase, gefangen in einem ewigen Zwiespalt zwischen Blut und Maschine. Einige schwebten, andere waren in der Bewegung erstarrt, wie eingefroren in der Zeit. Überall waren Details erkennbar: aufgerissene Bauchdecken, aus denen mechanische Eingeweide quollen; Gesichter, halb von Metallmasken verdeckt; und Hände, die sich in metallene Klauen verwandelten.

Viktor sah, wie die Knochen lautlos nachgaben und unter dem unerbittlichen Druck der wachsenden Metallstreben splitterten. Das Mark quoll aus den Rissen, vermischte sich mit zähflüssigem Öl und bildete eine trübe, rötliche Masse, die langsam durch die Hohlräume des Körpers sickerte. Eingepflanzte Apparaturen schoben sich millimeterweise voran, durchbohrten die Muskeln und erfassten Organe, deren Funktion auf ein bloßes Zucken reduziert war. Die Haut, übersät mit wulstigen Narben, spannte sich über wucherndes Gewebe, während eitrige Senken zu Gruben für Millionen abgestorbener Nerven wurden, die in unaufhörlichen, stummen Krämpfen verharrten. Der hybride Körper trug keine Anzeichen von Leben mehr.

Jede Faser, jeder Nerv, jede Zelle diente nur noch dem Erhalt des Mechanismus, das Bewusstsein gefangen in einem endlosen Kreislauf aus sich wiederholender, unerträglicher Agonie. Die Grenze zwischen Leben und Tod, Fleisch und Metall existierte nicht mehr — alles Teil einer pulsierenden Mechanik.

Dann richtete sich seine Blick wieder auf Zephyrus.

»Sag, Zephyrus, in diesem Spiegel der Perfektion, den du uns vorhältst — findest du darin auch Platz für unsere Fehler, unsere Schwächen, unsere menschlichen Unvollkommenheiten? Oder ist es ein Zerrspiegel, der uns nur eine glatte, seelenlose Fassade zurückwirft?«

Er antwortete mit einem Anflug von Wehmut:

»Unsere Fehler sind Überbleibsel eines veralteten biologischen Imperativs. Die Technologie ist der Skalpell, mit dem wir diese Überreste herausschneiden können. Stell dir eine Welt vor, in der das Konzept des Leidens so fremd ist wie die Dunkelheit für ein Wesen, das nie die Nacht kannte. Ist das nicht erstrebenswert? Die Technologie, vor der du zurückschreckst, ist der Schlüssel zu einem Käfig, von dem wir nicht einmal wussten, dass wir darin gefangen sind.«

Viktor drehte sich weg.

»Was du Freiheit nennst, ist nichts als eine sublime Form der Knechtschaft, in der wir das verlieren, was uns eigentlich ausmacht. Die Unvorhersehbarkeit, die Spontanität, die Unberechenbarkeit des menschlichen Geistes.«

Zephyrus' Lächeln war scharf und blutig, wie das Aufreißen einer Wunde.

»Mein edler Viktor, du hörst mich, aber du verstehst nicht, was ich meine. Du siehst ein Ende, wo ich nur den ersten Riss erkenne, der uns aus der Enge unserer alten Existenz in eine neue Wirklichkeit entlässt. Deine Angst vor dem Verlust der Menschlichkeit ist verständlich, doch sie gleicht der Angst eines Neugeborenen, das den ersten Atemzug verweigert, weil es die Luft nicht kennt. Was vor uns liegt, übersteigt alles Bekannte. Krankheit, Alter, Tod — diese Übel werden vergehen. Doch um dieses strahlende Licht zu berühren, müssen wir uns vom träge gewordenen Fleisch lösen. Was du Leben nennst, war nie mehr als eine Vorstufe, eine unvollkommene Skizze. Jetzt werfen wir sie ab, auf dem Weg zu einem Dasein jenseits von Mensch und Maschine, einer Existenz ohne Schranken. Es ist kein Sprung ins Ungewisse, sondern der Sturz in die Klarheit einer neuen Wirklichkeit, in der Fleisch und Geist ihre Bedeutung für immer verloren haben.«

Das sterbende Licht der untergehenden Sonne glitt über das Fresko, ließ seine verstörende Schönheit aufleuchten und warf lange Schatten auf den Boden. Zephyrus' und Viktors Worte hallten durch die Weite des Raumes, ein Echo ihrer tiefen Auseinandersetzung, die die Stadt spaltete. Jenseits der Mauern brachen die Menschen an den Grenzen. Die Stahlbrachlande erstreckten sich wie eine graue Wunde bis zum Horizont, ein Friedhof vergangener Schlachten, deren Narben tief in die Erde gekerbt waren. Valerius' Schritte knirschten auf dem kargen Boden, der unter seinen Stiefeln wie splitternde Knochen klang. Neben ihm schlenderte Cato, die *Dampfbüchse* locker in der Hand, ein zynisches Lächeln auf den Lippen.

»Sieh dir das an«, sagte Cato und deutete auf den verdorrten Boden vor ihnen. »Die Barbaren sprießen hier wie Unkraut — überall.«

Valerius antwortete nicht. Sein Blick war auf den bleiernen Himmel gerichtet. Ein Anflug von Beklommenheit regte sich in ihm, doch es gab keinen Raum für Mitleid. Sie erreichten die unterirdische Verhörkammer, ein Gewölbe, das tief in die Mauern Etherions eingelassen war. Die Kälte der Steine kroch in die Knochen und nistete sich wie eine ungebetene Erinnerung in den Gliedern ein — selbst bei denen, die an die Mechanik solcher Befragungen gewöhnt waren. In der Mitte des Raumes saß ein junger Mann, die Hände gefesselt, die Augen dunkel vor Müdigkeit, Schmerz und einem Hass, den nur ein Leben im Elend erzeugen konnte.

Valerius hockte reglos vor dem Fremden. Cato lehnte lässig an der Wand, die Dampfbüchse locker in der Hand, ein ungeduldiges Schmunzeln auf den Lippen.

»Sag uns deinen Namen und woher du kommst«, begann Valerius, seine Stimme frei von jeder Nachsicht. Der Fremde zögerte, seine Lippen bebten, als er auf den Tisch starrte.

»Nadir. Aus den Stahlbrachlanden.«

Catos Kiefer mahlten wie ein Räderwerk.

»Natürlich. Die verdammten Stahlbrachlande«, höhnte er, während er die Waffe schwenkte, als wolle er ihr Gewicht prüfen. »Das Nest der Barbaren.«

Valerius beachtete ihn nicht und fuhr fort:

»Warum Etherion? Du weißt, die Strafen sind hart.«

Nadirs Augen blitzten auf.

»Was glaubt ihr? Hoffnung. Aber was habe ich hier gefunden? Nichts. Ihr lebt in eurem goldenen Käfig, während wir in den Ruinen der alten Welt verrotten.«

Cato spie auf den Boden. Valerius blieb ungerührt.

»Erzähl uns von deiner Flucht.«

Nadir Stimme war schwer vor Erschöpfung.

»Es gibt nichts zu erzählen, was ihr nicht schon wisst. Der Kontinent ist eine Leiche. Die Luft ist vergiftet, der Boden tot. Wir atmen das Elend, trinken es, jeden Tag. Die wenigen Ressourcen werden von Barbaren wie Schätze verteidigt. Wir kämpfen um Krümel wie ängstliche Hunde. Es gibt keine Ordnung. Gewalt ist das einzige Gesetz.«

Cato verdrehte die Augen und hob die Waffe leicht.

»Barbaren, wie ich sagte — alle miteinander. Keinen Hauch Zivilisation.«

Nadir funkelte ihn hasserfüllt an.

»Was wisst ihr schon von dem, was wir durchgemacht haben? Die meisten von uns haben die Reise nicht überlebt. Hunger, Durst, sengende Hitze... Menschen, die neben dir verdursten, während du noch atmest.«

Nadir schnaubte leise.

»Viele von uns fielen Sklavenhändlern in die Hände, andere den Monstern der Ödlande. Ich habe gesehen, wie Menschen von ihnen in Stücke gerissen wurden.«

Valerius nickte, nahm jede Einzelheit auf.

»Und die Lager vor den Toren Etherions? Sie sind ein Alptraum, nicht wahr?«

Nadir schnaubte bitter.

»Überfüllt, verseucht. Krankheiten breiten sich schneller aus als das Mitleid, das ihr nie gezeigt habt. Kein Essen, keine medizinische Versorgung. Die Schwächsten sterben zuerst. Und als wir an eure Tore kamen, um zu betteln, habt ihr uns krepieren lassen.«

Cato grinste kalt, sein Finger spielte am Abzug der Waffe.

»Du täuschst dich, Nadir. Ihr wart nicht zum Betteln da. Ihr wart da, um einzudringen. Um Etherion zu übernehmen.«

»Und jetzt stellt ihr uns als Feinde dar?« erwiderte Nadir scharf. »Wir waren keine Bedrohung, bis ihr uns dazu gemacht habt. Etherion ist keinen Deut besser als die Barbaren aus den Stahlbrachlanden.«

Cato richtete die Waffe direkt auf Nadir. Doch Valerius' Hand schnellte hoch.

»Beruhige dich, Cato. Wir haben noch Fragen, die geklärt werden müssen.«

Cato knirschte mit den Zähnen, ließ die Waffe jedoch sinken. Valerius sah Nadir aufmerksam an.

»Was willst du wirklich in Etherion?«

Nadir hob den Kopf, doch seine Schultern blieben gesenkt.

»Eine Chance. Nichts weiter. Ein Leben, das anders ist als das, was wir in den Stahlbrachlanden hatten. Aber was habe ich hier gefunden? Nichts. Ihr seht uns nicht einmal als Menschen. Für euch sind wir nichts als Dreck. Ich wünsche mir, dass ihr alles verliert, was euch wichtig ist. Euer Glück ist ein Verbrechen, und Gerechtigkeit heißt, es euch zu nehmen.«

Valerius verharrte für einen Moment.

»Du willst also, dass andere leiden, nur weil du gelitten hast?«

Seine Finger ruhten auf der Tischkante, ruhig, aber jederzeit bereit, sich festzukrallen.

»Warum nicht? Ihr lebt hier wie Könige, badet im Überfluss, während wir im Dreck kriechen. Ich habe gehofft, hier ein besseres Leben zu finden. Aber was ich fand, waren dieselben

Lügen, dieselbe gottverdammte Arroganz. Ihr seid schlimmer als das, was wir hinter uns gelassen haben, weil ihr in all eurem Glanz nichts seht. Möge die ganze Welt brennen, wenn ich in den Abgrund stürze.«

Valerius lächelte kalt.

»Du würdest also wollen, dass alles um dich herum zerbricht, nur weil *du* gescheitert bist? Würdest du die Erde brennen sehen, nur weil dein *eigenes* Feuer erloschen ist?«

Nadirs Kiefer spannte sich an.

»Warum sollte es euch besser gehen als mir? Wenn ich untergehe, möge die Welt auch untergehen.«

Für einen Moment herrschte Stille. Dann brach Cato in ein kaltes, zynisches Lachen aus.

»Hab ich's dir nicht gesagt? Der ist gefährlich. Solche Leute lässt du besser nicht am Leben.«

Die Waffe klickte, bereit zum Schuss. Doch Valerius hob erneut die Hand.

»Nein, Cato. So etwas wird in Etherion nicht geduldet.«

Cato blies verächtlich durch die Nase und ließ die Waffe widerwillig sinken.

»Du und deine Milde werden uns eines Tages das Genick brechen.«

Valerius erhob sich langsam.

»Du wirst gleich von den Zuständigen hier im Haus abgeholt, die dich aus der Stadt bringen werden. Das ist alles, was dir noch bleibt.«

Nadir schwieg, doch in seinen Augen loderte Hass. Cato trat näher, seine Waffe immer noch lässig geschultert.

»Ich sag dir, der Typ gehört nicht abgeschoben. Der gehört

in den Boden. Wetten, wenn wir ihn gehen lassen, kehrt er mit einem Dutzend wütender Bastarde zurück?«

Valerius legte seine Hand auf Catos Arm und drückte leicht zu.

»Wir handeln hier nach dem Gesetz, nicht nach unserem Willen — er geht.«

Cato knurrte, seine Dampfbüchse schwenkte in einer unbekümmert Bewegung.

»Gesetz hin oder her. Manchmal...«

Ein metallisches Krachen hallte durch den Raum. Cato war mit dem Schaft der Büchse gegen die Wand gestoßen, und sein Finger rutschte ungewollt zum Abzug. Der Knall zerriss die Stille wie der Hieb einer Peitsche auf bloßer Haut. Nadir zuckte nicht einmal, als das Projektil sein Gesicht durchschlug und seinen Schädel förmlich explodieren ließ. Blut schoss in grotesken Bögen aus der klaffenden Wunde und spritzte an die Wände, während Gehirnmasse gegen die Decke klatschte. Nadirs Körper sackte in sich zusammen, wie eine Marionette, deren Schnüre durchtrennt wurden. Für einen Augenblick herrschte beklemmende Stille. Valerius starrte fassungslos auf das, was von Nadirs Körper übrig war. Langsam wandte er sich zu Cato, dessen Grinsen breiter wurde, während er Reste von Nadirs Hirn von seiner Wange wischte — als wäre es nichts weiter als Schlamm nach einem Regenguss.

»Hoppla«, sagte er trocken, während er das Tuch mit betont lockeren Bewegungen zusammenfaltete. »Schätze, das war's dann wohl mit dem Verhör.«

Valerius' Atem ging schwer, seine Fäuste ballten sich, als er sich Cato näherte. Kein Blick wanderte mehr zu den blutigen Überresten — seine Augen blieben starr auf den Wächter gerichtet.

»Cato«, begann er mit schneidender Stimme, »das hier war weder ein Unfall noch ein schlechter Witz.«

Sein Blick wanderte durch den Raum, über die Wände, an denen Nadirs Blut klebte.

»Was zum Teufel hast du dir dabei gedacht?«

Cato zuckte mit den Schultern, als wäre der Vorfall kaum der Rede wert.

»Ach komm, Valerius. Der Typ war sowieso erledigt. Hast doch selbst gehört, was er gesagt hat. Hass, Vergeltung... Den hätten wir nicht mehr umstimmen können. Das hier war noch Gnade, glaub mir.«

Er lachte leise und legte die Büchse lässig auf seine Schulter. Valerius trat noch näher an ihn heran, bis sie fast auf gleicher Höhe waren.

»Das ist nicht der Punkt«, sagte er mit jener leisen Autorität, die jeder Wächter zu respektieren wusste.

»Wir sind hier, um zu befragen, nicht zu richten. Es steht dir nicht zu, über Leben und Tod zu entscheiden.«

Cato rollte mit den Augen, aber das Grinsen war etwas blasser geworden.

»Na gut, na gut«, gab er zu, sein Tonfall etwas nachgiebiger. »Du weißt, ich mag's nicht, lange um den heißen Brei herumzureden.«

Valerius nickte, seine Haltung blieb ernst, doch ein Hauch von Verständnis lag in seinen Augen.

»Du weißt genau, dass wir für etwas Größeres stehen. Lass mich nicht daran zweifeln, dass du das vergessen hast.«

Valerius legte ihm eine Hand auf den Arm, die Geste lockerte die Spannung zwischen ihnen.

»Nächstes Mal denken wir nach, bevor wir handeln, ja?«

Cato schmunzelte und hob die Hände in einer gespielten Geste der Kapitulation.

»Alles klar. Ich verspreche, das nächste Mal frage ich dich, bevor ich jemandem den Kopf wegblase.«

Er grinste, doch ein Hauch Respekt blitzte in seinen Augen auf. Valerius ließ seinen Arm los und seufzte.

»Das kommt ins Protokoll. Und vergiss nicht: wir sind für jeden unserer Schritte verantwortlich.«

»Verstanden«, antwortete Cato mit einem schiefen Lächeln, als er die Dampfbüchse über die Schulter legte.

Nachdem sie die eisige Kälte der Verhörkammer hinter sich gelassen hatten und die schweren Mauern von Etherion sie freigaben, betraten Valerius und Cato die dämmrige Bar *Scherbenkompass* in einem der abgelegenen Viertel der Stadt. Die messingbeschlagene Eingangstür knarrte leise, als sie aufschwang, und ein Duft von altem Holz und Maschinenöl hing in der Luft, vermischt mit dem metallischen Klingen grotesker mechanischer Skulpturen, die zwischen den Tischen thronten. Diese aus Schrott gefertigten Kreaturen wirkten wie Wächter über die Trinker. Optisch schienen Valerius und Cato ein ungleiches Paar zu sein. Valerius, schlank und mit wachen Augen, bewegte sich mit der Anmut eines Gelehrten, seine feingliedrigen Hände strichen gedankenverloren über die ledergebundene Sammelmappe, die er stets bei sich trug.

Cato hingegen schritt mit der Autorität eines Mannes, der es gewohnt war, Befehle zu erteilen. Seine breiten Schultern spannten sich unter der mit Zahnrädern verzierten Uniform. Süßer Rauch schwebte wie Nebel unter den rußgeschwärzten Balken, und die niedrige Decke ließ die düsteren, mechanischen Lüster fast bedrohlich über den Köpfen der Gäste baumeln. Das gedämpfte Licht zahlloser Gaslampen flackerte durch den Raum, ihre Flammen tanzten hinter kunstvoll geätzten Glaszylindern und warfen ein warmes Licht auf die polierte Oberfläche der Bar. Die Tische und Stühle waren krumm und wacklig, und die Geräusche verloren sich in den vernarbten Wänden, während das Summen der alten Dampfanlage unaufhörlich weiterdröhnte.

Cato ließ sich schwer auf einen der Barhocker sinken, sein Umhang streifte dabei die metallene Skulptur einer Krähe, die knirschend den Kopf zurückdrehte. Der zerbeulte Hocker ächzte unter seinem Gewicht, während die geschwungene Rückenlehne aus Leder und Chromstahl ihm Halt bot. Valerius nahm neben ihm Platz. Mit einer beiläufigen Bewegung legte Cato seine Dampfbüchse auf den Tresen, als wäre sie nichts weiter als ein Accessoire. Der vernarbte Holztresen trug die Spuren jahrzehntelanger Schlägereien, einige Einschusslöcher von Dampfpistolen prägten sein Bild. Über den Tresen verstreut standen Flaschen, in denen sich Flüssigkeiten in seltsamen Farben und dichten Nebeln bewegten. In den Regalen stapelten sich grünliche Kristallgläser, während der Barkeeper — ein älterer Mann mit einem mechanischen Auge und einer klobigen Handprothese — in geübten, gleichmäßigen Bewegungen schimmernde Getränke servierte.

Valerius liebte die Bar nicht nur wegen ihrer Abgeschiedenheit, sondern auch wegen der Wände, die mit alten Karten von Etherion geschmückt waren. Die detaillierten Darstellungen zeigten die Stadt in verschiedenen Phasen ihres Wachstums, von den Anfängen bis zur Gegenwart. Jede dieser Karten erzählte eine eigene Geschichte, und Valerius konnte stundenlang die Linien und Grenzen studieren, als könnte er in den Falten des Pergaments eine Lösung für die Zukunft finden. Für ihn waren Karten mehr als bloße Orientierung. Seit seiner Kindheit gaben sie ihm das beruhigende Gefühl, immer einen Ausweg zu kennen. Als Wächter war es seine Pflicht, die Stadt in- und auswendig zu kennen, doch seine Leidenschaft dafür ging weit darüber hinaus. Schon als Junge hatte er es geliebt, Pläne zu studieren und zu wissen, wie er aus jeder noch so misslichen Lage entkommen konnte. In dieser Bar fand er dieses alte Gefühl wieder — die Sicherheit, den Überblick zu behalten, wenn die Welt um ihn herum ins Chaos stürzte.

Der Barkeeper musterte die beiden, als wüsste er um die Bedeutung ihres Besuchs. Seine mechanische Hand schwebte kurz über der Theke, bevor er sich dezent verbeugte.

»Wie darf ich den Herren zu Diensten sein?« fragte er, während er zwei Messingbecher mit einem feinmaschigen, metallischen *Rauchnetz* polierte, dessen Schimmer wie Sternenstaub glitzerte.

Valerius warf ihm einen kurzen Blick zu und nickte.

»Etwas, das die Gedanken schärft«, sagte er mit ruhiger Überzeugung.

Cato, der keine Veränderungen duldete, lehnte sich zurück und brummte:

»*Schmiedegeist.*«

Der Barkeeper neigte den Kopf. »Selbstverständlich«,

antwortete er, als wäre er für diesen Moment bestimmt. Für den Schmiedegeist griff er nach einem vorgeheizten Messingkessel, in den er präzise 100 ml Glutgeist und 50 ml Eisenkorn goss. Die bernsteinfarbene Flüssigkeit schimmerte, als er 10 ml Lederessenz und eine Prise Schießpulveraroma hinzufügte. Mit geübter Bewegung füllte er die Mischung in eine eisenfaustförmige Destille, die sofort zu summen begann. Dampf entwich durch kunstvoll gearbeitete Ventile.

Währenddessen bereitete er für Valerius einen *Nebeltraum* vor. In einem filigranen Glaskolben mischte er 50 ml Gin, 25 ml Holunderblüten und 25 ml frisch gepressten Zitronensaft. Mit einer Pipette fügte er 10 ml Schmetterlings-Mana hinzu. Die Flüssigkeit färbte sich tiefblau, und ein Hauch essbaren Perlmuttstaubs brachte sie zum Leuchten.

Nach fünf Minuten war Catos Schmiedegeist fertig. Der Barkeeper goss die dunkel-rauchige Mischung in einen vorgewärmten Messingbecher und fügte einen Tropfen ætherisches Öl hinzu, der sich in feinem Rauch auflöste.

»Ihr Schmiedegeist, Herr«, sagte er und stellte das dampfende Getränk vor Cato ab. »Kräftig, wie es Ihnen gebührt.«

Cato hob den Becher, inhalierte den intensiven Duft und nahm einen Schluck. Seine Augen weiteten sich leicht. Der Barkeeper wandte sich dann Valerius zu, nahm eine Glaskugel, in deren Innerem ein winziger Uhrwerkmechanismus sichtbar war, und goss die schimmernde Mischung hinein. Als er zuletzt 25 ml Tonic Water hinzufügte, begann das Getränk zu wirbeln und zu schäumen.

»Ihr Nebeltraum, Herr«, sagte er und stellte die Glaskugel vor Valerius ab. »Eine Erfrischung für den Verstand.«

Valerius' Finger glitten über die glatte Kugeloberfläche. Mit einem stummen Nicken ließ er seinen Blick sprechen. Die Farben des Nebeltraums wirbelten, als er die Kugel drehte. Mit dem ersten Schluck schloss er die Augen und ließ den Geschmack auf der Zunge zergehen, als wäre die Antwort auf jede Frage darin verborgen.

Die beiden Männer saßen Seite an Seite, jeder in sein Getränk versunken — das eine rauchig und kraftvoll, das andere schimmernd und sich ständig verändernd. Zwei Welten, vereint an einer Bar.

»Dieser Kerl… er hat mir wirklich zu denken gegeben«, begann Valerius, seine Stimme rau wie der Wind draußen.

Cato hob kaum den Blick.

»Was genau hat er dir zu denken gegeben? Seine Wahnvorstellung, die Welt brennen sehen zu wollen?«

Valerius führte das Glas an die Lippen, als würde er tief über den Geschmack einer alten Wahrheit nachdenken.

»Nicht nur das. Er konnte nicht unterscheiden zwischen dem Wunsch, sich selbst zu zerstören, und dem Drang, die Welt mit in den Abgrund zu reißen.«

»Was kümmert's dich? Jetzt ist er tot — erledigt vom Spaten der Realität.«

Die Maserung der Holzpaneele der Bar verschwamm vor Valerius' Augen.

»Es ist mehr als das. Er hatte etwas von *uns* in sich. Diese Verzweiflung, dieser Hass — als würde er in uns allen stecken, nur tiefer verborgen.«

Valerius hielt das Glas gegen das matte Licht der Bar, und die Welt verzerrte sich in den gebrochenen Reflexionen. Die

Wirklichkeit löste sich auf wie die letzte Unze Vernunft im Delirium eines ewigen Säufers. Seine Prinzipien zerrannen wie Blut aus den aufgeschnittenen Handgelenken der Gerechtigkeit. Wie eine grinsende Fratze wirkten die Reflexionen. War es Cato, der dort auf der anderen Seite des Glases saß, oder nur eine Projektion seines wachsenden Zweifels? »Was, wenn wir längst gescheitert sind?« fragte eine Stimme in seinem Kopf. Das Glas fühlte sich zerbrechlich an, wie die Welt, die unter seinem Schutz stand. Die Mauern der Stadt, die Gesetze — alles so dünn wie das Glas zwischen seinen Fingern. Ein falscher Druck, ein Moment der Unachtsamkeit — und es würde zerbersten. Die Lichtstrahlen brachen in den silbrigen Reflexionen wie Knochen unter Folter, und er fragte sich, ob das Glas überhaupt existierte — oder ob es genauso ein Phantom war wie das giftige Märchen von Ordnung und Recht, das sie sich selbst erzählten, während sie im Chaos ihrer dunkelsten Triebe versanken. Die Reflexionen offenbarten eine Welt, die immer mehr zu einem Traumgebilde wurde, aus dem es kein Erwachen gab — weil das Erwachen selbst nur eine weitere Schicht des Traums war. Kurz schien es, als hätte Valerius unter Wasser gestanden, dann brach er mit einem hörbaren Atemzug an die Oberfläche. Seine Augen fanden Cato wie ein Taucher den rettenden Horizont.

»Was unterscheidet uns von ihm, außer dass wir eine Uniform tragen?« fuhr Valerius fort.

Cato lachte trocken.

»Vielleicht die Fähigkeit, nicht alles niederbrennen zu wollen, wenn die Dinge aus dem Ruder laufen.«

Valerius runzelte die Stirn. Trank. Dachte.

»Hör zu, Valerius: Manchmal sind es genau die Wächter, die sich fragen, ob es nicht besser wäre, wenn alles in Flammen aufgeht. Immer mehr von uns packen es einfach nicht mehr. Man redet nicht drüber, aber unsere Truppe schmilzt schneller als Eis in der Hölle. Wir staksen auf fauligen Leichen zwischen einem Mob, der unsere Schädel als Trinkgefäße benutzen will, und Gesetzen, die so robust sind wie Seifenblasen in einem Säurebad. Wie viele von uns haben sich in den letzten Jahren das Leben genommen? Und jedes Mal tun wir so, als wäre es ein Unfall. ›Ups, da ist wohl wieder einer beim Putzen ausgerutscht — direkt in sein eigenes Messer. Zehnmal.‹ Wir verkaufen Lügen wie Brot. Das Volk frisst sich daran zu Tode und dankt uns noch dafür.«

»Die Leute glauben, wir wären unsterblich«, fügte Valerius hinzu. »Dabei sterben wir jeden Tag ein bisschen mehr — für sie.«

Cato grinste schief.

»Unsterblich? Schön wär's. Wir sind Werkzeuge, um die Barbaren draußen zu halten und das Volk drinnen ruhigzustellen. Unsere Haut ist die Stadtmauer, unsere Rippen sind Gitterstäbe, unsere Augen blinde Wachtürme. Wir vernichten die Fremdlinge, erdrücken den Willen der Einheimischen und opfern dafür unsere eigenen Seelen.«

Er leerte sein Glas in einem Zug. Der Schmiedegeist raste wie ein Waldbrand durch seine Kehle, versengte seine Gedanken und hinterließ eine wohltuende Leere.

»Die Flüchtlinge, sind wie Eiter, der aus den Wunden unserer verfaulenden Welt quillt. Die Unruhen sind Krämpfe eines sterbenden Körpers. Und die Angst? Tja, ohne sie wären wir arbeitslos und die da oben schutzlos. Und wenn du dann jemanden wie diesen Ödländer siehst, der so verdammt sicher ist, dass die Welt ihm etwas schuldet... da fragst du dich irgendwann, ob er nicht doch irgendwie recht hat. Warum sollen wir diejenigen sein, die alles zusammenhalten? Wären wir nicht besser dran, wenn wir endlich... loslassen?«

Valerius trank vom Nebeltraum, und beobachtete, wie die schimmernden Wirbel in der Glaskugel sich langsam beruhigten, ganz so, als würden sich seine Gedanken ordnen.

»Weil jemand es *tun* muss. Stell dir vor, wir gäben auf — was bliebe dann? Ein Pandämonium der Dekonstruktion, in dem die Seele Amok läuft und Identitäten im Vexierspiel der Nichtigkeit verdampfen. Und ja, es ist ermüdend, Tag für Tag gegen die Entropie anzukämpfen, aber wir haben keine Wahl. Wir sind der letzte Schutz für die Stadt. Andere können sich den Luxus leisten, in Depression zu versinken oder sich einzukapseln. Unsere Verantwortung ist es, diesen Zirkus am Laufen zu halten, selbst wenn die Menschen uns verachten. Aber es gibt auch Dinge, die uns daran erinnern, warum wir das tun. Wir nennen es *Zivilisation*. Ohne uns, Cato, gäbe es keine Zivilisation mehr — nur noch Trümmer.«

Catos Glas traf den Tisch mit der Wucht einer Guillotine, die ihre gemeinsamen Illusionen enthauptete.

»Zivilisation? Ein Euphemismus für unser kollektives Delirium. Wir sind Lichtbringer in einem Universum der Dunkelheit, versuchen mit unseren schwachen Laternen die Nacht zu vertreiben, während wir selbst von ihr verschlungen werden. Tag für Tag patrouillieren wir durch ein Atlantis, das noch nicht begriffen hat, dass es bereits versunken ist. Und jetzt verlangen sie von uns, die Grenze zu verteidigen wie die Irren von Königsnest, die glaubten, sie könnten die Ewigkeit in Sanduhren einsperren. Sollen wir etwa Dämme aus Worten gegen eine Flut aus Chaos und Verzweiflung errichten?«

Valerius' Miene verharrte in marmorner Ruhe, doch in seinen Augen tobte ein Sturm der Kontemplation. Mit der Feierlichkeit eines Hierophanten erhob er den Kelch, ließ den Nebeltraum wie flüssige Dunkelheit seine Kehle hinabströmen — ein Versuch, das Licht der Erkenntnis zu löschen.

»Wir haben Regeln, Cato. Gesetze. Das ist es, was uns unterscheidet.«

Cato lachte hart.

»Die Stadt pfeift auf Regeln. Sie wollen Resultate, keine Moralvorträge. Sie wollen, dass wir ihre Angst in Blut ertränken. Und wir... stehen dazwischen. Nur mit einem Gesetz in der Hand, das jeden Tag schwerer zu halten ist.«

Für einen Moment war es still zwischen den beiden, nur das Prasseln des Regens füllte die Leere. Jeder Tropfen traf die bleiverglasten Fenster mit einem scharfen Klick, zog flüssige Silberlinien über das Glas. Das matte Licht brach sich in diesen Linien, zersplitterte in Myriaden von Farbnuancen, zu subtil für Worte. Es war unmöglich zu sagen, wo der Raum aufhörte und die Welt begann. Kleine Bäche liefen an den Scheiben herab, verzweigte Linien, die durch das matte Licht zogen. Valerius ließ die Worte auf sich wirken, als wären sie Tropfen, die in den See seiner Gedanken fielen.

»Wir halten die Dämme. Wenn wir es nicht tun, reißt die Flut alles mit sich fort.«

In Valerius' Augen suchte Cato nach dem flüchtigen Schimmer der Naivität, wie ein Goldwäscher, der in einem ausgetrockneten Flussbett nach dem letzten Körnchen Hoffnung siebte. Doch was er fand, war eine Landschaft aus unbeugsamer Überzeugung, karg und unwirtlich für die Saat der Skepsis, die Cato so verzweifelt zu säen versuchte. Er fand keine Schwäche und sprach schließlich aus, was ihn wirklich quälte.

»Du glaubst wirklich noch an das, was wir verteidigen?«

Cato ließ seinen Blick nicht von Valerius ab, als suche er einen winzigen Riss in dessen Überzeugung. Valerius hielt dem Blick stand.

»Irgendjemand muss es. Sonst war alles vergebens.«

Valerius' Worte fielen wie Axiome in den Raum, unverrückbar in ihrer Schlichtheit. Cato musterte ihn noch einmal und hob sein Glas, widerwillig, wie ein Feldherr, der vor einer überlegenen Macht kapituliert. Valerius lächelte leicht.

»Manchmal hilft es, aus der Rolle zu fallen, die einem das Leben auferlegt hat.«

Cato musterte ihn, als hätte Valerius gerade angekündigt, ins Kloster zu gehen.

»Worauf willst du hinaus?«

Valerius ließ sich nicht beirren, seine Augen verfolgten den aufsteigenden Dampf, als würden die Messingrohre an der Decke seine Gedanken ordnen.

»Ich habe jemanden kennengelernt.«

Cato blinzelte, wie man blinzelt, wenn man glaubt, dass ein Bekannter sich auf Rohkost umgestellt hat und gleich erklärt, warum das besser für alle ist.

»Eine Frau? Im Ernst? Und ich dachte, du redest von Erleuchtung.«

Valerius schloss kurz die Augen.

»Ich sah sie zum ersten Mal auf der Bühne im Theater der Träume. Sie hat mich so beeindruckt, dass ich danach nicht anders konnte, als sie persönlich kennenzulernen. Jetzt haben wir uns schon ein zweites Mal getroffen.«

Cato runzelte die Stirn, als hätte er sich verhört.

»Eine Schauspielerin? Valerius, bist du sicher, dass es dir gut geht?«

»Es ist nicht, wie du denkst. Sie ist anders.«

Cato klopfte sich dramatisch auf die Stirn.

»Natürlich ist sie anders. Jede Frau, die einen Kerl aus der Reserve lockt, ist ›anders‹. Aber lass mich raten: Sie ist nicht nur anders, sie hat dir auch den Spiegel vorgehalten und dir Dinge gezeigt, die du nie über dich selbst wusstest?«

Er landete einen Volltreffer.

»Ganz genau. Sie ist wie ein Spiegel, und ich sehe Teile von mir, die ich längst vergessen hatte.«

Cato rieb sich das Kinn, als müsste er ernsthaft überlegen, ob Valerius das wirklich meinte.

»Herrlich, Valerius. Du hast keinen Flirt, du hast einen Therapeuten gefunden. Was kostet der Spaß? Wahrscheinlich bezahlst du mit deinen tiefsten, unverarbeiteten Seelenkrisen, oder?«

Valerius lächelte amüsiert.

»Das ist genau dein Problem, Cato. Du bist chronisch untervögelt und projizierst das auf alles um dich herum.«

Er erstarrte kurz, dann hob er den Finger.

»Moment mal, ich bin *nicht* untervögelt. Und selbst wenn, das würde alles nur komplizierter machen.«

Valerius lachte leise, aber es war ein Lachen mit Kanten.

»Aber was, wenn ich dir sage, dass es nicht nur darum geht, was du mit deinem Körper anstellst? Vielleicht hast du einfach nie versucht, hinter die Fassade zu blicken.«

Cato ließ ein trockenes Lachen hören.

»Ach komm. Am Ende zählt doch, was zwischen den Laken passiert, oder? Und da mache ich keine schlechten Erfahrungen.«

Valerius sah ihn an, als wäre er ein Rätsel, das es nicht wert war, gelöst zu werden.

»Du hast diese unvergleichliche Gabe, alles auf das Triebhafte zu reduzieren. Wenn die Apokalypse an die Tür klopft, muss ich dir nicht erklären, dass die Welt untergeht. Ich werde dir nur sagen müssen, wie viele Frauen noch übrig sind.«

Cato grinste, als sei er soeben zum Herrscher gekrönt worden.

»Das ist die natürliche Ordnung der Dinge. Was willst du da mit ›Spiegeln‹? Die Wahrheit liegt irgendwo zwischen den Schenkeln einer willigen Dame.«

Valerius blieb gelassen, als ob er den Wind hinter verschlossenen Türen spürte.

»Und welche Wahrheit wäre das?«

»Dass Frauen nichts weiter sind als fleischgewordene Gedichte — schön anzusehen, aber letztlich bedeutungslos.«

»Fragst du dich nie, ob das nicht eine faule Ausrede ist, dich nicht wirklich mit jemandem auseinanderzusetzen?«

Cato hob abwehrend die Hände, als wolle er ein unsichtbares Urteil entkräften.

»Wenn ich mich mit etwas auseinandersetzen will, dann

höchstens mit einer Matratze. Frauen sind einfach. Schön anzusehen, gut zu besteigen, aber am Ende nur Messing und Dampf. Der Rest ist optional. Maribel mag anders sein, aber du siehst in ihr, was du sehen willst. Keine Frau ist so tiefgründig, dass sie dich — ich zitiere — ›mit dir selbst konfrontiert‹.«

Valerius grinste trocken.

»Und du bist tiefgründig genug, um Frauen auf Sofakissen-Niveau zu reduzieren? Vielleicht bist du der größere Poet von uns beiden.«

»Sag mir, oh weiser Valerius, was hat dir deine neue Rolle gebracht? Außer Rückenschmerzen vom vielen Nachdenken?«

»Erkenntnis, Cato. Tiefe.«

»Tiefe?«

Er lachte schallend.

»Die einzige Tiefe, die ich kenne, ist die einer gut geölten…«

»Bitte!« unterbrach Valerius. »Du reduzierst die Hälfte der Menschheit auf Löcher.«

»Und du erhebst sie zu Göttinnen. Wer von uns ist verrückter?«

Valerius massierte seine Schläfen.

»Vielleicht würdest du irgendwann erkennen, dass du genau der Poet bist, der du nicht sein willst.«

Cato hob das Glas mit einem pompösen Schwung.

»Die einzige Poesie, die mich interessiert, ist die, die zum Höhepunkt führt. Warum hast du mir das mit euch beiden nicht früher erzählt?«

»Vielleicht hätte ich das, aber ich wusste, dass es so enden würde.«

Cato schnellte hoch.

»Du bist mein bester Freund. Ich dachte, wir teilen alles — vor allem, wenn es um eine dieser süßen, kleinen Theaterschönheiten geht. Oder glaubst du etwa, ich sei schwul?«

Valerius senkte den Kopf, als wollte er einen lästigen Gedanken vertreiben.

»Ich weiß, dass du nicht schwul bist. Aber das bedeutet nicht, dass du über Frauen reden solltest, als wären sie Möbelstücke.«

»Aber ich rede doch nicht so, wenn sie dabei sind. Nur unter unter uns Männern. Da wird doch wohl erlaubt sein.«

Valerius kreuzte die Arme.

»Nein, Cato, das macht es nicht besser.«

Cato lachte nervös, als wäre er unsicher, wie ernst Valerius es meinte.

»Na schön, na schön. Aber eines kann ich dir sagen: Ich liebe Frauen, und Frauen lieben mich.«

Valerius' Lächeln war schmal, fast scheu, aber es sprach Bände.

»Ganz bestimmt sogar. Aber Maribel zeigt mir eine Wahrheit jenseits der Fassade. Es ist, als könnte ich mit ihr über Dinge sprechen, die ich mit dir niemals teilen könnte.«

Cato gab sich unbeeindruckt.

»Tja, das liegt daran, dass ich dir besser zuhören würde, wenn du nicht so verdammt poetisch wärst.«

»Du sprichst doch selbst in Metaphern, wenn du davon erzählst, wie die Stadt den Bach runtergeht.«

Cato stieß ihn leicht an.

»Mag sein. Aber ernsthaft, ich freue mich für dich.«

»Weißt du, Cato, bei Maribel geht es weniger darum, wer sie

ist, sondern wer ich *sein kann*, wenn ich mit ihr zusammen bin. Es wird Zeit, dass ich ehrlich zu ihr bin, bevor es zu spät ist.«

Cato wurde ruhiger.

»Ehrlichkeit, hm? Klingt nach einer gefährlichen Idee. Aber warum dieses ›bevor es zu spät ist‹? Hast du Angst, dass sie wegläuft?«

Valerius sprach, ohne den Blick abzuwenden, als hätte das, was er sagen musste, lange geschlummert.

»Nein. Ich habe Angst, dass ich es tue.«

Cato lehnte sich zurück, ohne Valerius aus den Augen zu lassen.

»Ich weiß schon, worauf das hinausläuft. Nächste Woche erzählst du mir, dass du ins Kloster gehst, weil keine Frau dich so sehr versteht wie du selbst.«

»Oder ich sage dir, dass ich jemanden gefunden habe, der mich besser versteht, als ich selbst es tue.«

Cato ließ sich zurücksinken, nahm einen Schluck und beobachtete Valerius über den Rand des Glases, bevor er es abstellte.

»Und? Weiß sie eigentlich, dass du ein Wächter bist? Oder hast du das elegant verschwiegen?«

Valerius zögerte, der sonst klare Blick wurde trüb, als wäre er auf der Suche nach einem sicheren Pfad im unsicheren Gelände.

»Noch nicht.«

Cato hob eine Augenbraue, schief lächelnd, als hätte er die Pointe eines Witzes verpasst.

»Warum nicht?«

Valerius suchte nach Worten, als wären sie Steine auf einem schmalen Pfad.

»Ich weiß nicht, wie sie reagieren würde. Die Wächter sind

seit der Sache mit den Flüchtlingen nicht gerade beliebt.«

Cato lehnte sich vor, seine Stimme sanft, aber scharf wie ein Messer in Samt.

»Wenn sie dich wirklich mag, spielt das keine Rolle. Sie will wissen, wer du bist, Valerius, nicht, was aus dir geworden ist.«

Valerius lächelte matt, als wäre das keine Wahrheit, sondern ein Trostpflaster.

»Manchmal denke ich, es wäre einfacher, jemand anderes zu sein.«

Cato lachte, mehr aus Selbstverteidigung als aus Belustigung. Seine Hand landete schwer auf Valerius' Schulter, als wollte er ihn wachrütteln.

»Du? Ein anderes Leben? Bitte, Valerius, du bist doch der Einzige, der Moral trägt wie eine verdammte Uniform. Du würdest nackt auf der Straße stehen, wenn du deinen Idealismus ablegst. Moralische Integrität ist dein Markenzeichen, ohne sie bist du nur… na ja, irgendein Kerl, der an der Bar rumsitzt und schlecht flirtet.«

Valerius lachte leise, sein Lachen flirtete mit seiner Müdigkeit. Er nippte an seinem Glas.

»Vielleicht sollte ich ihr alles erzählen. Es wird Zeit, dass sie die Wahrheit erfährt.«

Cato ließ sein fast leeres Glas kreisen, das Licht brach sich an den Kanten wie Sonnenstrahlen in einer Scherbe.

»Sag's ihr. Aber bald. Sonst kommt irgendein hübscher Barde mit strahlendem Lächeln vorbei, und du bist abgeschrieben. Und mal ehrlich, was hast du zu verlieren? Ein paar böse Blicke? Die stehen dir sowieso besser als dieses moralische Stirnrunzeln.«

Valerius sein Glas in einem Zug aus, als wollte er damit die Entscheidung besiegeln. Der Barkeeper füllte es ihm rechtzeitig wieder nach.

»Ich werde es ihr sagen. Beim nächsten Mal.«

Cato hob sein Glas, als auch bei ihm nachgegossen wurde.

»Verdammt richtig. Und wenn's schiefgeht? Dann trinken wir eben auf die Wächter, die wir waren, und die Menschen, die wir noch werden könnten.«

Ihre gefüllten Gläser klirrten, und für einen Moment schien Catos Zynismus die Luft auszugehen, ein ehrliches Lächeln blitzte auf — bevor es sich wieder hinter der Maske aus Spott versteckte.

II

DER NEBEL KROCH WIE GIFT DURCH DIE GASSEN, sättigte die Luft mit schwerer Kälte und legte sich bleiern über die Industriebezirke. Dicht und kalt wie das Metall in Elara zog er an ihr vorbei, während sie sich wie ein ungelöstes Geheimnis darin bewegte, ein Schatten, der verlernt hatte, zu verschwinden. Halb Mensch, halb Maschine, trieb sie durch eine Welt, gezeichnet von den Geistern der Vergangenheit und den erbarmungslosen Kräften technologischer Evolution — ein rostiges Relikt, das nicht vergehen durfte und doch jeden Moment in Stücke zu zerbrechen drohte.

Ihre metallenen Glieder bewegten sich rhythmisch, ihre Beine pochten bei jedem Schritt, und ein Knirschen durchbrach die Stille, wenn die Gelenke wie Zähne in das verbliebene Fleisch bohrten. Kein Schmerz — nur das dumpfe, hungrige Mahlen tief in ihrem Mark, unaufhörlich und gleichmäßig, wie eine Wunde, die sie gleichzeitig atmen ließ. Metallene Glieder, aneinandergerieben wie die Zahnräder eines zerbrochenen Traums, knirschten in ihrem Körper. Blut mischte sich mit Öl, ein unheiliges Elixier, das aus jeder Wunde sickerte und einen rötlich-öligen Glanz hinterließ. Mit jedem Schritt fraß sich das Eisen tiefer in ihr Fleisch, ihre Glieder ächzten, Knistern erfüllte die Stille, während Zahnräder mahlten.

In diesen Momenten lag der Schmerz in ihr wie ein Fels, der sich unaufhaltsam durch ihren Körper arbeitete — ein beständiges Brechen, das nichts Körperliches mehr war, sondern etwas Tieferes, Verborgenes. Ein Faden, der sich mit jedem Schritt entwirrte, bis nur noch Leere blieb. Jeder Schritt verflachte ihre Erinnerungen, die wie Blut von den Rändern ihrer Prothesen tröpfelten, und das Sirren des Metalls war alles, was blieb — ein Echo, kreisend wie ein sterbendes Herz. Der Luftzug schmeckte nach Rost, kalt und metallisch wie die Oberfläche ihrer leeren Hände, die reglos in den Raum wiesen. Ihre Prothesen waren Fluch und Bürde zugleich — Metallglieder, die sich in das Fleisch bohrten, Öl und Blut in entsetzlicher Symbiose vermischend. Doch das Pochen blieb, ein stockender Widerstand, der sie trug und zugleich erstickte.

Manchmal sah sie ein verzerrtes Gesicht in ihren Prothesen. Ein Teil von ihr beobachtete es wie aus der Ferne — eine Erinnerung, die nicht mehr wusste, wie sich Empfinden anfühlte. Wer in die Augen der Maschine blickte, wusste, dass nichts blieb, was sich selbst befragen konnte. Ihre Augen, tief wie Abyssalgruben, trugen Nachbilder eines Lebens, die nur Elara zu sehen vermochte. Doch was einmal ihr Herz gewesen war, pumpte nun Öl durch ihre Adern, im Takt des Metalls, wie das Dröhnen eines unterirdischen Hammers. Es verhöhnte die Vergangenheit und erinnerte sie mit jedem Schritt daran, dass nichts jemals wieder normal sein würde.

Im bleiernen Dunkel des Nebels lag die Zeit da; nur das Ticken in Elaras Kopf blieb. Ein unbegreiflicher Hunger trieb sie voran, ein Zwang ohne Willen und Ziel. Die Mechanik in ihr tickte — nicht aus Willen, sondern weil sie nichts anderes konnte. Der Nebel verschlang die Fabrikstraßen, kalt wie der Griff einer Hand, die nicht loslassen wollte. Er verdichtete sich um sie herum zu einem weißen, endlosen Nichts, durch das sie weiterging. Vielleicht lag in der Verweigerung des Todes die wahre Bestimmung der Mechanik: nicht zu sterben, sondern weiterzuexistieren — bis alle Schönheit erloschen ist.

Leben pulsierte wie Blut durch Prothesen, die wie hungrige Spindeln um ihre Knochen wuchsen, als drücke sich ein Bild in ihr fest, das niemals verschwinden würde. Die Mechanik war ein Parasit, ein eiserner Wurm, der Blut in etwas Kaltes und Öliges verwandelte. Tief im Metall lauerte eine Leere, die nach dem Puls ihrer Adern gierte, ein stummes Verlangen, in der Mechanik zu versinken. Wie ein Wiegenlied legte sich das Dröhnen auf ihre Gedanken. Manchmal schien es ihre Gedanken zurückzuflüstern: *»Du wirst ewig weitergehen. Du wirst fallen, ohne jemals aufzuschlagen. Du bist nicht lebendig – und wirst niemals sterben.«*

Sie dachte an die Menschen auf den Straßen, wie sie ihre vorprogrammierten Bahnen zogen, ihre Routinen abspulten, mechanisch lächelten, mechanisch liebten, mechanisch lebten. War es sie selbst, die noch ging, oder die Maschine, die ihre Gesten eingab? Es gab keinen Unterschied. Das Pochen, das in ihrem Inneren verhallte wie das Herz eines Wesens ohne Gewissheit seiner eigenen Existenz, trug nur die Erinnerung an ein Leben, das längst ins Nichts abgesunken war — ein Nichts, das schlechterdings *alles* war.

Sie ging weiter, nicht aus Wille, sondern weil sie nicht wusste, wie man stehenbleibt. Fast elegant setzten sich ihre Schritte, doch haftete ihnen, so anmutig sie waren, eine unnatürliche, fremdartige Schärfe an. Wo das Fleisch endete und das Metall begann, wusste sie nicht — und es war bedeutungslos geworden. Das Öl in ihren Adern war ihr vertrauter als das Blut. Gelegentlich sickerte das Blut aus ihren Handflächen, ein dünner, zäher Strom, als würde es sich vergeblich gegen das leblose Getriebe in ihr aufbäumen, ziellos dahinträufelnd, wo es nichts mehr zu nähren gab.

In der *Kupferfeste*, Etherions größter Konstruktionsfabrik, diente Elara als Mechanikerin. An diesem Ort entstanden Maschinen wie Götter einer neuen, erbarmungslosen Schöpfung — ein Ort des Grauens, faszinierend und verstörend zugleich; ein Schlachtfeld aus abgetrennten Extremitäten, eingeklemmt zwischen Metallplatten. Das Klopfen der Pressen und das Kreischen der Sägen, die durch Metall und bisweilen durch menschliches Gewebe schnitten, verschmolzen zu einem einzigen, unaufhörlichen Chor. Überall war das Zischen von Dampf zu hören, vermischt mit dem Röcheln alternder Maschinen. Die Luft war dick von Metallstaub und Öldämpfen, die sich in die Lungen der Arbeiter fraßen, ihre durstigen Seelen mit der Schwärze des Fortschritts stillend.

Von den Schneidklingen sprühten Funken, warfen flüchtige Schatten auf die blutbefleckten Stahlplatten, bevor sie im Dunkel erstarben. Der Boden war bedeckt von metallischen Splittern, die im Halbdunkel glänzten, überzogen von einer zähen Schicht aus Öl und Blut, das sich wie eine zweite Haut an ihre Stiefel heftete — eine Erinnerung an den Preis des dampfgetriebenen Elysiums. Überall eingeklemmte Finger und Zähne, verstreut zwischen abgetrennten Gliedmaßen. Wie eine Opfergabe sammelte sich Blut in den Ritzen des Stahlbodens.

Elara kannte die Gefahren der eisernen Ungetüme besser als jeder andere. Zu oft hatte sie gesehen, wie Kollegen in einem Sekundenbruchteil von ihnen verschlungen wurden, ihre Körper von mechanischen Kiefern zerfetzt, bis nur noch zersplitterte Knochen und zerkrümeltes Fleisch übrig waren. Ein dumpfes Knacken, ein plötzlicher Ruck, dann Stille — als wären sie nie mehr gewesen als Staub, der die Lungen der Maschinen füllte. Doch an einen Arbeiter erinnerte sie sich besonders: wie er in die Zahnräder gezogen wurde, die Knochen zerbrachen wie Glas. Sie roch das Blut, das wie Tinte über den Stahl lief. Aber das Einzige, was sie wirklich berührte, war auch hier das Geräusch: das Knistern, wenn Knochen unter dem Metall zerbröselten, erinnerte sie seltsam beruhigend an das ewige Rauschen des Windes.

Elara hatte längst aufgehört, die Maschinen zu fürchten. Die Kälte, die sich wie eine Umarmung in die Geräusche legte, wirkte besänftigend. Sie blickte nicht mehr hin, wenn ein Kollege in die Zahnräder geriet — es passierte zu oft und immer gleich, die Maschinen arbeiteten weiter, als hätte nichts von Bedeutung stattgefunden.

Viele von Elaras Gefährten waren Kümmerexistenzen — sie hatten sich längst aufgegeben. Krankheiten, die in den Eingeweiden der Maschinen lauerten, fraßen sie von innen auf, ließen ihre Gesichter erstarren. Sie sahen Elara selten an. Ihre Augen wirkten wie verloschen, und ihre Bewegungen waren mechanisch. Sie lebten nicht mehr, sie existierten nur noch, ihre Seelen längst an die Maschinen delegiert.

Manchmal, in den Pausen, lauschte Elara dem Tropfen, wenn es aus den Wunden der Arbeiter floss und klumpige Pfützen bildete. Es war das einzige Geräusch, das ihr Frieden brachte — der stetige Fluss wie eine Hand, die sie hielt. In diesem langsamen, gedämpften Platschen hörte sie die endgültige Sprache der Ruhe, und so lange es fiel, war da eine Sicherheit in ihr, dass sie noch Teil von allem war.

In der Nähe des Todes fand Elara eine Art Zuflucht. Das ständige Spiel an der Grenze, die Möglichkeit des Verschwindens, gab ihrem Leben Klarheit. Die Maschinen prüften und veränderten sie, ließen ihr nichts übrig, als zu bestehen oder unterzugehen. Umgeben von zischenden Ventilen und kreischendem Stahl glitt sie durch den Maschinenpark, selbst eine von ihnen. Und ihre Hände, überzogen von schwarzem Öl, gesprenkelt mit Blut, führten die Klingen der Evolution mit brutaler Effizienz.

An diesem Tag war Elara dafür verantwortlich, einen *Schlagkoloss* zu warten. Mit einem Messingkolben mit winziger Spitze zog sie einen Hauch Öl über die Metallrillen. Eine Spur zu viel, und die Zahnräder würden stocken; eine Spur zu wenig, und sie riskierte Überhitzung und Bruch. Ihre Bewegungen folgten unmerklich dem Rhythmus, den die Maschine vorgab. Ihre Finger griffen nach Werkzeugen, setzten Bolzen und goldene Nieten, jeder Handgriff ein stiller Triumph — ein Zeichen ihrer Unbeugsamkeit in einer Welt, die Schwäche abwies und doch eine Art von Erleuchtung versprach.

Beim Öffnen des Gehäusedeckels lösten sich winzige Kolbenstifte und lagen bereit, in ihre Halterungen gesetzt zu werden. Sie fixierte die Stifte sorgfältig, drehte sie leicht, bis sie exakt einrasteten. Ein Klicken signalisierte, dass jeder Kolben fest verankert war und das Gleichmaß der Maschine wiederherstellte. Ihre Hände bewegten sich fast wie ferngesteuert, ihre Finger synchron mit der Maschine — ein sicherer Reflex, der jeder bewussten Anstrengung entwichen war.

Sie beugte sich über das dampfende Konstrukt, den Blick auf die Zahnräder gerichtet, während ihre Metallhand ein silbernes Bauteil hielt. Millimetergenau drückte sie es in die Vorrichtung, bis ein leises Einrasten die richtige Lage bestätigte. Ein dünner Ölstrahl schoss hervor und zog sich über ihre Prothesen. Die Hitze strahlte durch die Finger in ihre Handflächen, trieb ihren Griff dichter an eine scharfe Kante. Ein schmaler Schnitt öffnete sich an der Haut, Blut vermischte sich mit dem Öl, tropfte in die Rillen und versickerte. Sie wischte die Finger beiläufig ab, eine Bewegung wie jede andere, die in den Rhythmus des Metalls eingebunden schien. Sie schloss das Ventil, ließ den Druck ansteigen, und beobachtete, wie die Anzeige von null auf fünfzig, dann auf siebzig und höher kletterte, bis der Koloss bereit war.

Dann stand sie am Steuerhebel. Ihre Knöchel schimmerten weiß, die Finger umklammerten das Metall, rau und abgenutzt von unzähligen Händen. Sie senkte den Hebel, und der Koloss erwachte mit einem tiefen Grollen, die Zahnräder setzten sich in Bewegung. Sie hielt den Blick auf das Kreisen der Bolzen. Das Öl floss in die Zahnräder, das Schaben und Zischen drang wie eine stille Melodie in ihre Ohren, und ein stummes Gelöbnis durchzog ihren Körper wie ein elektrischer Strom, nie selbst ein Opfer zu werden, niemals zu jenen zu gehören, deren Blut hier versickerte.

Am Ende ihrer Arbeitszeit stand Elara vor einer alten Eisenpresse, verstaubt und halb eingestürzt im hintersten Winkel der

Halle. Die Bolzen waren teils verrottet, manche verbogen, ihre Form wie eine verhöhnte Erinnerung. Ihre Hand glitt über die schartige Oberfläche, und sie bemerkte einen tiefen Riss, der das Eisen wie eine Narbe durchzog. Elara spürte eine Vertrautheit darin, als hätte sich auch durch sie selbst etwas Unwiderrufliches gezogen.

Unwillkürlich blitzte ein Bild in ihr auf — eine weiße, leere Weite, die Luft still, der Atem wie Rauch in der Kälte. Schwarze, kahle Bäume standen wie alte Gestalten, Äste wie Finger in den Himmel ragend. Das Kind in ihr stand reglos, die Füße tief im Schnee, lauschend der alles verschlingenden Stille. Es war, als hätte die Kälte das Leben selbst ausgewrungen, bis nichts blieb außer dieser Stille, in der der Atem scharf den Rand des Seins berührte.

Elara kämpfte sich durch die Weite. Der Schnee knirschte unter ihren Stiefeln, ihre Hände taub. Jeder Atemzug schnitt wie Glas in der Kehle, ein brennender Schmerz pochte in der Brust, eine unsichtbare Last drückte sie nieder. Die Stiefel hinterließen Spuren, die sofort verwehten.

In der Ferne zeichnete sich eine Gestalt ab. Elara blieb stehen, das Herz hämmernd. Schritt für Schritt kam die Gestalt näher, bis sie ein bleiches Gesicht erkennen konnte. Leere Augen starrten sie an. Es waren ihre eigenen. Sie hob die Hand, wollte die Gestalt berühren, doch die Kälte biss wie Nadeln. Ein dumpfer Druck breitete sich in ihrer Brust aus, ein Schrei blieb im Hals stecken. Die Hand der Gestalt hob sich ebenfalls, spiegelte ihre Bewegung — der Griff hart und eiskalt, als spanne er ihren Arm in einen Schraubstock. Der Schmerz wanderte den Arm hinauf, drang durch Haut und Knochen.

»Wer bist du?« flüsterte sie, doch ihre Stimme verklang.

»Hier endet alles«, antwortete eine Stimme.

Die Worte verzerrten ihren Herzschlag. Sie spürte, wie der Griff ihr Handgelenk zerdrückte, ein Pochen wie das Schlagen eines fremden Herzens umgab sie. Sie wollte sich losreißen, doch ihre Beine gehorchten nicht, festgefroren im Schmerz. Das Werkzeug fiel ihr aus den Fingern. Die Gestalt zog sie näher, das Gesicht nur Zentimeter entfernt. Mit einem Ruck befreite sie sich, stolperte zurück und fiel in den Schnee. Das Leben floss aus ihren Händen — rotes Rinnsal im Weiß. Die Gestalt stand stumm, ihre Kälte blieb.

Ein Zittern ließ das Bild verblassen, und Elara fand sich wieder vor der alten Presse, die noch immer reglos auf ihrem Sockel ruhte. Langsam zog sie den Finger über die Spur, spürte das bröckelnde Eisen. Die Maschine schien den kühlen Hauch ihrer Mechanik zu atmen, ein Ungeheuer, reglos und doch nicht ganz tot. Kurz glaubte sie, das Krachen zu hören, mit dem die Presse einst alles unermüdlich zermalmte. Elara hielt inne, betrachtete das stumme Ungetüm. Eine seltsame Zärtlichkeit, fast Respekt, keimte in ihr auf, als sei es Zeuge all der Existenzen, die an ihm zerbrochen waren — ein Fossil in ewiger Starre, verharrend im letzten Schmerz, wartend auf den Atemzug, der es wieder in Bewegung setzen würde.

Als der Tag endete, verließ Elara die Kupferfeste. Ihr Gewand, eine kunstvoll gearbeitete Montur aus robustem Stoff und lederverstärkten Nähten, war durchtränkt von der öligen Luft der Fabrik. Die Straßen des Industrieviertels, in denen die Echos der Maschinen noch nachhallten, wirkten in der Abendstille fast unwirklich. Elara schlängelte sich durch die engen Gassen, vorbei an hochragenden Häusern, deren Fassaden mit einer dicken Rußschicht überzogen waren — stolze Relikte der industriellen Pracht der Stadt. Bald erreichte sie die gepflegteren Straßen. Ihr Heimweg war erleuchtet vom schwachen Schein der Gaslaternen, die einen Kontrast zum Getöse der Fabrik bildeten. Die Stille dieser Wege lastete fast auf ihren Schultern, doch mit jedem Schritt, den sie sich von der Feste entfernte, lockerte sich der Griff der Maschinen.

Die Tür ihrer Wohnung antwortete mit einem vertrauten Knarren. Sie trat in einen Raum, durchflutet von der warmen Glut eines gusseisernen Ofens. Ihr bescheidener Zufluchtsort in einem der ruhigeren Bezirke war eine liebevoll kuratierte Melange, die eine fast meditative Stimmung ausstrahlte. Samtige Vorhänge in tiefem Grün rahmten die Fenster und tauchten die Wohnung in weiches Zwielicht. Auf einem robusten Holztisch stapelten sich Baupläne verschollener Konstrukte und abgenutzte Bücher mit Theorien über Alchemie. In der Ecke bot ein Sessel aus abgewetztem Leder mit durchgesessenen Polstern eine tröstende Zuflucht. Glatt polierte Armlehnen zeugten von den Stunden, die Elara dort in Bücher vertieft oder in Gedanken an ferne Welten versunken verbracht hatte.

Die Wände waren bedeckt mit historischen Landkarten, deren verblassende Farben und akribische Linien von einer glorreichen Vergangenheit erzählten. Sie dienten nicht nur als Dekoration, sondern öffneten Fenster in eine Welt voller Abenteuer und Entdeckungen. Unter ihnen zog ein besonders exquisites Stück die Blicke unweigerlich auf sich: eine Karte des Inselkontinents Histrion — der gesamten bekannten Welt. Gezeichnet auf feinem Pergament, dessen Ränder mit der Zeit zu bröckeln begannen, war sie nicht nur wegen ihres Alters und ihrer Detailtreue wertvoll, sondern weil ihr Besitz streng verboten war. Sie beruhte auf Überlieferungen, deren Wahrheitsgehalt in Etherion inzwischen bestritten und als Bedrohung für die bestehende Ordnung angesehen wurde. Elara besaß die Karte seit ihrer Kindheit, doch niemand kannte ihren Ursprung, da sie nie preisgab, wie sie in ihren Besitz gelangt war.

Inmitten des Raumes stand eine außergewöhnliche Werkbank aus tiefdunklem, feuerresistentem Eisenholz, durchzogen von feinen silbernen Adern, die ihr eine einzigartige Mischung aus Schönheit und Funktionalität verliehen. Kratzer und Ölflecken zeugten von langjähriger Nutzung. Winzige Dampflampen, betrieben von einer raffinierten Miniaturmaschine, warfen ein flackerndes, goldenes Licht auf das Holz und ließen seine Struktur in einem Spiel aus Licht und Schatten hervortreten. Über der Werkbank hingen technische Schemata und Zeichnungen, unerlässlich für Elaras Arbeit und die Pflege ihrer Prothesen. Die Oberfläche war mit präzise angeordneten Werkzeugen bestückt: feine Zangen, geschwungene Schraubenzieher sowie Präzisionsinstrumente, Module und Ersatzteile für ihre mechanischen Glieder.

In einer gemütlichen Ecke des Raumes stand Elaras Bett, dessen Bettzeug in sanften Farben liebevoll arrangiert war. Dieses ruhige Refugium wurde bereichert durch die Düfte ætherischer Öle — ein Geschenk von Maribel, die ihre Liebe zur Kunst und zu fernen Ländern in einer Sammlung exotischer Aromen zum Ausdruck brachte. Die kunstvoll geformten Fläschchen, einige kugel-, andere tropfenförmig und jeweils mit Korken verschlossen, enthielten Essenzen wie Zirbe, Orange und Zitronengras, die ein sanftes Aroma verströmten und Elaras Rückzugsort in einen Ort der Erholung verwandelten. Jeder Gegenstand im Raum, von der kleinsten Schraube bis zum weichsten Kissen, zeugte von Elaras Liebe zum Detail und ihrem Sinn für Handwerk. Dieser abgeschiedene Winkel bot nicht nur Ruhe, sondern auch Momente der Selbstreflexion und Erneuerung — eine notwendige Pause von der unerbittlichen Realität, ein Ort, an dem sie Kraft für die Herausforderungen des kommenden Tages schöpfte.

Kaum hatte Elara die Tür ihrer Wohnung hinter sich geschlossen, vernahm sie das leise Surren ihres Dampfresonators — eine eingegangene Nachricht. Maribels Worte leuchteten auf dem Gerät:

»Elara, du musst unbedingt kommen! Heute Abend in der Taverne *Der flüsternde Dampf*. Es wird großartig!«

Ein Seufzen entwich ihren Lippen. Maribels Einladungen waren stets ein Sprung ins Ungewisse, doch genau das konnte sie jetzt gebrauchen — eine Auszeit von der Endlosigkeit ihrer Arbeit und der Enge der Industriebezirke.

Elaras Dampfresonator war ein faszinierendes Zusammenspiel aus Æthermagie und Dampftechnik, eingebettet in ein handpoliertes Messinggehäuse, verziert mit Zahnradmustern und feinen Gravuren. Angetrieben von einem miniaturisierten Dampfkessel — einem Meisterwerk der Präzisionsmechanik — erzeugte das Gerät bei Aktivierung ein melodisches Zischen und Pfeifen. Im Kern des Resonators pulsierte bläulich schimmernder Æther in einer Glasröhre und verwandelte Schallwellen in Lichtimpulse, die sich über das Æthernetz von Etherion ausbreiteten. Das Bedienfeld war mit Hebeln und beschrifteten

Messingknöpfen bestückt und verkündete die Ankunft neuer Nachrichten durch dynamische Lichtmuster und glockenähnliche Klänge. Jedes Jahr sorgte ein neues Modell für Aufsehen in Etherion, nun sogar in der Lage, komplexe Botschaften und Emotionen in Lichtmustern und Klangsequenzen zu übertragen. Das intuitive und vielseitige Design beeindruckte selbst anspruchsvolle Nutzer.

Elara blickte auf das kleine Foto ihrer Eltern auf dem Tisch — ihr einziges Andenken an sie — und verspürte den Drang, der Dunkelheit für einen Abend zu entfliehen und sich auf den Weg zur Taverne zu machen. Vorsichtig löste sie die Verschraubungen ihrer Prothesen und befreite sie von Verschmutzungen. Mit einem feuchten Tuch wischte sie behutsam über das kühle Metall. Und während sie sich ganz den metallenen Erweiterungen hingab, wanderten ihre Gedanken zurück in die unbeschwerte Zeit ihrer Kindheit, als die Hoffnung noch keinen Grund brauchte.

Diese Unbeschwertheit fand ein abruptes Ende in einer Werkstatt, außerhalb Etherions, in der sie einst, neugierig und unerschrocken, mit den Maschinen spielte. An jenem Tag, als der Himmel bleiern über dem verlassenen Land hing und die Luft nach drohendem Regen schmeckte, erwachte eine Maschine, ein kolossales Ungetüm aus Eisen und Dampf. In einem Moment mangelnder Umsicht geriet Elara in das Getriebe. Ihr Blut mischte sich in wirbelnden Schlieren mit dem schmierigen Öl und zog pechschwarze Bahnen über den Boden, während ihre Schreie die Wände wie Schläge trafen. Das Kreischen war so hoch und durchdringend, dass es die Luft zu zerreißen schien.

Ihr Vater taumelte vor, blass und verzweifelt, schrie um Hilfe, befahl, die Maschine zu stoppen, und versuchte mit bloßen Händen, die Zahnräder zu bremsen, während das Metall ihm das Fleisch von den Fingern schabte. Die anderen Männer zögerten, ihre Augen geweitet, die Hände zitternd auf das Metall geklammert, wagten kaum zu atmen — Elaras Schreie waren zu hoch, zu laut, wie ein endloser Riss im Gewebe der Welt.

Elara überlebte den Unfall — als Kopf und Torso. Arme und Beine waren verloren. Jedes Mal, wenn sie ihre Prothesen pflegte, stellte sie sich dem Tag, der ihr Leben unwiderruflich veränderte. Eine stille Bitterkeit begleitete ihre Gefühle gegenüber den Maschinen, die sie erst zerrissen und dann in neuer Gestalt wieder zusammengesetzt hatten. Die achtsamen Bewegungen bei der Reinigung ihrer mechanischen Glieder wurden zu einer Meditation, die ihr half, ihr neues Wesen zu akzeptieren und daraus innere Stärke zu schöpfen. In diesen Momenten erinnerte sie sich daran, warum sie die Geheimnisse der Maschinen meisterte: *um jene zu schützen, die sie liebte.*

Nachdem ihre Prothesen gereinigt waren, widmete sie sich ihrem übrigen Körper. Sie tauchte in ein warmes Bad, angereichert mit Kräutern und ætherischen Ölen. Danach stand sie, nun vollständig hergerichtet, vor ihrem bodenlangen Spiegel mit kunstvoll geschnitztem Rahmen. Sie wählte ein dunkles, figurbetontes Kleid und kombinierte es mit einem tiefblauen Seidenschal. Dieser Schal, ein Geschenk von einem Schauermann im *Saphirhafen*, war für Elara mehr als nur ein Accessoire; er symbolisierte ihre Verbundenheit zu den Menschen Etherions. Unter den sanften Lichtern ihrer Wohnung schimmerte er und verlieh ihr eine Aura von Raffinesse.

Bevor Elara ihre Wohnung verließ, dachte sie nochmal an ihre Freundin. In einer Stadt, die von Dampf und Stahl beherrscht wurde, war Maribel eine Quelle des Lebens — eine sanfte Rebellion gegen die Kälte der Maschinenwelt. Sie widersetzte sich der Grausamkeit der Welt nicht mit Härte, sondern mit unerschütterlicher Lebensfreude, und gerade diese Eigenschaft berührte Elara tief. Maribels lachende Augen schienen Geheimnisse zu erkennen, die anderen verborgen blieben, ihr Lächeln erhellte selbst die trübsten Tage. Elara schätzte an ihr nicht nur den scharfen Verstand und das Mitgefühl, sondern auch die unbändige Energie und den feinen Witz, die Elara oft Trost und Zuversicht gaben. Für viele war Maribel ein Lichtblick und eine vertraute Seele — immer bereit, auch den Bedürftigen zu helfen. In Tavernen und auf Märkten bewegte sie sich ebenso selbstverständlich wie in den stillen Gassen der Stadt. Für Elara jedoch war Maribels wahre Gabe ihre Fähigkeit, die Freuden des Lebens selbst inmitten der Dunkelheit zu umarmen, und sie bewunderte sie umso mehr dafür.

Sie schloss die Tür hinter sich und machte sich auf den Weg zur Taverne, einem Ort, an dem das Lachen lauter war als das Summen der Maschinen und das Klirren der Gläser die düsteren Gedanken übertönte. Hier vermischten sich Stimmen und Gelächter zu einem berauschenden Gebräu. Die Taverne war ein Sammelsurium aus Farben, Gerüchen und Geräuschen, besucht von Menschen aller Schichten, die dem Alltag entfliehen wollten. Als Elara eintraf, war der Raum gefüllt mit Menschen und vibrierte vor Leben. Maribel, die inmitten dieses Trubels wie ein bunter Schmetterling tänzelte, begrüßte Elara mit einer liebevollen Umarmung und zog sie an einen abgelegenen Tisch in einer gemütlichen Ecke, wo Kerzen sanft flackerten und Maribels sinnliches Lächeln beleuchteten.

»Komm schon, Elara, ein wenig Vergnügen hat noch niemandem geschadet.« Maribel zog sie mit sich, deren Schritte widerwillig, aber neugierig waren.

Der Schankmeister näherte sich dem Tisch, ließ seinen Blick an Maribel hinabwandern und zog dann spielerisch eine Augenbraue hoch.

»Wie immer ein Anblick, der Männer erröten und Statuen weinen lässt. Wie schaffst du das nur — alte Meisterwerke zu übertrumpfen, ohne dich dabei anzustrengen?«

Maribel lachte, winkte kokett ab.

»Ach, Zane, als ob du wüsstest, was ein Meisterwerk ist. Für dich ist doch jede leere Flasche eine Offenbarung.«

Zane legte eine Hand auf die Brust, als hätte sie ihn tödlich verwundet.

»Au, das hat gesessen.«

Er wandte sich Elara zu, seine Stimme samtweich.

»Für dich, meine Teuerste, empfehle ich die *Eisentraube*. Ein Tropfen so kompromisslos wie die Wahrheit und so verführerisch wie die Lüge. Die Oberklasse nennt ihn ›vulgär‹, die Arbeiter nennen ihn ›ehrlich‹ — perfekt für jemanden zwischen den Welten. Tiefes Purpur, violette Reflexe — die Edelsteine der Stadt verblassen dagegen. Brombeeren, Pfeffer, ein Hauch Teer — genau das, was wir im Stahlgetriebe unseres Geistes brauchen. Kraftvolle Tannine am Gaumen, wie ein gut gezielter Schlag ins Gesicht — aber auf elegante Weise. Lang und eisern im Abgang.«

Maribel rollte theatralisch die Augen.

»Hör nicht auf ihn, Elara. Eisentraube ist eine Kneipenschlägerei im Glas. Wahrscheinlich kriegt er eine Prämie vom Winzer. Der *Kupferkelch*, das ist Genuss: schwarze Kirschen, Zedernholz, der ganze Luxus – Leder, Zimt. Und ohne diesen blechernen Abgang.«

Zane schüttelte empört den Kopf.

»Unsinn! Wenn du Kupferkelch lobst, dann nimm doch gleich *Kupfertraube* — das ist für den Genießer mit Anstand: Rubinrot, Noten von Himbeeren und eine Weichheit, die den Gaumen beglückt. Ideal für die gehobene Dame, die jeden abwimmelt, aber niemanden auf ewig verjagt.«

»Bring uns *Ætherbräu*«, schnitt Elara ihm das Wort ab.

Maribel hielt inne und lächelte vielsagend.

»Genau! Wir trinken Ætherbräu. Da kann selbst er nichts verhunzen. Ein Glas pure Etherion-Seele — frischer, blumiger und intensiver als alles, was hier steht.«

Zane lachte und verneigte sich.

»Dann also Ætherbräu für die Damen. Ich bin schon unterwegs.«

Mit einem letzten Zwinkern schlenderte er davon. Maribel neigte sich Elara zu.

»Wie geht es dir? Es scheint, als hättest du seit einer Ewigkeit nicht mehr richtig durchgeatmet.«

Bevor Elara antworten konnte, ertönte ein leises Zischen und Pfeifen von ihrem Gürtel. Sie zuckte überrascht zusammen.

»Oh, entschuldige, ich habe ganz vergessen, meinen Resonator auszuschalten.«

Maribels Augen leuchteten auf, als sie das Gerät sah.

»Du hast einen der neuesten Dampfresonatoren! Ich habe

gehört, dass sie dieses Jahr einige erstaunliche neue Funktionen hinzugefügt haben. Wie funktioniert er?«

Leicht verlegen über Maribels Begeisterung, lächelte Elara.

»Nun, er ist ziemlich beeindruckend. Die Messingknöpfe sind inzwischen mit Runen beschriftet. Und er wird nun länger von dem kleinen Dampfkessel angetrieben, um Nachrichten über das Æthernetz senden und empfangen zu können.«

Maribel beugte sich vor, um einen besseren Blick auf das Gerät zu erhaschen.

»Das ist ja unglaublich! Jedes Jahr warte ich gespannt auf das neue Modell. Die Gerüchte, die Diskussionen in den Salons... Es ist mittlerweile gesellschaftliches Ereignis — alle sprechen darüber.«

Elara nickte.

»Ja, es ist erstaunlich, wie so ein kleines Gerät so viel Aufmerksamkeit erregen kann. Es ist fast ein Statussymbol geworden.«

»Und du hast eines!« rief Maribel und grinste verschmitzt. »Vielleicht zeigst du mir mal, wie man es benutzt. Ich bin schon so gespannt darauf. Ich träume schon lange davon, einen eigenen Dampfresonator zu haben. Es wäre so viel einfacher, Nachrichten zu verschicken, ohne immer die Nachrichtensäulen im Stadtzentrum aufsuchen zu müssen. Die Warteschlangen dort sind furchtbar!«

Die beiden Frauen lachten, während Elara das Gerät wieder wegsteckte. In diesem Moment, umgeben von der Freude und dem Lachen in der Taverne, fühlte sich Elara ein wenig von der Last ihres Alltags befreit. Zane kehrte zurück, auf seinem Tablett zwei Kelche, die schimmerten, als erschufen sie ihr eigenes Nordlicht.

»Der Ætherbräu, meine Damen«, verkündete er und stellte die Gläser behutsam ab. »Frisch eingeschenkt und auf den Punkt temperiert.«

Die Flüssigkeit fing das Licht der Gaslampen ein, während Dampfschwaden darüber schwebten und den Duft von Frühlingsblüten und Zitrushainen verströmten. Ein Hauch von Honig und gerösteten Nüssen vervollständigte das Aroma. Maribel hob ihr Glas, bewunderte die grünen Reflexe, während Elara vorsichtig kostete. Maribel zwinkerte ihr zu.

»Das Leben in Etherion ist nicht nur Kampf und Elend. Es gibt auch Schönheit und Freude. Und vielleicht ein wenig Romantik.«

Elara lächelte schwach.

»Romantik ist das Letzte, woran ich gerade denke, Maribel.«

»Ach, Elara«, entgegnete Maribel mit einem schelmischen Grinsen, »das Leben ist zu kurz, um es nicht zu genießen. Du solltest öfter mit mir ausgehen. Wer weiß, vielleicht triffst du ja jemanden, der dein Herz höherschlagen lässt.«

Elara sah nachdenklich in ihr Glas.

»Manchmal frage ich mich, wie du es schaffst, inmitten all des Stahls und Dampfes so unbeschwert zu bleiben.«

Maribel lächelte versonnen und senkte leicht den Blick.

»Das liegt wohl daran, dass ich jemanden gefunden habe, der mir hilft, das ganze Metall und Öl auszublenden. Diesmal…« sie hob den Blick und zwinkerte, »könnte es wirklich etwas Ernstes sein.«

Elara zog eine Seite ihres Mundes leicht nach oben.

»Na, Maribel. Ein düsterer Erfinder aus den Dampfwerken oder ein Poet auf Wanderschaft? Ich verliere langsam den Überblick über deine Herzgeschichten.«

Maribel lachte und schüttelte den Kopf.

»Das ist keine kleine Schwärmerei. Er lässt meine Kristalle heller leuchten als Etherion selbst.«

Elara grinste trocken.

»Das sagst du jedes Mal. Und in der Regel dauert die Begeisterung bis übermorgen.«

Maribel lachte hell.

»Warten wir's ab. Am Ende habe ich mich vielleicht in Etherion selbst verliebt«, sie legte die Hand auf ihr Glas, »weil ich glaube, dass unter all dem Dampf und Stahl das wahre Herz dieser Stadt schlägt. Ein Herz voller Leben, Liebe und ja, auch Schmerz. Aber es ist unser Herz, Elara.«

»Das ist wahr. Auch wenn ich mich manchmal fühle, als wären wir alle ein wenig zu Maschinen geworden.«

Maribel lehnte sich ein wenig zu ihr.

»Aber gerade deswegen ist es so wichtig, Momente wie diesen zu genießen. Momente des Lachens, des Weins und der Gesellschaft guter Freunde.« Sie drückte kurz Elaras Hand und sah sie liebevoll an. »Und ich bin so froh, diesen Moment heute Abend mit meiner besten Freundin zu teilen.«

»Ich habe dich auch vermisst.«

Elaras Lächeln war warm. Mit einer eleganten Geste hob Maribel zwei Finger. Zane materialisierte sich am Tisch, als hätte er nur auf dieses Signal gewartet.

»Sag mal, Zane, wie sieht's eigentlich mit Zimmern oben aus? Hast du da heute noch was frei?«

Zanes Augenbraue wanderte nach oben.

»Die Touristen meiden uns seit dem Fest der Talente. Erstaunlich, wie ruhig es da oben ist — fast wie in den besseren Vierteln der Stadt.«

»Wunderbar«, Maribels Stimme changierte zwischen Samt und Stahl. »Manchmal braucht man eben Ruhe.«

Zane verneigte sich knapp.

»Ich sorge dafür, dass die Ruhe ungestört bleibt.«

Mit der Eleganz eines gut geölten Zahnrads glitt er davon. Elara warf ihr einen erstaunten Blick zu.

»Was hast du vor?«

Maribel lächelte verschmitzt und beugte sich verschwörerisch näher.

»Wenn ich dir jetzt alles verrate, bleibt kein Raum für das eigentliche Vergnügen.« Sie zwinkerte. »Aber gut, du sollst wissen, dass morgen etwas auf dich wartet — nennen wir es eine Überraschung.«

Elara schmunzelte.

»Soll ich mich fürchten?«

»Vielleicht ein bisschen«, meinte Maribel leichthin und nahm einen Schluck. »Es fühlt sich an wie eine Ewigkeit, seit wir das letzte Mal zusammen waren.«

»Ich bin auch glücklich.«

An diesem Abend fand Elara in der warmen, lebhaften Atmosphäre der Taverne einen seltenen Moment des Friedens. Maribels Worte berührten etwas in ihr, das sie längst verloren geglaubt hatte, und sie ließ sich in deren Gegenwart fallen. In den sonst von Trauer und Pflicht beherrschten Tiefen ihrer Seele regte sich ein Funke, ein Hauch von Wärme, der kaum noch an Hoffnung erinnerte und doch tröstlich aufleuchtete. Beherrscht und zielstrebig, wie sie meist war, ließ sie sich auf ein Gespräch ein, das wie warmer Æther zwischen ihnen floss, von leichten Scherzen zu ernsten Fragen über das Menschsein in einer Welt aus Maschinen übergehend. Maribel erzählte von den Tavernenbesuchern, unerfüllten Sehnsüchten und stillen Kämpfen, die in den Augen der Menschen aufblitzten.

Die Nacht rückte vor, und während die anderen Gäste leise verschwanden, blieben Elara und Maribel im Schein der Kerzen sitzen. In diesem stillen Moment fand Elara etwas, das sie lange vermisst hatte: das Gefühl von Heimat und Verbundenheit. Schließlich zog die Taverne sie beide in ihre uralten, geschichtenträchtigen Mauern zur Ruhe. Oberhalb des Gastraumes, in den schlichten Zimmern, die Etherions rauen Charme in sich trugen, fanden sie Geborgenheit. Das großzügig bemessene Holzbett bot ihnen Raum, und der Blick aus dem kleinen Fenster auf die nebligen Straßen umfing Elara mit einem tiefen Gefühl der Geborgenheit.

Noch bevor sie das Licht löschte, dimmte Maribel die kleine Æther-Lampe und zog die Decke sanft über Elara. Sie schenkte ihr ein warmes Lächeln und strich eine verirrte Strähne aus ihrem Gesicht.

»Hier bist du sicher, Elara.«

Als die Morgensonne ihre ersten Strahlen durch den Nebel sandte und die Welt in ein schwaches, goldenes Licht tauchte, erwachten Elara und Maribel. Noch beschwingt von der vergangenen Nacht, sprang Maribel aus dem Bett und öffnete das Fenster weit.

»Ein neuer Tag«, rief sie aus, »ein Tag voller Möglichkeiten!«

Elara, deren Augen noch den Schatten der Nacht in sich trugen, lächelte müde.

»Du bist wirklich unverbesserlich.«

»Das ist mein Charme«, antwortete Maribel mit einem Augenzwinkern. »Komm, lass uns aufbrechen. Ich habe etwas Besonderes geplant.«

Gemeinsam verließen sie die Taverne und traten in die kühle Morgenluft von Etherion. Vor ihnen wartete eine Dampfkutsche, ein seltenes Meisterwerk aus altertümlichem Design und moderner Dampftechnik. Ihr Rahmen aus tief poliertem Holz und geschwungenem Metall glänzte im zarten Morgenlicht. Die robusten Räder waren bereit, jedes Kopfsteinpflaster zu meistern, und die Dampfzylinder an der Seite des Gefährts zischten leise, als würden sie die Kutsche zum Leben erwecken.

»Ist sie nicht wunderschön?« Sie deutete auf das beeindruckende Gefährt.

Elara betrachtete die Kutsche mit einem ironischen Lächeln.

»Ist das eine Art Wettstreit? Erst dein Interesse an meinem Dampfresonator, und heute präsentierst du mir dieses Luxusobjekt?«

Maribel lachte.

»Nun, ich dachte, nach deinem kleinen technischen Wunder von gestern könnte ich auch etwas auftrumpfen.«

Elara nickte anerkennend.

»Wie hast du die nur aufgetrieben?«

»Ach, ich habe meine Kontakte«, erwiderte sie und fügte hinzu: »Aber ganz ehrlich, die Kutsche ist nur geliehen. Das Theater meint, ich brächte ihnen den besten Umsatz seit dem letzten Jahrhundert.«

»Das erklärt einiges — du und deine Auftritte. Es ist definitiv ein Hingucker.«

Sie stiegen in die Dampfkutsche und begannen ihre Fahrt durch die erwachende Stadt, vorbei an dampfenden Fabriken, geschäftigen Märkten und imposanten Gebäuden. Ein Schwall heißen Dampfs zischte protestierend aus den Seitenwänden. Maribel justierte geschickt den störrischen Hebel der Druckausgleichsventile. Ein Schwarm Tauben segelte über sie hinweg, die winzigen Zahnräder ihrer Flügel glitzerten im Licht. An einer Straßenecke kämpfte ein Händler mit seiner eigenwilligen Dampf-Tau-Maschine, die bei jedem Dampfausstoß ein paar Samen in hohem Bogen über die Passanten verteilte. Maribel lenkte die Kutsche um eine imposante Fontäne, deren Wasserspiele von winzigen Ætherkristallen zum Leuchten gebracht wurden, und passierten die neuen kupferverstärkten Straßen, die in der Sonne wie geschmolzenes Gold schimmerten. Ein Trupp Arbeiter in patinierten Werkanzügen balancierte auf einem der Rohre, während sie versuchten, einen verklemmten Dampfhahn zu lösen.

»Wie Akrobaten im Ætherzirkus«, kommentierte Maribel trocken, als einer der Männer einen eleganten Spagat vollführte, um nicht abzustürzen. »Hast du schon gehört? Der Rat plant ein neues Dampfkraftwerk, das die ganze Stadt versorgen könnte.«

»Ja, aber es gibt Sicherheitsbedenken. Die Technologie ist noch nicht ausgereift.«

»Ach, Sicherheit«, winkte Maribel ab. »Die Menschen sind viel zu besessen von Perfektion. Manchmal muss man eben ein Risiko eingehen.«

»Vielleicht«, erwiderte Elara, »aber Umsicht ist in solchen Angelegenheiten unerlässlich. Wir wollen ja nicht, dass Etherion in einer Pilzwolke endet.«

Maribel lachte.

»Das wäre in der Tat ein spektakulärer Schlussakt.«

Vor dem imposanten Gebäude von Meister Thaddeus' Ætherkammer brachte sie die Kutsche mit einem melodischen Seufzen zum Stehen. Das Bauwerk erhob sich altehrwürdig, durch die hohen Fenster sah man gelegentlich blaue Blitze zucken.

»Seine neueste Spielerei. Letzte Woche hat er versehentlich einen Regenbogen erschaffen, der drei Tage nicht verschwinden wollte. Und in der Woche davor hat er versehentlich einen Fennek unsichtbar gemacht. Er meinte, man höre ihn nachts immer noch durch die Gänge schleichen.«

Eine leichte Falte zeichnete sich auf Elaras Stirn ab.

»Warum ein Besuch bei Thaddeus?«

Mit einem verschnörkelten Hebel öffnete Maribel die Kutschtür. Sie schmunzelte.

»Ich weiß nur, dass es wichtig ist. Vertraue ihm; er kennt dich besser, als ich oder sonst jemand es je könnte.«

Elara nickte langsam, verarbeitete die Worte ihrer Freundin und stieg aus. Maribel lächelte sanft.

»Vergiss nicht: Das Leben geht weiter, auch nach dem großen Verlust.«

»Danke, Maribel.«

Mit einem letzten Blick zurück sah Elara Maribel lächelnd zuwinken. Dann richtete sie ihre Aufmerksamkeit auf die

Ætherkammer vor ihr. Es war lange her, dass sie diesen Ort betreten hatte.

Elara betrat das Labor durch eine Tür aus Wengeholz, deren Messingscharniere leise eine Melodie aus Zahnrädern spielten. Während sie durch die Kammer schritt, säumten vergilbte, ledergebundene Bücher ihren Weg. Unergründliche Kuriositäten und Relikte komplexer Maschinen füllten den Raum. Ein ausgestopfter Rabe auf einem Kupferständer drehte den Kopf, seine Rubinen blitzten im Licht der schwebenden Dampflampen. Über dem Schreibtisch, bedeckt mit zerzausten Papieren und Skizzen, reihten sich Transmutationszylinder auf, in denen Quecksilbertropfen wie Perlen tanzten.

Die gewölbten Decken trugen Regale bis in schwindelerregende Höhen, die Artefakte aus allen Winkeln Etherions bewahrten. An der Wand erhob sich ein mannshoher Elementarkonverter, dessen Glasröhren die Elemente im ewigen Kreislauf tanzen ließen. In einer Ecke thronte ein altertümlicher Globus mit Karten unbekannter Welten, während ein Gerät rhythmisch Dampf ausstieß und summte. Thaddeus arbeitete an einem Destillierapparat aus Kristall und poliertem Messing, umgeben von dampfenden Kolben und zischenden Apparaturen. Er wirkte wie ein Hüter des Wissens, sein silbernes Haar umrahmte sein Gesicht, und seine Augen schienen die tiefsten Geheimnisse der Seele zu erfassen. Seit sie den Raum betreten hatte, spürte Elara das vertraute Summen ihrer Messingfinger intensiver, als würden die Apparaturen und ihre Mechanik miteinander flüstern.

»Elara, ich wusste, dass Maribel ihr Versprechen halten würde.«, begrüßte Thaddeus sie, während er eine kupferne

Scheibe auf dem Tisch drehte. Elaras Hände vibrierten leicht, ohne dass sie es wahrnahm.

»Du hast mich nicht zum Tee eingeladen, oder?«

Thaddeus deutete auf ein kristallenes Gefäß, in dem ein bläulicher Nebel wie gefrorenes Mondlicht pulsierte.

»Ich will dir etwas zeigen, das kaum zu erfassen ist.«

Er hob das Gefäß an, und bei seiner Berührung wand sich der Nebel wie eine Schlange aus Licht. Elara trat näher.

»Was ist das?«

»Das, meine Liebe, ist reiner Æther.«

Elara beugte sich vor, als könnte sie den Æther greifen.

»Wie hast du ihn isoliert? Und was hast du über seine Funktionsweise herausgefunden?«

»Der Æther durchdringt Luft, Erde, selbst Maschinen. Er belebt deine Prothesen und verbindet sich mit unserer Seele — das Fundament aller Wunder Etherions. Er fließt durch die Adern der Stadt und verbindet sich mit dem Willen des Nutzers.«

»Mein Dampfresonator scheint sich aber nicht immer mit meinem Willen zu verbinden — er summt mehr, als mir lieb ist«, scherzte Elara.

Thaddeus lächelte.

»Deine Prothesen sind mit Æther durchtränkt und mit deinem Lebensgeist synchronisiert. Diese Verbindung reicht tief, Elara.«

»Und was bedeutet das für mich?«

Er ließ einen Tropfen des Æthers auf ihre metallene Hand gleiten. Ihre Finger begannen zu glühen, als strömte echtes Blut durch sie. Elara keuchte, und zum ersten Mal seit dem Unfall durchfuhr Wärme ihre mechanischen Glieder.

»Willst du damit sagen, ich bin ein Teil von ihm?«

Thaddeus nickte bedächtig und stellte das Gefäß behutsam zurück. Der Æther darin wand sich, als spüre er Elaras inneres Beben.

»Mehr als ein Teil. Der Æther ist Leben, und durch ihn bist du tief mit Etherion verwoben. Du bist ein Teil des Gefüges – und zugleich die Kraft, die es erhalten kann.«

Elara blickte besorgt.

»Soll das heißen, Etherion ist in Gefahr?«

Thaddeus' Stimme senkte sich.

»Nicht unmittelbar. Aber du musst bereit sein. Der Æther wird dir helfen zu erkennen — und zu handeln, wenn die Zeit kommt. Betrachte, wie eine einfache Handbewegung tief in unserem Sein verwurzelt ist. Der Impuls, die Hand zu heben, beginnt im Astralleib, überträgt sich auf den Ætherleib und manifestiert sich schließlich physisch.«

Elara betrachtete ihre Hand, die noch immer glühte.

»Ist es diese Verbindung, die den Æther so mächtig macht?«

»Genau«, bestätigte Thaddeus. »Der Æther verwebt alles, belebt deine Prothesen und verbindet dich mit der Stadt. Du bist Teil von etwas Größerem. Wir stehen an der Schwelle einer neuen Ära, in der die Grenzen zwischen organischem Leben und mechanischer Existenz verschmelzen.«

»Meinst du, wir werden bald alle mit Gehirnprothesen herumlaufen?«

»Das mag belustigend klingen, doch die Frage ist weniger, ob wir es tun könnten, sondern, ob wir wirklich verstehen, was dadurch in uns aufgerührt wird. Die Verbindung von

Mensch und Maschine verändert mehr als nur unsere Körper. Sie macht uns empfänglich für Kräfte jenseits unseres bewussten Verstandes.«

Elaras Ungeduld wuchs.

»Welche Kräfte meinst du, Thaddeus?«

»Denk an das, was die Menschen aufrecht stehen lässt — mehr als bloße Muskeln und Knochen. Diese Kraft ist Ausdruck deines Ætherleibs, der mit deinem physischen Körper interagiert. Stell dir nun vor, wie die Präsenz des Æthers in unseren Technologien und Prothesen diese Kräfte verstärkt. Er macht deine mechanischen Gliedmaßen physisch ununterscheidbar von deinem Körper. Im Ætherleib gibt es keine Trennung zwischen Mensch und Technik; sie sind untrennbar miteinander verbunden und tief in die Ætherwelt integriert.«

Elara nickte langsam, während sie versuchte, die Tragweite seiner Worte zu erfassen.

»Also... ich bin ein Vorbote dessen, was uns allen bevorsteht? Nicht die Technologie selbst verändert uns, sondern die Art, wie wir durch den Æther mit ihr verbunden sind?«

Thaddeus bejahte.

»Genau das. Eine Grenze wurde überschritten, bei der unsere Maschinen nicht nur unsere physischen Grenzen aufheben, sondern unser menschlichstes Inneres ersetzen. Im Ætherleib existiert keine Trennung zwischen Mensch und Maschine. Der Æther verbindet beides wie ein unsichtbares Gewebe, unauflösbar — nicht unähnlich den Prinzipien der Alchemie.«

»Was bedeutet das für uns — für Etherion?«

»Es bedeutet, dass wir wachsam sein müssen. Höre zu, wenn Menschen sprechen, und versuche zu erkennen, welche unsichtbaren Kräfte wirklich am Werk sind. Frage dich, ob es die Person selbst ist, die spricht, wie Menschen denken, sich verhalten, was sie erinnern oder vergessen, was sie plötzlich tolerieren oder wünschen, obwohl es ihren eigenen Überzeugungen widerspricht.«

Elara spürte die Schwere dieser Worte und das Aufkeimen einer Verantwortung, die sich wie eine Last und ein Versprechen anfühlte. Sie nickte langsam.

»Ich werde die Zeichen lesen.«

Thaddeus sprach mit leise drängender Stimme:

»Beobachte auch, wie die Wahrheit wirkt; wie sie Menschen beeinflusst, besonders wenn sie unerwartete Reaktionen hervorruft.«

»Was meinst du damit?«

»Ich zeige es dir.«

Thaddeus ging zu einem verschlossenen Schrank und betätigte das komplizierte Schloss geschickt mit seinen Fingern. Mit einem leisen Klicken öffnete sich die Tür, und enthüllte ein schmales, metallenes Artefakt, das im schwachen Licht der Kammer in einem unnatürlichen Blau schimmerte. In seinen Händen lag eine Klinge, und er reichte sie Elara. Als Elara die Ætherklinge berührte, verschmolz ihr Bewusstsein mit dem schimmernden Metall. Thaddeus' Worte drangen wie durch einen Nebel zu ihr:

»Ihre Schärfe liegt in deiner Fähigkeit, ihre Wahrheit zu ertragen — die zu sehen du vielleicht noch nicht bereit bist, aber die zu kennen deine Bestimmung ist.«

»Sie ist beachtlich«, flüsterte Elara, überwältigt von der Resonanz der Klinge mit ihrem Geist. »Es fühlt sich an, als wäre sie ein Teil von mir.«

»Das ist sie auch. Die Ætherklinge verbindet sich mit deinem Geist, reagiert auf deine Emotionen. Sie nutzt den Æther, um ihre Schärfe zu erhöhen, ähnlich wie deine Prothesen, um die Symbiose zu ermöglichen. Sie kann härteste Materialien durchtrennen und fühlt sich dabei fast schwerelos an. Sie wird dir ein mächtiger Verbündeter sein.«

Die Klinge in Elaras Händen vibrierte wie ein lebendiger Nerv. Blaue Funken tanzten über das Metall. Elara spürte die Verbindung zwischen sich und der Klinge immer deutlicher, eine stille Resonanz, die weit über die physische Präsenz der Waffe hinausreichte.

»Ich werde sie würdig führen«, flüsterte sie.

»Und mit Bedacht«, fügte Thaddeus hinzu. »Die Klinge enthüllt Tiefen, die du selbst kaum kennst. Sie wird dir zeigen, was in dir schlummert und erwachen möchte. Achte darauf, was sie in dir zum Vorschein bringt. Sie wird dir helfen, die subtilen Einflüsse des Æthers zu erkennen und zu verstehen.«

Ein Schatten des Zweifels glitt über ihr Gesicht — und verschwand.

»Ich werde es tun — auch wenn die Wahrheit mich verändert.«

»Ich weiß, dass du es kannst.«

Thaddeus' Stimme war ruhig, ein tiefer Glaube darin. In der Stille wuchs die Verbindung — zu Thaddeus, zur Stadt und dem Weg, der auf sie wartete.

Nachdem Elara das Labor verlassen hatte, erreichte sie eine der höchsten Terrassen Etherions. Eine kühle Abendbrise strich leise über die alten Steine, während sich unter ihr das glitzernde

Meer aus Lichtern ausbreitete, durchzogen von den Schatten der Dämmerung. In dieser luftigen Höhe fand Elara einen Frieden, der den städtischen Trubel fernhielt.

Ihr Blick glitt zu den Luftschiffen am Himmel. Diese schwebenden Paläste waren Meisterwerke der Ingenieurskunst, aus seltenem Aerolith gebaut, leicht und unvorstellbar widerstandsfähig. Im Licht der untergehenden Sonne glänzte das Material wie flüssiges Silber. Die Rümpfe der Schiffe, elegant und stromlinienförmig wie Walsbäuche, glitzerten in der Abendsonne mit unwirklicher Intensität. Die aus Etherseide gewobenen Segel flatterten im Wind und reflektierten die letzten Sonnenstrahlen in einem Spektrum aus Gold, Purpur und Indigo. Sie schienen lebendig, atmeten mit jedem Windstoß und veränderten ihre Form.

Die größten Schiffe trugen stolz das Wappen von Etherion, ein goldenes Symbol auf tiefschwarzem Grund. An der Spitze jedes Luftschiffs befand sich eine Kanzel, von der aus die Kapitäne ihre majestätischen Gefährte steuerten. Diese Kanzeln waren ornamental verziert, funkelten im letzten Licht des Tages und waren echte Blickfänge. Unterhalb der Kanzeln erstreckten sich die weitläufigen Hauptdecks. Salons, mit Samt und Seide ausgeschlagen, Gärten voller exotischer Blumen und Observatorien mit großen Fenstern, die einen ungestörten Blick auf die Sterne boten, machten luxuriöses Reisen möglich. Die Luftschiffe dienten nicht nur als Transportmittel — sie waren schwimmende Zeugnisse des Strebens nach Perfektion.

Als Elara den Luftschiffen nachblickte, empfand sie eine Mischung aus Bewunderung und Wehmut. Diese schwebenden Wunder, Symbole des unbändigen Geistes und Einfallsreichtums, standen für ein Versprechen und die Möglichkeit von Wundern in Etherion. Doch erinnerten sie auch an die Vergänglichkeit von Schönheit in einer zunehmend undurchschaubaren Welt. Während sie gedankenverloren dort stand, wusste sie, dass selbst die großartigsten Schöpfungen die Rätsel in ihrem Inneren nicht lindern konnten.

In den Abendstunden, als die Straßen von Etherion im orangefarbenen Schein der Dampflampen erstrahlten, kehrte Elara heim. Das flackernde Licht der Öllampen beleuchtete ihr Gesicht, während sie in ihrer Wohnung an einer komplizierten mechanischen Vorrichtung arbeitete. Ihre Finger bewegten sich geschickt und präzise über die komplexen Komponenten, die auf der Werkbank lagen. Ihre Gedanken kreisten immer noch um Thaddeus' Worte.

Die Vorrichtung, an der sie arbeitete, war ein Geflecht aus Zahnrädern, Federn und Kupferdrähten. Jedes Teil war sorgfältig angepasst, um seine spezifische Funktion im Mechanismus zu erfüllen. Sie fixierte ein mikroskopisch kleines Zahnrad, kaum größer als ein Sandkorn, in einer filigranen Halterung. Dieses Zahnrad war entscheidend für die Bewegungsübertragung. Mit einer spezialgefertigten Pinzette, deren Spitzen feiner waren als Insektenfühler, setzte sie die winzige Schraube ein und drehte sie vorsichtig fest. Anschließend setzte sie die Juwelierlupe auf, die ihr Auge wie ein drittes, vergrößerndes Organ erweiterte, und konzentrierte sich auf die Feinjustierung einer Spiralfeder — das Herzstück des Geräts, das die kinetische Energie regulierte. Mit einem Uhrmacherschraubendreher, dessen Spitze kaum sichtbar war, drehte sie behutsam am Einstellrad, ihre Augen aufmerksam auf die minimale Veränderung der Spannung gerichtet. Jede Anpassung beeinflusste die Funktionalität des Geräts.

Nun widmete Elara sich den Kupferdrähten, die die Energieübertragung der Vorrichtung ermöglichten. Jeder Draht glänzte im Lampenlicht und war kaum dicker als ein Haar. Mit äußerster Sorgfalt entfernte sie die hauchdünne Isolierung, darauf bedacht, das empfindliche Metall unversehrt zu lassen. Mit einer Pinzette positionierte sie die Drähte auf der von ihr entworfenen Platine. Diese winzige Schalttafel bestand aus präzise angeordneten, goldenen Kontaktpunkten, nicht größer als Stecknadelköpfe, aber von entscheidender Bedeutung für die gesamte Vorrichtung. Mit dem Lötkolben, dessen Spitze kaum sichtbar war, begann Elara, die Drähte an den Kontaktpunkten zu verlöten. Die Hitze des Kolbens war genau richtig eingestellt, um die Lötstellen zu schmelzen, ohne Platine oder Drähte zu beschädigen. Mit ruhiger Hand führte sie den Lötkolben entlang der Kontaktpunkte, ließ das Lot fließen und sich in perfekten, kleinen Kugeln formen. Das Metall glänzte im Erstarren und schuf eine dauerhafte, leitfähige Verbindung. Die Drähte bildeten nun ein filigranes Netzwerk, das die kritische Energieübertragung ermöglichte.

Als Nächstes nahm sie den kleinen, aber leistungsstarken Ætherkondensator in ihre Hände. Dieses glänzende Juwel, kaum größer als ein Daumennagel, lieferte die Energie für die Mechanik. Der Kondensator, gefertigt aus mehrschichtigen Platinplatten und eingebetteten Quarzkristallen, speicherte Ætherenergie und setzte sie kontrolliert frei. Mit einer Genauigkeit, die nur durch jahrelange Erfahrung und tiefes Verständnis alchemistischer Technologie möglich war, setzte Elara den Ætherkondensator in eine dafür vorgesehene Vertiefung im Zentrum der Vorrichtung. Sie sorgte dafür, dass die winzigen Anschlüsse des Kondensators exakt mit den Kupferleitungen des Geräts übereinstimmten — für optimale Energieverteilung und minimalen Energieverlust. Sie befestigte den Kondensator mit punktfeinen Schrauben, die sie mit präzisem Drehmoment anzog, um die empfindlichen Goldfilamente und winzigen Ætherkristalle im Inneren nicht zu stören. Diese waren exakt angeordnet, um maximale Kapazität und Effizienz zu gewährleisten.

Elara justierte die Position des Ætherkondensators mikroskopisch genau, um eine gleichmäßige Verteilung der Ætherenergie durch das gesamte System zu sichern — ein entscheidender Schritt, um die Vorrichtung stabil zu halten und Energieüberlastung oder -ungleichgewicht zu vermeiden. Anschließend überprüfte sie die Installation mit einem Detektor, der die elektromagnetischen Felder um den Kondensator maß. Als der Ætherkondensator schließlich seinen Platz einnahm, leuchtete ein sanftes, bläuliches Licht auf — ein Zeichen, dass die Ætherenergie reibungslos durch das Gerät floss. Elara beobachtete das pulsierende Licht, das im Rhythmus der Mechanik sanft aufglomm und erlosch — ein harmonisches Zusammenspiel aus Alchemie und Mechanik. Mit einem feinen Messinstrument überprüfte sie ein letztes Mal die gesamte Vorrichtung, um sicherzustellen, dass alle Teile korrekt arbeiteten und die Energie effizient floss. Als sie die Prüfung abgeschlossen hatte, lehnte sie sich zurück und betrachtete ihr Werk. Trotz der Mühen und der Komplexität, die in diese Konstruktion geflossen waren, verspürte sie eine tiefe innere Ruhe. Zufriedenheit durchströmte sie bei dem Gedanken, dass diese Vorrichtung — eine perfekte

Symbiose feinster Errungenschaften ihrer Welt — nun bereit war, ihren Zweck zu erfüllen.

In den frühen Morgenstunden, als die ersten goldenen Sonnenstrahlen die dampfenden Gassen und hohen Türme der Stadt erhellten, erwachte Elara in ihrem Bett. Die Strahlen drangen durch das Fenster und tauchten das Zimmer in goldenes Licht, das Stille und Ruhe schuf. Vom Duft der Orange umgeben, blinzelte sie in das Morgenlicht. Einen Moment lang lauschte sie dem Summen der Stadt: dem fernen Zischen der Dampfmaschinen und dem Klappern der ersten Schritte auf Kopfsteinpflaster.

Nach dem Herrichten machte sie sich daran, ihr Frühstück vorzubereiten. Sie schnitt sich eine Scheibe *Kupferkernbrot*, bekannt für seine luftige Textur und seinen erdigen Geschmack. Dieses Brot, eine Mischung verschiedener Körner, wurde auf den schwebenden Feldern von Etherion angebaut und mit einer Prise gemahlenen Aerolith-Salzes verfeinert, was ihm eine eigene Geschmacksnote verlieh. Sorgfältig strich Elara eine Creme aus frisch geschabtem Kokosfleisch auf das Brot. Die feine Paste, veredelt mit ätherischen Ölen, hatte einen zarten, exotischen Geschmack und eine schmelzende Konsistenz. Sie fügte etwas Thymian hinzu, wodurch sich die Aromen harmonisch vereinten.

Dazu presste sie sich ein Glas *Æthernebelsaft*, ein erfrischendes Getränk aus seltenen Früchten, die in den hängenden Gärten von Etherion wuchsen. Elara hielt diese stets in größeren Mengen vorrätig; ihr hoher Vitalstoffgehalt wirkte wie ein sanftes Schmerzmittel gegen die mit ihrem Fleisch symbiotisch vernähten Prothesen. Sie mischte den Saft mit einem Nebel aus ætherischer Energie, der ihm eine leuchtende Farbe und belebende Wirkung verlieh.

Nach dem Frühstück verweilte sie einen Moment bei der Betrachtung der Prothese, die sie am Vorabend mit akribischer Sorgfalt gefertigt hatte. Das Metall schimmerte im frühen Tageslicht und offenbarte jede feine Verbindung, jedes polierte Detail. Sorgsam verstaute sie die Prothese in ihrer Tasche und trat in die frische Morgenluft der Stadt hinaus.

Die Stadt erwachte: Dampfmaschinen summten, Menschen eilten zu ihren Verrichtungen, und die Luft trug den herben Dampf und süße Blütenaromen. Elaras Schritte führten sie durch das Netz der sich erwärmenden Straßen, während sie an die bevorstehende Begegnung mit Jasper dachte, einem renommierten Augmentationsschmied. In einem der ruhigeren Stadtviertel, hinter einer Fassade aus altem Stein und Rost verborgen, lag die Werkstatt von Jasper. Als Elara die niedrige Tür öffnete, empfing sie der stechende Geruch von geschmolzenem Metall, verbranntem Öl und einem Hauch Blut; die Tür quittierte ihr Eintreten mit einem lauten Aufheulen.

Ihre Augen mussten sich erst an die Dunkelheit gewöhnen. Der Raum war erfüllt von den Schatten mechanischer Kreaturen und dem dumpfen Licht der Arbeitslampen. Umgeben vom leisen Summen der Maschinen und der kalten Präsenz von Stahl stand sie zwischen verstreutem Werkzeug, Metallspänen und ungewöhnlichen Apparaturen, während das leise Surren und Klicken der Maschinen sich mit dem gelegentlichen Stöhnen noch schläfriger, umgearbeiteter Körper mischte. Die Gaslampen warfen lange, tanzende Schatten, die sich in den Formen der mechanischen Artefakte verloren. In den Schatten erkannte Elara die Konturen grotesker Kreationen — mechanische Gliedmaßen, verflochten mit menschlichem Gewebe, sowie seltsame Apparate, deren Zweck sich nur erahnen ließ. Ihr Blick fiel auf eine verstümmelte Gestalt in einer Ecke. Die aus dem Fleisch hervorbrechenden Augmentationen verbürgten die Ernsthaftigkeit und Tiefe des Handwerks, die in jeder Metallkurve, jedem Zahnrad zum Ausdruck kamen.

Hinter einem massiven Arbeitstisch, übersät mit dem chaotischen Durcheinander aus Schrauben, Zahnrädern und filigranen Metallteilen, vertiefte sich Jasper. Elara beobachtete ihn schweigend, während das gedämpfte Licht einen geheimnisvollen Schein auf seine robuste Gestalt warf. Mit fast liebevollen Bewegungen fügte er die Teile an das Fleisch eines soporösen Kunden, den er zu einer Hybridform umgestaltete. Seine mechanischen Augen folgten jeder seiner Handbewegungen, als er die glänzenden Glieder fließend und exakt justierte.

Seine Hände, ebenfalls mechanisch, bewegten sich mit einer Akribie und Geschwindigkeit, die nur durch jahrelange Hingabe erreicht werden konnte. Metall kreischte und knirschte unter seinen Werkzeugen, und jedes entfernte Stück Fleisch legte er sorgsam beiseite, ehe er mit der Augmentation begann. Das geschmolzene Metall glühte in der Dunkelheit, während Jasper es wie ein Bildhauer formte. Seine Konzentration war unermüdlich, sein Atem ruhig und gleichmäßig. Gelenk für Gelenk fügte er die Prothesen ein, als wären sie natürliche Fortsätze. In diesem Moment spürte Elara eine eigentümliche Verbundenheit mit Jasper. Die Hingabe, mit der er das Metall wie etwas Lebendiges behandelte, erfüllte sie mit einer Mischung aus Bewunderung und Furcht — Bewunderung für seine Meisterschaft, Furcht vor seiner Besessenheit.

»Jasper? Ich habe deine Prothese repariert«, sagte Elara mit einer Stimme, die Stärke vorgab, aber ihre Unsicherheit nicht ganz verbergen konnte. Er hob den Kopf, sein Gesicht eine Mischung menschlicher Züge und mechanischer Implantate. Dann trat er näher, sein Blick eine stille Prüfung.

»Lass mich sehen«, sagte er.

Elara beobachtete ihn, während er die Prothese drehte und wendete, jedes Detail abtastend. Sie war eine nahtlose Verbindung von Gelenken und Rädern, die sich perfekt in das Körpergefüge seiner Kunden einfügen würde. Elaras Finger zuckten leicht, doch sie hielt ihren Blick auf Jaspers Hände.

»Was siehst du, wenn du das hier machst?« fragte sie.

Zunächst schien es, als hätte er sie gar nicht gehört. Dann lächelte er leicht.

»Seltsam, dass sich noch nie jemand dafür interessiert hat. Nun… manchmal müssen wir das Fleisch brechen, um die wahre Schönheit der Mechanik zu offenbaren«, sagte er, während seine Hände fortfuhren, jede Kurve und Kante der Prothese zu lesen. »In meiner Werkstatt wird Fleisch zu Stahl, Schwäche zu Kraft. Ja, es gibt Schmerz, aber Schmerz kann auch erlösend sein.«

Elara und schüttelte kaum merklich den Kopf.

»Erlösend?«

Ein Moment verging, bis Jasper dazu überging, an seinen Augmentationen weiterzuarbeiten — Gelenke ölend und Schrauben festziehend.

»Sieh dir das Metall an: es zeigt uns eine Seite von uns selbst — was wir verachten und zugleich bewundern. Jeder Schnitt ist ein Gebet, eine Verhandlung mit Kräften, die jenseits der Schwäche des Fleisches liegen. Manchmal blicke ich auf meine Metallhände und frage mich, ob das nicht das Schönste ist, was ich je gesehen habe. Der Schmerz erinnert uns daran, dass wir noch nicht verloren sind. Und manchmal, im Zustand der Verletzlichkeit, finden Menschen zu ihrer wahren Stärke.«

Sie betrachtete ihre eigenen Arme und Beine.

»Glaubst du, dass die Technik die nächste Stufe der menschlichen Evolution ist?«

»Ohne Zweifel«, erwiderte er. »Wir haben die Grenzen unseres Fleisches erreicht. Technologie ist der Schlüssel zur Transformation. Fleisch und Blut sind vergänglich, aber Stahl und Schaltkreise schenken uns ewiges Leben.«

»Aber diejenigen, die zu dir kommen… sie verlassen diesen Ort oft auf eine Weise verändert, die mehr an ihnen nagt, als sie es zugeben möchten.«

Er nickte.

»Jeder Fortschritt erfordert Opfer. Sie alle waren Schritte auf dem Weg, den wir beschreiten müssen, um zu höheren Wesen zu werden. Genauso ist es mit der Technologie.«

Er strich sanft über die metallenen Gliedmaßen einer leblosen Gestalt.

»Manche sagen, was ich tue, sei ›hässlich‹ — eine Verstümmelung. Doch in diesen Linien, an der Bruchlinie zwischen Fleisch und Metall, sehe ich Vollkommenheit. Transformation ist niemals einfach, aber denke an das Ergebnis: ein Körper, der stärker ist als je zuvor, bereit, den Widrigkeiten dieser Welt zu trotzen. Sie verlassen die Werkstatt erneuert. Und ihre Verbindung von Fleisch und Stahl ist eine Rebellion gegen die eigene biologische Minderwertigkeit.«

Sie spürte ein Ziehen im Magen, nachdenkend über ihre eigene Rolle als Mechanikerin.

»Es ist eine Veredelung, Elara. Die Menschen kommen, weil sie ein Organ brauchen oder ein Gelenk, das stärker ist als das alte. Doch während ich daran arbeite, wird es eine Struktur, die an die Grenze der Perfektion stößt. Manchmal frage ich mich, ob mein Werk zu rein, zu makellos wird — ob ich das Ziel verfehle, wenn es zu viel Macht und Schönheit vereint. Doch der Schmerz, den sie dabei empfinden, ist eine Katharsis, eine Reinigung.«

Sie runzelte die Stirn.

»Du sprichst von Schmerz, als wäre es eine Tugend...«

»Schmerz ist ein Wegweiser«, unterbrach er. »Er schält Illusionen ab und offenbart die Wahrheit. Stell dir vor, wie Blut fließt und auf kaltes Metall trifft — in diesem Moment entsteht etwas Neues. Jeder Tropfen, der auf meine Werkbank fällt, ist ein Symbol für Mut und Beharrlichkeit. Wenn sie von hier fortgehen, sind sie mehr als nur Fleisch und Blut.«

»Aber zahlen wir nicht auch einen hohen Preis dafür?« fragte sie neugierig, während ihr Blick über die Werkstatt glitt, deren mechanische Gliedmaßen, verstümmelte Körper, rostige chirurgische Instrumente und blutbefleckte Verbände ein makabres Stillleben formten. Er antwortete kühl:

»Das ist der Preis der Evolution. Jede entfernte Sehne ist ein Akt der Befreiung. Wir reinigen uns durch Verlust, läutern uns durch Schmerz. Aus Fleisch wird Stahl, und daraus etwas etwas Unzerstörbares.«

Sie schwieg einen Moment.

»Ich frage mich manchmal, ob wir mit all diesen Prothesen eines Tages nicht auch etwas Menschliches verlieren.«

Er lachte.

»Menschlichkeit, Elara, ist eine Fessel. Warum an die Menschlichkeit klammern, nur weil ich einmal Fleisch war? Vielleicht sind wir erst jetzt, durch das ›Harte‹ und ›Hässliche‹, schöner, als je ein Mensch gewesen ist.«

Mit einer Bewegung, die einer Beschwörung glich, schloss er die Augmentation ab. Ein kalter Schauer lief Elara über den Rücken, doch sie konnte nichts erwidern — vielleicht, weil in seiner Euphorie eine Wahrheit lag, die sie beunruhigend schön fand.

»Aber… kann Schönheit ohne Verletzlichkeit existieren? Und was geschieht mit dem, was noch Fleisch ist?«

»In jedem von uns gibt es einen Kampf zwischen dem, was wir sind, und dem, was wir sein könnten«, fuhr Jasper fort. »Wenn ich das Metall auf dem Fleisch sehe, wirkt es wie ein Kunstwerk, surreal. Stahl und Blut vereint — ein Bild, das es so nie geben dürfte. Manchmal scheint es, als triumphiere ich über den Tod selbst, als zwänge ich ihn in eine Form. Doch unter all dem liegt die Wahrheit, verborgen in den pochenden, wunden Schichten des Fleisches. Ich helfe den Menschen bloß dabei, diesen Kampf zu gewinnen.«

Elara senkte den Blick. Ihre Fingerspitzen glitten über die kalten Metallflächen ihrer Augmentierungen, als suchten sie etwas Verlorenes. In den Übergängen zwischen Haut und Stahl spürte sie keine Schmerzen, nur eine Leere, ein stillgelegter Herzschlag. Jede Prothese war ein polierter Grabstein, makellos, doch darunter lag ein Echo ihres früheren Selbst — nicht greifbar, aber unüberhörbar. Die Präzision war ein Triumph, den Fleisch nie erreichen konnte, doch mit jeder flüssigen Bewegung fühlte sie den Verrat: ein stählernes Monument, das das fehlerhafte Leben abgelöst hatte. Ihre Berührungen hinterließen keinen Abdruck — kein Puls, kein Schweiß, *nichts, das bewies, dass sie jemals existiert hatte.*

»Ich frage mich, ob wir den Wert unserer Seele nicht unterschätzen.«

»In Etherion bekommt man, wofür man bezahlt. Und meine Arbeit ist jede Kesselkrone wert.«

»Und was heißt das konkret?« hakte Elara nach.

»Für eine Standard-Augmentation verlange ich 500 bis 1.000 Kesselkronen. Spezialisierte Augmentationen — etwa für bestimmte Berufe — beginnen bei 1.000 und können bis zu 2.000 kosten.«

»Und maßgeschneiderte Augmentationen?« fragte sie interessiert weiter.

»Zwischen 2.000 und 5.000 Kesselkronen — da stecken Planung und Feinarbeit drin.«

Elara ließ seine Worte nachklingen. Ihre Bewegungen waren fast zögerlich, als sie sich langsam abwandte, der Schatten eines unausgesprochenen Gedankens in ihrem Blick. Plötzlich spürte sie Jaspers Hand auf ihrem Arm.

»Warte, ich muss dir noch etwas sagen.«

Sie drehte sich zu ihm um, eine Mischung aus Neugier und Vorsicht in ihren Augen.

»Was ist es?«

Jasper hielt ihren Blick, und in seinen Augen lag eine für ihn untypische Sanftheit — keine, die trösten wollte, sondern eine, die suchte. Als er sprach, schien er die Worte erst für sich selbst zu prüfen:

»Ich habe viel über Perfektion gesprochen. Aber bei dir frage ich mich, ob ich überhaupt weiß, was das bedeutet.«

Seine Stimme schien zu brechen, als habe er etwas gesagt, das er nicht aussprechen wollte.

»Du bist eine vollkommene Schöpfung, weißt du das? Es sind nicht die Prothesen. Es sind nicht die Prothesen. Es ist, wie du sie trägst — als würdest du mit jedem Schritt etwas erzählen, das man nicht in Worte fassen kann. Und deine Augen... sie sind wie die Morgendämmerung. Nicht nur wegen ihrer Farbe, sondern wegen dem, was sie verbergen — etwas, das leise bleibt, aber stärker ist als alles, was ich je gesehen habe.«

Elara errötete leicht.

»Das ist... ungewöhnlich zu hören.«

Er lächelte dezent.

»Ungewöhnlich, aber wahr. Deine Lippen sind wie Blüten im Morgenlicht, und deine Haut schimmert wie Mondlicht, das durch die Glasdächer der Stadt fällt. Deine Bewegungen haben eine unverfälschte Grazie und Eleganz.«

Sie schluckte.

»Warum sagst du mir das?«

»Weil du wissen solltest, wie besonders du bist. Nicht nur als Mechanikerin, nicht nur als Trägerin von Prothesen, sondern als du selbst. Du bist ein Kunstwerk, das Leben und Technik in vollkommener Harmonie vereint.«

Elara sah ihm in die Augen und konnte nichts erwidern. Als sie die Werkstatt verließ, fühlte sie sich seltsam berauscht. Jaspers Worte ließen etwas in ihr zurück, das sie nicht loslassen wollte.

Sie traf sich wieder mit Maribel in der Taverne. Nach weiteren Tagen in der Kupferfeste, enthüllenden Begegnungen und tiefgreifenden Gesprächen in den verborgenen Ecken Etherions, wo die Grenzen der menschlichen Existenz wahlweise verhandelt oder definiert wurden, war diese Begegnung eine willkommene Abwechslung. Die Taverne war voll; das tiefe Murmeln der Gespräche vermischte sich mit dem gelegentlichen Klirren von Gläsern. Umgeben von fröhlichen Gästen, deren Lachen die Stimmung belebte, entdeckte sie Maribel mit einem Glas in der Hand. Ein Feuer prasselte im antiken Kamin, dessen Wärme die Kälte Etherions vertrieb und eine behagliche Atmosphäre schuf. Inmitten des hektischen Treibens der Stadt bot die Taverne mit ihrem alten Kamin und dem sanften Goldlicht der Hängelampen, die wie Kompassrosen gestaltet waren, eine Insel der Ruhe. Tiefe Schatten und filigrane Dampfwirbel, die aus Teetassen kräuselten, hüllten die Umgebung in ein lebendiges Spiel aus Licht und Wärme. Elara spürte die entspannte Ausgelassenheit der Gäste und das raue Lachen, das von den Holzvertäfelungen widerhallte und ihr eigenes Gedankenwirrwarr linderte. Maribel, die ihr gegenüber saß, sah sie mit einem Blick an, der tiefer ging als Worte. Sie neigte sich zu ihr, ein schelmisches Funkeln in den Augen.

»Was denkst du, Elara? Bereit für eine Welt, die ein wenig weniger von uns verlangt?«

Elara lehnte sich zurück, schüttelte lächelnd den Kopf.

»Nach allem, was ich gesehen habe? Vielleicht gerade deshalb.«

Maribel hob ihr Glas.

»Auf das Leben — so wie es jetzt ist. Kein Theater um Stahl und Seelen. Nur wir und die Wärme des Feuers.«

Die beiden stießen an.

»Weißt du, bei deiner Ausstrahlung solltest du wirklich mehr… naja, Spaß haben«, meinte Maribel zwinkernd.

Elara, überrascht von Maribels Direktheit, errötete leicht.

»Ich… ich bin nicht so erfahren in solchen Dingen.«

Maribel lachte herzlich.

»Ach, Elara. Du bist wie ein Buch voller Geheimnisse. Denk an all die Möglichkeiten! Deine Haut, so seidig und warm, könnte jeden Mann verrückt machen.«

Elara schmunzelte, halb verlegen, halb amüsiert.

»Du bist unmöglich.«

»Und deine Lippen«, fuhr Maribel unbeeindruckt fort, während sie mit dem Finger ihr Glas umkreiste, »so voll und verführerisch. Stell dir nur vor, wie sie sich anfühlen würden… in einem leidenschaftlichen Kuss.«

Elaras Herzschlag beschleunigte sich bei dem Gedanken. Ein warmes, prickelndes Gefühl breitete sich in ihr aus. Maribel lehnte sich näher.

»Und ich wette, du hast einen Körper, der für die Liebe geschaffen ist. Deine Kurven, deine Berührungen… sie könnten pure Ekstase sein.«

Jetzt war Elara nicht nur verlegen, sondern auch neugierig.

»Du denkst, ich sollte… jemanden finden?«

»Definitiv«, nickte Maribel. »Du hast eine Präsenz, die göttlich wirkt. Deine Anmut, deine Bewegungen — alles an dir strahlt eine eigene Schönheit aus. Es wird Zeit, deine sinnliche Seite zu entdecken. Deine Gesten haben ihre eigene Magie, und wie du dich bewegst, lässt alles um dich lebendig erscheinen. Stell dir vor, wie es wäre, berührt und begehrt zu werden, flüsterte Maribel, ihr Atem warm an Elaras Ohr. »Deine Haut, die unter sinnlichen Händen erwacht. Dein Atem, der sich mit dem eines anderen vereint.«

Elara spürte, wie sich ein sanftes Prickeln in ihrem Körper ausbreitete.

»Ich weiß nicht, was ich sagen soll«, stammelte sie.

»Du musst auch nichts sagen. Nur fühlen.«

Elara blickte ihrer Freundin tief in die Augen, in denen ein Versprechen unzähliger Möglichkeiten schimmerte.

»Möglicherweise liegst du richtig«, murmelte sie schließlich. »Vielleicht ist es Zeit, mich mehr zu öffnen.«

Maribel lächelte zufrieden.

»Genau das meine ich«, stellte sie fest. »Erlaube dir, geliebt zu werden, und zu lieben. Deine Schönheit verdient es, gefeiert zu werden. Erzähl mir, hast du vielleicht... besondere Vorlieben?« fragte sie interessiert. »Etwas Ausgefallenes, das über das Übliche hinausgeht?«

Elara errötete leicht und starrte in ihr Glas.

»Besondere Vorlieben? Ich... ich bin nicht sicher, was du meinst.«

»Na komm, du weißt schon«, drängte Maribel, ihren Finger spielerisch über das Glas kreisend. »Jeder hat doch seine kleinen Geheimnisse, seine verborgenen Wünsche. Irgendetwas Wildes, Ungezähmtes vielleicht? Etwas, das nicht jeder verstehen würde?«

Elara überlegte.

»Ich denke... es ist die Vorstellung von Kontrolle... oder

ihrem Verlust. Manchmal stelle ich mir vor, jemanden zu dominieren, seine Lust zu lenken...«

»Oder selbst gefesselt zu sein?« half Maribel nach, ihre Augen leuchteten vor Aufregung.

»Ja«, gab Elara zu, ein Hauch von Röte auf ihren Wangen. »Gefesselt zu sein, ausgeliefert... das hat etwas Befreiendes.«

Maribel lachte herzlich.

»Das ist ja eine Offenbarung! Und weißt du was? Es ist wunderschön. Du spielst mit deinen Wünschen und Ängsten. Das ist mutig.«

»Aber es ist auch ein bisschen beängstigend.«

»Natürlich ist es das«, stimmte Maribel zu. »Aber das ist das Schöne daran. Du entdeckst dich selbst und deine verborgensten Sehnsüchte. Das ist das wahre Abenteuer.«

Elara spürte eine erregende Welle, ein leises Zittern bei Maribels Worten. Sie lächelte leicht und gestand leise ihre Fantasien über das Gefesseltsein.

»Die Vorstellung, die Kontrolle abzugeben, erregt mich auf eine Weise, die schwer zu beschreiben ist.«

Maribels Augen funkelten.

»Die süße Kapitulation. Und wie ist es mit der anderen Seite?«

»Es gibt Momente, da sehne ich mich danach, die Kontrolle zu übernehmen, jemanden an meine Wünsche zu binden, seine Reaktionen zu steuern. Es ist ein kraftvolles Gefühl.«

Maribel lehnte sich wieder näher, ihre Stimme tief und verführerisch.

»Stell dir vor, du hättest jemanden vor dir, ganz dir ausgeliefert. Du könntest seine Lust lenken, ihn an den Rand des

Wahnsinns treiben… und dann erlösen oder weiter warten lassen. Klingt das nicht aufregend?«

Elara spürte eine Wärme in sich aufsteigen.

»Ja, das klingt… sehr aufregend.«

»Und wenn du dir vorstellst, selbst gefesselt zu sein, ausgeliefert an die Gnade eines anderen, der dich erforscht und dich an deine Grenzen bringt?«

»Das klingt… befreiend.«

Maribel lächelte.

»Es ist die Kunst des Gebens und Nehmens, ein Spiel mit Macht und Hingabe. Es ist eine Reise der Entdeckung. Du findest heraus, was dich wirklich bewegt, was deine tiefsten Wünsche sind.«

Elaras Augen funkelten im Kerzenlicht.

»Vielleicht sollte ich diese Reise wagen…«

»Absolut«, bekräftigte Maribel. »Lass dich nicht von Ängsten zurückhalten. Erkunde, was dich anmacht, was dich erregt. Das ist der wahre Schlüssel zur Freiheit.«

In diesem Moment verband sie eine tiefe Vertrautheit. In der zauberhaften Nacht, mitten in der Taverne, schien die Welt um sie herum zu verblassen. Ein unsichtbares Band aus Verständnis und Nähe webte sich zwischen ihnen, stärker als die Dunkelheit der Welt. Sie wussten, dass dieser Augenblick für immer in ihren Herzen verankert bleiben würde.

Nachdem sie sich von Maribel verabschiedet hatte, ging Elara allein durch die Dämmerung. Der Abschied lag kaum Minuten zurück, doch mit jedem Schritt kroch eine lähmende Beklemmung durch ihre Glieder. Die Wege schimmerten in Bronze und Gold, und die letzten Sonnenstrahlen ertranken in der Dunkelheit, die sich über die Stadt legte. Das Licht schien weich, fast tröstlich, doch mit jedem Schritt fühlte sie, wie die Welt unter ihren Füßen brüchig wurde. Die Veränderung kam als leises Flüstern. Eben noch hatte sie die abendliche Ruhe als friedvoll empfunden, doch plötzlich überkam sie eine Welle der Isolation und Verzweiflung. Zuerst war es nur ein Nachlassen, eine flüchtige Stille zwischen den Geräuschen. Doch bald war nichts mehr da außer dem dumpfen Hall ihrer eigenen Schritte. Das Echo klang wie ein Urteil, als verweigere die Welt ihr Dasein, als zögere die Realität, ihre Präsenz zu bestätigen. Ihr Herz raste, als wollte es die klaffende Leere in ihrer Brust fortstoßen. Die Straßen verloren ihre Vertrautheit. Wind strich durch die Gassen, durchsetzt vom Geruch von feuchtem Laub und etwas Metallischem, Schwerem. Er schnitt wie unsichtbare Klingen durch ihre Lungen, als wolle die Luft selbst ihr Körpergewicht infrage stellen. Jedes Rascheln, jedes fallende Blatt riss an ihren Sinnen, während das Wispern des Windes oder das ferne Echo eines Schrittes wie Vorboten eines nahenden Unheils wirkten. Schatten glitten über die Mauern, zuckend und unstet. Einmal blieb sie stehen, als sich einer dieser Schatten gegen den Wind bewegte, mit einer Langsamkeit, die wie Spott wirkte. Elara spürte das metallene Gewicht ihres Arms, ihre mechanische Hand ballte sich wie von selbst zur Faust.

Der Marktplatz lag vor ihr, still und verlassen. Die Stände, ihre Gerippe noch aufrecht, schienen sich selbst überlebt zu haben. Ihre verblichenen Markisen flatterten leise im Wind, müde Flaggen einer längst vergessenen Festlichkeit. Kisten lagen leer, und ein Korb fauligen Obstes lehnte an einem Stand, dunkler Saft sickerte in die Ritzen. Papierschnipsel wirbelten in der

Brise, die ein vages Aroma von Kräutern trug. Während Elara dort stand, fühlte sie sich wie ein Geist, doch seltsam verbunden mit den Lichtern über ihr — den Sternen, fern und unerreichbar, aber voller Trost. Sie atmete ein, doch die Luft lastete auf ihrer Brust, als müsste diese durch die Dichte eines fremden Elements gepresst werden. Die Welt um sie war reglos, doch in ihr tobte etwas, für das sie keinen Namen hatte — eine Leere, die sich ausdehnte wie eine verlorene Hoffnung.

Sie schloss die Augen, um eine Linie zu finden, die Ordnung in das Chaos bringen könnte. Für einen Augenblick wollte sie glauben, die Dunkelheit könnte sie schützen. Doch sie wusste, dass sie irrte. Vielleicht war es die Erinnerung an etwas, das niemals gewesen war — oder die Gewissheit, dass sie auf eine unvermeidbare Grenze zulief. Als sie die Augen wieder öffnete, sah sie hinauf, und es war, als blicke sie in einen Spiegel. Die Sterne waren fort, Risse bohrten sich in die Schwärze, durchzogen von glühenden Adern. Elara erstarrte, aber es war nicht die Dunkelheit, die sie erschreckte, sondern die Erkenntnis, dass sie am Rand einer Welt stand, die sie ausstieß. Ihre Finger krampften sich um das raue Holz eines Standes, als der scharfe, beißende Geruch von verbranntem Fleisch in ihre Nase kroch. Die wenigen Menschen, die noch auf den Straßen waren, hasteten vorbei, doch niemand sagte ein Wort.

Im fahlen Licht der Laternen fiel Elara ein Mann auf, der regungslos in der Mitte des Marktplatzes stand. Es war Azriel, ein umtriebiger Händler von Ætherzubehör — nun eine leblose Figur, ihrer Energie beraubt. Einst für seinen Einfallsreichtum bewundert, wirkte er jetzt wie ein morbides Relikt, das an zerbrochenes Glas erinnerte. Seine Augen waren nicht einfach leer, sie waren Portale in einen Abgrund, der hungrig zurückstarrte — als öffne sein Gesicht einen Spalt in eine andere Welt. Elara stand wie versteinert, ein stummer Zuschauer in einem Alptraum, unfähig, den Bann des Anblicks zu brechen. Wie ein Gefangener schlug ihr Herz, bis sie sich schließlich, vom Sog des Schreckens angezogen, Schritt für Schritt näher wagte. Ein Ruck durchzuckte seinen Körper, und seine Augen, geweitet wie die eines Tieres vor dem Tod, flackerten mit unaussprechlicher Angst.

»Azriel, ich bin's, Elara. Was ist passiert?« rief sie. Ihre Stimme zitterte wie ein Herbstblatt im Sturm, doch ihre Worte prallten gegen eine unbegreifliche Leere.

Wie von einer unsichtbaren Last niedergedrückt, brach er zusammen. Sein Schrei hallte, und seine Haut löste sich wie brennendes Pergament, seine Augen zerfielen zu feinem Staub, und sein Blut sickerte wie Tinte in das Pflaster. Jeder berstende Knochen riss Löcher in das Gewebe der Realität. Über den Resten seines Körpers tanzten Energiefunken, während sich sein Fleisch auflöste und ein Gebilde aus ineinanderfließenden Farben hinterließ. Mit zögernder Hand kniete sich Elara zu ihm, und das Blut klebte an ihren Fingern. Schicht um Schicht enthüllte sich in seinem Verfall eine Wahrheit, die sich tief in ihr Verstand fraß.

»Azriel, was ist mit dir?!« rief sie, ihre Stimme zerschnitten von der Schärfe dessen, was sie sah.

Bruchstückhaft kamen seine Worte, wie durch einen Nebel gequält, jedes ein Splitter, der ihr Blut in Eis verwandelte. Er sprach von Entitäten, die sich durch die Risse der Wirklichkeit zwängten, Schatten, die flüssigem Metall glichen, und quälenden Geistern, die aus dem Schlamm krochen, um die Stadt in den Wahnsinn zu stürzen.

Als Azriel seinen letzten Atemzug tat, sank Elara zurück, gelähmt vor Entsetzen. Sein Blut malte bizarre Muster auf den Boden, die im Schein des Himmels aufleuchteten. Ein süßer Gestank von brennendem Fleisch kroch in ihren Geist und vergiftete ihre Gedanken. Das Firmament zerbarst in einem flammenden Meer, und mit jeder neuen Welle verbrannte ein weiterer Teil ihrer selbst. Elara richtete den Blick erneut auf den blutroten Himmel, und ein Schwindel erfasste sie, als würde die Realität unter ihren Füßen zerbrechen. Die Zeit schien stillzustehen, bis sie den Kontakt zum Boden verlor. Um sie herum lösten sich die Konturen der Wirklichkeit auf. Farben und Formen stürzten ineinander wie sterbende Sterne, bis die Welt nur noch ein chaotisches Flimmern war. Die Grenzen zwischen Fleisch und Mechanik verschwammen wie Tinte im Regen, während ihr Bewusstsein zwischen den Zahnrädern der Realität zermalmt wurde.

Jeder Windhauch schnitt wie eine Klinge über ihre Haut — eine Berührung aus einer fremden Welt, die ihre Sinne betäubte und ihre Einsamkeit vertiefte. Gefangen in einem Mahlstrom widerstreitender Gefühle spürte sie, wie jeder Funke Stabilität weggespült wurde. Geräusche drangen wie Speere in ihre Seele und ließen sie in einem Meer aus Schmerz ertrinken. Mit jeder Sekunde wurde die Fremdheit in ihr lauter. Sie fühlte sich wie ein entstelltes Puppenwesen, dessen Gliedmaßen nicht mehr ihren Befehlen gehorchten. Eine unerbittliche Unsicherheit fraß sich in ihr Inneres, durchdrang jede Faser ihres Seins und zersetzte sie. Jeder Teil ihres Ichs kämpfte verzweifelt, doch sie zerfiel weiter, unfähig, sich zu einem Ganzen zusammenzufügen. Die Dunkelheit würgte ihre Sinne, riss sie hinab wie eine alles verschlingende Welle. Ihre Seele zerbrach in tausend Splitter, die in unbegreiflichen Farben brachen. Je tiefer die Dunkelheit sank, desto stärker wuchs die Gewissheit, stets am selben Abgrund anzukommen, egal wie weit sie lief. Sie stemmte sich verzweifelt gegen die tobende Flut der Ungewissheit, doch diese riss sie erbarmungslos mit sich. Schließlich verdunkelte sich alles vor ihren Augen. Ihr Bewusstsein zerrann wie Sand durch ihre Finger. Sie brach zusammen und versank schließlich in einem ewigen Schlaf.

III

Gefangen zwischen der Last seiner Pflichten und der Glut seiner Ideale saß Viktor allein in seinem Arbeitszimmer. Zwischen reglosen Büchern und flackernden alchemistischen Symbolen suchte sein Geist in den Wirren möglicher Zukünfte nach einem Weg, Etherion vor dem Chaos zu bewahren. Seine Gedanken kreisten um das prekäre Gleichgewicht zwischen Macht und Mitgefühl, bis das Licht der Symbole verblasste, und Viktor die Hallen des Palastes durchquerte. Diese Gänge, gesäumt von Porträts verblichener Herrscher, wurden zur Galerie ihrer Zweifel und unabwendbaren Entscheidungen. Ihr stummes Zeugnis zerschlug an Viktors Schritten, als er auf den Senatssaal zumarschierte.

Die Tür zum Saal stand offen. Mit seinem Eintritt zog sich die Luft zusammen. Fünfundzwanzig Senatoren saßen um einen gewaltigen Halbmondtisch aus dunklem Holz, ihre Plätze markiert durch kleine Messingschilder. Das matte Licht der Gaslampen brach sich in ihren Gesichtern — einige jugendlich und glatt, andere tief zerfurcht. In der Mitte des Saals befand sich eine Plattform, graviert mit dem Bild einer sich selbst verzehrenden Schlange. Viktor schritt zu seinem Platz im Zentrum des Halbkreises. Sein Stuhl, größer und massiver als die der Senatoren, war wie ein eiserner Käfig, der seine

Macht umklammerte.

Er ließ seinen Blick über die Versammlung schweifen. Vor den Senatoren lagen Pergamentstapel, Tintenfässer, Schreibfedern wie Dolche aufgereiht. Das leise Kratzen der Federn war das einzige Geräusch, als einige hastig letzte Notizen machten. Er nahm die Spannung in den Körpern wahr: das nervöse Zucken einer Augenbraue, das unruhige Ballen einer Faust. Andere saßen regungslos, ihre Mienen undurchdringlich. Mit einer knappen, bestimmten Geste — dem Heben seiner rechten Hand — brachte Viktor das letzte Flüstern zum Verstummen. Der Moment war gekommen, die Sitzung eröffnet, und das Schicksal Etherions hing an den Worten, die nun gesprochen würden.

»Verehrte Senatoren«, begann er, »wir stehen heute vor einer Entscheidung, die über Etherions Zukunft richten wird. Wir müssen beraten und entscheiden, wie wir den bevorstehenden Herausforderungen begegnen.«

Senator Magnus erhob seine Stimme mit der Schärfe eines ungebetenen Gedankens.

»Lord Viktor, die Stahlbrachlande sind nicht mehr das verlassene Ödland, wie wir es kannten. Es heißt, dass sich dort Kräfte sammeln, die uns bedrohen könnten.«

»Ja, die Stahlbrachlande«, bestätigte Viktor. »Ein Ort, der von Wahnsinn und Verzweiflung verzehrt wird. Doch wir dürfen nicht vergessen, dass dort Menschen leben, die einst zu uns gehörten, die Teil von Etherion waren.«

Wie ein sich entladender Kondensator sprang Senator Lorenz' Beitrag in den Raum, die Spannung im Saal neu kalibrierend.

»Und was schlagen Sie vor? Sollen wir diesen Barbaren unsere Tore öffnen und das Risiko eingehen, dass der Wahnsinn in unsere Stadt eindringt?«

»Nein«, entgegnete Viktor ruhig, »ich schlage vor, dass wir eine Expedition entsenden, um herauszufinden, was dort wirklich vor sich geht, um zu sehen, ob es eine Möglichkeit gibt, diese Menschen zurück ins Licht zu führen.«

Senator Aldric lachte höhnisch.

»Zurück ins Licht? Sie sind verloren. Verloren an die Dunkelheit und das Chaos. Wir sollten unsere Ressourcen dafür nutzen, unsere Mauern zu stärken. Etherion ist kein Gnadenlager für die Verlorenen und Verschlagenen.«

»Sie müssen eines verstehen, Senator Aldric: Etherion ist auch keine Insel. Wir können uns nicht einfach abkapseln und glauben, wir blieben unberührt. Ich frage Sie: Seit wann ist Isolation die Antwort auf Veränderung?«

Magnus unterbrach:

»Lord Viktor, wenn Sie erlauben: Die Bewohner des Ödlands haben der Zivilisation längst den Rücken gekehrt. Diese ›Ankömmlinge‹ sind nichts weiter als degenerierte Barbaren. Wir gefährden alles, was wir aufgebaut haben, wenn wir sie auch nur einen Schritt hineinlassen.«

Viktor hielt inne. Dann griff er mit einer bedächtigen Bewegung in seine Tasche und zog ein kleines mechanisches Gerät hervor, stellte es auf den Tisch, und ein leises Summen erfüllte den Saal, während sich die Zahnräder des Apparats langsam zu drehen begannen.

»Schauen Sie sich dieses Wunderwerk an.« Seine Augen wanderten über die Gesichter der Senatoren. »Jedes Zahnrad, jedes Gelenk, jede noch so winzige Feder hat eine Funktion. Die Stahlbrachlande mögen uns heute wie ein defektes Zahnrad erscheinen, doch was, wenn es genau das fehlende Teil ist? Ein Getriebe funktioniert nur dann, wenn alle Teile miteinander arbeiten. Wenn wir dieses Zahnrad ignorieren, könnte es unser gesamtes System zum Stillstand bringen. Doch integrieren wir es, könnte es die treibende Kraft sein, die unsere Stadt zu neuer Blüte führt.«

Viktor pausierte. Dann fuhr er fort.

»Es ist nicht die rohe Stärke, die überlebt, sondern die Fähigkeit, sich dem Unvorhersehbaren anzupassen. Die Stahlbrachlande sind unser Prüfstein. Nicht das Fremde abzuwehren ist unsere Aufgabe, sondern es zu verwandeln — es zu integrieren und zu einem Teil unserer Stärke zu machen. Die Menschen der Stahlbrachlande sind keine Barbaren, sondern unerschlossene Energiequellen. Wenn wir klug sind, werden wir ihre Kraft nutzen, um unser System anzutreiben. Stellen Sie sich das vor: Die rohe Kraft und Überlebenskunst der Ödländer, gepaart mit unserem technologischen Fortschritt. Eine Gesellschaft, die so widerstandsfähig wie anpassungsfähig ist. Das, meine Herren, ist der Weg, wie wir Etherion stärken. Nicht durch Mauern, sondern durch Integration. Nicht durch Angst, sondern durch Wandel.«

»Schön, wie Sie das Getriebe beschrieben haben, Herr Erzregent«, erwiderte Senatorin Isolde mit einer rührenden Naivität, die deplatziert wirkte. »Ich glaube, es gibt Teile, die der Zivilisation besser verloren bleiben. Diese Leute verstehen ja häufig nicht einmal unsere Sprache. Unsere Gesellschaft ist kein Experimentierfeld für soziale Alchemie. Wir dürfen nicht zulassen, dass diese Asylbetrüger unsere Kultur untergraben. Sie sind eine Bedrohung für unsere kulturelle Integrität.«

Amüsiert über Isoldes Kommentar, erwiderte Helena:

»Es ist bemerkenswert, dass ausgerechnet Sie von ›Kultur‹ sprechen, Frau Isolde, wenn Sie reflexhaften Invektiven mehr Gewicht beimessen als dem Basishabitus höherer Kulturen.«

Magnus griff erneut ein:

»Bei allem Respekt für Ihre Maschinenmagie, Lord Viktor, aber Sie verwechseln hier einen Haufen Schrott mit Zahnrädern von Wert. Manche Dinge sind schlichtweg irreparabel, egal wie gut sie poliert werden.«

Viktor hörte zu, während sein Blick an Gewicht gewann.

»Meine verehrten Senatoren, die größte Bedrohung für Etherion ist nicht das Fremde — sondern unsere Angst vor dem Verstehen. Wir dürfen nicht zu den Monstern werden, vor denen wir uns schützen wollen. Waren wir nicht einst selbst Fremde, die einen Ort suchten, den wir Heimat nennen konnten? Wenn wir unsere Tore verschließen, verbauen wir uns den Weg in unsere eigene Zukunft. Es erfordert Mut, dem Chaos ins Angesicht zu blicken, doch nur indem wir es tun, nehmen wir ihm die Macht. Anstatt diesen Menschen finstere Motive zu unterstellen, sollten wir ihnen unsere Hand reichen.«

»Unsere Hand reichen? Und wer schützt uns dann vor ihnen?« protestierte Lorenz. »Wir haben gesehen, was passiert, wenn wir die Schleusen öffnen: Es ist ein Einfallstor für Probleme. Die Flüchtlinge nehmen uns die Arbeitsplätze weg und fressen unsere Vorräte auf. Unsere Häuser platzen aus allen Nähten, sodass für die Einheimischen kaum noch Platz zum Leben bleibt. Kurzum, sie leben auf unsere Kosten. Sie sind

Schmarotzer, Parasiten, die sich von unserem Wohlstand ernähren wollen. Ihr Herzschmerz-Hokuspokus in allen Ehren, aber wir müssen unsere Bürger schützen. Wir können es uns nicht leisten, dass sie unsere Ressourcen aufbrauchen — es reicht nicht für alle.«

Helena rollte die Augen, als sie Lorenz' panische Tirade hörte.

»Deine apokalyptische Prophezeiung einer flüchtlingsgeführten Übernahme klingt fast wie aus der Feder eines besoffenen Luftschiffpiraten gedichtet«, erwiderte sie trocken. »Wenn wir schon dabei sind, warum errichten wir nicht gleich eine Festung um jeden Brotkrumen?«

Sie machte eine kurze Pause, bevor sie fortfuhr.

»Vielleicht sollten wir auch alle unter unsere Betten schauen, bevor wir schlafen gehen, nicht dass da auch noch ein Flüchtling lauert, der nur darauf wartet, uns die Butter vom Brot zu stibitzen.«

Die Debatte eskalierte weiter. Isolde, die traurige Augen hatte, äußerte besorgt:

»Und was, wenn diese Menschen nicht gerettet werden können? Was, wenn sie zu etwas geworden sind... etwas Unmenschlichem?«

Viktor fixierte Isolde mit einem durchdringenden Blick.

»Dann müssen wir uns fragen, ob wir untätig bleiben und zusehen wollen, wie sie immer weiter in diese Unmenschlichkeit abrutschen — oder ob wir bereit sind, zu handeln, bevor es zu spät ist.«

Senator Aldric stand auf, seine Stimme zitterte vor Erregung.

»Und was ist mit den Gerüchten, dass einige dieser Parasiten unethische Handlungen vollziehen? Dass sie in ihrer Verwahrlosung zu Kannibalismus und Schlimmerem neigen?«

Der Saal verstummte bei diesen Worten. Viktor antwortete ruhig, aber konzentriert:

»Wenn wir solchen Gerüchten nachgeben, verlieren wir uns selbst. Ja, das umliegende Ödland mag ein Ort des Grauens sein, aber es ist unsere Pflicht, herauszufinden, was wir dagegen tun können.«

Leopold, ein jüngerer Senator, machte sich bemerkbar.

»Und was ist mit den Experimenten, die hier in Etherion durchgeführt werden? Experimente, die ethische Grenzen überschreiten, um unsere Macht zu stärken? Sprechen wir darüber auch?«

Magnus warf ihm einen scharfen Blick zu.

»Wir sind hier, um über die Ödländer zu sprechen. Was in Etherion geschieht, gehört zu einem anderen Thema.«

Aldric zog einen drastischen Vergleich:

»Mal ehrlich, geschätzte Kollegen, die Flüchtlinge sind wie Fremdkörper, die das Immunsystem Etherions infizieren. Was passiert mit einem Organismus, der keine Antikörper gegen krankmachende Keime bildet? Nun, das kann ich Ihnen sagen: er stirbt.«

Der Saal verstummte abermals. Aldric aber setzte fort:

»Wir müssen den Wächtern auf den Mauern klare Anweisungen geben, wie sie mit den Erregern vor unseren Toren zu verfahren haben. Wenn es eine neue Welle gibt, müssen wir handeln — und zwar mit der Dampfbüchse. Es ist die einzige Sprache, die sie verstehen.«

Helena fuhr auf, ihre Augen brannten vor Zorn.

»Das ist absurd! Diese Menschen sind keine ›Keime‹. Sie sind Opfer von Umständen, die wir nicht ignorieren dürfen. Wir haben nicht das Recht, sie zu vernichten!«

Isolde brach in Tränen aus.

»Senator Aldric hat Recht. Sie sind nicht willkommen hier. Sie bringen Krankheiten und Unruhe. Und was, wenn sich unter den Flüchtlingen Kriminelle befinden — Geldwäscher, Messerstecher, Vergewaltiger? Wir müssen unsere Töchter schützen.«

Viktor hielt den Blick gerade.

»Das Risiko besteht immer, Isolde. Wir brauchen kluge Sicherheitsmaßnahmen, aber ebenso Vertrauen. Vertrauen heißt, zu handeln, auch wenn wir nicht alles Wissen. Könnten wir auf absolute Gewissheit setzen, würde sich jedes Vertrauen erübrigen.«

Mit einem kaum unterdrückten Grinsen sah Helena sich im Saal um und schoss dann ihre Worte spitz wie Pfeile ab.

»Fürwahr, ich muss sagen, heute haben wir wirklich Geschichte geschrieben. Wir haben nicht nur über Flüchtlinge diskutiert, nein, wir standen an der Schwelle zur medizinischen Revolution. Ich frage mich, ob wir eine neue Gesundheitsrichtlinie benötigen, die speziell darauf ausgerichtet ist, Ausbrüche von — sagen wir — Xenophobie und hysterischem Schwachsinn zu behandeln.«

Die Ratsmitglieder warfen sich flüchtige Blicke zu, während Getuschel und Geraune den Raum erfüllten. Leopold schmunzelte und tat so, als würde er seine Papiere ordnen, tauschte dabei jedoch verstohlene Blicke mit jenen aus, die Helenas Offenheit zu schätzen wussten. Helena selbst fuhr nonchalant fort.

»Ich schlage vor dass wir unverzüglich drei Einweisungsscheine ausstellen. Einen für Lorenz, der unübersehbar einem grotesk-deliranten Invasionswahn verfallen ist, der ihn dazu bringt, hinter jeder Silhouette einen Feind zu vermuten; einen weiteren für Isolde, die offenbar von der Vorstellung beseelt ist, dass das bloße Vorhandensein von Flüchtlingen unsere kulturelle DNA auflösen könnte; und schließlich einen für Aldric, weil er offensichtlich unter einem psychotischen Bruch mit der Realität leidet, der ihn glauben lässt, Menschen könnten wie Keime behandelt werden.«

Ihre Worte fielen trocken und schneidend in die aufgeladene Atmosphäre des Saals.

»Und vielleicht sollten wir einen zusätzlichen Schein ausstellen für jeden hier, der ernsthaft glaubt, dass solche Ideen auch nur den Hauch von Vernunft enthalten.«

Helena blickte herausfordernd in die Runde. Das anfängliche Gemurmel ging in ein unterdrücktes Kichern und schließlich in ein breites Gelächter über.

Die Debatte aber setzte sich fort, geprägt von Spannungen und emotionalen Ausbrüchen, während Viktor allmählich die Geduld verlor.

»Seht euch um! Wir sitzen hier, eingehüllt in den Luxus unseres Überflusses, diskutieren über Schicksale, als wären sie Schachfiguren. Ist es nicht beschämend, dass wir, die Hüter der Zivilisation, Erben des Mitgefühls und der Weisheit, uns hinter Mauern der Gleichgültigkeit verschanzen?«

Stille Gesprächsfetzen zogen durch die Menge, angeheizt durch die unverhohlene Ehrlichkeit seiner Worte.

»Senator Magnus spricht von Gefahr und Degeneration«, fuhr Viktor fort, »aber die wahre Degeneration, verehrte Senatoren, findet statt, wenn wir das Leid anderer ignorieren, um unsere eigene Bequemlichkeit zu wahren. Die wahren Barbaren sind jene, die aus Angst und Selbstsucht handeln, nicht jene, die um unser Mitgefühl bitten. Was ist unsere Sicherheit wert, wenn sie auf dem Leid anderer erbaut ist? Wie hohl klingt das Wort ›Zivilisation‹, wenn es nur für diejenigen gilt, die das Glück hatten, innerhalb unserer Mauern geboren zu werden?«

Er ließ die Stille für sich sprechen, dann fuhr er fort:

»Wir können uns entscheiden, die Tore zu schließen, uns einzumauern in unserem selbstgebauten Gefängnis der Angst. Oder wir entscheiden uns, wahrhaft groß zu sein, ein Leuchtfeuer der Hoffnung in einer zerrissenen Welt.«

Er schritt zum Rand der Plattform, und seine Gestalt schien zu wachsen, erfüllt von der unerschütterlichen Überzeugung in seinen Worten.

»Die Entscheidung, die wir heute treffen, wird mehr über uns aussagen, als es jede Inschrift auf unseren Monumenten könnte. Die Geschichte wird über uns urteilen, und ich frage euch: Auf welcher Seite wollt ihr stehen?«

Viktor setzte sich wieder, und kein Laut wagte sich durch das Netz unausgesprochener Ängste, das wie Blei auf der Versammlung lag.

Leopold war noch in seine Papiere vertieft, als etwas Fremdes die Stille durchbrach, die Viktors Worte hinterlassen hatten. Kein Geräusch, eher ein Zittern, fein wie ein Hauch, das die Wände streifte und doch spürbar genug war, um ihn aus seinen Gedanken zu reißen. Seine Fingerkuppen, eben noch fest um das Pergament, begannen unhörbar zu beben. Der Griff lockerte sich, und sein Kopf hob sich, als ziehe ihn ein unsichtbarer

Faden zur Tür. Die Stirn kraus, die Augen verengt, als versuche er, den Ursprung dessen zu greifen, was keiner sonst zu bemerken schien.

Helena legte ihre Feder beiseite. Unter ihren Handflächen, die auf der Tischplatte ruhten, spürte sie ein feines Beben, so zart, dass es nur unter der Haut des Holzes existierte. Ihre Finger begannen unwillkürlich zu klopfen, im Takt eines Geräusches, das noch kaum hörbar war, aber bereits seinen Schatten vorauswarf. Ein dumpfer Rhythmus wuchs von fern, aus den Korridoren hinter der Saaltür. Metallisch, gleichmäßig, wie das pochende Herz eines Ungeheuers.

Die Kristalllüster über ihnen schwangen sanft, das Licht zerbrach sich in flüchtigen Reflexen. Leopold ließ die Feder sinken, seine Finger krallten sich um die Lehne des Stuhls, bis die Knöchel weiß hervortraten. In den Tintenfässern kräuselte sich die Flüssigkeit, winzige Wellen schlugen gegen die gläsernen Ränder. Das Dröhnen schwoll an, presste gegen die Türen, die in ihren Angeln bebten. Staubkörner wirbelten durch die Lichtstrahlen.

Plötzlich verstummte alles. Niemand wagte es zu sprechen. Doch bevor die Stille ihre Schlinge enger schloss, schnitt ein schweres Knarren schnitt durch die Stille wie ein Riss im Glas. Die Türen sprangen auf, und alle Blicke wanderten zur Pforte. Schwarz gepanzerte Wächter traten synchron ein, ihre Bewegungen lautlos. Für einen Moment blieb unklar, wer sie anführte. Erst als die Hälfte von ihnen ihre Plätze eingenommen hatten, erschien Zephyrus. Seine Mantelspitzen wehten leicht, während er, flankiert von weiteren Wächtern, durch den Saal schritt. Seine Anwesenheit sog das Leben aus der Luft.

Mit dem Einzug der Wächter erstarb jedes Geräusch. Kein Rascheln von Pergament, kein Flüstern wagte sich durch die erdrückende Stille. Die Senatoren verharrten wie eingefroren, ihre Hände verkrampft, ihre Blicke huschten nervös über die massiven Rüstungen der Wächter, als tasteten sie nach drohenden Schatten. Seine Lippen verzogen sich zu einem spöttischen Lächeln, das die Eiseskälte in seinen Augen nicht zu mildern vermochte. Dann das leere, ironische Klatschen seiner Handschuhe.

»Bravo, Viktor«, begann Zephyrus mit einem fast seidenen Ton. »Bravo.« Dann, schärfer: »Du dachtest wirklich, ich würde deinen kleinen Versuch nicht bemerken? Die Abstimmung vorzuziehen — so kunstvoll, so… schön. Und doch, Viktor — so erbärmlich naiv.«

Zephyrus musterte die Versammlung. Einige Blicke sanken unter seinem stummen Tadel.

»Meine edlen Herren des Selbstbetrugs, lassen wir uns uns nicht von schönen Worten täuschen. Es ist an der Zeit, die Wahrheit auszusprechen. Die Realität, die Viktor so kunstvoll umtanzt, ist brutal und unvermeidlich. Seine Tränendrüsen-Taktik ist nichts als eine Farce, eine schwache Entschuldigung für die Schwäche, die unser Volk zu verschlingen droht. Diese sogenannten ›Flüchtlinge‹, die er so verzweifelt verteidigt, sind eine wuchernde Seuche, ein Krebsgeschwür, das darauf abzielt, die Fundamente unserer Kultur und Tradition zu unterminieren.«

Seine Stimme erinnerte an ein Trommelfeuer.

»Dieser Nebel der Naivität, den Viktor über uns ausbreitet, wird hier und jetzt zerrissen. Diese Menschen sind keine unschuldigen Opfer; sie sind ein Angriff auf unsere biologische und spirituelle Integrität, ein Angriff auf die Zukunft unseres Volkes, ein Gift, das unsere Reinheit und Stabilität zersetzt, kurz, eine Bedrohung für alles, was Etherion ausmacht. Sie fördern das Blutvermischen und zersetzen so schleichend unsere Kultur. Wir dürfen nicht zulassen, dass naive Idealismen und sentimentale Rührstückrhetorik unsere Entscheidungen diktieren; dass die Lügen der Humanität und des Mitgefühls uns dazu verleiten, unsere eigenen und die Interessen unserer Nachkommen zu konterkarieren. Etherion muss sich zuerst um die Belange seiner Kinder kümmern und Fremdkörper, die unsere heiligen Hallen bedrohen, konsequent abwehren. Viktors Gutmenschengefasel ist ein Verrat an unserem Volk. Wir befinden uns im Krieg um das Überleben. Und es ist an der Zeit, die Schleusen zu schließen, parasitäre Elemente auszutilgen, um die Zukunft unserer Stadt zu sichern.«

Resigniert schüttelte Helena den Kopf, ein stummer Kampf gegen den erdrückenden Sog eines nahenden Nervenzusammenbruchs, heraufbeschworen durch Zephyrus' vernichtenden Worte, die durch den Saal peitschten wie unerbittliche Windstöße. Mit der Würde einer Kriegerin, die sich aus der Asche ihrer Erschöpfung erhebt, stand sie auf und trat zur Plattform, unbeeindruckt von Zephyrus' Machtdemonstration. Ein flüchtiger, doch bedeutungsschwerer Blick zu Viktor, ein verschwörerisches Zwinkern zu Leopold — kaum wahrnehmbar, doch voller Versprechen. Dann, mit der Aura eines heraufziehenden Gewitters, fixierte sie Zephyrus. Die Luft zwischen ihnen vibrierte, erfüllt von einer elektrischen Spannung, die unter ihrem durchdringenden Blick fast hörbar zu knistern begann.

»Wie passend, Zephyrus«, begann sie mit einem ironischen Lächeln, das wie Gift auf ihren Lippen lag. »Deine Argumente sind ein Kessel brodelnder Feindseligkeit, ein Geysir des Grolls. Dein Auftritt erinnert mich an einen verzweifelten Regisseur, der weiß, dass das Stück schon gescheitert ist.«

Sie warf einen amüsierten Blick auf die Wächter, die reglos an den Wänden standen.

»Die Inszenierung ist beeindruckend, das gebe ich zu. Aber Drohgebärden überzeugen niemanden, der nachdenkt. Und was die ›parasitären Elemente‹ betrifft, von denen du so gerne sprichst: Ist es nicht bemerkenswert, wie du und deine Wächter die Bedrohung, die ihr anklagt, selbst verkörpert? Ihr schleicht hier hinein, breitet euch in unserem Saal aus, und hofft, eure Anwesenheit allein reiche aus, um uns zu beugen. Wenn du wirklich so überzeugt von deiner Position wärst, bräuchtest du keine stummen Muskelpakete, um deine Meinung durchzusetzen. Aber vielleicht sind sie nur hier, um dich in der Illusion zu wiegen, dass du überhaupt noch etwas zu sagen hast.«

Ihre Worte schlugen ein wie eine Axt. Sie glühte. Einige Senatoren warfen sich abschätzende Blicke zu. Doch keiner rührte sich, um an Helenas Seite zu stehen.

»Du magst behaupten, dass die Flüchtlinge eine Gefahr darstellen, doch tatsächlich sind sie nur ein Spiegelbild unserer eigenen, tiefsten Ängste. Es ist entscheidend, dass wir begreifen: Der wahre Feind ist nicht der Fremde, der von außen zu uns kommt, sondern *das Fremde in uns selbst.*«

Ihre Worte tropften wie glühendes Magma.

»Die wahre Größe eines Menschen liegt darin, wie er mit den Schwächsten in seiner Gesellschaft umgeht. Die Flüchtlinge mögen uns fremd erscheinen, aber in Wahrheit sind sie uns näher, als wir glauben. Diese Menschen haben bereits alles verloren; ihre Würde zu verteidigen — unabhängig von Herkunft oder Status — ist unsere Pflicht, wenn wir das bleiben wollen, was wir vorgeben zu sein. Entscheiden wir uns für die Ausgrenzung, spucken wir nicht nur auf unsere Menschlichkeit — wir reißen unser Gemeinwesen in Stücke.«

Sie zog den Moment absichtlich in die Länge, als wolle sie die Spannung unerträglich machen.

»Deine Vergleiche sind nichts als billige Tricks, um die Massen zu manipulieren. Du vergleichst Menschen mit Ungeziefer und behauptest, sie seien eine Bedrohung für unser Volk. Aber die wahre Bedrohung bist du, Zephyrus, und all jene, die deinem Schleusen-Schauermärchen und Blutvermischungs-Blödsinn folgen.«

Leises Lachen durchbrach die Anspannung, und einige Senatoren, die vorher eingeschüchtert geschwiegen hatten, schöpften neuen Mut aus Helenas scharfen Worten.

»Und eins noch: Du sprichst von Macht, Zephyrus, doch was ich sehe, ist nichts als ein Mann, der sich hinter seinen Wächtern versteckt, weil er seine eigene Angst nicht im Griff hat. Gewalt ist nicht die Waffe der Starken, sondern der Verzweifelten. Und wenn wir heute diese Menschen verurteilen, dann nicht aus Gerechtigkeit, sondern weil wir zu feige sind, uns unseren eigenen Dämonen zu stellen.«

Die Stille, die folgte, war geladen, schwer von der unausgesprochenen Erkenntnis, dass Zephyrus' Drohgebärden nicht jeden niedergerungen hatten. Helena kehrte zu ihrem Platz zurück, aufrecht, unerschütterlich, als hätte sie sich gerade erst zum Kampf erhoben.

Die Debatte erhitzte sich weiter. Der Geruch von Verrat lag in der Luft, jeder Atemzug, ein kleiner Märtyrertod für das eigene Weltbild. Zephyrus erhob sich erneut, seine Augen wie Splitter von Obsidian.

»Senatoren, Ratsherren, jene unter uns, die dafür plädieren, unsere Stadtgrenzen zu öffnen, gleichen falschen Propheten, die das Weltende verkünden. Sie verführen uns mit dem süßen Gift ihrer Lügen, behaupten, wir sollten die Fremden willkommen heißen, unsere Tore für jene öffnen, die unsere Kinder vergiften. Ich warne euch, wir reichen dem Henker die Hand, der nicht satt wird, uns die Kehlen aufzuschlitzen. Wir müssen die Lehren der Geschichte würdigen und die Weisheit unserer Ahnen beherzigen. Wir müssen unsere Heimat verteidigen, wenn wir verhindern wollen, dass sie von Horden von Barbaren überrollt wird. Wir dürfen nicht zulassen, dass unsere Stadt zu einem Schlachtfeld der Kulturen wird, auf dem das Blut unserer Kinder die Straßen rötet und die Schreie der Sterbenden die Nacht durchdringen. Wir müssen die Interessen unserer Bürger über die der Fremden stellen und sicherstellen, dass unsere Stadt ein Ort des Friedens und des Wohlstands bleibt — für die, die es verdienen. Die Wahl liegt bei Ihnen.«

Unruhe machte sich breit. Nervöses Hüsteln, verstohlene Blicke. Wie verurteilte Gefangene saßen die Senatoren auf ihren Sitzen, rückten nervös hin und her, während ihre Augen immer wieder zu den Wächtern wanderten — eiserne Säulen in einer Festung des Schreckens. Doch Zephyrus ließ nicht nach. Er zerhackte jeglichen Widerspruch, als würden Knochen unter einem Schlächterbeil zerspringen.

»Erinnern Sie sich an die Legende von jenem Volk, das die Fremden mit offenen Armen empfing, nur um dann von ihnen verraten und in den Abgrund gerissen zu werden? Vor vielen Jahren, in einem fernen Land, öffneten die Mitgefühlsmasochisten ihre Tore für die Fremden — Flüchtlinge, Bettler, Räuber —, die an ihre Ufer gespült wurden. Sie dachten, sie seien großzügig und edel, aber sie entpuppten sich als Raubtiere, die sich an den Schwachen und Wehrlosen labten. Sie vergewaltigten und mordeten, plünderten und brandschatzten, und hinterließen eine Spur der Verwüstung und des Todes. Und was taten die Solidaritäts-Scharlatane? Sie drehten sich weg, versteckten sich hinter politischer Korrektheit, während ihre Städte in Flammen aufgingen und ihre Kinder abgeschlachtet wurden. Sie wagten es nicht, die Wahrheit auszusprechen, aus Angst vor Konsequenzen, und so wurde ihr Land von innen heraus zersetzt, bis nichts mehr von seiner einstigen Pracht übrig war. Ihre Gutmütigkeit war ihr Todesurteil, und in den blutüberströmten Gesichtern ihrer Kinder wurde die Naivität zu ihrem Grab. Und jetzt wollen Sie mir sagen, dass wir dasselbe Spiel wieder spielen sollen? Dass wir diese Fremden einladen und erwarten, dass sie uns mit Respekt behandeln, statt unsere Stadt auszuweiden wie Aasgeier, die über die Überreste eines Löwen herfallen? Wozu das alles? Für euer selbstgerechtes, aufgeblasenes Mitgefühl? Euer Herz mag für die Schwachen bluten, aber wenn es den Verstand vernebelt, ist es nichts wert.«

Ein leichter Schatten flog über Viktors Gesicht, aber seine Worte waren scharf und kontrolliert.

»Wenn du glaubst, Verstand allein mache stark, dann irrst du. Verstand ohne Vernunft ist wie ein Schwert ohne führende

Hand. Dampf mag unsere Maschinen antreiben, doch ohne Vernunft sind sie nichts als ziellose Bestien.«

Mit einem zynischen Funkeln in den Augen sprach Zephyrus weiter, und seine Stimme schnitt durch den Saal wie ein Messer durch feines Tuch:

»Die Wahrheit ist, meine Freunde, dass wir unsere Tore schließen müssen, bevor uns diese Seuche verschlingt. Wir stehen im Krieg, und wer glaubt, er könne mit Höflichkeiten und Zugeständnissen siegen, der hat die Schlacht schon verloren. Diese Parasiten, die vor unseren Toren lauern, werden uns vertilgen, wenn wir sie nicht auslöschen. Dies ist keine Frage des Mitgefühls, sondern der Selbsterhaltung. Wer diese Wirklichkeit leugnet, ist nicht nur ein moralischer Tagträumer, sondern unser Feind. Lasst uns aus den Fehlern der Vergangenheit lernen, bevor es zu spät ist. Lasst uns die Wahrheit aussprechen, auch wenn sie unangenehm ist. Und jene zur Rechenschaft zu ziehen, die unsere Heimat bedrohen, denn die Zeit der Illusionen ist vorbei.«

Das Klatschen schwoll an, getragen von denen, die ihre Hände bald nicht nur zum Applaudieren, sondern zum Töten benutzen würden. Und die Senatoren, die womöglich gegen Zephyrus stimmen wollten, wagten es nicht, ihre Gedanken zu äußern.

Viktor trat an den Rand der Plattform, jeder Schritt ein Akt des Widerstands gegen die Schwerkraft der Gleichgültigkeit. Seine Augen tasteten die Versammlung ab, doch wo er Verbündete suchte, fand er nur leere Hüllen — Gesichter aus Indifferenz gemeißelt.

Er schloss die Augen. Für einen Moment war er wieder ein

Kind, das am Rand der Werkbank seines Vaters stand. Er roch das Holz, bevor er es sah — die warme, beruhigende Note von Zedernholz, vermischt mit dem leicht stechenden Geruch von Öl, das die Werkzeuge geschmeidig hielt. Es war der Duft seiner Kindheit, der Ort, an den er sich zurückzog, wenn die Welt draußen zu laut wurde.

Sein Vater arbeitete immer schweigend, sagte nie etwas Unnötiges, die Hände ruhig, der Blick konzentriert. Das Klopfen des Hammers, das Rascheln der Hobelspäne besaßen eine Sprache klarer als Worte. Viktor erinnerte sich an den Knoten in der Mitte des Brettes — ein Detail, das er als Kind oft fixiert hatte. Es zeigte ihm, dass selbst in der scheinbaren Perfektion der Natur etwas Unvorhergesehenes wachsen konnte.

»Es gibt keine Abkürzungen«, hatte sein Vater gesagt, als Viktor ungeduldig war. »Nur Geduld, und das Wissen, wann der Schnitt zu setzen ist.«

Als Viktor die Augen öffnete, klang das stetige Klopfen seines Vaters noch in ihm nach. Hier, am Rand der Plattform, umgeben von starren Gesichtern, verstand er, was sein Vater ihm beigebracht hatte. Keine Abkürzungen. Keine Angst. Nur Geduld und der richtige Schnitt zur rechten Zeit.

Er atmete tief ein, den Geschmack von Asche auf seiner Zunge. Seine Stimme, als er sprach, war die eines einsamen Instruments, das in einer leeren Halle erklang. Kein Donnern, kein Flehen. Nur die unbestechliche Präzision eines Mannes, der wusste, dass seine Worte auf taube Ohren treffen würden — aber dennoch gesprochen werden mussten.

»Senatoren, entscheiden wir nicht über Straßen und Steine, sondern über Seelen und Schicksale. Unser Vermächtnis ist kein fernes Utopia, sondern ein Garten, den wir mit jeder unserer Handlungen pflanzen. Jede Geste der Güte ist ein Samenkorn, und Zusammenarbeit eine Wurzel, die uns vor den Stürmen der Zwietracht schützt. Unsere Stärke entspringt nicht der Einfalt, sondern dem Kontrast: Wie das Licht im Zusammenspiel der Farben den Regenbogen offenbart, formen uns erst Gegensätze zu einer strahlenden Ganzheit. Ihr sprecht von Reinheit, als wäre die Welt ein weißes Laken. Doch die Natur selbst zeigt uns etwas anderes. Sie ist kein starres Bild, sondern ein Gewebe aus Farben und Formen, in dem jede Nuance, jede Form nicht nur existiert, sondern essenziell ist. Wo ihr Gleichförmigkeit erzwingt, verliert ihr den Blick für das Wesentliche. Erst im dynamischen Austausch, in der Symbiose des vermeintlich Unvereinbaren, vermag Leben überhaupt erst stattzufinden.«

Sein Blick wanderte über die Köpfe der Versammlung, doch er sprach weiter, als würde er mit jedem Einzelnen von ihnen direkt verhandeln.

»Ihr klammert euch an das, was euch vertraut ist, vermauert euch, um die Welt überschaubar zu halten, aus Angst vor dem, was anders ist. Weswegen nur? Um ein Haus ohne Fenster zu errichten, das euch von allem abschneidet, was nicht in euer Weltbild passt? Es erfordert gewiss mehr Mut, die Türen weit aufzustoßen, als sie zu verriegeln. Doch nur darin zeigt sich wahre Größe: in der Bereitschaft, sich dem Ungewissen zu stellen. Was ihr als Gefahr seht, könnte ein Weg sein, Neues zu schaffen. Eure Fäuste mögen geballt sein, aber sie könnten auch etwas anderes tun. Statt Zäune zu bauen, könnten sie Gemeinschaftsgärten anlegen. Eure Energie, die ihr in Abwehr steckt, könnte Schulen oder Krankenhäuser errichten. Der Hass trennt uns, aber er muss nicht das letzte Wort haben. Am Runden Tisch der Dampfmeister schwindet Misstrauen, während Zünfte sich durch die Arbeit an der großen Marktuhr einigen. Vorurteile verfliegen im Dunst der Teezeremonie, Verdächtigungen weichen, wenn Künstler gemeinsam das Farbrad drehen. Skepsis zerbricht, sobald Erfinder ihre Pläne teilen, und verfeindete Gilden finden Frieden beim Erfinden fliegender Maschinen. Misstrauische Händler werden durch Dampfschiffe Partner, und Vorbehalte schwinden, wenn Seeleute gemeinsam die Dampfkarte lesen.«

Er sprach, seine Stimme klar und scharf wie die Klinge eines Stemmeisens.

»Unterschiede sind kein Hindernis. Sie machen uns stärker, nicht schwächer — so wie ein vielfältiges Schöpfungsgeflecht widerstandsfähiger ist als jedes Starrland. Letztlich unbesiegbar machen sie uns, gleich einem Wald aus tausend Baumarten. Unsere Ideen, so vielfältig wie Werkzeuge in einer Meisterwerkstatt, schmieden gemeinsam die Zukunft. Unsere Ideen, so unterschiedlich sie auch sein mögen, fließen wie Flüsse in denselben Ozean und führen zu einem gemeinsamen Ziel: einer Gesellschaft, in der jeder Einzelne ein unverzichtbares Zahnrad im Getriebe des Fortschritts ist, weil sich ihre Mitglieder aufeinander verlassen können.«

Er hob die Hand, keine Geste der Bedrohung, sondern eine ruhige, fast sanfte Einladung.

»Ich verlange keine blinde Gefolgschaft. Ich rufe euch auf, den Schleier der Selbsttäuschung vom Antlitz der Evidenz zu lüften. Jede helfende Hand baut eine Brücke, jeder Schritt aufeinander zu festigt unser Fundament. Ihr könnt Barrieren errichten, aber sie werden dem Ansturm des Lebens nicht standhalten. Denn letztlich ist es nicht die Isolation, die uns Kraft gibt, sondern die Fähigkeit, aus Unterschieden ein unerschütterliches Ganzes zu schmieden.«

Die Abstimmung begann. Zögernd hoben die Senatoren einer nach dem anderen ihre Hände, als hinge an jeder Bewegung das Schicksal der Stadt. Nur das leise Rascheln von Pergament und das Ticken einer Uhr waren zu hören, während die endgültigen Stimmen vermerkt wurden. An den Wänden standen die Wächter, ihre Augen still und wachsam, als würden sie auf die kleinste Regung warten, um zu handeln. Nachdem die Handzeichen gezählt wurden, legte sich eine bleierne Stille über den Saal, und Viktors Hoffnung zerfiel wie bröckelnder Mörtel. Die Ergebnisse wurden verkündet, und die Bekanntgabe der Ergebnisse löste einen Schock aus: die Mehrheit der Senatoren hatte für Zephyrus und damit für die Vernichtung der Flüchtlinge gestimmt.

Eine Senatorin, die ihre unterdrückten Schluchzer nicht mehr zurückhalten konnte, stolperte aus dem Saal. Ihre Flucht entfachte eine Welle der Unruhe unter einigen Senatoren, die nun offen ihre Empörung und Bestürzung äußerten. Vorwürfe und Anschuldigungen wurden laut. Leopold warf seine Papiere zu Boden und verließ den Saal mit donnernden Schritten, die Tür hinter sich zuschlagend.

Viktor senkte den Kopf, unfähig, den Blick seiner Niederlage zu ertragen. Er fühlte, wie sein Herz in tausend Stücke zu zerspringen schien, und Tränen sammelten sich in seinen Augen — glänzende Perlen der Trauer, die langsam über seine Wangen rollten. Seine Hände ballten sich zu Fäusten, während er gegen eine Welle der Verzweiflung ankämpfte. Gebrochen, so stand er da, und Helena, sie weinte mit ihm. Nur schwer hob er den Blick, als sie sich einander zuwandten, seine Augen trüb von Tränen.

»Ich danke dir, Helena. Du bist das Gewissen Etherions. Wenn mir etwas zustoßen sollte, wird Etherion unter deiner Führung in den besten Händen sein.«

Helena nickte.

»Wir haben so viele Katastrophen abgewickelt, Viktor, dass selbst die Apokalypse uns nur noch eine Dankeskarte schickt.«

Als Viktor mit Helena, noch umgeben von der erdrückenden Stille des Senatssaales, in seiner Verzweiflung verharrte, durchbrach das plötzliche Aufreißen der großen Flügeltüren die Schwere der Luft. Ein Bote, außer Atem, stürmte herein, seine Schritte hallten laut im Raum. Mit einer Dringlichkeit, die die Anwesenden aufschrecken ließ, rief er aus: »Herr Viktor! Die Mechanikerin wurde soeben geborgen und befindet sich in der Operationskammer unter den Händen von Doktor Grimwald!« Viktor richtete sich auf, sein Gesicht, wenngleich gezeichnet von Schmerz, spiegelte nun eine neue Entschiedenheit wider. Eilig verließ er den Raum.

In der Operationskammer des Ewigen Palastes — Etherions Heilungskathedrale — ruhte Elaras Körper bewegungslos auf einem kalten Tisch. Das grelle Licht chirurgischer Lampen ließ das Blut auf dem Stahl in scharfen Kontrasten erscheinen. Die Luft war schwer vom kupfernen Geruch des Blutes, durchsetzt von Dampf und Antiseptika. Zischende Ventile und rotierende Zahnräder umkreisten den Tisch, während das Surren und Piepen medizinischer Geräte von den Wänden widerhallte.

Fremdartige Symbole leuchteten auf, Schläuche mündeten in Apparate. Nadelartige Auswüchse pumpten Flüssigkeiten durch Röhren, die in flirrenden Farben tanzten. Schläuche und Drähte schlängelten sich über den Boden, verbunden mit metallischen Kapseln.

Über ihrem geöffneten Leib gebeugt stand Icaron Grimwald, seine Hände bis zu den Ellbogen blutüberströmt. Zwischen den freigelegten Rippen und Gewebeschichten quoll Gerinnsel aus Blut und Metallsplittern, die wie Schrapnell in ihrem Fleisch steckten — ein Bild wie nach einer Maschinenexplosion. Die Augenlider lagen still über gebrochenen Orbitalbögen. Auf Grimwalds weißem Mantel prangten Blutspritzer und Ölflecken. In seinen Augen lag eine Mischung aus Unbeugsamkeit und tiefer, kaum greifbarer Melancholie. Die Assistenten standen dicht um den Tisch gedrängt, ihre Finger verkrampft um Skalpelle und Retraktoren, die Knöchel bleich.

»Wir sind keine Nekromanten, Doktor Grimwald. Sind Sie sicher, dass sie das durchziehen möchten?« zweifelte ein junger Assistenzarzt.

»Es gibt keinen anderen Weg«, entgegnete Grimwald mit einer Stimme, die keinen Zweifel zuließ.

Sein Blick fixierte ihren zerschmetterten Brustkorb, wo sich Rippenenden durch die Haut bohrten. Die Verletzungen waren grausam: tiefe Schnitte, Verbrennungen, Glassplitter, die wie bizarre Kristalle aus der Haut ragten. Ihre Atmung war flach, kaum hörbar. In der stillen Konzentration des Operationsraums, umgeben von der medizinischen Avantgarde der Stadt, machte sich Grimwald an die unmögliche Aufgabe, das zerrissene Gefüge aus Fleisch und Maschine wieder zusammenzusetzen.

Mit seinen erfahrenen Händen setzte er das Skalpell an. Er trug Nitrilhandschuhe in metallischem Finish. Die Klinge glitt durch die verbrannte Epidermis, während seine Assistenten das austretende Blut mit sterilen Tüchern abtupften. Grimwalds Finger arbeiteten mit einer Kunstfertigkeit, die an Magie grenzte. Mit der Genauigkeit eines Uhrmachers legten sie beschädigtes Gewebe frei, trennten Muskelstränge und Faszien. Jeder Schnitt, jede gesetzte Naht war ein Kampf gegen die Stille, die Elaras vermeintlichen Tod umgab. Das Team verfolgte schweigend jeden Millimeter seiner Schnittführung, ihre Pupillen geweitet. Um Elaras aschfahles Gesicht wanden sich Beatmungsschläuche, drei Zentimeter im Durchmesser, die sich im Takt der Respiratoren hoben und senkten. Die Intubationsröhre verschwand zwischen bläulichen Lippen, während Grimwalds Hände methodisch Gewebeschicht um Gewebeschicht freilegten, jede Bewegung geprägt von jahrzehntelanger Erfahrung.

»Halten Sie den Blutverlust im Auge«, wies er seinen Assistenzarzt an, während Grimwald die Wunde weiter öffnete. Mit der Genauigkeit einer Differentialmaschine setzte er den *Obduktionsfalter* — einen mechanischen Spreizer — an und drehte das seitlich angebrachte Messingrad. Kolben regulierten die Spannung, während die Blütenblätter stufenlos auseinander glitten, Gewebe beiseite schoben und den Thorax offenhielten. Während er das Werkzeug mit ruhiger Sicherheit justierte, glommen Runen entlang der Streben auf, und der Ætherstab an der Spitze tauchte das Operationsfeld in kaltes, bläuliches Licht. Es ließ die Rippen wie Elfenbein schimmern und erhellte das pulsierende Fleisch, während die Blütenblätter die Wunde mit beinahe unheimlicher Eleganz offenhielten.

Seine Hände entblößten das geschundene Gewebe, während die Assistenten das Blut mit Tüchern aufsaugten. Sein Skalpell schnitt durch nekrotisches Fleisch, während Kompressen auf die Wundränder gepresst wurden, aus denen Rinnsale quollen, die die Handschuhe verfärbten. Im scharfen Schein blitzten die Zackenreihen der Pinzetten auf, während Grimwald Splitter um Splitter aus zerfetztem Gewebe löste, als pflücke er Kristalle. Die Klingen glitzerten, als er sie tief in die klaffenden Wunden trieb, um verkohlte Fleischfetzen zu entfernen. Das Reißen von Fleisch und Knirschen von Knochen hallte durch den Raum, vermischt mit dem Geruch koagulierenden Blutes, der die Luft zu einer kaum erträglichen Melange verdichtete. Sein Assistent reichte ihm eine Arterienpinzette. Grimwald fixierte ein großes, rasiermesserscharfes Glasstück, das sich unterhalb des Schlüsselbeins in Elaras Brustgewebe gebohrt hatte. Unter geschlossenen Lidern bewegten sich ihre Augäpfel, als schwebte ihr Geist in einem Zwischenreich, spürbar nahe den Berührungen und gedämpften Stimmen — ohne darauf reagieren zu können. Ihre Haut schimmerte wächsern, und ihr Brustkorb hob sich stoßweise.

Mit einer Drehung zog Grimwald das Glasstück heraus. Blut spritzte fontänenartig aus der Wunde, ergoss sich in einem reißenden Strom, als wollte es das entnommene Glas ersetzen. Die Assistenten griffen hastig zu mechanischen Klemmen und sorgsam gewobenen Tüchern, pressten Kompressen auf die klaffende Öffnung, während Gefäßklemmen wie Krabbenbeine die durchtrennten Adern packten. Grimwald blieb unbeeindruckt und bewahrte eiserne Konzentration. Während er mit äußerster Präzision durch Elaras Körper navigierte, fiel ihm der unnatürliche Glanz des Blutes auf, das unter den Operationslampen merkwürdig schimmerte. Mit einer ruhigen Bewegung verrieb er einen Tropfen der Flüssigkeit zwischen seinen Fingern. Das Blut war — wenn man ganz genau hinsah — durchsetzt mit winzigen, gefrorenen Glaskristallen, hart wie Diamantsplitter, die das künstliche Licht in Regenbogenfarben brachen.

»Haben Sie… was ist das?« flüsterte sein Assistent mit belegter Stimme. Das unbehagliche Schweigen im Raum wurde nur vom unregelmäßigen Piepen unterbrochen.

»Die Kristalle wachsen aus ihrem eigenen Gewebe«, raunte Grimwald knapp — nicht nur Chirurg, sondern auch ein Kenner alchemistischer Geheimnisse. Das Team erwartete vielleicht eine ausführlichere Erklärung, doch Grimwalds Hand griff bereits nach dem nächsten Instrument, während die Geräte ihre schrillen Warntöne ausstießen. Er war sich bewusst, dass jede Ablenkung fehl am Platz war und Elaras Rettung gefährden würde.

»Bereiten Sie das Hämostyptikum vor«, instruierte er, während die Schwester ihm eine Glasampulle entgegenstreckte. Er zog ein weiteres messerscharfes Glasstück aus dem Gewebe unter den Rippen, woraufhin Elara vor Schmerz zusammenzuckte. Blut spritzte in einem bizarren Bogen durch den Raum, tropfenförmige Muster auf Boden und Wänden hinterlassend, ähnlich den rostbraunen Schlieren an den Maschinenkesseln, wo das Blut der Verunglückten auf kaltem Metall gerann. Die Spuren des Eingriffs zeichneten sich auf allen Oberflächen ab — purpurne Tropfen auf spiegelnden Instrumententabletts und verstreuten Skalpellen. Die Assistenten, deren Gesichter kalkweiß schimmerten, handelten rasch. Jedes Tuch färbte sich von weiß zu dunkelrot. Die chemische Lösung in den Tüchern zischte leise, als sie mit dem Blut in Kontakt kam und bildete kleine Dampfwolken in der kühlen Luft des Operationsraums. Die Szene war ein Tanz am Rande des Abgrunds. Elaras Augenlider flatterten wie Mottenflügel. Ihre Finger zuckten, als griffen sie nach unsichtbaren Ankern. Ihr Bewusstsein, gefangen zwischen Leben und Tod, trieb durch verschwommene Bilder und gedämpfte Stimmen. In diesem traumähnlichen Zustand, unfähig zu sprechen oder sich zu bewegen, war sie sich dennoch des verzweifelten Kampfes um ihr Leben gewahr. Die metallischen Geräusche der Instrumente und das gedämpfte Flüstern der Operateure drangen wie durch dicke Watte zu ihr durch. Grimwalds Pupillen verengten sich zu Nadelspitzen.

»Die Hauptschlagader schlängelt sich zwischen den Glassplittern — wir müssen sie isolieren.«

Die Assistenten reichten ihm Arterienklammern und Präzisionsskalpelle. Grimwald umfasste das Skalpell mit Uhrmachergriff, die diamantbestäubte Klinge schimmerte wie Morgentau auf Stahl. Dann führte er das Instrument an Elaras Haut, um weiteres Gewebe freizulegen.

»Pinzetten bereithalten für die Gefäßenden. Keine hastigen Bewegungen«, wies er seine Assistenten an. Seine Schnitte öffneten weiteres Gewebe, das bereits vom Sekret der Messingimplantate durchtränkt war. Die Augmentationstechniker beobachteten die kupferummantelten Nervenstränge und Hydraulikleitungen, während sie die Verbindungen zwischen Fleisch und Metall für eine nahtlose Integration neu kalibrierten. Grimwalds behandschuhte Finger glitten wie Spinnenbeine durch das Labyrinth aus pulsierenden Adern und Zahnrädern, während seine Daumen die verkrusteten Ventile millimeterweise von den verwachsenen Arterien lösten.

»Die Hauptarterie liegt frei«, verkündete er, seine Worte fast verschluckt vom Klicken der Dampfpumpen.

Elaras Augenlider zuckten wie Schmetterlingsflügel. Ein heiserer Laut kroch ihre Kehle hinauf, dann schnappte sie nach Luft wie ein Ertrinkender. Ihre Augen öffneten sich abrupt, und sie fand sich in einem Zustand halbklaren Bewusstseins wieder, geblendet vom Licht des Operationssaals. Stimmen drangen wie aus der Ferne zu ihr.

»Sie kommt zu sich!« rief der junge Assistenzarzt aus, dessen Augen sich in Überraschung weiteten. Hastig griff er nach den Fixierungsgurten, seine Hände zitterten.

Das Team umringte Elara, deren Körper sich unruhig zu winden und dessen Finger sich in das Leinentuch der Liege zu krallen begannen.

»Erhöhen Sie die Sedierung«, befahl Grimwald.

Die Schwester drehte bereits am Ventil der kupfernen Ætherflasche. Grimwald beugte sich über Elaras Gesicht, seine Stimme ruhig:

»Elara, Sie sind in Sicherheit. Sie befinden sich in einer Operation. Versuchen Sie, ruhig zu bleiben. Wir sind hier, um Ihnen zu helfen.«

Mit einem eiskalten Tuch tupfte die Schwester über Elaras schweißnasse Stirn. Ihre Berührung war so sanft, dass in ihr ein Versprechen lag, das Chaos um sie herum zu bannen. Währenddessen arbeiteten die Assistenten mit ruhiger Effizienz weiter.

Die diamantbesetzten Klingen ihrer Instrumente glitten durch das Gewebe, und mit geschulten Bewegungen verbanden sie die freiliegenden Nervenenden mit den Messingdrähten, deren leises Summen die Spannung im Raum verstärkte.

»Wir sind fast fertig«, sagte Grimwald leise, während seine Hände präzise die schimmernden Drähte verknüpften. »Ihre erneuerten biokybernetischen Gliedmaßen werden gerade integriert. Es ist wichtig, dass Sie sich entspannen.«

Trotz der beruhigenden Worte lastete die Schwere ihrer Situation wie eine unentrinnbare Klammer. Sie lag da, unfähig sich zu bewegen, während ihr Körper, der nur noch aus Kopf und Torso bestand, in einem Geflecht aus Kabeln und Schläuchen endete — metallene Adern, die wie ein Fremdkörper aus ihrem verstümmelten Leib ragten. In diesem Moment betrat Viktor den Raum, sein Gesicht angespannt.

»Was auch immer nötig ist, tun Sie es. Wir dürfen sie nicht verlieren!« verfügte er mit kühler Bestimmtheit.

Eine Schwester drehte das Messingventil der Ætherflasche auf, und das Beruhigungsmittel entspannte Elaras Körper. Ihre Augenlider sanken, die Augäpfel rollten zurück, und ihr Kopf glitt zur Seite. Grimwald beugte sich zu seinem Assistenten, seine Worte wie Nadelstiche:

»Das hätte nicht passieren dürfen. Die Sedierung war offensichtlich zu niedrig dosiert. Wir hätten sie fast verloren.«

Viktor lehnte sich gegen die gekachelte Wand, seine Fingerspitzen trommelten einen nervösen Rhythmus auf die metallene Instrumentenablage. Seine Augen folgten jeder Bewegung der Operateure. Grimwald arbeitete unermüdlich, als verschmelze in seinen Händen das Erlernte mit dem Unerklärlichen.

»Ich benötige das Regenerationsserum — sofort!« befahl der leitende Chirurg.

Ein blasser, schwitzender Assistent griff hektisch zur Medikamentenablage, hielt inne und sah sich um.

»Wo… wo ist es?« stammelte er.

Grimwalds Augen blitzten auf.

»Im Kühlschrank, zweite Schublade!«

Seine Stimme übertönte das Klicken der Messinstrumente. Mit bebenden Händen brachte der Assistent das blau schimmernde Fläschchen. Grimwalds ausgestreckte Hand wartete bereits.

Das Team hantierte mit Ampullen und Schläuchen, die zischend durch Kupferleitungen strömten. Glasphiolen klirrten gegen Metallschalen, Kupferkanülen blitzten im Gaslicht. Scharlachrote Tropfen mischten sich mit Maschinenöl, ein fließendes Aquarell, während die Phiolen geleert und ersetzt wurden. Beißender Rauch von kauterisierten Gefäßen mischte sich mit dem Dunst der Maschinen.

»Die Blutampullen aus dem Eisschrank — und die Gewebematrix!« kommandierte Grimwald, sein Blick haftete auf Elaras Brustkorb, der sich wie ein beschädigter Blasebalg hob und senkte.

Die Operateure arbeiteten mit unverminderter Aufmerksamkeit, schnitten verfärbtes Gewebe heraus, nähten zerrissene Organwände und überwachten Elaras lebenswichtige Funktionen — ihre Augen sprangen zwischen zuckenden Zeigern und ihrem Körper hin und her. Ein junger Arzt, dessen Hände gegen die Metallschale klimperten, murmelte durch zusammengebissene Zähne:

»Komm schon, halte durch…«

Die Pulsuhr tickte wie ein rostiger Metronom, ihre Zahnräder mahlten, während der Messingzeiger unregelmäßige Bögen ausschlug.

»Die Herzfrequenz ist instabil. Wir müssen uns beeilen«, drängte ein Assistent, während er die Nadel des Kardiographen beobachtete.

»Wir verlieren sie!« rief ein anderer. Seine Stimme überschlug sich vor Panik.

Mit einem Ruck riss Grimwald den *Lazarusrahmen* aus der Halterung — ein Reanimationsgerät von beeindruckender Bauweise. Der gusseiserne Hebel mit rubinrot geäderten Griffen aus Schlangenholz lag schwer in seinen Händen. Entschlossen setzte er die Maschinerie in Gang. Im Hauptzylinder kollidierten Dampfschwaden mit flackerndem Æther. Die verchromte Anzeige des Manometers schlug in regelmäßigen Impulsen aus, während im Zentrum des Rahmens ein faustgroßer Kristall gleich einem blauen Stern rotierte. Jeder Hebelstoß entließ zischenden Dampf aus goldglänzenden Ventilen, und die Apparatur bebte wie ein schnaufendes Stahlross, das Blitze statt Schweiß verströmte.

Er richtete die Elektroden aus, deren Halter sich wie Greifklauen nach vorne streckten. Die Flächen aus rabenschwarzem Obsidian, eingewoben in ein Netz aus Kupferdrähten, glommen in wechselndem Rhythmus. Eingeätzte Glyphen auf den Zahnrädern glühten bei jeder Umdrehung auf, ein geisterhaftes Pulsieren, das sich in den Runen entlang der Elektrodenhalter fortsetzte, als würden sie die Bewegung der Apparatur kommentieren. Während er die Elektroden auf Elaras bleiche

Haut setzte, umschlossen seine Hände die lederbezogenen Halter — geschmeidig und fest zugleich.

Der Dampfhebel schnellte nach unten, und blauweiße Funken sprangen zwischen den Elektroden auf. Eine Welle elektrischer Energie durchzuckte Elaras Körper, während die Spulen an den Flanken bei jedem Knall aufleuchteten und weitere Funken stoben. Ihr Rückgrat bog sich krampfartig, doch Grimwalds Gesicht zeigte keine Regung. Seine Konzentration blieb ungebrochen, selbst als Elaras Atem stockte und ihre Lippen sich bläulich verfärbten.

»Blutdruck stabilisiert sich«, vermeldete jemand.

»Herzfrequenz wieder normal«, bemerkte ein anderer erleichtert, während der Pulsmesser in gleichmäßigen Bögen ausschlug, als hätte das Gerät die Ordnung der Welt zurückgewonnen.

Das Team reichte Grimwald Nahtmaterial, das sich wie Spinnenseide mit Elaras Gewebe verband. Mit ruhigen, tranceartigen Bewegungen führte er die blitzende Nadel durch die Wundränder, seine Hände sicher wie die eines Meisters. Der Faden verschmolz bei jedem Stich mit der Haut und hinterließ nur eine haarfeine Linie, während die klaffenden Wunden millimetergenau geschlossen wurden. Mit der Pinzette führte er den letzten Knoten unter die Oberfläche — ein präziser Schnitt vollendete sein Werk.

»Wir haben sie zurück.« Grimwalds Stimme war heiser, seine Schultern sackten merklich nach unten. »Das war knapp, aber der kritische Punkt ist überwunden. Ihre Werte müssen jedoch weiterhin überwacht werden, und ihre Erholung wird Zeit brauchen.«

Dunkle Blutstropfen sprenkelten den Boden um den Operationstisch, glänzten auf den Metallfliesen. Grimwalds Blick ruhte auf Elaras Körper, einem Mosaik aus Fleisch und Technik, zusammengehalten von tausend Stichen. Nachdenklich fuhr sein Daumen über die verheilenden Schnitte, während seine Stirn sich in Falten legte. Um ihn herum lagen die gläsernen Splitter, die er aus ihrem Gewebe entfernt hatte. Sie schimmerten im Licht wie gefrorene Tränen. Am Rand des Operationssaals stand Viktor, die Mundwinkel zuckten kurz.

»Meisterliche Arbeit, Herr Doktor.«

Grimwalds Schultern sanken erschöpft nach vorne.

»Die Last ihrer Zukunft ruht schwer auf unseren Schultern«, flüsterte Viktor, als wolle er selbst den Maschinen nichts verraten, die noch immer piepten und klickten.

»Was wir heute vollbracht haben, widerspricht allem, was medizinisch möglich sein dürfte«, erwiderte Grimwald, während er sich erneut über den Operationstisch beugte. »Das Glas hätte sie töten müssen — es ist ein Wunder, dass sie das überlebt hat. Möge sie die Dunkelheit überwinden, die wir heraufbeschworen haben.«

Die Instrumentenwagen rollten lautlos davon. Grimwald und Viktor richteten ihren Blick auf Elaras ruhende Gestalt, deren Narben wie silberne Landkarten schimmerten.

Die metallenen Echos verblassten wie Tinte, bis die Stille das Geschehene in ihre samtenen Tiefen bettete. In den Korridoren der Operationskammer vibrierte das Gedächtnis der Nacht, während durch die hohen Fenster das erste Grau des Morgens sickerte. Draußen lüftete die Dämmerung ihre letzten Schleier, und wo der Nebel zwischen den schlafenden Dächern wogte, lösten sich Schatten aus der Dunkelheit zu einer lautlose Prozession: Ankömmlinge aus dem Ödland, zerrissen zwischen Verzweiflung und einer letzten Spur Hoffnung. Diese Heimatlosen trugen das unverkennbare Gepräge menschlichen Leids — ihre Gesichter von Furchen des Kummers durchzogen. In ihren Augen lag eine stumme Bitte um Barmherzigkeit.

Der kühle Frühlichtwind blätterte durch die Seiten des abgegriffenen Buchs, während Aron mit seinen beiden Töchtern inmitten der anderen Ankömmlinge stand. Ihre zarten Hände lagen fest in seinen. Eine Nacht hatte ihnen die Mutter geraubt, als Räuber das vermeintlich sichere Lager überfielen. Mit flüsternden Worten nahm sie Abschied, bevor sie in Arons Armen starb. Vom Verlust angetrieben, verließ Aron die Stahlbrachlande, um seinen Töchtern eine Zukunft zu ermöglichen. Er war überzeugt, dass sein beruflicher Hintergrund der Stadt nützen und seinen Töchtern ein sicheres Leben bieten könnte. Die ältere, Selene, trug ein abgenutztes Tagebuch, in dem sie das Leben ihrer Familie und ihre eigenen Erfahrungen aufzeichnete. Ihre Texte zeugten von einer Reife und Tiefe, die weit über ihre dreizehn Jahre hinausgingen. Luna, kaum neun Jahre alt, klammerte sich an eine zerzauste Puppe — die letzte Erinnerung an ihre Mutter. Ihre großen Augen suchten in der fremden Umgebung nach etwas Vertrautem. Aron und seine Töchter verband eine stille, unerschütterliche Nähe. Trotz der Schrecken fanden sie in kleinen Gesten des Schutzes — einem sanften Streichen über das Haar, einem leise gesummten Lied ihrer Mutter — die Kraft, jeden neuen Tag zu überstehen.

Vor den Toren Etherions standen sie, erfüllt von der Hoffnung auf Asyl. Die Stille, nur durch Husten oder das Knarren lederner Wagenräder durchbrochen, lag über Aron und seinen Töchtern, die ihrem neuen Leben entgegenblickten. Auf den Mauern der Stadt zeichneten sich die Wächter ab — düstere Silhouetten, Todesengel vor dem grauen Firmament. In ihren eisernen Griffen hielten sie *Aetherius-Gewehre* aus poliertem Stahl, deren dampfende Ventile in der Dämmerung zischten. Ihre Läufe glänzten im Zwielicht, jedes Zielfernrohr ein lautloser Vorbote des Verderbens. Zephyrus ließ seine Hand auf dem Protokollbuch ruhen, dessen Seiten die Zahlen der Abgewiesenen trugen. Er öffnete das Buch und trug die Zahl des Morgens ein: dreihundertachtzehn. Unter ihm warteten die Flüchtlinge, alle bereits im Fadenkreuz der Zielfernrohre. Ihre Schicksale waren besiegelt, und die Zahl schien schwerer als die Seite, auf der sie stand. Seine Bewegungen waren bedächtig, als er seinen Blick über die versammelte Menge schweifen ließ — und er empfand eine tiefe Freude daran. Dann gab er das Zeichen. Ein Signalhorn durchbrach die Schwere des Morgens, hallte und grollte über die Felder wie eine Totenglocke und verkündete das Schicksal der Wartenden. Im nächsten Atemzug entlud sich die Hölle selbst — ein Crescendo von Explosionen, als die Gewehre Feuer spuckten.

Metallkugeln schnitten durch den Nebel, ein tödliches Zischen im verhangenen Grau. Sie durchbohrten Fleisch und Knochen, rissen Leben um Leben heraus. Die Asylsuchenden sanken zu Boden — ihre Körper zerfetzt, ihre Seelen dem irdischen Reich enthoben. Mit jedem Feuerstoß rauschte das Blut in den Adern der Wächter. Sie standen da, ihre Augen leuchteten vor Erregung, während der Rauch ihrer Waffen sich wie der Atem eines Drachen in den nüchternen Himmel kräuselte. Ihr

Dasein wurde in diesen Momenten zu einem orgiastischen Fest der Sinne. Sie atmeten den schweren, blutgetränkten Nebel, der von der Erde aufstieg, als wäre es der Duft eines süßen Parfums. In dieser Morgenstunde, in der das Leben so billig war, fühlten sich die Wächter unsterblich — erhaben über dem Elend, das sie aussäten, und berauscht von der dunklen Macht, die sie ausübten.

Die Unerwünschten fielen, und das Gras trank gierig ihr Blut. Die Erde schien zu beben, als sie die Essenz der Ermordeten in sich aufnahm. Blut sammelte sich in Pfützen, floss träge zwischen Grashalme. Köpfe waren von ihren Körpern getrennt, Augen starrten leer in den Morgenhimmel. Gliedmaßen lagen verstreut, abgerissen von den Körpern durch die gnadenlose Präzision der Metallprojektile. Hier ein Arm, dessen Hand noch immer zu einer Faust geballt war, dort ein Bein, von dessen zerrissenem Stumpf dunkles Blut in den Boden sickerte. Die Gesichter der Toten waren verzerrt, die Münder offen. Die Kleidung der Opfer war durchlöchert, die Luft roch nach Eisen und dem scharfen Aroma verbrannter Pulverladungen.

Über allem lag der Nebel, durchzogen von den Dämpfen des Blutbades, als wolle er die Sünden, die unter ihm begangen wurden, vor den Augen des Himmels verbergen. Doch selbst er konnte nicht unkenntlich machen, wie das Massaker die Grausamkeit menschlicher Gewalt offenlegte. Einige der Erschossenen krallten sich ins durchtränkte Gras, versuchten sich über das Feld zu schleppen. Verzweifelte Laute durchbrachen den Nebel, während sie zu ihren Liebsten krochen, deren Augen trübe wurden. Ein Mann zog sich vorwärts, sein Bein, das nur noch an Sehnen hing, hinterließ eine blutige Spur. Er erreichte die Hand einer Frau. Ihre aufgerissene Bauchdecke lag offen wie dunkler Atlas, neben ihr glänzten Eingeweide wie nasse Seide. Er flüsterte tröstende Worte, die im Lärm der Schüsse verloren gingen, seine blutigen Hände umklammerten die ihre.

Eng umschlungen trotz der Kugeln, die wie ein rachsüchtiger Chor durch die Luft pfiffen, versuchte Aron, seine Töchter zu schützen. Eine Kugel verirrte sich in Arons Seite. Er stöhnte auf, das Blut quoll zwischen seinen Fingern hervor. Die Mädchen schrien und klammerten sich noch fester an ihren Vater, dessen Beine nachgaben. Selene spürte einen scharfen Schmerz in ihrem Rücken und brach neben Aron zusammen, ihr Gesicht vor Schmerz verzerrt, während sie das Blut zu stoppen versuchte, das unaufhaltsam aus ihrer Wunde strömte. Die kleine Luna war von blinder Panik ergriffen und versuchte, ihre Schwester zu stützen. Um sie herum wurden die Schreie lauter. Aron, der schwer atmend am Boden lag, versuchte verzweifelt, seine Töchter zu schützen, indem er sich über sie beugte, doch sein Körper war zu geschwächt. Ein letztes Geschoss durchdrang seinen Rücken, ließ ihn zucken und endgültig zusammenbrechen.

Luna hob den Kopf, und ihr Blick traf den eines Wächters, der gerade seine Waffe nachlud. Im beschlagenen Zielglas seiner Æthermaske spiegelte sich ihr Kindergesicht — verwirrt, fragend, als suchten ihre feuchten Augen hinter dem kalten Dampfvisier nach einem Menschen. Doch sie fanden nur schwarze Glaslinsen, die sich auf ihre Stirn richteten, und einen sich hebenden Gewehrlauf. Seine Hand brachte die Waffe in Position, sein Finger ruhte auf dem Abzug, und in der lautlosen Spannung, bevor der Lauf sich endgültig senkte, hallte ein

Schuss, der alle Fragen verstummen ließ. Der Knall hallte laut, und dann war es still um Luna. Ihr Körper ruckte einmal und lag regungslos, eine zarte Figur im blutbefleckten Gras — die Hand noch immer um die Puppe geklammert.

Hoch oben auf den Mauern brach ein Gelächter aus. Die Wächter tauschten rohe Witze, während sie die Überlebenden ins Visier nahmen.

»Sieh dir diesen an, wie er kriecht! Wetten, er schafft es keine zwei Schritte mehr?« rief einer, während er auf einen älteren Mann zielte, dessen verzweifelter Versuch, sich in Sicherheit zu bringen, vergebens war.

»Ich gebe ihm einen Schritt, und dann machen wir aus seiner Hoffnung Asche!« höhnte ein anderer, bevor sein präziser Schuss die Vorhersage erfüllte.

Mit einem kalten Lächeln richteten die Wächter ihre Gewehre auf die Flehenden und Winselnden, und entfesselten weitere Salven. Jeder Schuss, der in das Fleisch der Hilflosen eindrang, war wie ein süßes Zucken in ihren Herzen. Einer der Wächter, überwältigt vom Anblick der Innereien, erbrach sich kurz, wischte sich hastig den Mund und feuerte weiter. Sie lauschten den Schreien, die wie eine Melodie klangen, die sie in ihren finstersten Träumen immer wieder hörten. Die Gier erquickte jede Faser ihrer Seelen, während sie den letzten Funken Leben aus dem Leid der Flüchtlinge saugten, das vor den massiven Stadtmauern abspielte.

Einer der Wächter onanierte offen und ungeniert, während er durch das Visier seines Gewehrs blickte. Seine Augen waren auf die zerfetzten Körper gerichtet, die sich in blutigen Agonien vor ihm wanden. Jedes Stöhnen eines Verwundeten, jedes verzweifelte Wimmern eines Sterbenden, die zerrissenen Gliedmaßen und offenen Wunden — all dies steigerte seine perverse Lust ins Unermessliche. Mit jeder Salve, die er in die hilflosen Opfer jagte, empfand er tiefe Befriedigung, genährt von den Schrecken des Gemetzels. Seine Hände zitterten, während er mit einem kehligen Stöhnen den Gipfel seiner Ekstase erreichte, den Blick fest auf das vor den Stadtmauern liegende Schlachtfeld gerichtet. Ejakulat schoss heraus und spritzte in langen, zuckenden Schüben gegen die kalten Steine, zeichnete helle, glitzernde Linien auf das schwarze Gemäuer und tropfte langsam herab, synchron zum Ebben der Schussgeräusche. Als das letzte Echo der Gewehrsalven verhallte und die Stille sich über das Schlachtfeld legte, atmeten die Wächter gleichmäßig, als kehrte die Ordnung nach dem Chaos zurück. Die dampfenden Läufe glühten noch leicht, während sie ihre Protokollbücher aufschlugen und die Ventile ihrer Atemmasken auf normalen Durchfluss zurückstellten. Zwischen den erkaltenden Patronenhülsen notierten sie ihre Trefferquoten, ihre Uniformen noch warm vom Rückstoß der Waffen. Sie lehnten an den kupferverkleideten Dampfzinnen, ihre Gewehre neben sich abgestellt, und betrachteten das verheerende Werk — ein Feld regloser Körper.

»Ich habe mich noch nie so gut gefühlt«, gestand einer der Wächter seinem Kameraden.

Ruhig und mit souveräner Autorität trat Zephyrus vor, lächelnd. Seine Augen glitten über die Reihe seiner Untergebenen.

»Exzellente Arbeit, meine Herren«, sprach er mit klarer Stimme. »Ihr habt Etherion mit eiserner Hand verteidigt. Die

Reinheit unserer Stadt bleibt unangetastet durch das Elend, das nun vor unseren Toren endet.«

Die Wächter richteten sich auf, ihre Müdigkeit wich einem Stolz. Sie nickten einander zu, belebt durch die Anerkennung ihres Schildherrn. Sein Dank war das Siegel auf ihre Taten. Mit dieser letzten Bestätigung zogen sie sich zurück, die Feuer ihrer Waffen erloschen, doch das ihrer Überzeugung brannte weiter — *wie die Mauern, die sie verteidigten.*

Während die Wächter sich erholten und Frieden die blutigen Felder bedeckte, glitt der letzte Sonnenstrahl über den Boden, entdeckte einen vergessenen Ring, einen verlorenen Schlüssel, einen zerrissenen Brief. Nach einer langen Nacht brach ein neuer Morgen an. In den verschwenderischen Hallen des Ewigen Palastes, auf vergoldeten Stühlen, saßen die Räte. Ihre Bücher waren schwer von Geschichte, doch niemals vom Gewicht der Toten. Der Wein in ihren Kelchen floss langsamer als das Blut der Flüchtlinge in den Boden.

Elara erwachte in einem prunkvollen Gemach. Geblendete Augen tasteten nach den Sonnenstrahlen, die durch schwere Vorhänge brachen und den Raum in warmes Gold tauchten. Kunstvolle Mechanik, aufwendige Ornamente und prächtige Stoffe schufen eine erhabene Atmosphäre, während in den Kristallspiegeln das Licht zitterte — zu jedem fernen Schuss, der draußen das Leben anderer beendete. In diesem Moment der Ruhe, und des Luxus, schien das Echo der Gewalt eine fahle Vorstellung. Eine Bedienstete trat herein.

»Guten Morgen, Elara. Mein Name ist Marissa. Ich hoffe, du hast gut geschlafen.«

Elara, noch verschlafen, rieb sich die Augen. Marissa trug

ein mit ziselierten Rocaillen geschmücktes Silbertablett, auf dem ein Einzelgedeck aus feinstem Porzellan ruhte, verziert mit einem raffinierten Heckenmuster in goldgehöhtem Purpurviolett. Die Becher, der eine aus Porzellan mit Silberfassung und zwei kleinen Henkeln, der andere aus Glas mit geschnittenem Dekor, waren für heiße Schokolade bestimmt, einem beliebten Getränk im Ewigen Palast.

»Ich habe dir ein Frühstück gebracht, passend zur Majestät des Hauses«, erklärte die Dame freudig und heiter, während sie das Tablett auf einem kleinen Tisch abstellte, der unter dem Gewicht der Köstlichkeiten fast zu ächzen schien.

Ihr Lächeln, so natürlich und beruhigend, schien die Luft selbst zu erwärmen. Mit sanften Bewegungen begann sie, den Esstisch zu richten. Sie breitete eine mit filigranen Stickereien verzierte Tischdecke aus, platzierte darauf ein Ensemble aus Porzellan und Kristall, und arrangierte eine Platte mit frisch gebackenem Brot. Daneben stellte sie einen silbernen Käsehobel, eine kleine Schale mit cremigem Honig und einen Korb mit golden gebackenen Croissants, deren Butterduft die Luft erfüllte. Ein Teller mit hauchdünn geschnittenem Räucherschinken, deren Ränder im Licht schimmerten, eine Schale mit dunkelroten Kirschen, deren Haut glänzte, sowie ein kleines Porzellanschälchen mit einer Auswahl an frischen Beeren vervollständigten das Mahl.

»Du brauchst dich um nichts zu sorgen«, versicherte die Dame, während sie eine Serviette neben einem kunstvoll verzierten Teller anordnete. »Alles ist für dich vorbereitet.«

Elara setzte sich auf, noch immer halb in ihren Träumen verfangen, und beobachtete Marissas fließende und sichere

Handbewegungen. Ihr Blick wanderte über das Frühstück: zarte Scheiben von Räucherlachs auf einem Bett aus frischem Grün, ein kleines Glas mit eingelegten Aprikosen, ein Korb mit frisch gebackenem Brot, dessen Kruste knusprig und dessen Inneres weich und duftend war. Neben den Schinkenscheiben und Kirschen befand sich der Porzellanbecher mit dampfender, dunkler Schokolade. An der Seite stand ein kleiner Teller mit hauchdünnem Buttergebäck, so zerbrechlich und fein, dass es zu schweben schien.

»Das ist wirklich nicht nötig«, murmelte Elara, immer noch verwundert über die unerwartete Gastfreundschaft.

»Das ist das Mindeste, was wir tun können«, antwortete Marissa, während sie eine dampfende Tasse Tee einschenkte, dessen Dampf in eleganten Wirbeln aufstieg.

»Du bist hier sicher, und Viktor möchte, dass du dich wohl fühlst.«

»Viktor?« fragte Elara. »Sie meinen den Erzregenten?«

»Ja, genau«, bestätigte Marissa, während sie das Tischtuch glättete. »Viktor ist ein Mann von großer Weisheit und Güte. Er hat Interesse an dir und deiner Geschichte. Und er legt Wert darauf, dass es dir an nichts fehlt«, fuhr Marissa fort.

Elara saß da und versuchte, zu begreifen, was Marissa ihr gerade offenbart hatte. Für einen Moment war sie nicht sicher, ob sie das alles nur träumte – dass eine einfache Mechanikerin wie sie plötzlich die Aufmerksamkeit des mächtigsten Mannes von Etherion hatte. Marissa goss Tee in eine Tasse mit goldenen Mustern am Rand.

»Er möchte, dass du dich wie zu Hause fühlst«, versicherte sie und reichte ihr die Tasse.

Berührt von dieser unerwarteten Fürsorge, nippte Elara am Tee.

»Das ist sehr freundlich von ihm. Ich hatte nicht erwartet, jemals so verwöhnt zu werden.«

»Wir sind hier wie eine große Familie. Wenn du etwas brauchst, zögere nicht, nach mir zu rufen«, erwiderte Marissa und verließ den Raum.

Nach dem Frühstück genoss Elara die zarten Aromen der frischen Beeren und die wärmende Süße der heißen Schokolade, die ihre Gedanken von den düsteren Reflexionen der Nacht lösten. Sie ließ sich Zeit, jedes Stück des opulenten Mahls zu schätzen, das sie nicht nur körperlich, sondern auch geistig stärkte. Als sie fertig war, trat Marissa erneut ein, diesmal begleitet von zwei großen Gestalten in dunklen Uniformen, deren Haltung allein ihre Rolle als Leibwächter des Erzregenten verriet.

»Es ist Zeit«, sagte sie lächelnd. »Viktor erwartet dich.«

Sie verließen das Gemach. Die Korridore des Palastes waren weit und beeindruckend, die Wände geschmückt mit Wandteppichen und leuchtenden Gemälden.

»Wusstest du, dass der Palast sieben Gärten hat?« sagte Marissa mit der Unschuld einer Hofdame. »In jedem wachsen die Blumen eines anderen Teils Histrions. Seine Hoheit nennt es seine Art zu reisen — die Welt, handverlesen und hinter Mauern gebracht.«

Elara spürte, wie sich Marissas zarte Worte in ihrer Brust zu etwas Schwerem verdichteten. Eine perfekte Welt in Miniatur — gezähmt, beschnitten und eingemauert wie ihre Bewohner. Vor ihrem inneren Auge flatterten Vögel in vergoldeten Käfigen, ihre Lieder von Freiheit erfüllt, doch immer gefärbt von der Enge, die sie umgab.

Sie passierten eine Reihe von hohen Fenstern, die den Blick auf den östlichen Garten freigaben, wo sorgsam ausgewählte Pflanzen aus allen Klimazonen zu einer künstlichen Harmonie gezwungen wurden. Der Hofgärtner hatte Gewächse aus aller Welt in strenger Geometrie arrangiert — ein Manifest erzwungener Vielfalt, deren unterschiedlichen Grüntöne sich im Morgenlicht wie eine geordnete Parade zu einer kontrollierten Einheit fügten.

»Seine Hoheit besucht jeden Garten zu einer festgelegten Stunde«, fuhr Marissa mit höfischem Stolz fort. »Nichts, so sagt er, beruhige ihn mehr als der Anblick vollkommener Harmonie, in der alles seinen rechten Platz hat.«

In der kathedralen Majestät des Thronsaals, dessen Säulen wie bleiche Finger in die Gewölbe ragten, schritt Elara vorwärts, geführt von den eisernen Händen des Schicksals. Die massiven Türen hinter ihr schlossen sich mit einem Donnergrollen und versiegelten ihren Weg ins Unbekannte. Ihre unsicheren Schritte hallten auf dem kalten, von Jahrhunderten polierten Marmor und begrüßten ihre Ankunft mit dem Echo der Ewigkeit. Für einen Moment blieb es still. Am Ende des langen, zusätzlich von Kronleuchtern erhellten Saales stand der Thron. Viktor saß darauf, eine ehrfurchtgebietende Gestalt. Umgeben von einem Halo bleichen Lichts, das Schatten auf sein ernstes Gesicht warf, wirkte der Erzregent beinahe bedrohlich. Die Strahlen tanzten auf seinem dunklen Haar und ließen die Silberfäden darin wie Spinnweben glitzern.

Als ein Bediensteter leise in den Raum glitt, trug er auf

einem silbernen Tablett ein Kristallglas mit dunkelblauem Wasser. Viktor griff danach mit ruhiger Würde. Der Bedienstete trat diskret einen Schritt zurück, seine Bewegung fast so flüchtig wie der Schatten einer vorbeiziehenden Wolke. Marissa nutzte diese Gelegenheit, um Elara dem Erzregenten vorzustellen. Nach ihrer kurzen Einführung verließ sie den Raum mit einer eleganten Verbeugung.

Viktor, nun allein mit Elara, stellte das Glas beiseite. Das Wasser war mit Wacholderbeeren veredelt, die aus den geheimen Gärten des Palastes stammten und wie Juwelen im klaren Wasser schimmerten. Ihre Essenz, subtil und markant, verband sich mit der Frische des Wassers zu einem Getränk von Eleganz und beruhigender Wirkung. Viktor ließ das kühle Wasser hinuntergleiten, jeder Schluck setzte die harzige Frische der Beeren frei. Sein entspannter Blick wurde schärfer, als er sich der jungen Frau zuwandte, deren Schicksal unerwartet in Etherions Geschicke verflochten war.

»Willkommen, Elara.« Seine tiefe, resonante Stimme schwang mit einer weichen und unerbittlichen Autorität. »Ich hoffe, du findest im Palast alles, was zu deiner Genesung nötig ist. Mir ist bewusst, dass die Ereignisse verwirrend sind. Fühlst du dich wohl? Gibt es etwas, das du benötigst?«

Elara ließ sich Zeit mit ihrer Antwort, als würde sie seine Worte abwiegen wie kostbare Münzen. Ihr Blick wanderte zu seinem Glas, das auf dem Tisch ruhte.

»In den mechanischen Gärten von *Unterstadt* kostet eine einzige Wacholderbeere so viel wie ein Zahnrad aus purem Gold. Aber ihr Geschmack ist unbezahlbar, nicht wahr?«

Viktor nahm das Glas wieder auf und betrachtete es gegen

das Licht.

»Gestatte mir, deine Perspektive mit einer Erfahrung zu bereichern. Vor Jahren schenkte uns ein Händler aus den Stahlbrachlanden synthetische Wacholderbeeren. ›Ununterscheidbar vom Original‹, versicherte er. Die Täuschung war perfekt — für jene, die nie gelernt haben zu schmecken.«

Er schwenkte die Flüssigkeit, fuhr fort:

»Genuss, meine Liebe, ist eine Kunst, kostbarer als Beeren. Die meisten trinken nicht — sie verschlingen. Sie schmecken nicht — sie schlucken. Wie Kinder, die Gemälde nach Farben beurteilen.«

Seine Stimme wurde weicher, fast bedauernd.

»Die Industrie versteht das auf ihre Weise. Sie sehen keinen Sinn, Perlen vor die Säue zu werfen. Ich wünschte, sie würden keine billigen Ersatzstoffe in die Unterschicht pumpen. Doch wer würde einem Ascheknecht Sternenglanz servieren, wenn er Schnaps aus Maschinenöldosen trinkt?«

Er stellte das Glas ab und sein Blick ruhte mit ungewöhnlicher Intensität auf Elara.

»Die wahre Tragödie ist nicht der Mangel an Qualität, sondern der Mangel an Geschmack. Deshalb schätze ich es, jemandem zu begegnen, der den Unterschied erkennt.«

»Welchen Wert seht Ihr in mir, der solche Verschwendung rechtfertigt?«

Die Worte schwebten zwischen den vergoldeten Säulen, getragen von der schweren Luft des Saals, dessen Pracht sich wie ein samtener Käfig aus Gold und Schatten um Elaras fiebrige Gedanken schloss. Gefangen zwischen erdrückender Realität und den Gespenstern ihres Verstandes suchte sie in der Opulenz des Raumes Halt — vergebens.

»Wert?« Viktor drehte das Wort in seinem Mund wie einen kostbaren Stein. »Mein Vater erzählte mir einst von Königsnest. Während hier in Etherion die Dampfkessel donnern, sollen dort kristallene Türme aus lebendem Licht emporwachsen. Ihre Gärten schweben in der Luft, genährt von der Kraft der Sterne selbst. ›*Beobachte genau*‹, sagte er zu mir. ›*Manche werden geblendet — andere lernen, im Licht zu leben.*‹ In Königsnest erzählt man von einem Vogel aus Licht, der in den höchsten Kristalltürmen nistet. Nicht aus Dampf und Eisen — aus lebendiger Energie. Jeder Flug durch die Sterne macht ihn strahlender, jede Berührung reiner.«

Seine Stimme wurde weich, fast zärtlich:

»Die Frage ist nicht, welchen Wert ich in dir sehe — sondern welchen Glanz du selbst zu erkennen bereit bist.«

Elara neigte den Kopf, ein feines Lächeln regte sich.

»Eine bezaubernde Geschichte, Hoheit Viktor. Fast so bezaubernd wie *Die Tiefen Wege*, deren wandelbare Tore sich stets anders zeigen.«

Sie hielt inne und traf seinen Blick mit überraschender Wärme.

»Aber wisst Ihr, was das Faszinierendste an Märchen ist? Dass selbst die unglaubwürdigsten manchmal eine Wahrheit tragen, die wichtiger ist als ihre Wirklichkeit.«

Viktor betrachtete sie mit Anerkennung und Vorsicht.

»Märchen«, sagte er, das Wort wie eine These abwägend, »sind die Schatten der Macht, die sie beschreiben. Wer ihre Wahrheit erkennt, erkennt auch die Mechanismen dahinter. In Diese Stadt lehrt uns, dass Wissen und Macht untrennbar sind.

Und du, Elara, trägst ein Wissen in dir, das die Grundfesten unserer Stadt erschüttern könnte. Dein Geist und deine Erlebnisse könnten der Funke sein, der unser Schicksal entfacht. Wir lassen niemanden zurück, der Schlüsselinformationen über eine Bedrohung trägt, die uns angeht. Deine Beobachtungen könnten für deine Genesung und Etherions Zukunft von unschätzbarer Bedeutung sein.«

»Ich bin kein Held, Lord Viktor — nur ein Schatten dessen, was ich einst war.«

Viktor nahm einen tiefen Schluck aus seinem Kristallglas. Der beerige Nachgeschmack verweilte auf seiner Zunge.

»In den Schatten liegen oft die größten Wahrheiten verborgen. Du besitzt Fähigkeiten, die weit über das Gewöhnliche hinausgehen.«

»Meine Fähigkeiten haben mir nur Leid gebracht. Warum sollte ich glauben, dass sie für Etherions Zukunft von Bedeutung sind?«

Viktor erhob sich mit würdevoller Ruhe von seinem Thron und schritt ans Fenster. Seine Silhouette zeichnete sich gegen das Licht ab, während sein Blick über die Stadt schweifte.

»Weil in dir mehr steckt, als du zu erkennen vermagst. Dein Schicksal ist mit dem von Etherion verwoben.«

Mit Verlaub, Herr Erzregent. Meine letzten Erinnerungen sind ein Gewirr aus Schmerz und Dunkelheit — es verblüfft mich, dass ich überhaupt noch lebe. Doch statt Antworten bietet Ihr mir neue Rätsel. Ihr sprecht von Schicksal und verborgenen Wahrheiten, während draußen eine Bedrohung lauert, die Ihr nicht beim Namen nennt. Ihr seht in mir einen Schlüssel, doch ich weiß nicht einmal, warum ich hier bin.«

Ihre Stimme gewann an Kraft.

»In Unterstadt lernt man früh, dass verschleierte Worte oft verschleierte Absichten verbergen. Wenn ich wirklich so bedeutsam für Etherion bin, wie Ihr behauptet, dann verdiene ich mehr als Metaphern. Was ist diese Gefahr? Warum ausgerechnet ich? Wie konntet Ihr mich wieder zusammensetzen? Und vor allem: Was ist der *wahre* Preis meiner Rettung?«

Viktor verharrte am Fenster, als hätten ihre Worte eine Saite berührt, die noch niemand zu spielen wagte. Dann drehte er sich langsam zu ihr um und lächelte, nicht warm, sondern anerkennend, wie ein Schachmeister beim Anblick eines geschickten Zuges.

»Der Ewige Palast verfügt über Möglichkeiten, von denen die meisten Menschen nur träumen können.«

Mit jedem seiner bedächtigen Schritte schien sich der Raum zu verkleinern.

»Dein Überleben verdankst du Grimwald. Er experimentiert im Westturm mit Techniken, die die Grenze zwischen Leben und Tod neu vermessen. Seine Methoden sind unkonventionell, doch seine Erfolge sprechen für sich. Was andere für unmöglich halten, ist für ihn nur eine Frage der richtigen Methode. Du warst in den fähigsten Händen, die man sich wünschen kann — oder fürchten sollte.«

Bei der Erwähnung des Chirurgen kroch Kälte Elaras Wirbelsäule hinauf. Als Viktor vor ihr stehen blieb, kribbelte ihr Nacken, und sie erkannte, dass seine Nähe wie ein meisterhaft gestimmtes Instrument wirkte — gleichermaßen einschüchternd wie faszinierend.

»Aber warum bin ich hier? Was meinen Sie, wenn Sie sagen,

dass ich möglicherweise Schlüsselinformationen über eine Bedrohung habe?«

Viktor trat noch einen Schritt näher, bis er direkt vor ihr stand. Seine Hand glitt in eine verborgene Tasche seines roten Gewands. Der Schlüssel, den er hervorzog, war präzise gearbeitet — sieben Zentimeter lang, silbrig schimmernd. Spiralen auf seiner Oberfläche tanzten im Licht, feine Linien wie mathematische Formeln.

»Dieser Schlüssel«, sagte er leise, »öffnet einige der ältesten Räume des Palastes, die seit Jahrhunderten nur Erzregenten betreten dürfen.«

Er drehte den Schlüssel in seinen Fingern.

»Ab heute gehört er auch dir. Mit ihm fällt die Mauer der Förmlichkeit zwischen uns, Elara. Bitte nenn mich Viktor, denn wer in die Geheimnisse des Palastes eingeweiht wird, steht über den Regeln des Hofes.«

Als er ihr den Schlüssel reichte, war das Metall schwerer, als die schlanke Form vermuten ließ — zu schwer für Silber.

»Nun zu deiner Frage: Du warst Zeuge eines Ereignisses, dessen Tragweite das Fundament unseres Reiches erschüttern könnte. Etwas ist erwacht, das seit Jahrhunderten schlief. Die Wächter fanden dich auf dem Marktplatz, wo fingertiefe Zeichen im Granitpflaster dampften — perfekte Linien, die sich hineingefressen hatten. Du lagst inmitten eines Kreises aus Symbolen — Zeichen einer Macht, die seit Jahrhunderten unter der Stadt schlummerte. Ich nenne diese Macht den *Glasflor*. Im Fieber sprachst du Worte — keine bekannte Sprache, doch jeder Laut war kristallklar. Deine Verbindung zu diesem Phänomen macht dich einzigartig. Der Glasflor hat eine Resonanz in dir hinterlassen, die kein Alchemist je wahrnehmen könnte. Du wirst Muster erkennen, wo andere Schatten sehen, Bedeutung finden, wo andere Zufall vermuten. Diese Gabe macht dich zur einzigen Person, die die Zeichen lesen kann, um uns vor dem Abgrund zu bewahren. Erzähl mir von jener Nacht, auf dem Marktplatz. Was hast du dort gesehen?«

Elara zögerte, überwältigt von der Situation.

»Ich… ich kannte Azriel gut, Viktor. Jede Woche verkaufte er mir Kupferdrähte, Glaslinsen, Präzisionswerkzeuge für neue Prototypen. Sein Lächeln hatte immer diese kleine Falte im rechten Mundwinkel, als wüsste er mehr. An jenem Abend… sein Gesicht war verändert. Seine Pupillen waren verschwunden. Wo sonst braune Iris war, öffneten sich Löcher. Durch diese Öffnungen sah ich etwas, das sich wie Quecksilber bewegte. Ich roch einen süßlichen Duft, wie geschmolzenes Glas, vermischt mit fauligen Blüten.«

Sie schluckte.

»Dann die Geräusche. Sein Schreien war menschlich — doch darunter war ein anderes: wie von tausend metallenen Insekten, die sich durch die Haut nagen wollten. Sein Blut tropfte auf den Stein, ätzte Symbole hinein… sie bewegten sich wie Gedanken, die Form annahmen. Sie erzählten von Städten unter unserer Stadt, von Wesen in Winkeln, die unsere Geometrie nicht kennt. Wenn ich die Augen schließe, sehe ich sie noch: Zahnräder, die sich drehen und Wahrheiten offenbaren, nie für menschliche Augen bestimmt.«

Viktors Präsenz verankerte sie in der Realität wie ein Amboss in aufgewühltem Wasser, beruhigend und erdrückend zugleich. Sein durchdringender Blick schien, als könnte er direkt in sie hineinsehen. Eine Träne rollte über ihre Wange, als hätte sie sich von Azriels zerbrochenem Körper gelöst, und für einen Moment war sie sich nicht sicher, ob das Flimmern darin tatsächlich wie geschmolzenes Glas schimmerte oder das Licht der Kronleuchter ihre Sicht täuschte. hre Hand verharrte, als sie die Träne fortwischen wollte, unsicher, ob eine Berührung ihre Substanz ebenso fragil entlarven würde wie Azriels. Viktors leises, gleichmäßiges Atmen war das einzig Verlässliche im Raum. Sie spürte das Brennen weiterer Tränen, wagte aber nicht, sie freizulassen, aus Angst, sie könnten sich in etwas Fremdes verwandeln, sobald sie Viktors unergründlichen Blick trafen.

»Das Schlimmste, Viktor«, ihre Stimme ein zerbrochener Widerhall, »war nicht Azriels Tod. Das Schlimmste war die grauenhafte Vertrautheit — als hätte jede Narbe auf meiner Haut sich jahrelang auf diesen Moment vorbereitet.«

In Viktors Augen lag eine Verletzlichkeit, die seinen Status verblassen ließ.

»Weißt du, Elara, vor siebzehn Jahren, verlor ich meine Tochter an die Schatten dieser Stadt. Mira war sechzehn. An diesem Morgen trug sie ein himmelblaues Kleid, das sie selbst für den Frühlingsmarkt ausgesucht hatte. Drei Monate hatte sie dafür gespart. ›Nur bis zum Brunnen‹, versprach sie. ›Ich will die Glasmacher sehen.‹ Drei Tage später fanden wir ihr Kleid in einer Gasse — zusammengefaltet, als hätte sie es selbst hingelegt. Kein Faden war beschädigt. Das war das Unerträglichste. Ich durchkämmte die Stadt, nutzte jede Macht, die mir zur Verfügung stand — vergeblich. Der Palast, die Macht... plötzlich bedeuteten sie nichts mehr.«

Seine Stimme versagte. Der Schmerz in seinem Gesicht war

so roh, so bloß, dass Elara unwillkürlich den Blick senkte – eine Gnade, die er sich selbst nie gewährte.

»Das Grausamste sind nicht die durchwachten Nächte oder Alpträume. Es sind die Momente des Vergessens — flüchtige Sekunden Glück, wenn ich morgens aufwache und einen Atemzug lang nicht weiß, dass sie fort ist.«

Seine Finger strichen über die eingeritzten Buchstaben auf seinem Siegelring — so oft berührt, dass die Schrift fast verschwunden war.

»Ihre Tasse steht noch immer an ihrem Platz. Seit siebzehn Jahren deckt das Personal jeden Morgen für sie mit. Niemand wagt es, sie fortzuräumen.«

Seine Augen fanden ihre, und in diesem Moment war er kein Regent, sondern ein Vater, der sein Kind verloren hatte.

»Dein Instinkt, nicht wegzulaufen, sondern hinzusehen, zeigt einen Mut, den auch Mira besaß. Sie sah immer die Details, die anderen entgingen, stellte Fragen, die niemand zu stellen wagte. ›Vater‹, sagte sie immer, ›die wichtigsten Wahrheiten flüstern. Man muss nur genau hinhören.‹ Wenn du sprichst, höre ich etwas von ihr in deiner Stimme. Diesen Willen, die Wahrheit zu finden, egal wohin sie führt. Deine Beobachtungen… sie könnten der Schlüssel sein. Hilf uns, mehr über diesen Glasflor zu erfahren.«

Ein Lächeln zuckte über ihre Lippen wie der Funke einer erlöschenden Lampe. Ihre Finger tasteten nach dem Messingzahnrad an ihrer Kette. Es hatte einen abgebrochenen Zahn, genau wie die Turmuhr im Westbezirk, die sie jeden Morgen auf dem Weg zur Arbeit gesehen hatte. Noch vor zwei Tagen hätte sie gewusst, wie man solch ein Rad repariert. Das Zahnrad drehte sich zwischen ihren Fingern, wie die Zeiger einer Uhr, die nicht mehr zurückgestellt werden konnte. In ihrer Werkstatt hatte sie Maschinen repariert — jetzt sollte sie ein Geheimnis zusammensetzen, dessen Scherben scharf genug waren, ein Reich zu zerschneiden. Sie neigte den Kopf, eine knappe Geste, und die Anspannung wich aus Viktors Haltung wie ein verhaltener Atemzug.

»Dein Mut ist bewundernswert. Nicht viele würden diese Last freiwillig tragen.«

Er trat zurück Richtung Thron, wieder mehr Regent als Vater.

»Die kommenden Tage werden dir Zeit geben, dich in deinen neuen Räumen einzurichten. Der Ostflügel steht dir offen — mit seinen Türen, Büchern und Geheimnissen. Und wenn Fragen dich wach halten, zögere nicht, sie zu stellen. Manche Antworten warten schon zu lange darauf, gehört zu werden.«

Elaras Augenbrauen zogen sich zusammen.

»Neue Räume?« fragte sie besorgt.

»Ja. Du bleibst im Palast, bis deine Kräfte zurückkehren. Wir müssen gewährleisten, dass du bereit bist. Die Suche verlangt mehr als nur einen wachen Geist.«

»Und wenn ich scheitere? Wenn ich keinen Weg finde?«

Die Antwort kam ohne Zögern.

»Dann, Elara, gibt es keinen Weg — für uns alle.«

Seine Worte füllten den Saal wie eine unsichtbare Kuppel — gewählt, um zu schützen und zu binden. Elara erkannte die Wahrheit zwischen den Zeilen: Ihre Freiheit war kein eigenständiges Gut mehr, sondern verwoben mit der Rolle, die ihr in dieser Geschichte zugedacht war.

»Du verstehst die Mechanik einer Uhr. Die Politik ist nicht anders. Ein falsches Zahnrad an der richtigen Stelle, und das ganze Werk steht still. Was du auf dem Marktplatz gesehen hast, darf nicht an die falschen Ohren gelangen. Als Mechanikerin bist du unverstrickt in die Netzwerke der Macht. Genau das macht dich wertvoll — und gefährlich. Deine Unabhängigkeit ist Stärke und Schwäche zugleich — sie macht dich verwundbar für jene, die den Mechanismus zu ihren Gunsten anhalten wollen.«

Elara nickte langsam. Angst kribbelte in ihr wie Metallstaub, doch darunter lag etwas Härteres. Viktor mochte sie wie ein kostbares Instrument bewachen, aber sie war kein Chronometer — sie war Mechanikerin.

Nach ihrer Diskussion mit Viktor verbrachte Elara mehrere Tage im Westflügel des Palastes. Sie zählte die Glockenschläge der Turmuhr, während die Zeit in einer seltsamen Mischung aus Stille und Routine verging. Die Diener trugen graue Uniformen mit Messingknöpfen, ihre Schuhsohlen quictschten auf dem polierten Boden, ihre Köpfe blieben gesenkt. Ihre Hände bewegten sich in exakten Winkeln: beim Abstauben der Kristallvasen, beim Auffüllen der Gläser, beim Öffnen der Vorhänge. In der medizinischen Station summten Messgeräte, kupferne Zeiger zuckten über Skalen, grüne Lichter pulsierten im Takt ihrer Prothesen. Die Ärzte kritzelten auf Pergament, das Kratzen ihrer Federn mischte sich mit dem Klicken der Messuhren und dem Tropfen der Infusionen. Marissa lehrte sie die Macht der richtigen Ernährung und brachte Teller mit dampfendem Essen: geschmorte Wurzeln in Brühe, prickelnde Beeren und

Brot mit Kristallen, die sich warm im Mund auflösten. Ihre Fingerkuppen waren rau von getrockneten Kräutern.

Das zentrale Atrium wurde Elaras Zuflucht. Stundenlang saß sie am Brunnen und beobachtete, wie das Licht durch die Wassersäulen tanzte. Grimwald hatte ihr geraten, so viel Zeit wie möglich im Wasser zu verbringen — es würde Regeneration, Durchblutung und Heilung fördern. Grimwald sollte recht behalten — das Wasser durchspülte nicht nur ihren Körper, sondern auch ihre Gedanken. Einmal versagte die Technik: Eine Dichtung brach, und Wasser drang in ihre linke Beinprothese ein. Zwei Techniker in ölfleckigen Kitteln schraubten drei Stunden lang. Die neue Titanversion glänzte im Brunnenlicht. An den Verbindungsstellen zur Haut pulsierte der Æther in präzisen Abständen.

Mit jedem Sonnenaufgang spürte Elara deutlicher, wie sich etwas in ihr veränderte. Ihre Ætherklinge, die sie stets bei sich trug, begann intensiver zu schimmern — erst kaum merklich, dann mit jedem Tag stärker, als ob sie auf eine unhörbare Melodie reagierte. Mit jedem Tag wurde die Klinge weniger eine Waffe und mehr ein Teil von ihr — verbunden durch pulsierenden Æther. Beim morgendlichen Training zerbrach sie drei Übungsschwerter. Die erzwungene Ruhe formte sie neu. In ihr wuchs mehr als Heilung. Es war eine Transformation, die sie durch den Schleier der Tage erahnte — ein Werden, das sie zugleich erregte und erschrecktes.

Eines Abends führte sie ihr Weg zu Viktor, der sich in einer spärlich beleuchteten Kemenate aufhielt. Der Raum war schlicht, fast asketisch, und diente gleichermaßen als Arbeitszimmer wie als Ort der Meditation. Öllampen kämpften gegen die Dunkelheit an, während im Hintergrund das Feuer leise knisterte. Über den massiven Eichentisch waren Karten und Pläne der Stadt ausgebreitet — sie wirkten wie die freigelegten Eingeweide einer zerlegten Uhr. Viktors Finger glitten über die Straßenzüge, folgten den feinen Linien, während sein Blick über die altertümlichen Karten schweifte. Draußen schwelten die Unruhen in der Stadt wie ein Fieber, das die Wächter einzudämmen versuchten. Viktors Haltung sprach von der Last seiner Gedanken — die jüngsten Aufstände, die Macht der Wächter und die Entscheidungen, die alles verändern konnten.

»Weißt du«, begann er nachdenklich, während er sich Elara zuwandte, »manchmal ist das größte Vergnügen, Dinge zu tun, die andere für unmöglich halten.«

Elara, sonst so entschlossen, schaute ihn fragend an.

»Was geschieht, wenn wir versagen?« fragte sie leise.

Sein Blick glitt über die alten Bücher und Artefakte seines Vaters, die im Raum verteilt waren. Die Kanten eines zerlesenen Bandes trugen noch die Fingerspuren eines Mannes, der die Politik des Palastes mit eiserner Faust gelenkt hatte.

»Dann«, erwiderte er ruhig, »haben wir es zumindest versucht.«

»Aber der Versuch allein reicht nicht aus«, erwiderte sie vorsichtig.

»Natürlich nicht. Aber wir müssen uns herausfordern, an Widerständen wachsen. Das Leben ist zu kostbar, um es am Mittelmaß zu verschwenden. Ohne Streben und Mut, die eigenen Grenzen zu überwinden, überlassen wir das Feld jenen, die Worte als Waffen nutzen. Im Palast sind die Worte der Senatoren keine Aussagen — sie sind Intrigen, Fallstricke, Werkzeuge.

Jeder Satz, den sie sprechen, hat eine Absicht, jedes Argument ist eine Klinge, die darauf wartet, in den Rücken eines Gegners gestoßen zu werden.«

Er trat näher an den Tisch, auf dem eine Karte der Stadt lag. Seine Finger fuhren die Umrisse der Bezirke nach, bis sie bei einem roten Punkt stoppten.

»Die Propaganda gegen die Heimatlosen aus dem Ödland, geschürt von Senatoren, ist ein Beispiel. Sie erzählen von einer erfundenen Bedrohung, um ihre Macht zu festigen. Sie wissen, dass Worte leichter entzünden als Flammen — und dass Angst die stärkste Waffe ist.«

»Die Macht der Worte ist erstaunlich«, murmelte Elara. »Wie wir sprechen, beeinflusst, wie wir die Welt wahrnehmen.«

Er hob den Kopf, trat von der Karte zurück und sah Elara an.

»Ja, Worte können mächtig sein«, antwortete er. »Aber nicht die Worte selbst tragen Bedeutung, sondern die Menschen dahinter. Ob ein Wort diskriminiert, hängt von der Absicht ab, mit der es gesprochen wird — der *Lautabsicht*. Worte allein diskriminieren nicht, Elara. Es braucht einen Menschen, der sie mit Verachtung füllt.«

Sie runzelte die Stirn.

»Aber verändert Sprache nicht auch unsere Realität?«

Viktor schüttelte langsam den Kopf, als hätte er die Frage zu oft gehört.

»Das ist eine gefährliche Verwechslung. Sprache verändert nicht die Realität, sondern unser Denken über sie. Doch das allein reicht nicht. Wir brauchen eine andere Haltung, ein anderes Bild von unseren Mitmenschen. Die Idee, dass Sprachregeln Diskriminierung eindämmen könnten, ist ein Irrtum. Worte sind Spiegel, keine Taten. Die Realität der Diskriminierung — Hass und Gewalt — liegt nicht in der Sprache, sondern in den Herzen der Menschen.«

Seine Hand glitt über die alte Karte, die Finger hielten kurz über den Mauern der Stadt inne.

»Jenseits dieser Mauern sammeln sich Tausende, die nur überleben wollen. Innerhalb der Mauern kämpfen die Menschen mit der Angst vor Verlust — ihrer Sicherheit, Identität, Macht. Diese Angst macht sie blind für die Menschlichkeit der Schutzsuchenden. Sie sehen in Flüchtlingen keine Menschen, sondern Bedrohungen.«

Elara neigte den Kopf, und ihre Augen glitten zur Karte.

»Aber die Wächter... sie greifen nicht nur an den Mauern an. Sie gehen auch gegen die, die bereits hier leben, vor. Warum lässt du das zu?«

»Ich lasse es nicht zu. Der Schildherr handelt auf Befehl der Senatoren. Sie nähren die Aufstände mit Propaganda und nutzen die Unruhe, um ihre Macht auszubauen. Ihre Worte sind wie langsam wirkendes Gift. Sie machen Flüchtlinge zu Sündenböcken und schüren Hass unter Bürgern. Und jetzt töten die Wächter, weil es einfacher ist, Gewalt zu rechtfertigen als Mitgefühl zu lehren. Das ist es, was passiert, wenn Worte missbraucht werden. Sie zerstören nicht nur Vertrauen — sie zerreißen die Grundfeste einer Stadt. Wenn wir nicht wachsam bleiben, zerbricht Etherion nicht an einer äußeren Bedrohung, sondern an der Verachtung, die von innen wächst.«

Elara schwieg für einen Moment.

»Dann sind wir nicht nur Spieler in diesem Spiel, sondern auch Wächter der Regeln.«

Ein schmales Lächeln huschte über Viktors Gesicht, das genauso schnell wieder verschwand.

»Genau, Elara. Und wir müssen sie besser beherrschen als jeder andere.«

Viktor rollte die Karte zusammen, das Papier knisterte leise. Das Gespräch hallte in Elaras Gedanken, während sie durch die gewölbten Korridore zum Heilungsflügel ging. Ihre Schritte klangen anders als vor Wochen — fester, zielsicherer. Die nächsten Tage vergingen in einem Rhythmus aus Therapie und Studium. Grimwald prüfte ihre Ætherwerte: 92% Stabilität, dreimal so hoch wie bei ihrer Ankunft. Die Kristalle in ihren Prothesen pulsierten im Gleichtakt.

Marissa brachte ihr letztes Heilungsmahl. Ihre Hände, rau von dreißig Jahren Arbeit in der Palastküche, legten den Löffel neben die dampfende Schüssel. Aus ihrer Schürzentasche zog sie einen Beutel, darin raschelten getrocknete Bergkräuter.

»Nimm das mit«, sagte sie und drückte Elara den Beutel in die Hand. »Drei Blätter in heißes Wasser, jeden Morgen. Die Kräuter wachsen auf den höchsten Gipfeln des Nordgebirges. Wind und Wetter haben sie stark gemacht — genau wie dich.« Ihre vernarbten Finger strichen über Elaras Hand. »Die Berge stehen noch immer, egal wie viele Stürme über sie hinwegfegen. Und du wirst auch stehen bleiben«, sagte sie, ihre Stimme so fest wie die Felsen, von denen sie sprach.

Nach Wochen der Heilung und des Studiums im Palast wurde Elara entlassen. Die Zeit hinter den schützenden Mauern hatte sie gestärkt und mit Wissen ausgestattet, um die Rätsel des Glasflors anzugehen. Viktor hatte ihr ein Amulett zum Schutz und ein Tagebuch gegeben, um ihre Entdeckungen festzuhalten. Mit einer Tasche voller Werkzeuge und Aufzeichnungen verließ Elara den Palast. Als sie die letzten Stufen des Treppenhauses hinunterstieg, warf jeder Tritt ein klackendes Geräusch zurück. Ihre Hand glitt über das geschliffene Geländer, während die Luft vom erdigen Aroma alten Steins und einem Hauch von Bienenwachs aus altertümlichen Kerzenleuchtern durchdrungen war. Sie spürte das Licht auf ihrer Haut, und der Widerhall ihrer Schritte mischte sich mit dem Knistern der Dochte. Ihr Körper war widerstandsfähig, ihr Geist geschärft durch Gespräche mit Viktor und seinen Gelehrten — bereit, sich den Geheimnissen des Glasflors zu stellen.

In den frühen Abendstunden, als die Sonne schwach am Horizont verblieb, streifte Elara durch die geschäftigen Straßen. Die Luft war kühl und voller Spannung, die den Atem der Vorübergehenden dämpfte. Während Elara durch die sich verengenden Straßen zog, spürte sie die bleierne Ruhe, die wie eine Decke auf der Stadt lastete. Doch darunter brodelte ein unruhiges Meer aus Emotionen, ein Knistern von Nerven, das in Gewalt umzuschlagen drohte. Blut und Galle schienen in den Adern der Stadtbewohner zu kochen, bereit, bei jeder geringen Provokation zu explodieren. Der Himmel weinte. Die Luft roch nach nasskaltem Metall, jede Bewegung ein Funke, der dieses Gemisch entzünden konnte.

Die Stadt schien jede Interaktion in einen Konflikt zu verwandeln. Ihr Blick fiel auf eine Gruppe von Stadtbewohnern, die sich eigenartig benahmen. Menschen wichen einander aus, die Blicke starr nach vorn gerichtet, entleert von jeglicher Wärme, unfähig, auch nur eine Spur von Skrupel zu empfinden, ihre Gesichter eingefroren, während hinter ihren Augen die letzten Glutkerne der Menschlichkeit zu erlöschen drohten. Vor einer alten, mit Efeu überwucherten Bäckerei brüllte ein älterer Mann eine Frau an, weil sie ihm im Gedränge zu nahe gekommen war. Ihr flüchtiges Nicken, als Entschuldigung gedacht, löste eine explosive Reaktion aus. Er schrie sie an, seine Worte schlugen ein wie Messerstiche, Speichel spritzte von seinen Lippen, und sein Gesicht, nur Zentimeter von ihrem entfernt, war vor Zorn verzerrt. Die Frau hob die Hände schützend und stolperte rückwärts, ihre Augen weit aufgerissen vor nackter Furcht. Passanten eilten vorbei, die Blicke gesenkt, in der Hoffnung, den Vorfall ignorieren zu können.

Elara durchquerte den Marktplatz. Die steinernen Pfade gaben klirrende Kälte ab, die sich in die Knochen der wenigen Unerschrockenen fraß, die sich hinauswagten. Dichter Nebel kroch um ihre Füße. Am Rand des Platzes standen zwei Wächter wie aus Eisen gegossen. Ihre Umhänge flatterten im Wind, doch ihre Körper blieben reglos. Hinter schwarzen Helmen verborgen, schienen ihre Augen jede Bewegung zu ertasten — wie die Angst, die sich wie der Nebel selbst über den Platz legte. In den Gassen, deren Pflastersteine noch die Wärme vergangener Sommertage speicherten, reagierten die Einwohner auf die flüchtigsten Regungen mit hypersensibler Grausamkeit. Ein schiefer Blick, ein Lidschlag zu viel, das kaum hörbare Quietschen einer Tür im zögerlichen Wind entfachte unmittelbar eruptive Wutausbrüche.

An einem verlassenen Obststand erlebte Elara eine schaurige Begegnung zwischen zwei Männern, deren Freundschaft zu einem Scherbenhaufen zerfallen war. Ihre Begrüßung, ein spärliches Nicken, barst unter der Spannung. Der eine zwang seine

Mundwinkel zu einem Lächeln, das schnell in eine Grimasse verzerrte. Als der andere, ein hagerer Mann mit nervösen, weit aufgerissenen Augen, den Vorwurf schleuderte, mit einem flüchtigen Blick beleidigt worden zu sein, bildete sich zwischen ihnen ein erstickender Dunst aus Hass. Ihre Stimmen peitschten über den Platz, und ihre Worte ließen das Blut der Passanten gefrieren.

Einige Meter entfernt zog eine Mutter ihr Kind von einer Pfütze weg. Der kleine Junge, dessen Stiefel kaum das Wasser berührt hatten, wurde mit einer Schärfe zurechtgewiesen, die jedes Maß verlor. Ihre Stimme, ein durchdringendes Kreischen voller Panik, ließ den Jungen erstarren. Er begann zu schluchzen, ein herzzerreißendes Weinen. Die Mutter, flackernd zwischen Reue und Irrsinn, schien von unsichtbaren Geistern verfolgt, während sie das Kind an sich presste.

An einer Ecke des Platzes beobachtete sie einen älteren Mann, der mit gesenktem Kopf und tiefgezogener Kapuze hastig vorbeieilte. Als ein junger Mann, der auf seinen Dampfresonator starrte, versehentlich in ihn hineinrannte, zuckte der ältere auf, seine Augen blitzten in Angst und Wut. Ohne ein Wort stieß er den Jüngeren zur Seite und verschwand in der Nebengasse. Der junge Mann blieb einen Moment verwirrt stehen, schüttelte dann den Kopf und setzte seinen Weg fort — sein Gesicht gedrückt von der groben Zurückweisung.

Die Straße hinunter, vor einem der wenigen noch geöffneten Läden, entbrannte eine weitere Konfrontation. Ein älterer Herr, der ein Paket abgeben wollte, wurde vom Ladenbesitzer mit einem misstrauischen Blick barsch nach dem Inhalt gefragt. Die Frage, gefeuert wie ein Schuss, ließ den Kunden erbleichen, dann rot anlaufen vor Wut. Binnen Sekunden explodierte die Spannung zwischen ihnen in einem Wortgefecht, das Passanten anzog wie Motten das Licht. Sie standen da, unfähig zu entscheiden, ob sie eingreifen oder fliehen sollten.

Höfliche Dialoge verkehrten sich in giftige Wortgefechte; selbst die trivialste Begegnung wurde zu einem Minenfeld aus Missverständnissen und Konflikten — jeder Schritt, jeder Atemzug angstbehaftet. Die Luft war ein Pulverfass aus Emotionen, bereit zu explodieren. Diese Szenen malten ein Gemälde des Verfalls, eines ehedem durch täglichen Austausch und gegenseitigen Respekt gefestigten sozialen Gefüges, das nun knackte und brach wie dünnes Eis unter den Schritten eines unkundigen Wanderers.

Nicht die Sprache selbst rief Angst hervor, sondern die grotesken Schatten, die jedes Wort warf — zackige Fratzen, die sich an Wänden entlangzogen und in Pfützen wie vergiftete Tinte spiegelten. Jede Silbe konnte das zerbrechliche soziale Geflecht zerreißen. Die Schatten waren giftige Ranken, die sich um die Hälse der Ahnungslosen wickelten und bei jeder Übertretung fester zogen. Von einer namenlosen Furcht umklammert, mieden die Menschen bestimmte Wörter, als wären es Landminen, deren Detonation die dünne Schicht der Zivilisation aufreißen könnte. Mit jedem vermiedenen Wort, jeder geduckten Geste verdunkelte sich der Horizont, bis die Luft zu einem dicken, klebrigen Teer wurde, der die Lungen füllte und die Herzen mit Blei beschwerte. Die Angst vor dem, was die Schatten prophezeiten, war nicht greifbar, doch sie zermalmte jede Hoffnung, riss Vernunft und Logik in Fetzen.

Die Straßen wurden Katakomben des Schweigens, jedes

unausgesprochene Wort eine Klinge, die Gespräche zerschnitt und Risse in der sozialen Fassade hinterließ. Die Menschen bewegten sich hektisch, die Augen aufgerissen, als könnten sie durch bloßes Schauen dem Flüstern der Schatten entkommen. Ihre Gesichter waren leichenblass, die Lippen blutleer, als sie mit jedem Windstoß stumm erzitterten. Unausgesprochene Worte zersprangen unter den Füßen der Bürger und in den Händen der Kinder, verhakten sich in ihrer Kleidung und schnitten ihre Haut. Eine Stille kroch über den Boden und legte sich wie ein Mantel auf Etherion. Sie wirkte wie der Vorbote einer Ordnung, die die Luft aus den Lungen der Stadt saugte und ihre Bewohner mit jedem gesprochenen Wort tiefer in Angst und Misstrauen stürzte.

Elaras Herz wurde schwer beim Anblick der Veränderungen, die Stadt und Bewohner heimsuchten. Mit Entsetzen erkannte sie die Tragweite des Phänomens. Die Umwandlung schritt schleichend, aber unaufhaltsam voran; die Menschen verkannten den Schrecken, der in ihr Dasein fraß und ihre Seelen in den Wahnsinn zog. Mit der Dunkelheit keimte der Gedanke auf, dass es keine bloße Erscheinung war, sondern eine heimtückische Seuche. Langsam begann der Glasflor, wie ein parasitäres Wesen, das Leben aus den Menschen zu saugen. Die Veränderungen waren subtil und konnten anfangs als alltägliche Launen abgetan werden. Sie schlichen wie ein Gift durch die Gassen, infizierten Gedanken und Gefühle, bevor sie Spuren im Fleisch hinterließen. Anzeichen des Verfalls waren überall zu erkennen — in Gesichtern, Bewegungen, Stimmen. Nur wenige der Bewohner, die ihren Alltag noch aufrechterhalten konnten, bemerkten die feinen, fast unsichtbaren Risse in der

Fassade ihrer Welt. Was als flüchtige Unruhe begonnen hatte, manifestierte sich in zitternden Händen und fahlen Gesichtern. Je länger Elara ihre Umgebung beobachtete, desto mehr Menschen schienen diesem seltsamen Bann zu verfallen. Bei genauerem Hinsehen schien sich eine feine, gläserne Schicht über die Haut der Betroffenen zu legen, als verschlinge sie der Glasflor, verwandle sie in gläserne Puppen.

Eine alte Frau, die normalerweise Rosenkränze verkaufte, stand regungslos, ihr leerer Blick schien in eine ferne Welt entrückt. Ihre Hände, die sonst flink die Perlen der Rosenkränze webten, hingen schlaff herab. Es war, als hätte sie mitten in einer Bewegung innegehalten — wie eine Statue, gefangen in der Zeit. Elara näherte sich vorsichtig, sichtlich beunruhigt. »Madame Flori?« sprach sie leise. Doch die alte Frau reagierte nicht; ihre Augen starrten ins Leere, durch Elara hindurch, als wäre sie unsichtbar. Ein kalter Schauer lief Elara über den Rücken. Es war nicht nur Madame Flori; auch andere Passanten zeigten ähnliche Symptome des Stillstands. Ein Junge, der sonst durch die Gassen tollte, stand wie angewurzelt am Brunnen, die Hand ausgestreckt, das Wasser zu berühren, doch er rührte sich nicht. Die übrigen Menschen verhielten sich zunehmend merkwürdig. Ihre einst klaren Worte verschwammen zu einem verwirrten Gemurmel.

Unheimlich war die Amnesie, die mit der Verwandlung einherging. Gedächtnis und Persönlichkeit der Betroffenen wurden nach und nach ausgelöscht, als hätten sie nie existiert. Diejenigen, die nicht vom Glasflor befallen waren, sahen entsetzt zu, wie Freunde und Familienmitglieder zu leblosen Glasfiguren wurden, während ihre eigenen Erinnerungen langsam verblassten. Da und dort brachen Gespräche ab, Lachen erstickte in der Kehle, und die lebendigen Straßen wurden zu gläsernen Galerien, jedes Gesicht eine gefrorene Maske des letzten Moments.

Am Straßenrand stand ein Mann mittleren Alters, dessen feiner Anzug zerrissen und beschmutzt war. Sein hysterisches Lachen durchdrang die Stille — unkontrolliert, ohne Anlass oder Ende. Seine leeren Augen starrten in eine unsichtbare Ferne, während sein Mund schrilles Gelächter ausstieß. Nicht weit entfernt führte eine junge Frau einen lautstarken Disput mit sich selbst. Ihre Hände fuhren durch die Luft — bald flehend, bald drohend — und ihre Stimme pendelte zwischen Wut und Verzweiflung. Ihre wirren Worte wechselten zwischen Anklage und Verteidigung, als wäre sie Richterin und Angeklagte zugleich.

Mitten auf der Hauptstraße stieß ein Herr rücksichtslos einen Jungen zur Seite, der ihm im Weg war, ohne den Hauch von Reue oder Empathie. Bestimmt und zielgerichtet waren seine Schritte, als wäre er der einzige bewusste Mensch in einem Meer aus Wahnsinn. Einige Meter weiter starrte eine Frau in den Himmel, brach plötzlich in Gelächter aus, nur um dann abrupt in eine flehende Stimme zu verfallen, als verhandle sie mit einer unsichtbaren Präsenz. Ihre Worte waren ein Durcheinander aus Erinnerungen, Ängsten und Halluzinationen, ihre Kleidung zerrissen, ihre Haare wild.

Eine andere Frau kritzelte Muster in den Staub. Ruckartige Bewegungen folgten einem unsichtbaren Rhythmus, ihre Lippen formten stumme Worte, als spräche sie mit Geistern, die nur sie sehen konnte. Ein junger Mann in ihrer Nähe zitterte, während er unaufhörlich plapperte. Seine monotone Stimme wiederholte sich endlos, als versuchte er, eine unentwirrbare Wahrheit zu entschlüsseln. Sein Blick schien die Geheimnisse des Universums mit bloßer Willenskraft zu ergründen.

In einer dunklen Ecke kauerte ein älterer Herr, umgeben von zerrissenen Papieren und zerbrochenen Flaschen. Er debattierte mit einer imaginären Gestalt über Philosophie und Wissenschaft. Seine Argumente kamen aus einem Geist, der den Bezug zur Realität verloren hatte. Seine Hände zeichneten Muster in die Luft, als spielte er eine unsichtbare Schachpartie. Weiter die Straße hinunter wanderte ein Mann, dessen Gesicht Rastlosigkeit verriet. Sein Blick schweifte in die Ferne, fixiert auf etwas Unsichtbares. Dann begann er in einer unbekannten Sprache zu sprechen, seine Stimme ein verzweifeltes Flüstern gegen stumme Wände. Seine Worte waren ein Flehen, ein Ruf nach Erlösung, der in der Leere verhallte.

Das Dämmergrauen sickerte durch die verschmutzten Fenster eines schlichten Reihenhauses und offenbarte, was von einer Familie geblieben war, die einst von Liebe erfüllt war. Der Vater, dessen graue Schläfen von vierzig harten Jahren sprachen, blickte mit ausgehöhlten Augen ins Leere, wo früher das Feuer des Lebens geglüht hatte. Am Küchentisch saß er zitternd, gefangen in einer Spirale aus Angst. Die Panik grub sich in seine Brust wie ein eisiger Dämon, seine hastige Atmung stockte immer wieder, und seine Finger klammerten sich an die Tischkante, als suche er Halt in einer Welt, die ihm entglitt. Seine Stimme, ein stotterndes Flüstern, wiederholte immer wieder: »Es ist überall. Ich kann es nicht stoppen.«

Die Mutter lehnte ihre schmale Gestalt gegen das kalte

Fensterglas, ihr Haar ein wirres Nest aus drei Tagen ohne Schlaf, die Augen fiebrig funkelnd. Sie fuhr abrupt herum, ihre Stimme schwankte zwischen Hysterie und Verzweiflung. Kaum verklangen die Worte, verdüsterte sich ihr Gesicht, und sie ließ sich schwer auf einen Stuhl sinken, von Melancholie umfangen. Zwischen Wand und Kommode hockte ihre achtjährige Tochter, stumm und vor Angst wie erstarrt. Ihre großen Augen waren leere Fenster, spiegelten das Chaos. Sie hielt eine kleine, hölzerne Spieluhr umklammert, die längst verstummt war — ein letzter Trost in einer sinnlosen Welt.

»Warum weinst du nicht, Papa? Warum lachst du nicht, Mama?« flüsterte das Mädchen, ihre Stimme verschluckt vom aufziehenden Sturm der Emotionen. Die Mutter schoss plötzlich hoch, ihre Bewegungen fahrig und unkoordiniert, und begann ein fremdartiges Wiegenlied zu summen, das sie ihrem Kind vor Jahren vorgesungen hatte. Der Vater duckte sich zusammen, als wollte er sich vor der unsichtbaren Gefahr schützen, die nur er wahrnahm.

In den westlichen Vierteln beobachtete Elara, wie verzweifelte Bewohner sich auf alles stürzten, was essbar schien. Ein Mann stürzte sich auf verrottenden Abfall, riss Stücke aus verdorbenen Früchten und Fleisch und stopfte sie in seinen Mund. Früchten und Fleisch und stopfte sie in seinen verzerrten Mund. Die Flüssigkeit des faulenden Gemischs rann in dunklen Strömen sein Kinn hinunter. In einer Ecke hockten Frauen und Kinder um einen toten Straßenhund. Mit blutverschmierten Händen rissen sie das Tier auseinander, griffen nach den Innereien, während ihre Münder grotesk lächelten.

Während der Nebel des Unheils über Etherion zog, eilte

Elara zur *Akademie der Wissenschaften und Künste*. Sie hoffte, dort Antworten zu finden oder zumindest Thaddeus zu treffen, der ein Licht auf das mysteriöse Phänomen werfen könnte. Mit jedem hastigen Schritt klammerte sich Elara fester an die Hoffnung, dass die Akademie noch unberührt von der Dunkelheit war. Als Elara durch das schmiedeeiserne Portal trat, schien die gläserne Seuche ehrfürchtig Halt zu machen.

Zwischen den himmelstrebenden Säulen des Gebäudekomplexes, dessen Türme wie kristallene Speere die Wolken durchstießen, pulsierte das intellektuelle Leben. Der polyphone Klang der Gelehrten und Künstler hallte wider zwischen den efeuüberwucherten Mauern. Sie wandelten durch die mit Fresken geschmückten Säle und hochtechnologischen Laboratorien, verloren in ihrer Leidenschaft und eingehüllt in die Energie des Schaffens, die in jedem Winkel vibrierte. Die Akademie war eine Bastion des Geistes, ein Symbol unermüdlichen Strebens nach Erkenntnis und Schönheit.

In den Auditorien entflammten Debatten, in denen die klügsten Köpfe Etherions über die komplexesten Fragen des Universums stritten. Ihre Worte zogen die Zuhörer magisch an und entfachten einen unstillbaren Wissensdurst. In den Laboratorien enträtselten Wissenschaftler die Geheimnisse von Natur und Technik. Künstler schufen in den Ateliers Werke von atemberaubender Schönheit — lebendige Tableaus von Emotionen und Ideen, auf denen die Farben tanzten, als wären sie beseelt. Bildhauer schufen Skulpturen aus Stein und Plastiken aus Metall, die die Perfektion der menschlichen Form und die Tiefe des künstlerischen Ausdrucks einfingen.

Die Bibliothek verschlang Besucher in ihrem Labyrinth aus

Wissen, wo sich Bücherregale wie versteinerte Wälder bis in die verschatteten Gewölbe erstreckten. Forscher und Studenten vertieften sich dort in Studien, die sie in ferne Welten und vergangene Zeiten entführten. Thaddeus, dessen bloßer Name ehrfürchtiges Flüstern in den Hallen auslöste, formte als Großmeister der arkanen und rationalen Wissenschaften eine neue Generation von Visionären.

Mit seinem Eintreten verdichtete sich die Luft im Saal zu elektrischer Spannung; selbst das Abendlicht, das durch die hohen Fenster fiel, schien den Atem anzuhalten. Die Studenten saßen wie Planeten um ihre Sonne — ein Halbkreis hungernder Geister, die darauf warteten, in die Abgründe der Erkenntnis hinabzusteigen. In den Augen seiner Schüler war Thaddeus ein Titan des Wissens; ein unermüdlicher Erforscher der Alchemie, ein Brückenbauer zwischen den Welten, ein Leuchtturm im Dunkel der kognitiven Belanglosigkeit. Seine Robe floss wie flüssige Mitternacht um seine Gestalt, jede Falte eine Studie in Eleganz und Zurückhaltung. Er trug eine Robe in tiefem Blau, bestickt mit Symbolen, die seine Verbundenheit mit Mysterien und okkulten Lehren offenbarten. Seine Schritte hallten durch den Raum wie die Schläge einer fernen Glocke, und wo er ging, neigte sich das Licht, als wäre selbst die Physik ehrfürchtig vor seiner Präsenz. Die Studenten verfolgten seine Bewegungen mit der Aufmerksamkeit von Astronomen, die einen neuen Stern entdecken.

»Heute«, begann er, »ergründen wir die verborgene Sprache der Architektur — jene stumme Macht, die unsere Seeleneindrücke formt, noch ehe unser Verstand sie begreift. Proportionen, Raumfolgen, das Spiel des Lichts — all diese

Elemente lenken unsere Wahrnehmung und beeinflussen unser Verhalten.«

Seine durchdachten Gedanken fesselten die Studenten. Jeder Satz folgte logisch dem vorherigen und öffnete neue Horizonte. Die Studenten verfolgten seine Darlegungen konzentriert. Er zeigte nicht nur die bekannten Gesetzmäßigkeiten auf, sondern wies auf das unerschlossene Potenzial dieser Einsichten hin. Seine Erklärungen waren einleuchtend, seine Beispiele treffend, seine Schlussfolgerungen überzeugend.

»Meister Thaddeus«, erhob sich eine Stimme, »können geometrische Formen wirklich Macht über unsere Psyche ausüben? Ist es nicht vielmehr die kulturelle Prägung?«

»Eine scharfsinnige Frage«, entgegnete Thaddeus mit der Präzision eines Mathematikers. »Die Wirkung architektonischer Formen ist keine Frage des Glaubens oder der Kultur — sie ist universell erfahrbar. Ein perfekter Kreis löst in jedem Menschen, unabhängig von seiner Herkunft, die gleichen Resonanzen aus. Betrachten Sie die empirischen Beobachtungen: Menschen reagieren auf bestimmte Proportionen, Höhen und Raumfolgen mit vorhersehbaren Reaktionen. Unser Nervensystem, Gleichgewichtssinn und unsere räumliche Wahrnehmung folgen universellen Prinzipien, die Baumeister seit Jahrtausenden intuitiv verstanden haben. In einer Welt, die zunehmend von künstlichen Konstruktionen geprägt ist, wird diese Wirkung bedeutsamer. Jede Form und jeder Raum prägt unmerklich Haltung, Emotionen und Denken. Nehmen Sie die Haupthalle der Akademie: Die abgestimmte Höhe der Gewölbe, die Harmonie des goldenen Schnitts in den Proportionen, die gestaltete Akustik — all dies sind keine Zufälle, sondern Mittel. Jedes Detail wurde erschaffen, um gezielte Reaktionen in Körper und Geist hervorzurufen.«

»Professor Thaddeus«, fragte eine Studentin, »wie manifestiert sich diese Transformation vom Handwerk zur geistigen Wirkung in unserem Bewusstsein?«

»Betrachten Sie es wissenschaftlich«, sagte Thaddeus mit Autorität. »Ein Meister überträgt nicht nur Form und Funktion, sondern codiert Informationen in die Materie. Diese Informationen, messbar in Symmetrie, Proportion und Ausführung, aktivieren Muster in unserem Geist. Die Gestaltung unserer Umgebung ist kein Konzept, sondern ein Werkzeug gesellschaftlicher Evolution. Formen und Proportionen wirken wie optische Formeln auf unsere Sinne und formen unser kollektives Bewusstsein. Die Handwerksmeister Etherions arbeiten nicht nur mit Werkzeugen und Material — sie schaffen Räume für Gedanken. Jeder Meißelschlag, jede Formgebung folgt den Gesetzen der Wahrnehmung. Nehmen Sie die gotischen Kathedralen: Diese Bauten sind keine zufälligen Konstruktionen, sondern sorgfältig berechnete Werke zur Bewusstseinserweiterung. Wenn Sie durch Etherion gehen, durchschreiten Sie ein perfektioniertes System geistiger Architektur.«

»Professor«, fragte ein Student, »können wir also von einer Wechselwirkung zwischen architektonischer Form und menschlicher Psyche sprechen?«

»Treffend formuliert«, bestätigte Thaddeus. »Architektur ist keine Kulisse, sondern ein Werkzeug des Geistes. Jede Form und Proportion weckt Reaktionen, prägt unsere Wahrnehmung und beeinflusst unser Denken.«

Die Atmosphäre im Hörsaal verdichtete sich. Die Studenten begannen, ihre Erfahrungen durch dieses neue Prisma zu betrachten und mit persönlichen Einsichten zu verbinden.

»Die Wirkung reicht bis in unsere Gestalt«, erklärte Thaddeus weiter. »Untersuchungen zeigen, dass Menschen, die regelmäßig gotischer Architektur begegnen, Veränderungen in Haltung, Ausdruck und Denken erfahren. Die vertikale Ausrichtung dieser Bauwerke inspiriert abstraktes Denken und öffnet das Bewusstsein für höhere Erfahrungen. Die Menschen von Etherion tragen diese Prägung nicht nur in ihren Gedanken, sondern auch in ihrer Haltung und ihrem Wesen.«

Er ließ einen Moment verstreichen, dann fuhr er fort:

»Betrachten Sie den Wendepunkt: Als das westliche Reich fiel, erlebte Königsnest eine tiefgreifende Wandlung. Die Schwaden über der Stadt, die Veränderung der Luftströme und der Zyklen — keine bloßen Umweltphänomene, sondern Spiegel und Beschleuniger eines kulturellen Umbruchs.«

Ein Student zeigte sich skeptisch.

»Wie können materielle Formen einen so tiefgreifenden Einfluss auf unsere Seelen und Körper haben?«

Thaddeus' Gesichtsausdruck verriet Weisheit und Melancholie.

»Die Eingeweihten erkannten die Notwendigkeit, die menschliche Seele mit ihrer Umgebung in Einklang zu bringen. Diese Einsicht führte zum Bau gotischer Dome, deren mystische Formen die Gemüter über Jahrhunderte prägten. Diese Strukturen boten Schutz und Zuflucht und vermittelten Geborgenheit. Dieses Gefühl drang bis in ihre Haut. Die Eingeweihten errichteten nicht nur Schiffe und Archen, sondern auch geistige Refugien, die das Dasein tiefgreifend prägten.

Die Eindrücke ihrer Umgebung wirkten auf ihre Seelen und beeinflussten ihre physischen Merkmale in künftigen Inkarnationen. Betrachtet die Linien eines gotischen Bogens, die Silhouetten eines Schiffes — jedes Detail formte die menschliche Physiognomie. Sie waren Werkzeuge, um die innere und äußere Gestalt des Menschen zu erschaffen und zu verfeinern. Dies ist das Geheimnis, das die Eingeweihten erkannten und in ihre Baukunst einfließen ließen.«

»Ist es nicht vereinfachend«, wandte ein Student ein, »die menschliche Entwicklung allein auf Umgebung und Architektur zurückzuführen?«

»Es ist wahr«, erwiderte Thaddeus, »viele Faktoren beeinflussen die menschliche Entwicklung. Doch unterschätzt nicht die Macht der materiellen Welt auf den Geist. Die Eingeweihten verstanden dies und nutzten es, um künftige Epochen der Menschheit zu gestalten. Sie schufen die Formen, in denen die Menschen lebten, und diese Formen wiederum prägten die Menschen. Betrachtet Königsnest, einst unter Nebelschwaden verborgen. Die Lebensweise und Architektur dieser Stadt hinterließen Spuren in den Seelen ihrer Bewohner, die später körperlich sichtbar wurden.«

Thaddeus' Augen leuchteten vor innerem Feuer.

»Erinnert euch, der menschliche Körper verdichtete sich allmählich — von einer feinen Form zur heutigen fleischlichen Gestalt. Die materielle Welt durchlief verschiedene Zustände: fest, flüssig, gasförmig. Auf dem alten Saturn, der ersten Inkarnation unserer Erde, war der dichteste Zustand Wärme, das Feuer. Darin lebte der menschliche Körper in feinster Form. Auf dem alten Mond entstand der wässrige Zustand. Dort verdichteten sich alle physischen Körper aus Wasser. Medusen im heutigen Meer sind Überbleibsel dieser Wasserwesen. Ihre Existenz beeinflusste den Astralleib. Denkt daran: Die Seele dirigierte den Körper in frühen Zeiten von außen. Der physische Körper kannte den Tod nicht, wie wir ihn heute kennen.«

Die jungen Gesichter im Raum blickten ihn mit Neugier und Ehrfurcht an. Ein besonders interessierter Student hob die Hand und fragte:

»Wie konnte ein Körper existieren, ohne dem Tod zu unterliegen, Meister Thaddeus?«

Die Antwort kam schmunzelnd:

»Der Körper verlor Teile, ja, aber erneuerte sich ständig — ähnlich dem Zyklus von Hunger und Ernährung, den wir kennen. Die Seele lebte fort, während sich der Körper ständig verwandelte.«

Die Studenten tauschten Blicke aus, als er über die Sonnenepoche sprach.

»Es gab einen Zeitpunkt, als die Seelen begannen, ihre physischen Formen aktiv umzugestalten. Sie schufen einen Körper, veränderten mehrmals seine Form und kehrten dann zur ursprünglichen Form zurück. Dieser Zyklus führte zu einem neuen Bewusstsein.«

Eine Studentin bemerkte die Ähnlichkeit zwischen dem Entwicklungsprozess des Menschen und der Metamorphose von Schmetterlingen — Thaddeus bestätigte dies:

»Genau so ist es. Der Schmetterling durchläuft vier Entwicklungsstufen, die eine Hieroglyphe für den Luftzustand des Menschen auf der alten Sonne darstellen. Der heutige Schmetterling ist eine Dekadenzform dieser früheren Zustände.«

Er sprach vom Saturnzustand:

»Was haben wir, die Menschen von heute, noch von jener fernen Epoche in uns? Es ist die Wärme unseres Blutes.«

Ein Student fragte, wie die Blutwärme mit dem Saturnzustand verbunden sei.

»Die Wärme, die einst den Saturn durchdrang, hat sich im Lauf der kosmischen Evolution zum warmen Blut entwickelt, das heute durch unsere Adern fließt«, erklärte Thaddeus. »Denkt an einen Bienenstock: Seine Temperatur gleicht der unseres Blutes. Der Bienenstock, ein lebendes Ganzes, entwickelt eine Wärme, die auf dieselbe Entwicklungsstufe zurückgeht wie unser Blut. Die Biene ist ein Wärmewesen, der Schmetterling ein Luftwesen, der Fisch ein Wasserwesen und die Schlange ein Erdwesen. Jedes dieser Wesen symbolisiert die Elemente und Zustände, aus denen es hervorging.«

Eine Studentin fragte, wie sie diese alten Wahrheiten mit ihrer modernen Existenz verbinden könne. Thaddeus antwortete mit funkelnden Augen:

»Indem wir erkennen, dass die Mysterien in uns weiterleben. Unsere physische Existenz, unsere Gefühle und unser Geist sind in diesen uralten kosmischen Prozessen verwurzelt. Wir sind das lebendige Erbe dieser fernen Epochen.«

Mit seinen Worten zeigte Thaddeus den Studenten, dass hinter jeder Form eine Macht steht, mehr als bloße Ästhetik. Alles sei Teil eines mystischen Plans, der die Menschheit geprägt habe. Mit neuen Einsichten verließen die Studenten den Raum. Thaddeus beobachtete ihren Aufbruch nachdenklich. In ihren Geistern hatte er Wissen und ein tiefes Verständnis für die verborgene Kraft der Formen entfacht. Die Samen, die er gesät hatte, würden Früchte tragen, deren Wirkung weit über die Mauern der Akademie hinausreicht. Als Elara den Saal betrat, verschwand gerade der letzte Student, und die Tür fiel leise ins Schloss. Noch über einen Stapel verstreuter Skizzen gebeugt, hob er überrascht den Kopf. Ein schwaches Glimmen erhellte seine Augen.

»Elara. Was führt dich zu mir?«

Kurz umarmte sie ihn.

»Ich musste mit dir reden.«

Sie traten in eine Ecke des Raumes. Elara bewunderte die ruhige Atmosphäre in der Akademie.

»Es wirkt hier so unberührt vom Chaos der Stadt«, sagte sie leise.

Thaddeus sah sie gedankenverloren an.

»Lässt sich die Akademie vom Chaos draußen anstecken, verliert sie ihre Bestimmung, Die Quelle darf nicht im Lärm der Welt versickern.«

Elaras Blick wurde schwer, Entschlossenheit überschattete die Erschöpfung.

»Ich habe einiges zu berichten, und es eilt.«

Thaddeus deutete auf einen der ledernen Stühle.

»Setz dich und erzähl.«

Elara ließ sich nieder, ihre Augen ruhten einen Moment auf dem Raum, den Spuren der Forscher und Denker, die noch immer hier verweilten — ein Widerschein der Ordnung, die draußen längst verloren war.

»Auf dem Marktplatz von Etherion wurde ich Zeuge einer Anomalie. Der Himmel über mir brannte in einem blutroten

Inferno, und die Luft stank nach verbranntem Fleisch. Azriel, ein Händler, stand wie erstarrt da, sein Körper verwandelte sich zu Glas, als würde er von innen aufgefressen.«

Thaddeus sonst ruhigen Augen spiegelten den Schrecken ihrer Worte.

»Was sagst du da? Was geschah dann?« drängte er leise.

»Ich verlor das Bewusstsein. Als ich erwachte, lag ich im Ewigen Palast, auf dem Operationstisch, erfasst von etwas, das sie den ›Glasflor‹ nennen, einer Art Fluch, der mich beinahe tötete.«

Ihre Stimme bebte leicht, als sie die Erinnerung teilte, und sie hielt sich unwillkürlich fest, als könnte sie so dem Schmerz entkommen.

»Die Ärzte im Palast, angeführt von Icaron Grimwald, arbeiteten fieberhaft, um die Glassplitter aus meinem Körper zu entfernen und die Verletzungen zu heilen. Es war, als hätte ich in jeder Faser gekämpft, um zu überleben.«

Thaddeus nahm die Schwere ihrer Worte in sich auf, sein Blick verdüsterte sich.

»Das ist zutiefst verstörend, Elara. Es verändert alles, was wir zu wissen glaubten.«

Sie nickte.

»Nach der Operation hatte ich ein Treffen mit Viktor. Er sprach von einem bevorstehenden Unheil, das über Etherion käme. Er glaubt, dass ich eine Rolle darin spielen würde und hat mich gebeten, ihm bei der Erforschung und Bekämpfung des Glasflors zu helfen.«

Thaddeus schüttelte kaum merklich den Kopf, seine Miene sorgenschwer.

»Das ist eine gewaltige Last, Elara.«

Ihre Augen bohrten sich in seine.

»Du wusstest doch davon«, sagte sie, und ein scharfer Vorwurf schwang in ihrer Stimme mit. »In der Ætherkammer hast du es angedeutet, als du mir die Klinge übergeben hast. Warum hast du nicht alles gesagt?«

Er sah zu Boden.

»Es tut mir leid. Ich hatte nur vage Befürchtungen, keine Gewissheit. Dich zu beunruhigen hätte Risiken mit sich gebracht.«

»Risiken? Du meinst, Unwissenheit hätte mich sicherer gemacht?«

Er hob den Kopf, die Augen trüb vor Sorge.

»In gewisser Weise, ja. Dein Geist ist stark, doch eben deshalb auch empfänglich für Einflüsse, die unsichtbar wirken. Hätte ich dich in meine Befürchtungen eingeweiht… wer weiß, welche Türen in deinem Geist sich geöffnet hätten.«

Elara zögerte, die Verwirrung in ihren Zügen glitt in eine kühle Entschlossenheit.

»Was für Türen?« Ihre Verwirrung glitt in kühle Entschlossenheit. »Ich dachte, wir wären Verbündete.«

»Eben deshalb wollte ich dich schützen.«

Sie wandte sich ab, ihr Gesicht halb im Schatten, doch ihre Worte hallten eindringlich im Raum.

»Von jetzt an will ich die Wahrheit. Keine Geheimnisse.«

Er nickte.

»Ich verspreche es dir. Ich wusste nicht, was uns bevorstand — nur, dass die Gefahr kommt und dass sie von einer Art ist, die wir noch nie gesehen haben.«

»Jetzt wissen wir es. Der Glasflor treibt Menschen in den Wahnsinn und macht sie zu fragilen Gebilden.«

Er blickte nachdenklich auf den Tisch, seine Finger über das alte Holz gleitend.

»Manchmal trägt die größte Gefahr auch die wichtigste Erkenntnis in sich. Vielleicht ist der Glasflor beides.«

»Aber warum gerade Glas?«

Thaddeus stützte das Kinn auf die Hand und schwieg einen Moment.

»Glas ist durchsichtig, aber es schafft Distanz. Es schützt und isoliert zugleich. Vielleicht soll es uns auf etwas hinweisen, das wir sehen, aber nie berühren können.«

»Und dass sie mitten in alltäglichen Gesten erstarren, als würde ihr Leben auf einem Höhepunkt eingefroren?«

»Genau das ist das Unheimliche daran«, sagte Thaddeus mit einem leisen Seufzen. »Als wollte der Tod einen Augenblick in der Ewigkeit festhalten.«

Einen Moment herrschte Stille, dann sprach er leise weiter.

»Für die Alchemie ist Glas mehr als eine Substanz. Ein Paradoxon der Klarheit: durchsichtig und doch undurchdringlich. Eine Grenze zwischen den Welten, ein Spiegel, der die Wahrheit zugleich enthüllt und verhüllt.«

Elara betrachtete ihn, ein Funkeln zwischen Skepsis und Faszination in den Augen.

»Du meinst, dieser Glasflor ist eine Art Brücke? Etwas, das die Grenze zwischen unserer Welt und einer anderen öffnet?«

Er bestätigte, und einen Moment lang zitterten seine Finger wie unter einem leisen inneren Beben.

»Vermutlich. Er ist wie eine verdrehte Form alchemistischer

Läuterung. Wenn Glas die Wandlung symbolisiert, ist der Flor sein Schatten — ein Spiegel, der uns und die Stadt zwingt, sich in ein finsteres Abbild zu verwandeln.«

Elara schwieg, ließ den Blick sinken, während sie seine Worte in sich aufnahm. Schließlich hob sie den Kopf, Entschlossenheit in der Stimme.

»Vielleicht sucht der Flor die Verlorenen, die sich selbst aufgegeben haben. Vielleicht wählt er seine Opfer gezielt.«

Er sah sie an, Stolz und Besorgnis in den Augen.

»Elara, manchmal sind die Antworten, die wir suchen, Wege ohne Rückkehr. Es gibt Dinge, die die Vernunft zu sprengen drohen, wenn wir sie zu verstehen versuchen.«

»Das Risiko müssen wir eingehen«, entgegnete sie, ein kühles, unerschütterliches Funkeln im Blick.

Während sie beide den Raum verließen, zog Elara ihren Dampfresonator hervor. Mit einer eleganten Bewegung ihrer Finger über die silbernen Glyphen schickte sie eine Nachricht an Maribel. Der Resonator summte leise, als er die Nachricht in ætherische Ströme verwandelte und sie durch das unsichtbare Netz der Stadt sandte.

Mit jedem Schritt nach Hause sah sie mehr Fenster erblinden wie ersterbende Augen, während die kristalline Pestilenz durch die Ritzen der Stadt kroch. Die einst vitalen Straßen wurden zu Galerien des Grauens, wo die Opfer wie Installationen eines wahnsinnigen Demiurgen standen. Die Verwandlung vollzog sich leise und tückisch, unbemerkt von denen, die den Alltag zu bewahren versuchten. Doch der Alltag war längst eine Bühne des Absurden, ein Drama, in dem alle Akteure gefangen waren. Die früher lebhaften Bewohner zogen sich zurück, vermieden Blickkontakt und schwiegen.

Ihre Augen wurden opake Kugeln aus milchigem Glas; stumpf wie die eines ertrunkenen Seemanns, dessen Blick sich im Ozeans verliert. Ihre Haut wurde fremdartig, durchzogen von gläsernen Adern, die wie Eisschichten schimmerten, so zerbrechlich, dass ein Seufzer sie zersplitterte. Ein Glänzen legte sich über ihre Haut. Sie wurde spröde, durchscheinend und brach das Licht, als wären ihre Körper aus den Tränen gefrorener Engel. Jede Bewegung schien schwer, jeder Schritt mühsam, als lägen Ketten um ihre Glieder — selbst das leiseste Zucken wurde zu einer gequälten Choreographie, als Muskel und Sehne langsam zu kaltem Glas wurden. Immer mehr Bewohner standen wie Salzsäulen — mitten auf der Straße, eine Hand ausgestreckt, um an eine Tür zu klopfen, ein Fuß angehoben für den nächsten Schritt, die Bewegung unvollendet. Ihre Hände erhoben sie wie in einem stummen Flehen gen Himmel, als wollten sie das Unaufhaltsame abwehren oder nach verlorener Wärme greifen. An jedem Straßenrand bot sich ein *Tableau vivant*: Bewohner, erstarrt in Alltagsgesten — ein Mann, dessen Hand auf halbem Weg zum Hutheben innehielt, eine Frau, deren Lächeln gefror, als sie ihr Kind rief.

Erschöpft von den Ereignissen des Tages legte sich Elara früher als sonst ins Bett. Die ætherischen Öllampen verbreiteten sanfte Wärme, während Maribels Düfte sie in beruhigende Atmosphäre hüllten. Ihr Körper entspannte sich im Kissen, doch ihr Geist fand keine Ruhe. Gedanken und Fragen wirbelten durch ihren Kopf, vermischten sich mit den Schatten der Nacht, bis sie schließlich in einen tiefen Schlaf fiel.

In dieser Nacht suchte Elara ein Alptraum heim. Sie fand

sich in einer Welt am Rand des Untergangs wieder, zerrissen von Katastrophen. Überall loderten Feuer. Die einst stolze Stadt war ein brennendes Massengrab. Die Straßen, vormals erfüllt vom Lachen und den Träumen der Menschen, waren übersät mit verstümmelten Körpern, deren offene Wunden ein schauerliches Insigne der Gewalt dargaben. Elara schritt durch die apokalyptische Szenerie, ihr Herz erfüllt von Entsetzen und Trauer. Sie sah die Überreste einer zerstörten Zivilisation: zersplitterte Knochen, verbrannte Leichname, grotesk verschmolzen mit den Überbleibseln der Maschinen. Der Himmel weinte, Regen aus Asche und Ruß fiel auf die Erde. Die Flüsse, einst lebensspendende Adern, waren zu schwarzen Strömen geworden, gefüllt mit Blut und Tränen. In den Trümmern sah Elara die Gesichter der Verlorenen: Kinder mit weit aufgerissenen Augen; Mütter, die ihre toten Babys hielten; Alte, gebrochen und verlassen. Plötzlich erschütterte eine Explosion die Erde. Eine blendende Lichtsäule stieg auf — ein letztes Aufbäumen vor dem Schweigen. Die Zeit schien in der Zerstörungskraft der Menschheit gefangen.

Als Elara aus dem Alptraum erwachte, fand sie sich zitternd und schweißgebadet. Der Puls hämmerte in ihren Ohren, und der schwere Geruch von Blut und Ruß schien noch immer in der Luft zu hängen, trotz der beruhigenden Atmosphäre ihres Zimmers. Tief durchatmend versuchte sie, die Bilder des Traums aus ihrem Kopf zu verbannen, doch sie klebten hartnäckig an der Innenseite ihrer Lider. Mit zitternden Händen strich sie die Decke glatt und setzte sich. Der Raum war still, die ætherischen Öllampen flackerten wie gewohnt. Elara rieb sich die Augen, in der Hoffnung, die letzte Furcht zu vertreiben, die sich an ihre

Gedanken klammerte. Sie wusste, dass Schlaf keine Zuflucht mehr bot, zumindest nicht in dieser Nacht. Langsam stand sie auf, ging zum Fenster und zog die Vorhänge beiseite. Ein Blick nach draußen präsentierte ihr einen friedlichen Nachthimmel, die Sterne funkelten unberührt. Die frische Nachtluft, die hereinströmte, roch nach Pinien und dem nahen Meer, nicht nach Asche und Tod. Das Fenster spendete Trost, und ihr Blick verweilte auf den schimmernden Sternen, bis das sanfte Surren ihres Dampfresonators die Stille durchbrach und sie in die Realität zurückholte. Sie griff nach dem Gerät, dessen Zahnräder und Ventile leise klickten und zischten, während Maribels Nachricht auf dem kleinen Display erschien:

»Treffen wir uns zum Tee in unserer Taverne? Ich habe Neuigkeiten.«

Ein Lächeln voller Wärme breitete sich auf Elaras Gesicht aus. Dankbar für die Aussicht auf Ablenkung, schlüpfte Elara in ihren Mantel und trat hinaus.

Als sie die Taverne erreichte, deren warmes Licht durch die Fenster strahlte, öffnete sie die schwere Holztür und wurde von einer gemütlichen Atmosphäre umfangen. Maribel saß bereits an ihrem Tisch, vor sich eine dampfende Tasse *Kupferkessel-Tee* — ein kräftiger Schwarztee, serviert in einem kleinen Kupferkessel, der mit einem Mechanismus am Tisch erhitzt wurde — und ein Teller frisch gebackener Kupferwürfel — karamellisiertes Gebäck, bestreut mit Canehl und Kokosblütenzucker, das mithilfe eines Apparats gleichmäßig gebacken wurde. Als Elara eintrat, leuchteten Maribels Augen auf, und sie winkte sie freudig herüber.

»Elara, endlich!« rief Maribel.

Elara sank erleichtert auf den Stuhl gegenüber ihrer Freundin. Die Taverne war erfüllt von Lachen und Gesprächen, während der Duft von Tee und das leise Spiel einer dampfbetriebenen Automaton-Band die Kulisse prägten.

»Wie schön du aussiehst. Ich habe deine Nachrichten bekommen, aber du weißt, wie sehr ich Details liebe«, sagte Maribel mit einem verschwörerischen Lächeln.

Sie beugte sich vor; ihr Gesicht leuchtete vor Begeisterung.

»Soll ich dir auch einen Kupferkessel-Tee bestellen? Er ist heute wirklich hervorragend.«

Sie nickte zum dampfenden Kessel, der gemütlich vor sich hin blubberte.

»Heute Abend brauche ich etwas Stärkeres, glaube ich«, sagte Elara mit einem halben Lächeln.

Sie winkte die Bedienung herbei und bestellte eine *Lavendel-Lokomotive* — einem entspannenden Lavendeltee, der durch eine kleine, dampfgetriebene Lokomotive am Tisch zubereitet wurde, welche die Teeblätter durch ein Röhrensystem direkt in die Tasse transportierte. Die Kellnerin nickte und kehrte wenig später mit einer dampfbetriebenen Lokomotive zurück. Mit einem sanften Zischen und Surren begann die Lokomotive, die aromatischen Lavendelblätter durch das fein verarbeitete Röhrensystem in Elaras Tasse zu transportieren. Der Duft des frisch aufgebrühten Tees mischte sich mit dem Ambiente der Taverne und schuf eine Aura von Entspannung rund um den Tisch. Elara umschloss die Tasse mit beiden Händen.

Ich weiß gar nicht, wo ich anfangen soll…« begann sie zögerlich. »Es war ein ganz normaler Tag, ich war auf dem Marktplatz.«

»Oh, ich liebe den Marktplatz! Immer so voller Leben, nicht wahr?«

»Ja.« Ein Schatten glitt über ihr Gesicht. »Genau das dachte ich auch, bis sich der Himmel veränderte.«

»Der Himmel? Was meinst du damit?«

»Er war plötzlich rot, als würde er bluten.« Ihre Stimme brach. »Ich habe so etwas noch nie gesehen.«

Maribel starrte sie an.

»Blutrot, sagst du? Elara… ehrlich, warst du betrunken?«

»Es war real, Maribel.« Sie schluckte schwer. »Es war, als hätte der Himmel selbst begonnen zu bluten. Ein schauriges, unheilvolles Rot, das die ganze Stadt überzog. Und dann hörte ich einen Schrei. Einen markerschütternden, verzweifelten Schrei.«

Maribel rieb sich die Schläfen, ihr Atem beschleunigte sich.

»Ein Schrei? Was für ein Schrei?«

»Azriel. Sein Körper war überzogen von Wunden, als hätte eine unsichtbare Kraft ihn zerrissen. Sein Blut…« Sie hielt inne, als würde ihr das Aussprechen die Luft rauben. »Es verband sich mit dem Himmel.«

Maribel schlug die Hände vors Gesicht, die Farbe wich aus ihrem Gesicht.

»Das ist entsetzlich.«

»Es wird schlimmer. Ich habe gesehen, wie ein Kind mitten im Lachen erstarrte. Seine Mutter konnte nur zusehen. Es ist, als wollte dieser Glasflor uns alle verschlingen.«

Maribel runzelte die Stirn.

»Glasflor? Was ist das?«

»Ich weiß es nicht genau. Der Erzregent hat ihn so genannt.

Es ist, als hätte sich etwas Grundlegendes in der Realität verschoben. Immer mehr Menschen erstarren, als ob die Zeit selbst anhält. Die Straßen sind inzwischen voll von diesen gläsernen Figuren – gefangen in ihren letzten Momenten.«

»Der Erzregent?« Maribels Augen weiteten sich. »Du meinst, du hast mit Lord Viktor geredet?«

»Ja.« Elara lächelte bitter. »Nicht nur geredet. Er… er hat mich gerettet. Oder zumindest das, was von mir übrig war.« Sie schloss die Augen. »Er weiß mehr über dieses Phänomen, als er zugibt. Aber auch er scheint ratlos.«

»Warte mal.« Maribels Stimme wurde drängend. »Du bist dem Erzregenten begegnet, hast mit ihm gesprochen, und jetzt erzählst du mir von gläsernen Figuren und der Zeit, die anhält? Das klingt wie aus einem Märchen, Elara — nur dass es ein verdammt düsteres ist.«

»Glaub mir, ich wünschte, es wäre nur ein Märchen.« Sie sah Maribel direkt an, ihre Augen erfüllt von einer Mischung aus Ohnmacht und Erkenntnis. »Aber was ich gesehen habe, lässt keinen Zweifel. Es ist real. Und es wird schlimmer.«

»Und Viktor? Was hat er vor? Will er dieses Glasflor-Ding stoppen?«

Elara hielt inne, als würde sie nach den richtigen Worten suchen.

»Er hat mir nicht alles gesagt. Aber er hat mich gerettet. Oder vielmehr Grimwald, der Chirurg im Palast…«

Maribel biss sich auf die Lippe.

»Grimwald? Der Name allein klingt schon wie eine Bedrohung. Was hat er getan?«

»Er hat mich wieder zusammengesetzt. Mein Körper

war fast zerstört.« Ihre Stimme wurde leiser. »Er arbeitet im Westturm mit Methoden, die niemand versteht. Die Ärzte in Unterstadt hätten mich wahrscheinlich sterben lassen, aber Grimwald...« Sie schauderte. »Ich weiß nicht, ob ich dankbar oder verängstigt sein soll. Aber jetzt bin ich hier. Und Viktor braucht mich.«

Maribel beugte sich vor.

»Das kann nicht wahr sein. Das passiert doch nicht wirklich, oder? Was genau will er von dir?«

»Er glaubt, dass ich eine Verbindung zu diesem Glasflor habe. Auf dem Marktplatz, als Azriel starb, sein Blut tropfte auf den Stein, Symbole erschienen — Zeichen, die ich noch nie zuvor gesehen hatte. Die Wächter fanden mich bewusstlos inmitten dieser Zeichen – und irgendetwas hat... mich berührt.«

Maribel ergriff ihre Hand.

»Berührt? Was genau meinst du?«

Sie holte tief Luft.

»Es hat etwas in mir hinterlassen. Viktor glaubt, ich sei der Schlüssel, dieses Phänomen zu verstehen — und vielleicht zu stoppen.«

»Aber warum du?«

»Das habe ich ihn auch gefragt. Er sagte, als Mechanikerin sei ich nicht korrumpierbar — ein Zahnrad, das niemand auf dem Schirm hatte.«

»Und du glaubst ihm?«

»Ich habe keine Wahl, Maribel.« Sie deutete auf ihre Ætherklinge, die schimmerte. »Etwas hat sich verändert, und ich spüre es mit jedem Tag mehr. Das hier ist kein Zufall.«

Maribel starrte auf die Klinge, bevor sie wieder Elara ansah. »Das klingt wie ein verdammtes Märchen. Aber du bist hier, also muss es real sein.« Sie drückte Elaras Hand fester. »Und was jetzt? Was hat Viktor vor?«

»Ich soll herausfinden, was der Glasflor ist. Aber ich weiß nicht, ob ich stark genug bin. Die Straßen sind inzwischen voll von diesen gläsernen Figuren — Menschen, mitten im Leben erstarrt.«

»Gläserne Figuren…« Maribel wiederholte die Worte leise, als könnte sie sie nicht fassen.

»Das ist zu viel, Elara. Aber wenn du das sagst, glaube ich dir. Ich habe keine Ahnung, was wir tun können, aber wenn selbst der Erzregent hilflos ist…« Maribels Griff um Elaras Hand verstärkte sich. »Doch was ist mit dir? Was ist, wenn du daran zerbrichst, was er dir aufbürdet?«

Sie sah Maribel lange an, bevor sie antwortete.

»Dann bleibt nur die Hoffnung, dass jemand anderes den Schlüssel findet.«

Maribel schüttelte den Kopf, ihre Augen glänzten. Ihre Stimme wurde weich wie damals, als sie sich nachts im alten Gewächshaus zwischen den mechanischen Rosen versteckt hatten.

»Andere mögen zerbrechen. Aber du bist die, die nachts die kaputten Zahnräder der alten Turmuhr reparierte, während alle anderen schliefen — die Einzige, die das Ticken der Zeit versteht. Wenn jemand diese gläserne Stille durchbrechen kann, dann du.«

»Aber es ist schwer, nicht zu verzweifeln, wenn man sieht, wie die Menschen um uns herum verschwinden, wie sie zu leblosen Statuen werden. Es ist, als ob dieser Glasflor *bestimmte* Menschen auswählt. Doch nach welchen Kriterien?«

»Vielleicht gibt es keine Kriterien«, sagte Maribel nachdenklich. »Vielleicht ist es der Lauf des Schicksals — unberechenbar wie das Leben.«

Die Taverne tickte wie ein Uhrwerk — das Klirren der Krüge, das Murmeln der Gäste, das Knarren der Dielen. Alles lebendig, alles in Bewegung, ein sicherer Hafen im Sturm. Noch nicht erstarrt. Maribel griff nach der Öllampe auf ihrem Tisch und hielt sie zwischen sie beide. Die Flamme tanzte wild, warf ihre verschlungenen Schatten an die Wand.

»Siehst du?« flüsterte Maribel und bewegte die Lampe rhythmisch. Ihre Schatten tanzten. »Das waren wir immer — Licht und Bewegung. Selbst in der dunkelsten Nacht.« Sie nahm Elaras Hand, führte sie zur Lampe. Gemeinsam dirigierten sie das Schattenspiel. »Der Glasflor mag die Stadt einfrieren, aber er kann niemals unser Feuer löschen. Nicht, solange wir uns bewegen.«

Maribels Worte gaben Elara Kraft für die kommenden Tage. Sie wurden ihr Antrieb, als sie die Suche nach den Ursprüngen des Glasflors begann. Ihre erste Station war die Uhrmachergilde, wo sie in Konstruktionsplänen und Tagebüchern nach Hinweisen suchte. Doch die Aufzeichnungen handelten nur von Zahnrädern und Maschinen, die längst vergessen waren. Mit einem Notizbuch suchte sie die Familien der Befallenen auf, zeichnete Lebensgeschichten auf und suchte nach Mustern: Berufe, Wohnorte, gemeinsame Erlebnisse. Stundenlang studierte sie medizinische Aufzeichnungen, sprach mit Heilern und Apothekern über die Symptome der Erstarrten und verglich die Verfassung der Opfer. Alter, Gesundheit, soziale Schicht — nichts ergab einen Sinn.

Nachts verglich sie in ihren Notizen Zeitpunkte, Orte und Schicksale. Je mehr Geschichten sie hörte, desto verworrener wurde das Bild — ein Puzzle aus fremden Teilen. Der Glasflor schien seine Opfer ohne erkennbare Logik zu wählen: jung, alt, reich, arm, krank, gesund. Die Alchemistenschule bot Aufzeichnungen über Materialtransformationen, doch nichts davon erklärte den Glasflor. Ihre Suche führte sie in Hafentavernen, wo Seeleute von fernen Ländern erzählten, und zu Markthändlern. In den Kellern des Rathauses fand sie Berichte über Erdbeben, Blitze, plötzliche Dürre, doch nichts erklärte die Erstarrung. Die Prophezeiungen im Tempelarchiv blieben stumme Zeugen eines unlösbaren Rätsels. Nicht einmal eine Seherin am Stadtrand, die in Teeblättern las, konnte Antworten geben.

Mit jeder Station wuchs die Last. Die Angst der Menschen lag wie Frost über der Stadt. Jede Begegnung mit verzweifelten Müttern oder wütenden Händlern ließ die Dringlichkeit ihrer Aufgabe wachsen. Der Glasflor verhöhnte ihre Bemühungen wie ein Echo ohne Ursprung. Doch sie konnte nicht aufhören. Die Zeit arbeitete gegen sie, und ihre Entschlossenheit brannte heller als die Lampen in den langen Nächten. In den bleiernen Stunden vor dem Morgengrauen kreisten ihre Gedanken wie Vögel um unlösbare Rätsel. Die Verbindung zwischen dem Zerfall der Menschen und der Präsenz von Technologie und Magie schien offensichtlich, doch das Wesen des Glasflors blieb ein trügerischer Nebel: Je näher sie ihm kam, desto mehr löste es sich auf, bis nur die kalte Gewissheit seiner zerstörerischen Präsenz blieb.

Die Tinte in ihrem letzten Notizbuch war fast verbraucht, die Seiten vom Durchstreichen dünn und brüchig. Durch ihr Fenster sah sie, wie sich Menschen auf dem Marktplatz in glitzernde Statuen verwandelten — jeden Tag einer mehr. Ihre von der Schreibarbeit dunkel verfärbten Finger strichen über die letzte unbeschriebene Seite, die sich anfühlte, als könnte sie unter ihrer Berührung zerfallen. In der Mitte, zwischen durchgestrichenen Namen und verworfenen Theorien, stand nur noch ein Eintrag: Die *Bibliothek der Stille.*

Elara machte sich auf den Weg. Die Dämmerung senkte sich über die Stadt, und die letzten Strahlen der Sonne tauchten die Straßen in ein gespenstisches Halbdunkel. Kupferfarbene Sonnensplitter zerbrachen an den Hausgiebeln, während Dunkelheit wie Tinte durch die Rinnsteine kroch und an den Hauswänden emporzog. Bald verschluckte sie fast jeden Schein; nur vereinzelte Lichtscherben glommen noch auf den Dachziegeln, wie die letzten Atemzüge eines sterbenden Tages. Elaras Schritte führten sie durch enge Gassen, gefüllt mit feinem Nebel der Abendkühle. Die Bibliothek schien in der kollektiven Erinnerung vergessen.

Elara durchschritt den schmiedeeisernen Torbogen, dessen verwitterte Spitzen wie versteinerte Rabenschnäbel in den bleiernen Himmel ragten. Mit einem tiefen Atemzug schob sie die kupferbeschlagene Eichentür auf. Jahrhundertealter Staub löste sich von den geschnitzten Türpaneelen und tanzte in Spiralmustern. Die Luft roch schwach nach Verfall. Jeder Schritt hallte in der erdrückenden Stille wider, wie ein Leichentuch über allem. Die Regale waren beladen mit Büchern, die Generationen von Gelehrten gesammelt hatten — Grabsteine für die erstarrten Forscher. Dreißig Fuß hohe Regale aus Mahagoni krümmten sich unter der Last tausender Folianten. Ihre vergoldeten Rücken schimmerten wie Fischschuppen im Dämmerlicht, während die Schatten der Regale sich zu Arabesken an den Wänden und der Decke verwoben.

Die Körper der Leser und Forscher waren Skulpturen. Eine Gestalt stach hervor: Eine Frau, wohl eine Forscherin, saß reglos an einem massiven Eichentisch, ihr Kopf über ein aufgeschlagenes Buch gebeugt. Ihre gläsernen Fingerspitzen ruhten auf der halb umgeblätterten Seite, während feine Haarrisse sich wie ein Spinnennetz in ihrem Nacken ausbreiteten. Sie thronte in kristalliner Ewigkeit — eingefroren in dem Moment, als sie das Wissen suchte, das sie offenbar nicht fand. Ihre Hand schwebte über der Buchseite, die sie umblättern wollte, die Fingerspitzen zu Glasfäden ausgezogen, als hätte der Moment der Verwandlung das Fleisch wie geschmolzenes Glas gedehnt. In ihren aufgerissenen Augen hatten sich spiralförmige Risse gebildet, die wie Schockwellen vom Pupillenzentrum ausgingen. Ihre Iris war zu einem Mosaik aus tausend winzigen Glasscherben zersplittert. Ihre Haut schien jeden Moment zu zerbrechen.

Um ihren Stuhl lagen zerstreute Papiere, Pergamentseiten bildeten einen Fächer, jedes Blatt erstarrt im letzten Winkel seiner Bewegung — manche schienen noch in der Luft zu schweben. Ein Junge, nicht älter als elf, balancierte reglos auf gläsernen Zehenspitzen, ein Bein erhoben. Seine Finger umklammerten ein Buch, dessen Seiten sich zu Glasblättern kristallisiert hatten. Mit jedem Schritt durch die Regale wurde die Verzweiflung schwerer. Die stummen Gesichter der Verlorenen starrten sie an, zwischen Anklage und Hilferuf.

Mit vorsichtigen Bewegungen, als wolle sie die Totenruhe nicht stören, schob Elara die Tür zum Forschungslesesaal auf. Das Quietschen der Türangeln hallte wie das Schreien einer verlorenen Seele. Der Raum vor ihr, wo die wertvollsten Schriften Etherions einst unter strenger Aufsicht standen, war nunmehr ein schauriges Wachsfigurenkabinett. Die Regale waren bis zum Rand gefüllt mit alten, ledergebundenen Büchern, deren Rücken mit feinen Staubfäden überzogen waren. Zwischen den schmiedeeisernen Streben glitzerten diese Fäden im fahlen Licht wie silberne Spinnennetze, während Staubkörner in der Luft schwebten — winzige Glassterne. Einige Bücher lagen offen, als wären ihre Leser mitten im Wort erstarrt. Elara schritt vorsichtig zwischen den Regalen, ihre Schritte knirschten auf einem Teppich aus mikroskopisch kleinen Glassplittern — Überreste der abgebrochenen Fingerspitzen und Nasen der Gestalten, die wie Diamantenstaub funkelten.

Ihre Gesichter waren ewige Gefängnisse aus Glas. Ihr Anblick erfüllte Elara mit einer tiefen Traurigkeit, einem Gefühl der Ohnmacht. Sie war umgeben von Gelehrten, die in ihrem Streben nach Wissen von der unbarmherzigen Hand des Schicksals gestoppt worden waren. Inmitten dieses Mausoleums des Geistes, zwischen zwei mannshohen Globen aus verwittertem Messing, entdeckte sie einen abgeschiedenen Lesetisch aus fahlweißem Alabaster. Seine Oberfläche war von einem Netz haarfeiner Risse durchzogen, als hätte das Gestein selbst vergeblich versucht, sich in Glas zu verwandeln. Seite um Seite blätterte sie durch Bücher, auf der Suche nach einem Hinweis, der das Rätsel des Glasflors lösen könnte. Zwischen den Seiten fand sie Chroniken über seltsame Naturereignisse und vergessene Legenden. Sie las von Seuchen, die Dörfer über Nacht verschwinden ließen, von Flüchen, die Städte heimsuchten, und von Mythen über Wesen, die Menschen in ihren Bann zogen, ohne jedoch einen Anhaltspunkt zu finden. Die Legenden handelten von Magie, Alchemie, untergegangenen Zivilisationen, Flüchen und Dämonen — doch kein Hinweis führte zur Lösung.

Von Neugier getrieben, tastete Elara über verstaubte Folianten, bis ihre Finger einen schmalen Band berührten, dessen Umschlag wie aus menschlicher Haut gefertigt wirkte — mit deutlich sichtbaren Poren. Symbole auf der Oberfläche begannen bläulich zu pulsieren, als sie die Haut berührte, und die Linien bewegten sich wie lebendige Tinte darunter. Im fahlen Licht schimmerte die Schrift kupferfarben, wodurch die Prägung noch deutlicher hervortrat:

CODEX MORTALITATIS
— Die Anatomie des Unsichtbaren —
von Mag. Altrich zu Nebelfeld, verfasst
in den Monaten der Großen Stille.

Zögernd öffnete sie das Buch, und ein feiner Staubwirbel stieg auf. Die Seiten knisterten, als sie die alten Texte und Illustrationen durchsah. Plötzlich erfüllte ein beklemmendes Leuchten den Raum — ihre Ætherklinge begann im Einklang mit den Symbolen des Buches zu schimmern. Mit einer Mischung aus Ehrfurcht und Entsetzen vertiefte sie sich in die ersten Zeilen. Schließlich fand sie eine Passage, deren Tinte seltsam frisch wirkte — fast feucht, als sei sie eben erst geschrieben:

Die Wahrheit über die Seuche liegt jenseits unsers Verständnisses von Leben und Tod. Was ich in den verdammten Dörfern des Schattenthals beobachtete, spottete jeder naturwissenschaftlichen Ordnung. Die Krankheit bewegte sich wie ein bewußter Gedanke durch die Bevölkerung, als studirte sie ihre Opfer, bevor sie zuschlug. Sie hatte eine Vorliebe für jene, deren Verstand am hellsten leuchtete.

In Rabenbrück documentirte ich, wie die Seuche systematisch die Gelehrten heimsuchte. Der Tod kam zu ihnen nicht als Erlösung, sondern als grausame Transformation des Geistes. In ihren letzten Momenten sprachen die Befallenen von einer erschreckenden Klarheit — als hätten sie Einblick in eine Wahrheit erhalten, die zu groß war, um sie zu ertragen. Ihre Augen wurden zu Fenstern eines Wissens, das kein Sterblicher je hätte erlangen dürfen.

Die erschreckendste meiner Beobachtungen betrifft die Natur der Ansteckung selbst: Die Seuche übertrug sich nicht durch Berührung oder Athem, sondern durch den Act des Verstehens. Wer begann, das Muster zu erkennen, wurde Theil davon. Ich sah, wie ganze Familien innerhalb einer Stunde fielen, nicht weil sie sich gegenseitig ansteckten, sondern weil sie gemeinsam begriffen. Das Wissen selbst wurde zur tödtlichen Substanz.

In meinen dunkelsten Stunden des Studiums erkannte ich: Was wir als Krankheit bezeichnen, ist in Wahrheit ein uraltes Bewußtsein, das durch die Risse unsrer Realität sickert. Es nutzt unsern Drang nach Erkenntniß als

Leiter, um in unsre Welt einzudringen. Die Symptome sind nicht Zeichen des Verfalls, sondern Stufen einer Metamorphose — einer Verwandlung in etwas, unserm Verstand so fremd wie Licht der Dunkelheit.
Während ich diese Zeilen schreibe, spüre ich, wie das Wissen in mir crystallisirt. Meine Erkenntniß wird zu meinem Untergang, und doch kann ich nicht aufhören zu verstehen. Das ist das wahre Grauen der Seuche: Sie macht Wissen zur tödtlichen Falle — denn im Moment des Begreifens wird man bereits begriffen.

Vergilbte Seiten zeigten Diagramme, deren Linien wie mechanische Schlangen ineinander wanden und sich bei jeder Augenbewegung zu verändern schienen. Exotische Schriftzeichen am Rand rotierten wie Zahnräder in unmöglichen Geometrien. Je länger Elara las, desto tiefer verstrickte sie sich in die Bedeutungen. Eine Passage über eine seltene alchemistische Substanz ließ ihre Augen sich weiten. Buchstaben krochen wie metallene Insekten, falteten sich zu Strukturen und zerfielen im nächsten Moment. Es schien, als lägen die Antworten vor ihr, doch ihr Verstand konnte sie nicht fassen.

Seite um Seite offenbarte Erkenntnisse, während das Pergament unter ihrer Berührung knisterte und Spinnwebfäden zwischen den Seiten mit jedem Umblättern zu Staub zerrissen. Behutsam blätterte sie weiter, bis ihr Blick auf eine kalligrafierte Passage fiel — winzige Tintenläufer, die wie Ameisen Muster bildeten, nur um bei genauerem Hinsehen in ihre Position zurückzuspringen:

Nachseelen nähren sich von Asche,
sie folgen der Spur der Medusa.
Blitze durchschneiden das Inbild.
Und ratlos verhindertes Feuer erlischt
vor den Toren der Veränderung.

Die Stunden zogen langsam dahin, während Elara in der Stille des Forschungslesesaals verweilte. Die Intarsien der Holzvertäfelung warfen geometrische Muster an die Wände, das Pergament der aufgeschlagenen Folianten knisterte wie trockenes Laub, und in den Nischen wanderten die Schatten der schmiedeeisernen Wandleuchter wie verschlungene Glyphen. In der Abgeschiedenheit der Bibliothek wurde Elara Teil eines unendlichen Kontinuums. Die Geister vergangener Leser hauchten den Schatten der Bücher Leben ein, deren Umrisse sich wie Zahnräder ineinander verschränkten, während Mondlicht durch das bleigefasste Fenster fiel. Der modrige Geruch jahrhundertealter Geheimnisse schwebte in der Luft, während die Lichtreflexe der Messinglampe flüchtige Gesichter formten, die ebenso schnell vergingen, wie sie entstanden.

IV

Unter den grauen Himmeln von Unterstadt, wo das Hämmern der Fabriken und Zischen der Maschinen den Alltag beherrschten, brach ein Aufstand aus — einer, der die Werkstätten zum Schweigen brachte und die Versorgung der Stadt unterbrach. Wie ein brodelnder Kessel aus Verzweiflung und unterdrückter Wut erhob sich im ärmsten Viertel Etherions eine Rebellion. Sie schwoll an, mächtig genug, um die Fundamente der gesamten Stadt zu erschüttern, als drohe sie, alles Bekannte in den Abgrund zu reißen. Die Straßen hallten vom Dröhnen aufgebrachter Massen. Die Unterdrückten, die ihr Leben den Rädern des Fortschritts geopfert hatten, erhoben sich mit der Wildheit jahrelanger Unterdrückung. Die Aufständischen errichteten Barrikaden aus Trümmern und Stahl, ihre Parolen erfüllten die Luft mit Wut.

Plötzlich brach rohe, ungebändigte Gewalt aust. Die Rebellen, bewaffnet mit improvisierten Waffen und der puren Kraft ihres Zorns, stürzten sich auf die Vertreter der Obrigkeit. Die Straßen wurden zu Schlachtfeldern, das Pflaster war gesättigt von Blut und Öl. Ein junger Aufständischer schwang eine improvisierte Klinge aus Metallschrott und traf einen Wächter. Die Klinge schnitt durch die Uniform und riss eine tiefe Wunde. Der Wächter fiel, Blut spritzte auf das Kopfsteinpflaster und bildete eine dunkle Lache. Der Aufständische zog die Klinge heraus, weiteres Blut strömte, der Wächter blieb regungslos. Einige Meter entfernt packte eine wütende Menge einen Fabrikbesitzer, erkennbar an seiner feinen Kleidung. Mit roher Kraft hoben sie ihn hoch, während seine Füße vergeblich in der Luft strampelten. Sein Gesicht verzerrte sich. Die Menge, getrieben von einem Hass, der aus den verkohlten Seelen der Entrechteten aufstieg, begann, ihn mit bloßen Händen in Stücke zu reißen. Ihre rauen Hände zogen das Fleisch von den Knochen, und das Blut vermischte sich mit dem Staub der Straße zu einer klumpigen Masse.

Während die Rebellion sich durch die Gassen von Unterstadt wälzte, bereitete die ominöse Aktivistengruppe *Federwerk-Freiheit* einen Angriff von beispielloser Intensität vor. Sie zündeten ihre Geräte und entfesselten ein Inferno, das sich durch die Straßen fraß. Das Feuer hinterließ nichts als verkohlte Erde und verstreute Knochen. Der Schauplatz war geprägt von blutigen Verstümmelungen und grotesken Verletzungen, der Boden übersät mit Fleischfetzen und Asche. Ahnungslose Passanten, deren einziges Vergehen darin bestand, zufällig in der Nähe gewesen zu sein, wurden von Flammen verschlungen. Sie mussten bei vollem Bewusstsein zusehen, wie ihre Haut in Blasen aufplatzte und dahinschmolz, während ihre Schreie im Knistern ihrer brennenden Kleidung verloren gingen. Im Rausch ihrer Macht richteten die Aktivisten ihre tödlichen Geräte auch gegen unbeteiligte Bürger, die lediglich ihren alltäglichen Pflichten nachgingen.

Unter den Schreien der Verzweifelten setzten die Aktivisten den *Graviton-Scherbenwerfer* ein — ein wegen seiner kritischen

Zerstörungskraft offiziell verbotes Instrument. Der Apparat kombinierte altertümliche Metallurgie mit magischer Technologie und entfesselte Schockwellen, die Metall und Fleisch zerrissen. Die diskusförmige Maschine aus patiniertem Stahl, etwa einen Meter im Durchmesser, trug Kupferverzierungen und alchemistische Symbole, die ihre magische Potenz verstärkten. Ein gezackter Rand und eine verdichtete Energiematrix mit gravitären Kristallen steigerten seine kinetische Effektivität. Üblicherweise auf einem Stativ montiert, wurde das Gerät nach präziser Positionierung mit einem Spezialschlüssel aktiviert. Ein Summen kündigte die Sammlung magischer Energie an. Ein Druck auf den roten Knopf löste die kataklysmische Kette aus. Der aktivierte Scherbenwerfer entlud eine Graviton-Emission, die von einem Netzwerk aus Zahnrädern und Hebeln gesteuert wurde, lokale Gravitation umkehrte, alles anzog und schließlich mit zerstörerischer Wucht freisetzte. Der Scherbenwerfer hinterließ nur Zerstörung.

Inmitten des chaotischen Aufstands und hektischen Treibens unschuldiger Passanten platzierten die Aktivisten den Scherbenwerfer strategisch an einer belebten Kreuzung — einem Ort ohne Fluchtmöglichkeiten für die panischen Massen. Mit einem unheilvollen Surren aktivierte sich das Gerät und schleuderte ohne Vorwarnung eine verheerende Schockwelle heraus, die alles und jeden in seinem Wirkungsbereich mit brutaler Unparteilichkeit erfasste.

Die Schockwelle riss Glieder vom Torso, überzog alles mit einem nebligen Rotfilter und schleuderte Knochen wie tödliche Geschosse durch die Luft. Organe prallten gegen Fassaden und hinterließen makabre Abdrücke. Das Viertel wurde zum Schlachtfeld: Gliedmaßen flogen in alle Richtungen, Blut spritzte in Bögen und malte morbide Muster auf zerborstene Wände. Fensterscheiben zerbarsten, Gebäude stürzten ein, und selbst jene, die Zuflucht suchten, waren nicht sicher. Umherfliegende Trümmer und die Wucht der Druckwelle zerschmetterten Leiber und forderten weitere Opfer. Der Boden war unter einer Schicht aus zerfetzten Überresten, blutgetränkten Trümmern und Knochen nicht mehr zu erkennen. Hautfetzen und Eingeweide klebten an den Wänden, während der Geruch von verbranntem Fleisch und Eisen die Luft erfüllte und der Lärm der Zerstörung alles übertönte.

Der Scherbenwerfer setzte seine Gabe unvermindert fort: Knochen brachen, Fleisch riss, Schreie verschmolzen zu einem Chor des Grauens. Menschen, die zu nahe kamen, wurden zu grotesken Gebilden deformiert. Die Aktivisten, berauscht von ihrer Macht, wandten sich ab — verstört von ihrem eigenen Werk. Mit einer Mischung aus Triumph und Entsetzen beobachteten sie, wie ihre Waffe nicht nur Feinde auslöschte, sondern jede Spur von Menschlichkeit.

Am folgenden Morgen, während noch Rauch von den Barrikaden der Unterstadt in die bleierne Luft stieg, herrschte bedrückende Stille in den Korridoren des Ewigen Palastes. Viktors Schritte hallten von den hoch aufragenden Marmorpfeilern zurück, als er die Treppen zum Ratssaal emporstieg. Draußen brach die erste Morgensonne an den versteinerten Opfern des Glasflors auf dem Platz — gespenstische Prismen, die in unzähligen Farben flackerten, Mahnmale einer eskalierenden Katastrophe. Die kupfernen Türscharniere ächzten, als sieben Ratsmitglieder eintraten; drei Stühle blieben leer — ihre Besitzer waren seit gestern zu Glas erstarrt. Viktor nahm seinen Platz an der Spitze des langen Eichentisches ein, die Finger um die geschnitzten Armlehnen seines Stuhls gekrallt. Unter einem schweren Kronenleuchter aus geschwärztem Messing, dessen Licht wie ein gedämpfter Schein über die ernsten Gesichter glitt, öffneten sie die Protokolle: Zahlen, die die exponentielle Zunahme der Verglasten der letzten dreißig Tage dokumentierten. Aus den kupfernen Heizungsrohren drang das Knacken erkaltenden Metalls. Ratsherr Eberhard räusperte sich, bevor er die bedrückende Nachricht überbrachte.

»Lord Viktor, in unserer Stadt wütet ein Bürgerkrieg. Es gibt Berichte über Unruhen. Die Ordnung bröckelt, und wir stehen kurz davor, das zu verlieren, was uns als Gemeinschaft ausmacht. Und es kommt noch schlimmer: Während der jüngsten Aufstände in Unterstadt hat eine Gruppe von Aktivisten einen Graviton-Scherbenwerfer eingesetzt. Die Kollateralschäden sind immens. Der Bezirk sieht aus wie damals beim Großen Brand.«

Viktor, seine Hände fest auf die Armlehnen seines schweren Eichenstuhls gepresst, blickte erschrocken auf. »Ein Graviton-Scherbenwerfer?« Seine Stimme war voller Entsetzen.

»Das ist höchst beunruhigend. Eine solche Waffe gehört zu den verbotenen Kategorien unserer Rüstkammer. Selbst unter strengsten Sicherheitsvorkehrungen würde ich deren Einsatz niemals genehmigen. Wie konnten diese Gesetzlosen an solch eine Maschine gelangen?«

Eberhard nickte schwer.

»Exakt, Lord Viktor. Die Situation geriet völlig außer Kontrolle, was dazu führte, dass die Aufständischen ihre Aktionen abbrechen mussten. Nicht nur die Aufständischen, auch Unbeteiligte und einige unserer Wächter kamen ums Leben.«

Viktor presste die Lippen zusammen.

Helena, die direkt bei Viktor saß, lehnte sich mit einer Mischung aus Erschöpfung und bitterer Ironie zurück.

»Diese Erlaubnis müssen sie sich wohl direkt bei Zephyrus besorgt haben. Wer sonst könnte es sich leisten, derartige Summen für die Anschaffung einer Massenvernichtungswaffe zu sponsern?«

Viktor richtete sich auf und wandte sich an Leopold, den Finanzstrategen am Tisch.

»Leopold, als unser Haushaltsvorstand, wissen Sie, was uns ein solches Gerät kosten würde?«

Leopold antwortete prompt, seine Stimme durchdrungen von der Schwere der Zahlen: »1,3 Millionen Kesselkronen, Herr Viktor, vielleicht sogar mehr. Das entspricht fast den Kosten unserer neuesten Gartenanlage. Ohne Frage haben die Aktivisten externe Unterstützung erhalten.«

Dann drehte sich Leopold zu Eberhard.

»War es wieder einmal die Federwerk-Bande, die hinter dem Anschlag steckt?«

Eberhard seufzte tief.

»Davon wäre auszugehen; wir wissen es zwar nicht, aber die Indizien deuten in diese Richtung. Diese Gruppe zeigt eine beängstigende Entschlossenheit und ist erschreckend gut ausgestattet.«

Eberhard beugte sich vor.

»Glücklicherweise gelang es einem unserer Zielkanoniere, die Angreifer von einem erhöhten Standpunkt aus zu neutralisieren, bevor sie weitere Schäden anrichten konnten.«

Viktor atmete tief ein, sichtlich erleichtert.

»Diese Aktion dürfte die Aufstände in Unterstadt fürs Erste eindämmen«, fuhr Eberhard fort. »Vielleicht gibt uns das die dringend benötigte Zeit, unsere Strategie zu überdenken.«

Viktor nickte langsam, während Helena mit einem müden, skeptischen Kopfschütteln reagierte, als könne sie kaum glauben, dass die Wirklichkeit sich so grotesk darstellte.

Leopold brach die monotone Redeflut, die wie eine nasse Wolldecke über der Ratsversammlung lag.

»Während wir hier über die Revolution diskutieren, dürfen wir nicht außer Acht lassen, dass die gläserne Seuche weiterhin unkontrolliert durch unsere Stadt wütet.«

Viktor lächelte subtil.

»Danke, Leopold. Darum sollte es heute auch eigentlich gehen. Diese Seuche treibt unsere Mitbürger schleichend in den Wahnsinn, zersetzt ihre Geister und verwandelt sie schließlich in gläserne Statuen, die wie bizarre Mahnmale durch die Straßen unserer Stadt stieren. Wir stehen einem Rätsel gegenüber, das unsere Existenz bedroht, und ich gestehe offen, dass mir noch keine Lösung eingefallen ist.«

»Wir haben die städtischen Archive durchkämmt«, ergänzte Leopold. »Aber es gibt keinerlei Aufzeichnungen über etwas Vergleichbares. Noch seltsamer sind die Muster: Die Ausbrüche folgen keiner willkürlichen Verteilung. Sie bilden konzentrische Kreise, perfekte geometrische Muster auf dem Stadtplan. Es ist, als würde etwas gezielt und systematisch experimentieren.«

Helena, die Spuren schlafloser Nächte im Blick, sprach mit

ruhigem Ernst:

»Es ist an der Zeit, die Bezirke unter Quarantäne zu stellen. Wir taumeln hier blind durch ein Schreckensbild, dessen Übertragungswege wir nicht verstehen. Wir wissen nicht einmal, ob es überhaupt eine ansteckende Krankheit ist.«

Eberhard runzelte die Stirn, die Konsequenzen vor Augen.

»Das würde unsere Wirtschaft ruinieren, Frau Ratsherrin. Ein Stillstand des öffentlichen Lebens kommt nicht infrage.«

Leopold lachte bitter.

»Bei allem Respekt, Herr Eberhard, wenn wir nicht bald handeln, wird es keine Wirtschaft mehr geben, die es zu retten gilt, geschweige denn eine Stadt, die noch steht.«

Ratsmitglied Julius schaltete sich ein.

»Und dennoch müssen wir die praktischen Konsequenzen bedenken. Die sozialen und wirtschaftlichen Folgen wären verheerend. Der Handel käme zum Erliegen, und wir haben immer noch keine Vorstellung davon, wie wir die Seuche stoppen können.«

Helena fügte mit düsterer Miene hinzu:

»Der Glasflor zehrt an den Grundfesten unserer Stadt und frisst sich durch unser Leben wie ein unsichtbares Feuer. Die Bilder sind kaum zu ertragen — Kinder, die in den Armen ihrer Eltern zu Glas erstarren, während sie um Hilfe schreien; Greise, die zu gläsernen Schemen auf unseren Märkten gefrieren. Sie säumen die Wege wie das Interior einer verlassenen, vergessenen Welt.«

Viktor schloss die Augen, die Bilder drohten ihn zu überfluten.

»Die sozialen Strukturen unter den Nicht-Infizierten lösen

sich ebenfalls auf«, fügte Leopold hinzu. »Aber sie zerbrechen nicht in Panik, sondern in seltsamer Akzeptanz. Menschen verlassen ihre Posten und sprechen von einer ›Notwendigkeit‹ — fast wie Ingenieure, die ein defektes System korrigieren.«

»Wie rührend selbstlos«, bemerkte Helena spöttisch. »Vermutlich sollten wir uns bei ihnen bedanken, dass sie uns die Mühe abnehmen, diese Ordnung am Leben zu erhalten. Wahre Märtyrer der sozialen Hygiene«

»Was Sie sagen, klingt nach dem Versuch, unser eigenes Scheitern zu rechtfertigen«, überlegte Eberhard, seine Augen nicht weniger gequält. »Möglicherweise ist diese Seuche eine Prüfung unserer Menschlichkeit; eine Herausforderung, die uns zwingt, uns unserer eigenen Vergänglichkeit zu stellen, uns zu fragen, was am Ende wirklich zählt.«

Julius schnaubte sichtbar ungeduldig.

»Mit Ihrer Erlaubnis, Herr Eberhard, das ist esoterischer Blödsinn. Das Einzige, was diese Seuche herausfordert, ist unsere Fähigkeit zu überleben — und das ist alles.«

Viktor wandte sich an Ratsmitglied Konrad, der Raum schien zu lauschen.

»Konrad, durch Ihre jahrelange Erfahrung als Physiker müssten Sie uns doch erläutern können, was Glas in seinem Wesen ist. Vielleicht weist uns das einen Weg.«

Konrad verharrte, sein Blick schien über den Raum hinaus zu greifen. Schließlich richtete er seine Augen wieder auf die Anwesenden.

»Nun ja, lassen Sie es mich so sagen: Glas ist kein Material im klassischen Sinne, sondern eher ein Zustand. Obwohl es sich bei Berührung fest anfühlt, ist es auf molekularer Ebene eher mit einer Flüssigkeit verwandt.«

Er pausierte kurz, bevor er fortfuhr.

»Stellen Sie sich vor, Sie nehmen sechzig Teile Sand, fünf Teile Kreide und hundertachtzig Teile Asche aus Meerespflanzen. Diese Mischung wird erhitzt, bis sie die Konsistenz von Honig annimmt. Wird sie dann abrupt abgekühlt, erstarrt sie in einem Zustand zwischen flüssig und fest, ohne ein regelmäßiges Kristallgitter zu formen, wie es bei klassischen Feststoffen der Fall wäre. Bemerkenswerterweise können auch Metalle, Kalk und Soda unter ähnlichen Bedingungen in diesen glasartigen Zustand übergehen. Das Einzigartige an Glas ist, dass seine Moleküle ungeordnet bleiben, und diese amorphe Struktur lässt Licht hindurch, anstatt es zu reflektieren — daher seine Transparenz.«

Helena nickte verständig.

»Das könnte erklären, warum sich Menschen, die vom Glasflor befallen sind, so bizarr verhalten, bevor sie zu Glas erstarren. Ihr Geist wird gleichsam verflüssigt, chaotisch, woraufhin sie dem Wahnsinn anheimfallen und auf kleinste Reize mit extremer Empfindlichkeit reagieren.«

»So mag es wohl erscheinen«, erwiderte Konrad. »Glas ist hart, reagiert auf Berührung jedoch fast so empfindlich wie Haut. Die inneren Spannungen, die beim raschen Abkühlen entstehen, machen es anfällig für Belastungen, sodass es unter Druck leicht zerspringt.«

»Robust und doch zerbrechlich; eine innere Spannung, die letztlich zum Bruch führt, wenn der äußere Druck überhandnimmt«, grübelte Eberhard leise vor sich hin.

Viktor zog die Augenbrauen hoch.

»So erhellend diese Einsichten sein mögen, sie bringen uns der Lösung keinen Schritt näher. Sie lassen uns den Flor besser sehen, bieten uns aber keinen Ausweg. Wie soll ich entscheiden über etwas treffen, das vielleicht unvermeidlich ist?«

Seit den ersten Strahlen des Morgenlichts waren vier Stunden vergangen, in denen die Ratsmitglieder unermüdlich debattierten. Vorschläge — von der Abriegelung der Bezirke durch die Wächter bis zur Zwangsevakuierung der am stärksten betroffenen Viertel — knisterten wie Pergamentfetzen zwischen ihren Fingern. Die Tintenfässer zeigten Ringe eingetrockneter Verzweiflung, während sich der Geruch von Siegelwachs und verbrannten Hoffnungen wie heißer Sand in ihre Kehlen grub. Doch keiner der Pläne bot einen gangbaren Ausweg.

Nachdem die Sitzung beendet war, verließ Viktor den Ratssaal. Seine Stiefel hinterließen Spuren im samtenen Staub der Korridore, als er allein durch die verhallenden Gänge des Palastes schritt. Die Wände atmeten die Kühle vergangener Jahrhunderte, und die Ziffern der Wanduhren schmeckten nach bitteren Mandeln auf seiner Netzhaut. Im Thronsaal rieselten Staubflocken durch die Lichtsäulen der Bogenfenster wie kristallisierte Zeit. Zwischen den Säulen zitterten Spinnweben, synchron mit dem tiefen Brummen der Dampfgeneratoren, deren Bass durch die Fundamente pulsierte. Der steinerne Thron fühlte sich unter seinen Fingern an wie gefrorenes Quecksilber, während er sich niederließ. Die Sonne brach sich in den bleigefassten Fenstern und malte hexagonale Muster auf den Marmorboden, die an kristallisierte Bienenwaben erinnerten. In dieser Stille, die nach kaltem Porzellan schmeckte, näherte sich Zephyrus. Seine Schritte knackten wie brechendes Glas, während sein Schatten die leuchtenden Waben verschluckte. Der Saum seines Mantels glitt über den Boden, lautlos wie Rabenflügel über gefrorene Seen. In seinen Augen erkannte Viktor nichts mehr von seinem einstigen Schildherrn. Wo früher Weisheit lag, funkelte nur noch kaltes Metall — blank geschliffen von einer Macht, die selbst die Erinnerung an anderthalb Jahrzehnte gemeinsamer Kämpfe ausgelöscht hatte.

»Verstehst du wirklich, was du hier anrichtest? Der Glasflor ist keine Gelegenheit, sondern Verderben für Etherion. Du versprichst einen Weg aus der Dunkelheit und bringst uns nur tiefer in sie hinein.«

Zephyrus' Lächeln war ein feiner Riss im Porzellan.

»Was du Verderben nennst, ist die einzig mögliche Reinigung eines kranken Körpers. Du siehst den Untergang, wo ich die Morgenröte einer neuen Zeit erblicke. Der Glasflor scheidet das Schwache vom Starken und formt Etherion nach meinem Willen. Die Schwachen nennen es Verderben, weil sie zu blind sind, die Wahrheit zu sehen.«

Viktor hielt ihm stand.

»Und was soll diese Wahrheit sein?«

Er schüttelte müde den Kopf, als wäre Viktors Standpunkt ein unbeholfenes Missverständnis. Er trat ans Fenster und ließ den Blick über die Stadt gleiten — ein Netz aus Kupferadern und dampfenden Schwaden, das Herz eines lebenden Mechanismus.

»Sieh hinab auf diese Stadt, Viktor. Wir haben Maschinen geschaffen, mächtiger als je zuvor — Dampfmaschinen, Zahnräder, ein Werk der feinsten Uhrmacherkunst. Wir waren überzeugt, die Kraft des Dampfes gezähmt und die Mechanik gemeistert zu haben. Die Kesselexplosionen, die Ventile, die sich selbst regulieren. Dampf bahnt sich durch jede Ritze, bis Stahl bricht und Kessel wie Zinngefäße bersten. Wie Dampf die Maschinen, so prüft der Glasflor den Menschen. Die Schwachen zerbrechen, die Starken werden gehärtet. Der Glasflor wird Etherion nicht vernichten, sondern zu wahrer Schönheit führen. Er ist ein Läuterungsfeuer, ein Alchemistenofen, der das rohe Erz schmilzt und die Schlacke abtrennt, bis nur das Wahre übrig bleibt. Chaos ist das Werkzeug, das Schwäche abtrennt. Nur das Unzerbrechliche bleibt — das Fundament einer Stadt, die nicht vergeht.«

Viktor trat entschlossen vor, als könnte er den Wahn zurückdrängen.

»Das ist kein Fundament. Dein Wahnsinn tarnt sich als Tugend. Dein ›Reinigungsfeuer‹ erstickt alles Lebendige — Willen, Leben, selbst die Erinnerung daran. So sieht deine ›Ordnung‹ aus? Eine leere Stadt aus gläsernen Hüllen und verkohlten Straßen?«

Zephyrus schüttelte den Kopf, ein erbarmungsloses Lächeln auf den Lippen.

»Wahre Ordnung erfordert totale Kontrolle. Du denkst wie die Schwachen, Viktor. Chaos ist der Geburtsboden; Zerstörung das Fundament für jede wahre Schöpfung. Du weinst um Ruinen und Namen, während ich Etherions wahres Potenzial erkenne — eine Stadt der Stärke, befreit vom Krebsgeschwür der Schwäche.«

»Du warst einst der Beschützer dieser Stadt.«

Langsam drehte sich Zephyrus um, seine Stimme wurde weich, fast väterlich.

»Und das bin ich noch immer. Es ist nie zu spät, das Schicksal neu zu formen. Etherion braucht eine starke Hand, und ich werde sie sein. Doch manchmal muss man zerstören, um zu bewahren. Schöpfung entspringt dem Verlust. Das solltest du verstehen, Viktor. Der Glasflor ist keine Krankheit — er ist die einzige Möglichkeit, wie diese Stadt überleben kann.«

Viktor ballte die Hände zu Fäusten.

»Ist das alles, was du zu begreifen vermagst? Deine Zerstörungswut im Gewand der Größe? Du bist blind, gefangen in deinem eigenen Größenwahn und willst eine Stadt aus Leichen bauen. Glaubst du wirklich, du bist derjenige, der Etherion vor sich selbst retten kann?«

Zephyrus' Augen blitzten amüsiert.

»Du verstehst nichts, Viktor. Ich bin nicht hier, um zu retten. Ich schenke der Stadt eine Zukunft, und du klammerst dich an die Trümmer der Gegenwart. Der Flor tilgt die Schwäche. Ohne ihn wäre Etherion nur ein Grab gescheiterter Träume. Fortschritt ist nicht Herrschaft über die Natur — wir sind keine Meister, sondern Bauteile eines Plans, den wir kaum verstehen. Der Glasflor zeigt uns, was wir immer waren: zerbrechliche Wesen, die sich für unzerbrechlich hielten. Ein Spiegel, brüchig und zugleich klar. Wir sind Kinder einer großen Maschinerie und beginnen erst zu begreifen, wie klein und verletzlich wir in Wirklichkeit sind.«

Viktor atmete tief ein, und Bedauern lag in seinem Blick.

»Du siehst Zerstörung und nennst es Ordnung. Du gehst über Leichen und nennst es Fortschritt. Doch deine ›Ordnung‹ wird einen Preis fordern, der dein Verständnis übersteigt.«

Ein kaltes Lachen knirschte aus Zephyrus' Kehle.

»Ich errichte eine neue Welt, Viktor. Nichts und niemand — nicht du, deine Worte oder die Massen, die du führst — wird das verhindern. Menschen brauchen keine Träume, sondern eiserne Hand und Befehl. Wenn Blut fließen muss, dann sei es so. Stärke duldet keine Schwäche.«

Viktor suchte nach einem Rest Menschlichkeit.

»Warum das alles, Zephyrus? Was erhoffst du dir vom Zerfall dieser Stadt?«

Zephyrus trat vor, sein Gesicht eine Maske eiserner Entschlossenheit.

»Ich spiele nicht nach den Regeln der Schwachen.«

Die Verzweiflung schnürte Viktor die Kehle zu.

»Etherion wird unter deiner Herrschaft verdorren. Deine ›Stärke‹ ist Wahnsinn. Doch wir, die wir lieben, was du verachtest, werden dich aufhalten.«

Zephyrus musterte ihn, und die Härte in seinem Gesicht wich einem höhnischen Lächeln.

»Liebe. Der Unterschlupf der Schwachen. Diese Stadt wird kein Hort der Gnade, sondern ein Monument des Willens. Mein Wille wird sie stark machen, wo andere nur schwächer wurden.«

Viktor öffnete den Mund, doch die Worte versiegten. Er sah den Wahn in Zephyrus' Gesicht, so tief wie der Glasflor, der die Stadt zerfraß. Schließlich sank seine Stimme auf ein raues Flüstern.

»Dann kann dich niemand mehr retten.«

Zephyrus wandte sich ab und ging sich zur Tür wie ein präzise kalibriertes Instrument.

»Ich bin erwacht.«

Sein letzter Blick schnitt wie Glas, und das Türschloss klickte wie der Zündhammer einer Waffe — ein eisernes Versprechen von Unwiderruflichkeit. Die Worte seiner Verurteilung gruben sich in die Steine des Palasts, als wären sie die Namen der Toten, die in Grabmäler gehauen wurden. Die Stadt würde seinen Namen tragen, jedoch nicht als Banner.

Draußen verschmolz die Atmosphäre mit den Schleiern des Dampfes, die aus den unterirdischen Ventilen aufstiegen und über das Kopfsteinpflaster krochen. Elara und Maribel wandelten Arm in Arm durch die belebten Straßen der Rostsegenhöhe, ihre Schritte von leiser Vertrautheit getragen. In diesem nordöstlichsten Bezirk Etherions schien die Zeit eine andere Wendung genommen zu haben, als wäre sie an den Schrecken, die in den anderen Bezirken wüteten, unbemerkt vorbeigegangen. Die Gassen hier waren lebendig und gefüllt mit Menschen, deren Gesichter noch frei von der kristallinen Bedeckung waren. Es schien, als würden sich immer mehr Einwohner der Stadt in diesen Bereich zurückziehen, getrieben von der Sehnsucht nach Normalität und einer Pause vom unaufhaltsamen Voranschreiten ihrer Verwandlung.

Elara und Maribel schlenderten an kunstvoll verzierten Fassaden vorbei, deren ornamentierte Balkone und akribisch gepflegten Details von einer Ära sprachen, in der Kunst und Handwerk noch die Säulen der Gesellschaft bildeten. Die historischen Gebäude erzählten von Visionären, deren Werke das Stadtbild prägten und bis heute erhalten blieben. Die Märkte lebten von einer Energie, die in vielen Teilen Etherions längst erloschen war. Hier konnte man noch das geschäftige Treiben von Verkäufern vernehmen, die lautstark ihre frischen, duftenden Kräuter und leuchtend gefärbten Stoffe feilboten, während das unbeschwerte Lachen der Kinder durch die Gassen schallte — eine Melodie des Leichtsinns und der Unbekümmertheit, die in den übrigen Bezirken so selten geworden war. Es war, als hätte dieser Teil Etherions eine unsichtbare Barriere gegen das vorrückende Unheil errichtet. Die Atmosphäre war gesättigt mit dem Gefühl von Widerstandsfähigkeit und einer hartnäckigen Weigerung, dem Schicksal nachzugeben. Dieser belebte, fast heiter wirkende Bezirk, in denen das alte Etherion weiterhin pulsierte und Erinnerungen an vergangene Zeiten bewahrte, stand als stilles Versprechen dafür, dass noch nicht alles verloren war.

Maribel blickte zu Elara.

»Hast du dich jemals gefragt«, begann sie leise, ihre Stimme voller Nachdenklichkeit, »was es wirklich bedeutet, ›du selbst‹ zu sein? Gerade mit deinen…« ihr Blick glitt kurz zu Elaras augmentierten Gliedmaßen, bevor sie vorsichtig fortfuhr, »besonderen Teilen. Für mich ist der Gedanke, nicht aus Fleisch zu sein, schwer vorstellbar. Ich fühle mich durch meinen Körper mit der Welt verbunden. Aber wie ist es für dich? Spürst du diese Verbindung anders?«

Elara, deren Augen für einen Moment in die Ferne schweiften, nickte dann.

»Ich frage mich oft, ob die Teile aus Stahl und Schrauben meine Gedanken und Gefühle verändern. Ob meine Tränen noch salzig schmecken oder nach Maschinenöl riechen. Jede meiner Erinnerungen trägt die Grenze zwischen dem, was ich war, und dem, was ich geworden bin — wie ein Riss durch einen Spiegel. Sind sie meine eigenen, oder formen meine mechanischen Erweiterungen sie mit?«

Die beiden Freundinnen traten in einen Laden ein, dessen Fenster mit kunstvollen Gegenständen dekoriert waren, die im warmen Licht schimmerten. Maribel war sofort von einer Welt mechanischer Wunder umgeben. Sie ging auf eine Vitrine zu, in der eine Serie von winzigen, mechanischen Vögeln ausgestellt war. Diese Kreationen aus glänzendem Kupfer und feinem Stahl hatten Zahnräder und Federn, die sich so präzise bewegten, dass die Vögel in ihrer Glasbox zwitscherten und die Flügel flatterten. Die hauchdünnen, durchscheinenden Flügel zerbrachen das Licht in irisierende Farben. Neben den Vögeln stand ein Modell eines Dampfzuges, nicht größer als Maribels Hand, doch in seiner Detailtreue überwältigend. Der Zug hatte einen winzigen Dampfkessel, aus dem bei Betätigung ein Dampfstrahl austrat. Kleine Ætherlampen simulierten das glühende Feuer im Ofen, und die Räder setzten sich quietschend in Bewegung, sobald man den Hebel an der Seite umlegte.

Auf einem Tisch entdeckte Maribel filigrane Broschen in Form mechanischer Insekten, deren Beine und Flügel sich bei jeder Bewegung des Trägers rhythmisch bewegten. Jedes Stück war mit Sorgfalt hergestellt, die Gelenke und Glieder wirkten unter der Lupe wie Werke einer mikroskopischen Welt. An der hinteren Wand des Ladens hingen mehrere mechanische Uhren, jede mit einem eigenen, einzigartigen Design. Eine besonders auffällige Uhr war komplett aus Glas und Messing gefertigt und offenbarte ihr kompliziertes Innenleben. Die Zahnräder und Federn arbeiteten synchron, während Hämmer auf Glocken schlugen und so jede volle Stunde mit einem melodischen Klang ankündigten. Besonders fasziniert war Maribel von einem Spielzeug, das die Planetenbewegungen des Sonnensystems nachbildete. Kleine, bunte Kugeln kreisten um eine glühende Miniatursonne, angetrieben durch unsichtbare Mechanik im Inneren der Basis. Das ganze System war auf einem polierten Mahagoniständer montiert, und die Planetenbahnen waren mit goldener Farbe hervorgehoben. Diese Kunstwerke zeigten die Fähigkeiten ihrer Schöpfer und eine Liebe zum Detail. Während Maribel die Ornamente und mechanischen Spielereien bewunderte, fuhr Elara fort:

»In der Kupferfeste lehrten sie mich, Messing so fein zu hämmern, dass es durchscheinend wurde wie Pergament. Jetzt hämmere ich an meinem eigenen Wesen und weiß nicht mehr, ob ich das Werkstück bin oder der Schmied. Meine Gefühle glühen wie Kupfer in der Esse, doch mit jedem Schlag des Hammers frage ich mich, ob das, was in mir entsteht, wirklich ›ich‹ bin — oder nur eine Illusion, geformt durch die Technologie in mir.«

Maribel lächelte aufmunternd. nahm Elaras Hand in ihre eigene — Fleisch auf Metall, warm auf kalt — und ihre Stimme wurde zu einem samtenen Band zwischen den Welten.

»Die Geschichte deines Lebens, Elara, schreibt sich in zwei Sprachen: in den weichen Narben deines Fleisches und den präzisen Gravuren deines Stahls. Aber es ist ein und dieselbe Geschichte, und du bist nicht die Übersetzung — du bist die Dichterin.«

Sie verließen den Laden und setzten ihren Weg fort, vorbei an einem Springbrunnen.

»Vielleicht ist es so... vielleicht ist das Bewusstsein oder Ich weder an Fleisch noch Metall gebunden, sondern lebt irgendwo dazwischen, in den Verbindungen und Erfahrungen, die uns formen und zugleich über uns hinausreichen.«

Beim Schlendern durch die Straßen passten sich ihre Schritte dem Puls der Stadt an, während sie über Existenz und Identität sprachen. Unter dem Sternenhimmel von Etherion, in einer Welt voller Wunder und Schrecken, fanden sie Trost und Verständnis im gemeinsamen Staunen über die unsagbare Macht, die Menschen im Hinblick auf ihr eigenes Dasein besitzen.Nach langen Gesprächen über Bewusstsein und die Verflechtung von Mensch und Technologie endete ihr Spaziergang. An einer Kreuzung, wo das Licht der Abenddämmerung die Stadt in ein malerisches Gemälde tauchte, wandte sich Maribel zu Elara. Ihr Blick, durchdrungen von der Wärme wahrer Freundschaft, ruhte sanft auf ihrem Gesicht.

»Es gibt etwas, das ich dir sagen möchte«, begann sie, ihre Stimme weich und klar. »Und ich hoffe, du hörst es mit dem Herzen.«

Elara sah Maribel fragend an, ein Hauch von Neugier in ihrem Blick.

»Du hast ein wunderschönes Gesicht«, sagte Maribel sanft, ihre Worte wie schwebende Federn. »Und ich meine nicht nur die äußere Schönheit, so unbestreitbar sie ist. Deine Augen tragen die Spuren der Menschen, die du nicht aufgegeben hast, auch als es leichter gewesen wäre wegzusehen. Deine Schönheit hast du dir erkämpft — mit jeder Träne, die du dir erlaubt hast, und jedem Lächeln, das du dir abgerungen hast, als die Welt nur Dunkelheit bot. Nichts spricht mehr von Leben und Licht als das.«

Elaras sonst so gefasste, fast mechanische Augen zeigten einen Hauch Überraschung, gefolgt von Rührung. Ein seltenes Lächeln erleuchtete ihr Gesicht, als würde ein lange verborgener Teil von ihr durch Maribels Worte lebendig.

»Du strahlst so viel Schönheit und Lebendigkeit aus«, fuhr Maribel fort und legte ihre Hand leicht auf Elaras Arm. »Du trägst deine Narben wie andere ihre Orden — jede ein Beweis dafür, dass du dich bewusst gegen die Perfektion der Maschine entschieden hast. Du hast dir deine Menschlichkeit erkämpft: mit jedem Schmerz, den du hättest abschalten können, jeder Erinnerung, die du hättest löschen können, und jedem Gefühl, das du hättest unterdrücken können. Deine Fehler sind deine größten Siege.«

Für einen Moment standen sie da, verbunden durch eine Stille, die tiefer ging als jegliche Sprache. Als sie sich verabschiedeten, trug Elara die Worte ihrer Freundin wie ein kostbares Geschenk der Freundschaft.

Am Morgen schien die friedvolle Stille des Abends in Maribels Geist nachzuklingen, wie Saiten, die lange nach dem letzten Ton schwingen. Die Straßen lagen in schläfriger Ruhe, nur wenige Frühaufsteher öffneten ihre Läden. Der Duft von frisch gebackenem Brot und würzigem Tee vermischte sich mit dem Geruch von Öl und Metall. Maribel ließ ihre Schritte ungebunden, während ihre Gedanken sich verzweigten. Am Brunnen hielt sie inne und betrachtete ihr zitterndes Spiegelbild, das ihr für einen Moment fremd vorkam. Ihre Gedanken wanderten zurück zu den Menschen, die ihr nahestanden, zu den Momenten der Freude und Wehmut. Sie spürte die Verbindung, die alle Bewohner Etherions teilten — feiner und doch stärker als Stahl und Glas.

Sie dachte an Elara, an die Nächte in der Taverne, und das

leise Raunen der Freundschaft, das sie stets begleitete. Die Händler legten ihre Waren aus, und die Handwerker öffneten ihre Werkstätten. In jeder Bewegung erkannte Maribel die Verschmelzung von Mensch und Maschine — ein Tanz aus Stahl und geschickten Händen, aus Pragmatik und stiller Poesie. Inmitten dieses Mechanismus fiel ihr ein kleiner Junge auf, vertieft in ein hölzernes Spielzeug. In einer Welt, die von metallenen Kolossen und knirschenden Apparaten beherrscht wurde, wirkte er wie ein Überbleibsel aus einer vergangenen Zeit. Das schlichte Holz in seinen Händen bildete einen surrealen Kontrast zu den scharfkantigen Apparaturen ringsum — als wüsste er ein Geheimnis, das die Maschinen nie entschlüsseln würden. Eine unerwartete Nostalgie überkam Maribel, ein leises Ziehen nach der Eindeutigkeit vergangener Tage, längst begraben unter den schillernden Versprechen einer immer komplexer werdenden Welt.

Maribel wanderte durch die älteren Teile der Stadt, vorbei an Gebäuden, deren Fassaden wie verwitterte Seiten eines vergilbten Buches wirkten. Verzierungen und geschwungene Muster erzählten von einer Ära des Aufstiegs und der Opulenz, jede Linie ein Flüstern von Glanz und Wandel. Als das Theater der Träume vor ihr auftauchte, durchzuckte sie ein elektrisierendes Flirren der Vorfreude. Dieses feengleiche Bauwerk, mit seinen verspielten Türmchen und den reich verzierten Fassaden, verkörperte das Herz der Fantasie. Bald würde sie auf dieser Bühne stehen und das Publikum über die Grenze der Realität hinausführen. Mit jedem Schritt ins Innere des Theaters schien sie die Schwingungen ihrer bevorstehenden Verwandlung zu spüren, die Wände warfen diese Energie verstärkt zu ihr zurück. Ihre

Nervosität zerbrach, ersetzt von einer vibrierenden Kreativität, die wie ein Rausch durch ihre Adern strömte. Unter der wachsamen und fordernden Führung des Regisseurs, dessen Augen kein Detail verfehlten, probte sie gemeinsam mit dem Ensemble. Die Spannung der nahenden Aufführung spannte sich wie ein elektrisierendes Netz über ihnen, das jeden Moment zum Funkenflug drängen konnte.

Nach der letzten intensiven Probe verließ sie das Theater, umhüllt von Zufriedenheit. Die nächtlichen Straßen umarmten sie mit ihrer ruhigen Atmosphäre. Nur wenige Fenster waren erleuchtet, als würden sie den Übergang von der lebendigen Welt der Bühne zur introspektiven Stille ihres eigenen Heims bezeugen. Zuhause angekommen, durchströmte sie ein tiefes Verständnis für die Schönheit ihres Lebens. Trotz der Düsternis, die die Stadt heimsuchte, wusste sie, dass Licht und Wärme in den kostbaren Momenten des Alltags immer noch zu finden waren.

Seit ihrer ersten Begegnung in der Zeppelin-Bar hatten sie und Valerius sich mehrfach getroffen, immer wieder in einem Spiel aus Annäherung und Distanz. Ihre Treffen waren von Neugier geprägt, kleinen Andeutungen und flüchtigen Berührungen, die sich wie beiläufige Zufälle anfühlten, aber jedes Mal etwas Tieferes hinterließen hinterließen. Doch heute verspürte Maribel ein anderes Ziehen — ein unausweichliches Verlangen nach mehr, nach der stillen Verbindung, die zwischen ihnen schwebte und bisher unberührt geblieben war.

Getrieben von dieser unausgesprochenen Spannung, verließ sie erneut ihre vier Wände, um sich mit dem Mann zu treffen, dessen Geheimnisse sie seit ihrer ersten Begegnung beschäftigten. Valerius hatte für diesen Abend einen verborgenen Innenhof vorgeschlagen, fernab der bekannten Treffpunkte der Stadt — ein Ort, den er nur wenigen zeigte. Als sie den Hof betraten, umfing sie sofort die Ruhe, die dieser versteckten Oase innewohnte. Die hoch aufragenden Mauern, überwachsen von Moos und Kletterpflanzen, schirmten sie von der Außenwelt ab, als wären sie in einen Raum getreten, der jenseits von Zeit und Ort existierte.

Das Licht der Straßenlampen endete am Eingang des Innenhofs. Nur die flackernden Kerzen, auf alten Steinsäulen platziert, warfen Licht auf die Mauern, die von Moos und Pflanzen überzogen waren, die den Duft von feuchter Erde und frischen Blüten in die Nachtluft entließen. Maribel atmete tief ein, spürte die Kühle der Nacht auf ihrer Haut. Der Wind, der durch die Blätter strich, brachte eine Ruhe mit sich, die fast unheimlich war. Es fühlte sich an, als würde dieser Ort etwas von ihnen erwarten.

Sie saßen nebeneinander auf der hölzernen Bank. Nur ein Hauch trennte ihre Körper, doch die Distanz zwischen ihnen war nicht körperlich, sondern lag in den Worten, die unausgesprochen blieben. Der Kerzenschein tanzte, schuf Schatten, die über ihre Gesichter huschten, doch Valerius war in sich gekehrt. Sein Blick war schwer, seine Schultern gesenkt, als würde das, was er sagen wollte, ihn niederdrücken. Maribel sah ihn an, ruhig, wartend. Sie spürte seine Anspannung, die wie eine unsichtbare Mauer zwischen ihnen wuchs. Valerius atmete tief ein, und mit dem Ausatmen ließ er die Worte frei, als wären sie längst fällig.

»Es gibt etwas, das du über mich wissen solltest, aber es ist nicht einfach, darüber zu sprechen«, begann er. Seine Stimme klang seltsam gebrochen, als hätte er den Satz schon tausendmal gedacht, aber nie ausgesprochen. Maribel spürte den Druck seiner Anspannung. Ihre Finger ruhten leicht auf seiner Hand.

»Sag es«, ermutigte sie ihn.

»Maribel, ich bin ein Wächter. Ich diene dem Schildherrn.«

Sie sah ihn an, ihre Stirn leicht gerunzelt, aber in ihren Augen spiegelte sich, was sie bereits spürte.

»Die Mauern — du warst dort?«

Valerius nickte.

»Was... was ist passiert?«

Er holte tief Luft.

»Sie kamen in Scharen, die Menschen aus dem Ödland. Wir hatten Befehl, sie zurückzuhalten.«

Valerius schloss die Augen.

»Wir haben geschossen — auf alle.«

Er sprach das Letzte fast tonlos aus. Maribel war regungslos, doch etwas in ihr verkrampfte sich, wie eine Faust, die sich um ihr Herz legte und es langsam zusammendrückte.

»Was heißt... ›auf alle‹?« fragte sie, obwohl sie die Antwort bereits ahnte.

»Unbewaffnete«, murmelte er. »Frauen, Kinder.«

Maribel sagte nichts, wusste nicht, was sie sagen sollte. Sie ließ seine Hand nicht los, spürte das Zittern, das durch seine Finger wanderte.

»Sie wollten nur überleben, suchten lediglich Schutz, und wir metzelten sie nieder. Ohne Warnung, ohne Worte. Nur das Knallen der Aetherius-Gewehre.«

Sie spürte, wie sich ihre Kehle zuschnürte, als sie seine Worte in sich aufnahm. Ein Zittern durchlief ihre Hand, aber sie hielt ihn fester.

»Und du siehst sie noch immer, nicht wahr?«

Er nickte stumm.

»Ihre Schreie verfolgen mich, als wären sie hier, neben uns.«

Er starrte auf den Boden, als könnten seine Augen den Abgrund unter sich greifen. Sie neigte sich näher, bis seine Stirn fast seine Wange berührte, die Wärme ihres Atems auf seiner Haut. Maribel ließ ihren Blick nicht sinken, die Tränen in ihren Augen glitzerten im Licht, doch ihre Stimme blieb fest.

»Manchmal«, begann sie, »machen uns die Dinge, die wir tun, zu jemandem, den wir nicht erkennen. Aber das bist nicht du. Du bist nicht nur das, was du getan hast.«

»Es fühlt sich jeden Tag schwerer an, das zu glauben.«

»Vielleicht«, sagte sie sanft, »aber du trägst das nicht allein. Wir glauben, der Schmerz sei nur unser, weil es uns so leichter erscheint, doch das ist eine Lüge, die wir uns erzählen, um nicht zu sehen, dass wir längst Teil von etwas Größerem sind. Du, ich — wir alle, ob wir es wollen oder nicht, sind Teil einer unsichtbaren Gemeinschaft derer, die den Schmerz auf sich nehmen, damit andere davon befreit sind. Eine stiller Bund umgibt uns, bestehend aus denen, die gelitten haben und denen, die noch leiden werden. Wir sind nicht getrennt von denen, die gegangen sind, von denen, die wir nie getroffen haben. Die Lebenden und die Toten, jede Seele, die je gekämpft hat, schiebt uns weiter, trägt uns, wenn unsere Beine nachgeben. Und wenn wir fallen, wenn wir glauben, nicht mehr aufzustehen, dann heilen sie uns — nicht durch Mitleid, nicht durch Trost, sondern einfach dadurch, dass sie weitergehen. Jeder Schritt, den sie tun, zieht uns mit. Wir sind in ihnen, sie in uns, verbunden durch eine unsichtbare Kette, die wir niemals lösen werden. Und vielleicht sollten wir es auch nicht versuchen. Denn in Wahrheit gibt es keine Abgründe, in die wir stürzen können, nur Übergänge.«

Er sah sie endlich an, und in ihrem Blick lag etwas, das er nicht erklären konnte. Es war nicht Vergebung, nicht Trost. Es war eine Art Anerkennung. Eine, die ihn nicht verurteilte, sondern ihn sah, so wie er war.

»Ich habe immer gedacht, der Schmerz gehört nur mir. Dass niemand verstehen könnte, was ich getan habe. Oder warum. Wir sind dazu da, die Stadt zu schützen, die Menschen. Aber was es wirklich bedeutet, ist, dass wir ständig auf der Lauer liegen.«

Seine Stimme klang, als hätte er die Worte zu oft gedacht, ohne sie wirklich je zu begreifen.

»Es gibt viele Dinge, die wir nicht verstehen, auch wenn es so scheint. Wie bist du überhaupt einer von ihnen geworden?«

Er schloss kurz die Augen, seufzte.

»Es fängt früh an. Sie nehmen uns, wenn wir noch Kinder sind. Dieses rigorose Training umfasst nicht nur Kampf, Taktik und den Umgang mit mechanischen sowie magischen Waffen, sondern auch psychologische Schulungen. Jeder Wächter muss in der Lage sein, Entscheidungen in Sekunden zu fällen, ohne nachzudenken, ohne zu zögern. Uns wird beigebracht, die Bedrohungen zu erkennen, bevor sie auftauchen. Intuition. Misstrauen. Wir lernen, Zusammenhänge zu erkennen, noch bevor sie sich entfalten. Wir haben nicht nur auf die Stadtmauern zu achten, sondern auf alles, was in dieser Stadt geschieht. Uns selbst eingeschlossen.«

Maribel lehnte sich ein wenig näher zu ihm.

»Und die Anerkennung, die ihr genießt — reicht das?«

Seine Lippen zuckten, aber es war kein Lächeln.

»Die Wächter genießen nicht nur großen Respekt, sondern auch finanzielle Sicherheit, da ihre Positionen zu den am höchsten bezahlten in Etherion zählen. Aber was ist das alles wert, wenn der Preis das ist, was ich getan habe?«

»Die Menschen aus dem Ödland... Was macht sie eigentlich so gefährlich?«

Seine Miene verhärtete sich.

»Es heißt, das Ödland verändert Menschen. Manche unserer eigenen kehren zurück, aber sie sind... anders. Sie sehen gleich aus, aber etwas in ihnen ist gebrochen. Der Schildherr sagt uns, das Ödland zersetzt sie, verdunkelt ihren Geist. Wir werden gelehrt, dass jeder, der aus dem Ödland kommt, etwas in sich trägt, das uns alle vergiften könnte. Und deshalb töten wir sie, bevor sie die Mauern überqueren — um Etherion zu schützen.«

Seine Stimme klang, als wäre er weit weg, verloren in den Geistern derer, die er zurückgelassen hatte.

»Aber es gibt keine Sicherheit, Maribel. Nicht wirklich. Denn selbst wenn du sie tötest, bleibt etwas zurück. In dir.«

Stille folgte. Maribel schien etwas verarbeiten zu müssen. Dann drückte seine Hand fester, suchte nach seinem Blick.

»Aber du hast gezögert.«

Ihre Worte waren wie ein Licht in der Dunkelheit, das den letzten Rest von Hoffnung in ihm berührte. Valerius' Augen wurden weich, voller Schmerz, als er nickte.

»Ja«, flüsterte Valerius. »Ich habe gezögert. Aber das ändert nichts. Ich war Teil davon. Dampfkanonen, Aetherius-Gewehre... ich war dabei, ich habe es getan.«

»Und du glaubst, ich könnte dich jetzt anders sehen?«

Seine Augen suchten in ihrem Blick nach etwas — vielleicht nach Vergebung, vielleicht nach Halt.

»Ich hatte Angst, dass du mich dafür verachten würdest.«

»Wenn du das glaubst, hast du mich noch nicht kennengelernt. Du hast gezögert, und das zeigt, dass du nicht verloren bist.«

Ihre Hände fanden sich wie zwei Teile, die schon immer darauf gewartet hatten, zusammenzukommen.

»Lass uns für eine Weile vergessen, was draußen ist«, sagte sie leise, während sie in seine Arme sank wie ein fallendes Blatt.

»Kein Weg ist zu tief, Valerius. Solange du mich hältst, kann die Welt um uns zerfallen, aber wir bleiben.«

Ihre Worte mischten sich mit dem kaum hörbaren Knarren der alten Holzbank. Seine Finger glitten über ihre Wange, verweilten einen Herzschlag, schmolzen dann weiter, bis sie sanft an ihrem Nacken ruhten. Wie warmes Wasser fühlte sich ihre Haut an, durchzogen von Erinnerungen, die er längst vergessen glaubte. Dann schloss sie die Augen, und alles, was blieb, war der Geschmack seiner Lippen — warm, weich, mit einer Spur Salz. Der Kuss begann vorsichtig, wie ein Ertasten dessen, was wirklich zwischen ihnen lag, ein Zögern, das die Fragen in ihren Herzen auf die Zunge legte. Der Kuss formte sich zunächst zaghaft wie eine Hypothese, dann leidenschaftlich wie ein bewiesenes Theorem. Mit jedem Herzschlag schwand das Zögern, und ihre Körper fanden sich in einer Intensität, die sich in die Haut grub. In der Berührung lag eine unendliche Sehnsucht nach Erlösung — als könnten sie alles heilen, was je in ihnen zerbrochen war.

Maribel verweilte in seinem Kuss, bis Schmerz und Wirklichkeit zu abstrakten Konzepten wurden. Einen Augenblick lang fragte sie sich, ob dieser Kuss überhaupt real war. Oder nur ein Traum, der in der nächsten Sekunde zerbricht. Der Gedanke schlug ein wie ein Stein, der die Oberfläche eines Teichs durchbrach und Wellen der Unsicherheit hinterließ. Doch ebenso schnell, wie er aufgetaucht war, verschwand er wieder. Seine Lippen waren zu echt, zu warm, zu lebendig. Und doch blieb, während sie sich tiefer in die Berührung versenkte, das flüchtige Wissen, dass sie an die Grenzen einer Wirklichkeit gestoßen waren, die im nächsten Moment zerfallen könnte.

Aufeinander blieben ihre Lippen, als ob das Universum selbst auf sie antworten würde. In der Stille um sie herum spürten sie das Rauschen der Sterne, ein pulsierendes Glühen, das durch die Unendlichkeit des Kosmos hallte. Jeder Kuss war wie die Verschmelzung von Gegensätzen: Feuer und Wasser, Himmel und Erde, Sulphur und Mercurius — eine heilige Hochzeit, die sie in Gold verwandelte. Mehr als Liebe war dieser Kuss; er war eine Flamme, uraltes Wissen, das nur durch Berührung weitergegeben werden konnte. Und in diesem Wissen lag Erlösung, als könnten sie in dieser Berührung alles Vergangene hinter sich lassen.

Im wortlosen Dialog entstand eine Nähe, die immer dagewesen war, aber nun spürbar wurde. Sie hörte ihn nicht durch seine Stimme, sondern durch ein Flüstern, das leise durch sie hindurchströmte. Jeder Moment schoss wie ein Funke durch ihre Adern, verglühte im Strom ihrer Berührung, als teilten sie nicht nur den Kuss, sondern auch Fragmente ihrer Leben. Vergangene Schmerzen und flüchtige Freuden blitzten auf, tief in den Schichten ihrer Seele verborgen, nur um wieder in die Gegenwart zurückzufallen. Plötzlich fühlte Maribel das vertraute Gewicht der Einsamkeit, die sie einst inmitten von Menschen empfunden hatte, wie das Schweigen hinter der Bühne, kurz bevor sich der Vorhang hebt. Ein Bild von ihm tauchte auf — wie er in einem verregneten Abend stand, aus einer Erinnerung, die nicht einmal die ihre war.

Der Kuss war nicht nur ein Moment im Jetzt, er wuchs in sie hinein, als würde er eine verborgene Geschichte in ihrem Inneren aufdecken. Keine bewussten Erinnerungen, sondern etwas Altes, das in ihr ruhte. Eine fremde Stadt bei Nacht, eine Berührung an einem fernen Ort, in einer anderen Zeit — diese Bilder waren nicht real, und doch fühlte sie sie mit einer Klarheit, als hätten sie immer zu ihr gehört. Mit jeder Berührung erwachten in ihr Empfindungen, die so vertraut wirkten, als hätte sie diese Momente schon einmal erlebt. Vielleicht in einem anderen Leben, vielleicht in einer anderen Welt. Es war, als ob der Kuss eine Tür in ihr öffnete, die all das, was verschlossen war, freigab. Die Berührung formte die Bruchstücke zu einem Ganzen, als wäre dieser Moment der Schlüssel zu allem, was sie je gewesen war.

Hand in Hand verließen den Innenhof und bahnten sich einen Weg durch die nächtlichen Gassen der Stadt. Ihr Ziel war der *Messingkrug*, eine der ältesten Tavernen in ganz Etherion. Das matte Licht einer einsamen Laterne flackerte über das verblichene Messingschild, als wolle es die Ankommenden warnen, dass jenseits dieser Tür eine andere Welt begann — eine Welt aus Halbdunkel, flimmerndem Glanz und in die Mauern gemeißelten Geschichten. Als die schwere Tür mit einem langgezogenen Knarren hinter ihnen ins Schloss fiel, breitete sich die Hitze des Raums wie eine lebendige Woge aus, durchdrang die Luft und legte sich dicht auf ihre Schultern. Die Kälte der Außenwelt wich langsam zurück, wie ein Schatten, der von der Morgendämmerung vertrieben wird. Wer hier eintrat, spürte, wie die Müdigkeit nach und nach von ihm abfiel — schleichend, als würde ein alter, beinahe vergessener Trost von den Wänden zurück in den Körper sickern.

Die Luft war schwer und gesättigt mit dem Duft von gerösteten Malz, der Süße von gebratenem Wild und dem leichten Prickeln eines Hauch Zimt. Ein tiefes, sonores Murmeln durchdrang den Raum, überlagert von dem scharfen Klirren der Gläser und dem gedämpften Zischen der Messer, die ihre Bahnen auf den Tellern zogen — alles verschmolz zu einem dichten Gewebe aus Klang und Bewegung, das wie ein atmendes Wesen wirkte. Die Schatten an den rauen Wänden flackerten im Takt der Flammen, ihre Bewegungen schienen uralt, älter als die Steine, die diese Mauern hielten, als hätten sie immer schon hier getanzt, lange bevor das erste Wort über die Lippen der Gäste kam.

Die Glut des Kamins tauchte die Gesichter der Anwesenden in ein rötliches Leuchten und verwischte die Konturen, bis nur noch die Augen hervorstachen. Ein seltsamer Friede schwebte über dem Raum — nicht aus Stille, sondern aus einer Übereinkunft, einem stummen Einvernehmen aller Anwesenden, für eine Weile zu vergessen, was jenseits der Wände lauerte. Die Taverne atmete mit ihnen, hielt die Zeit fest, während das Chaos draußen an Realität verlor. Mit jedem Schritt auf den abgenutzten Dielen ertönte ein tiefes, mürrisches Knurren, als ob sich darunter gespannte Seile bogen und mit federnder Nachgiebigkeit auf ihr Gewicht reagierten.

In einer abgeschiedenen Nische fanden sie schließlich ihren Platz, fern vom Gedränge und den neugierigen Blicken. Maribels Fingerspitzen glitten über die raue Tischkante, das Holz fühlte sich an wie ein altes, beständiges Versprechen — greifbar und wirklich, während ihre flüchtigen Gedanken im Halbdunkel verschwanden. Sie ließ ihren Blick auf Valerius ruhen, beobachtete, wie sich das Licht in seinen Augen spiegelte — eine Tiefe, die irgendwo zwischen Gelassenheit und Unergründlichkeit ruhte.

Ihre Getränke kamen. Maribel ließ den ersten Tropfen des *Dampfwirblers* auf ihrer Zunge zergehen, der wie ein feines elektrisches Prickeln durch ihre Sinne fuhr: kühle Minze, rauchiger Gin, und ein Hauch von Zitrone. Der Geschmack verwirbelte sich auf ihrem Gaumen, als wäre die Essenz einer nebelverhangenen Frühlingsnacht im Glas eingefangen. Sie schloss für einen Moment die Augen, um die prickelnde Frische voll auszukosten, bevor sie das Glas auf dem Tisch abstellte.

Sie beobachtete, wie Valerius das Glas an seine Lippen führte. Sein Blick haftete an der dunklen Flüssigkeit. Der Cocktail namens *Rostiger Zahn* war eine gewagte Mischung aus feinem Eisenstaub, Wermut und einem kräftigen Schuss Absinth. Er glomm im Licht wie geschmolzenes Erz, seine Farbe erinnerte an die scharfkantige Patina eines uralten Dolchs. Der Geschmack war metallisch und herb, mit einem Abgang, der die Sinne berauschte. Der erste Schluck bohrte sich in seine Zunge wie Blut auf kaltem Stahl. Die Hitze schoss wie Feuer durch jeden Winkel seines Leibes. Valerius nickte langsam, als hätte der Absinth etwas Fremdes, Urtümliches entfacht. Maribel warf einen amüsierten Blick auf Valerius' Glas.

»›Rostiger Zahn‹, hm? Klingt eher wie ein Waffenarsenal als ein Cocktail.«

Valerius lehnte sich entspannt zurück.

»Manchmal ist es der Rost, der die Klinge richtig scharf macht«, entgegnete er mit einem Anflug von Belustigung in der Stimme.

Sie schnalzte mit der Zunge, ihre Augen blitzten neckisch.

Obwohl ich glaube, du hast längst schärfere Waffen. Legst du heute Abend noch deine Rüstung an? Oder willst du mir nur zeigen, dass manche Männer rostfrei bleiben, egal wie tief sie ins Dunkel hinabsteigen?«

Valerius nahm einen langsamen Schluck.

»Rost hat seinen Reiz, weißt du. Einmal auf der Zunge, bleibt er haften... lange nach dem letzten Schluck. Aber ich glaube, du bist nicht der Typ, der vor ein bisschen Nachgeschmack zurückschreckt, oder?«

Maribel hielt seinen Blick fest, ließ ihn einen Moment tiefer werden, bevor sie schmunzelnd sprach:

»Und wenn ich ihn probiere, riskiere ich dann, selbst ein wenig rostig zu werden?«

Valerius lachte und schob ihr das Glas zu.

»Probier's aus.«

Mit einem koketten Blick hob Maribel das Glas an ihre Lippen und nahm einen kleinen Schluck. Die Mischung aus metallischem Eisenstaub und Absinth schoss sofort durch ihre Sinne. Doch sie ließ sich nichts anmerken, nur ein kurzes Zucken ihrer Mundwinkel.

»Hmm… scharf wie ein Dolch in der Kehle.«

Sie leckte sich genüsslich die Lippen und musterte ihn herausfordernd.

»Vielleicht wirst du beim dritten Schluck doch noch ein Ritter, Valerius?«

Sein Grinsen wurde breiter, als er Maribels Blick auffing, zufrieden mit ihrer Reaktion. Doch langsam wich es, während er sie ansah — etwas in ihrer Haltung, eine stille Herausforderung, ein Hauch von Belustigung, zog ihn aus dem Spiel. Seine Augen glitten in die dunklen Ecken, als suchten sie dort Antworten, die er in ihrem Ausdruck nicht finden konnte.

»Seltsam«, sagte er schließlich, »wie sich die Dinge ändern, ohne dass man es bemerkt. Eine Stadt kann ein Zufluchtsort sein… und doch auch ein Käfig, gebaut aus stillen Regeln und Erwartungen.«

Maribel lauschte der Schärfe, die sich in seine Stimme schlich — etwas, das weit über die Bitterkeit des Cocktails hinausging.

»Manchmal«, fuhr er fort, »ist es nicht der Rost, der die Klinge schärft, sondern das ständige Reiben am Widerstand.«

»Du sprichst von Etherion, nicht wahr?« fragte sie leise.

Valerius nickte, seine Augen fanden wieder zu ihr zurück, als ob er in ihrem Blick Halt suchte.

»Das Absurde und in gewisser Weise auch Witzige ist: Viele der Etherioner kamen selbst einst als Fremde hierher. Viele von ihnen wurden hier nicht geboren. Sie haben weder die Traditionen dieser Stadt verinnerlicht noch deren Geschichte jemals wirklich durchdrungen. Sie kennen nicht die Säulenheiligen der Stadt oder auch nur deren Bild, und haben niemals einen

Fuß in die Akademie gesetzt.«

Er lachte bitter auf, ein Ton, der in der Luft hängenblieb wie der Nachgeschmack eines schlechten Witzes.

»Sie wissen nichts darüber, was es heißt, Etherioner zu sein, aber schwingen lauthals Parolen, als hätten sie die Stadt selbst aus dem Stein gehauen.«

Maribel hielt Valerius' Blick fest, spürte die Schwere, die in seinen Worten lag — eine Mischung aus Frustration und nüchterner Einsicht. Sie sagte nichts, aber ihr Schweigen war kein leerer Raum, sondern eine Einladung, weiter zu sprechen.

»Ironisch, wie schnell man vergisst, was es heißt, fremd zu sein. Sie richten über die Neuankömmlinge mit der Leichtigkeit, mit der man einen Stein wirft, als hätten sie verdrängt, dass auch sie selbst oder ihre Familien einst mit leeren Händen hier ankamen. Solche Kälte entsteht nur, wenn die Erinnerung daran verblasst, selbst ein Fremder gewesen zu sein.«

Seine Finger kreisten langsam um einen unsichtbaren Punkt auf der Tischplatte, als wollte er einen Gedankensog klein halten.

»Die Menschen haben es sich zur Gewohnheit gemacht, alles sofort in Schubladen zu packen, Urteile im Affekt zu fällen, als ließe sich die Welt in scharfe Konturen teilen. Ihre Annahmen gleichen vorgezeichneten Linien, denen sie blind folgen, ohne innezuhalten, ohne zu prüfen, was jenseits der Muster liegt. Alles, was aus ihren Bahnen ausschert, wird zur Bedrohung erklärt. Echte Gespräche weichen reflexartigen Schlagworten und fertigen Antworten, serviert von selbsternannten Meistern — einfache Formeln, die versprechen, Komplexität in einem Atemzug zu glätten. Sie verschanzen sich hinter Phrasen, die wie Schutzwälle jede abweichende Idee abwehren. Die Antworten, die sie annehmen, sind bequem, vielleicht tröstlich, aber nicht echt — sie sind nicht der Funke, der zu neuer Erkenntnis führt, sondern nur der stumpfe Wiederhall von allem, was sie immer schon geglaubt haben.«

Seine Augen verengten sich, als würde er eine unsichtbare Welle abwehren, die ihn ins kalte Wasser der Gleichgültigkeit reißen wollte. Es war nicht nur ihr Blick, der seine Last mittrug, sondern die zarte Berührung ihrer Finger, die sich um seine Hand schlossen — eine flüchtige Geste, die ihn spüren ließ, dass sie nicht bloß zuhören, sondern ihn begreifen wollte, ohne Urteil, ohne Vorbehalt.

»Es ist, als wären Gespräche zu einem Ritual ohne Inhalt verkommen«, fuhr er fort, »ein Schauspiel aus Stimmen, die einander übertönen, ohne wirklich zuzuhören. Jeder Satz zielt darauf ab, zu treffen, nicht zu berühren; Worte sind keine Brücken mehr, sondern Waffen. Man hört nur, um zu kontern, nicht, um zu verstehen. Der Austausch von Gedanken ist einer Verteidigung von Festungen gewichen, die aus unverrückbaren Überzeugungen errichtet wurden. Die Debatte verglüht, bevor sie wirklich entflammt — als wäre jede Diskussion verloren, ehe sie beginnt. Es ist ein lärmendes Aufeinandertreffen, bei dem der Ausgang bereits feststeht und niemand wagt, die eigene Klinge zu senken, um zu sehen, ob sich nicht eine andere Wahrheit im Rauch verbirgt. Anstelle einer Brücke gräbt sich ein Graben nur tiefer, je lauter die Stimmen werden. Die Angst, auch nur einen Funken vom eigenen Standpunkt abweichen zu müssen, erstickt jede Annäherung im Keim. Gespräche sind nicht länger die Begegnung zweier Welten, sondern nur noch Echos, die von den Mauern der eigenen Überzeugungen widerhallen. So bleibt nur die Stille zwischen den Stimmen, die schwerer wiegt als jede sinnlose Debatte, weil sie daran erinnert, dass es einst echte Gespräche gab, die wirklich etwas bedeuteten.«

Sie schüttelte den Kopf und seufzte dramatisch, als sei es eine zu köstliche Absurdität, um sie ernst zu nehmen.

»Bei Königsnest ist es besonders faszinierend«, sagte sie. »Alle scheinen genau zu wissen, was dort angeblich vor sich geht — eine Ökodiktatur, die den Fortschritt im Morgengrauen aufknüpft, während die Bäume applaudieren. Manche glauben sogar, die Alchemisten brauen dort einen grünen Hexentrank, der jede Maschine in einen Holzklotz verwandelt. Komisch nur, dass von all den Leuten, die darüber schimpfen, kaum jemand je in die Nähe dieses sagenumwobenen Abgrunds gekommen ist.«

Sie nippte an ihrem Glas. Dann zog sie die Worte in die Stille, als ob sie eine Schicht von Vorurteilen abblätterte.

»Aber wer braucht schon eigene Erfahrungen, wenn die passende Geschichte gleich mitgeliefert wird? Sie kämpfen lieber gegen selbstgemachte Gespenster, statt sich die Mühe zu machen, den Ort wirklich zu sehen. Schließlich ist es gemütlicher, gegen Schreckgespenster zu kämpfen, die perfekt in ihre Vorstellungen passen. Sie klammern sich an ihre Schauermärchen, als wären sie das letzte bisschen Trost in einer ungemütlichen Welt. Geschichten, die ihnen zugetragen wurden — das ist alles, was sie kennen. Und wenn dann jemand zurückkommt, der wirklich dort war und erzählt, der Ort sei weniger Schreckgespenst als verstaubter Marktplatz, nennen sie ihn einfach einen Verräter. Vielleicht liegt es daran, dass sie insgeheim Angst haben, Königsnest könnte besser sein, als sie es sich ausmalen. Stell dir vor, sie müssten plötzlich zugeben, dass ihre Lieblingsfeindbilder nichts weiter als eine löchrige Decke sind. Vor allem, wenn sie es sich darin bequem gemacht haben. Aber ich schätze, es ist gemütlicher, gegen Schreckgespenster zu kämpfen, die genau in ihre Ängste passen, statt sich den wirklichen Dingen zu stellen. Man muss schließlich irgendwo seinen Frieden finden — und wenn es nur im Schatten einer fadenscheinigen Lüge ist.«

Sie stellte das Glas mit einem leichten Klirren ab.

»Und stell dir vor, du bist das Phantom, das für ihre Ängste herhalten muss — ein Theaterstück aus Missverständnissen, bei dem du die Hauptrolle spielst, ob du willst oder nicht.«

Valerius lächelte schmal.

»Wahrheit spielt schon lange keine Rolle mehr. Was zählt, ist der ständige Siedepunkt der Empörung — ein neuer Aufreger nach dem anderen, damit niemand zur Ruhe kommt und nachdenkt. Unsere Zeitungen sind wie Marktschreier, die täglich neue Kunststücke vorführen, um die Menge in Atem zu halten. Für Vernunft bleibt da kein Raum; nur für Schlagzeilen, die die Köpfe zum Kochen bringen.«

Er drehte sein Glas zwischen den Fingern, als wolle er das Thema genauso im Kreis bewegen.

»Und so tanzen sie alle im gleichen Takt: fasziniert, empört und gleichzeitig betäubt, weil es einfacher ist, auf den nächsten Aufreger zu warten, als sich mit dem zu beschäftigen, was wirklich passiert. Vielleicht haben sie verlernt, wie man spricht, ohne gleich in die Schützengräben zu springen. Oder vielleicht haben sie es nie gewusst.«

Maribel lachte leise.

»Oh, Valerius, wir sind doch nicht für Vernunft gemacht. Lass uns mal in eine absurde Parallelwelt eintauchen, in der wir anfangen, nüchtern miteinander zu reden: Die Köpfe würden wahrscheinlich explodieren vor unerwarteter Ruhe. Die Schlagzeilen brauchen ihre Skandale, ihren Zirkus, die volle Palette an Erregungsvorschlägen. Wer will schon Fakten, wenn man farbenfrohe Schreckgespenster haben kann? Und während alle im täglichen Rausch aus Aufregung und Halbwahrheiten versinken, fragen wir uns, ob da draußen noch Platz für einen klaren Gedanken geblieben ist.«

Sie hob spöttisch eine Schulter, als könne sie die Absurdität einfach von sich abschütteln.

»Wer weiß, vielleicht lauert der gesunde Menschenverstand irgendwo und schlägt irgendwann zu.«

Dann wurde ihre Stimme leiser, ernster.

»Und wir? Was können wir tun, um etwas zu ändern?«

Valerius umschloss ihre Hand, seine Augen tief in die ihren versunken.

»Wir beginnen damit, zuzuhören, bevor wir schießen. Vielleicht können wir einen Unterschied machen, indem wir das Fehlende mit etwas Eigenem füllen.«

Maribels Hände blieben still auf dem Tisch, doch hin und wieder ließ sie ihren Zeigefinger sanft über den Rücken seiner Hand wandern — in langsamen, kreisenden Bewegungen, so zart, dass es eher eine Ahnung als ein Gefühl hinterließ. Valerius' Stimme senkte sich:

»Die Zeit des Hasses wird kommen und gehen, Maribel, aber die Wahrheit und die Liebe werden bestehen bleiben wie das ewige Echo eines mächtigen Berges.«

Ein einzelner Tropfen des Dampfwirblers glänzte auf Maribels Lippen, und Valerius' Blick blieb an dem feinen Glanz hängen, als sie die Zunge ausstreckte, um ihn fortzuwischen. Der kühlende Hauch von Minze schien den Moment noch frischer zu machen, als sie eine Augenbraue hob und ihn mit einem neckischen Lächeln fixierte.

»Wie das Echo eines mächtigen Berges? War das eingeübt, oder kam es dir gerade in den Sinn?«

»Notwendigkeit, Maribel. Manchmal muss man nur den richtigen Moment finden.«

»Nun, das war definitiv eine Steigerung zu deinem... wie war das noch? Ach ja, deinem bescheidenen Vierzeiler in der Zeppelin-Bar.«

Sie zog seine Hand ein wenig näher zu sich. In ihrem Blick lag eine verschmitzte Wärme.

»Vielleicht solltest du öfter auf Berge steigen. Die Aussicht scheint dich zu inspirieren.«

Valerius lächelte.

»Bei so einer Aussicht, Maribel, würde ich wohl jeden Berg besteigen, ganz egal wie hoch.«

Ihre Lippen kräuselten sich verschmitzt, ehe sie den Kopf langsam und hingebungsvoll auf seine Hand sinken ließ. Ihre Augen schlossen sich, während sie tief und zitternd einatmete, als wolle sie den Moment bis in die Tiefen ihrer Seele ziehen. Für einen Augenblick verweilte sie so, ihre Haut schien vor Verlangen zu brennen, bevor ein leiser, stöhnender Laut ihrer Kehle entwich.

»Falls du noch höher hinaus willst, lasse ich mich nur zu gern von deiner Poesie umgarnen.«

Das flackernde Licht der Ætherlampen umschmeichelte seine kantigen Züge, zeichnete Schatten entlang seines Kiefers, während seine Augen im Halbdunkel leuchteten. Maribel betrachtete die Muskeln unter seiner straffen Haut, jeder klar definiert, ein Versprechen roher Stärke. Ihr Atem ging schneller, als ihr Blick seine Arme entlangwanderte. Ein Kribbeln durchfuhr ihre Fingerspitzen bei dem Gedanken, die festen Linien seines Körpers zu spüren: die raue Textur seiner Haut, die ihre eigene überlagerte. Eine brennende Sehnsucht tobte in ihr, seine Arme zu berühren, zu fühlen, wie die Muskeln unter ihrem Griff zucken und pulsieren würden.

Sie stellte sich vor, wie sich seine harten, warmen Muskeln unter ihren tastenden Händen anspannten, seine Lippen über ihre Haut glitten, der Druck seiner Finger auf ihrem Oberschenkel, während seine Hand fordernd über ihre Hüfte glitt. Ihre Fantasie malte Bilder, in denen jeder Kuss, jede Berührung sie tiefer in ein Labyrinth aus Lust zog, als ob seine Hände jede Kurve ihres Körpers wie eine geheime Landkarte erforschten. Die Vorstellung seiner Umarmung war mehr als ein Bild — es war ein Drang nach Nähe, nach Verschmelzung, nach dem sicheren Hafen seiner Arme. Unter seinem Blick schwollen ihre Brüste an, und das pulsierende Verlangen zwischen ihren Beinen wurde mit jedem Augenblick intensiver. Ihre Fantasie durchbrach jede Grenze, drang tiefer in die dunkelsten Winkel ihres Verlangens vor. Inmitten des gedämpften Murmelns der Gäste wurde Valerius zum Inbegriff ihrer Sehnsüchte — ein unwiderstehlicher Magnet.

»Weißt du, Maribel«, begann Valerius leise, »auf der Bühne bringst du Worte zum Glühen — du fesselst jeden, der dir zuhört. Aber was mich wirklich fasziniert, ist, wie dein Körper seine eigene Sprache spricht. Ohne Skript, ohne Proben. Reine, unverfälschte Wahrheit. Beherrschst du diese Kunst auch, wenn niemand zusieht?«

Sie lächelte schelmisch.

»Mein Körper hat noch nie ein Skript gebraucht. Die Scheinwerfer mögen verlöschen, aber was der Körper weiß, wird nie verblassen. Und was er sagt… das ist zu wahr, um auf eine Bühne zu passen.«

Seine Augen fixierten ihre Lippen.

»Dann lass mich dein einziges Publikum sein. Ich verspreche dir, ich werde jede Nuance dieser Kunst bewundern — und mit dir fühlen.«

Maribel lehnte sich langsam vor.

»Spielen darfst du, Valerius. Aber auf dieser Bühne gibt es keine Souffleure, keine Texte. Nur das, was deine Haut begreift. Bist du bereit, improvisierend die Hauptrolle zu übernehmen?«

Langsam erhob sich Maribel. Ihr Blick war intensiv, als sie sich auf seinen Schoß sinken ließ. Ihre Bewegungen waren geschmeidig, ihre Hüften bewegten sich über seine, ihre Schenkel streiften ihn, bis sie tief in seinem Schoß ruhte. Sofort spürte sie die Hitze seiner Haut, ein Prickeln, das mit jedem Zentimeter wuchs, den seine Hand über ihren Körper wanderte. Ein leises Stöhnen entwich Valerius. Die Spannung zwischen ihnen verdichtete sich, als Maribel sich enger an ihn schmiegte, ihre Lippen nur einen Hauch von seinen entfernt. Valerius hielt den Atem an; die sinnliche Nähe ihres Körpers, jede ihrer Bewegungen entfachte in ihm ein unstillbares Feuer. Ihre Wärme durchdrang seine Kleidung, weckte in ihm animalische Instinkte.

In diesem Moment gab es nur sie, umhüllt von der Magie der Taverne und dem betörenden Zauber ihrer wechselseitigen Anziehung.

»Spürst du, wie hart du für mich wirst, Valerius?«

Ihre Stimme war ein verführerisches Flüstern, das in seinen Ohren kribbelte, während sie ihre Hüften rhythmisch gegen ihn presste. Er stöhnte, sein Atem heiß vor Erwartung.

»Du machst mich verrückt, Maribel.«

Ihre Lippen schwebten nur einen Hauch von seiner Haut entfernt, und er spürte ihren Atem auf seiner Wange.

»Genau das will ich. Ich will dich verrückt machen, deine Sinne betäuben, deine Lust entfachen... bis du nichts anderes mehr fühlst als mich.«

Valerius stöhnte erneut, unfähig, es zu unterdrücken. Seine Hände glitten fordernd über ihre Taille, als ob er die Kontrolle zurückgewinnen wollte, doch stattdessen verlor er sich tiefer in der Hitze des Moments.

»Maribel... du bist gefährlich.«

Er keuchte, seine Stimme rau und von drängendem Verlangen durchzogen. Ihre Finger strichen über seine Lippen, während ihr Blick tief in seine Augen eindrang.

»Es gibt keinen Grund, dich zu wehren. Lass dich mitreißen. Wir gehen zusammen tiefer... in eine Welt, die nur uns gehört.«

Seine Hände umfassten ihre schmale Taille, zogen sie näher, während er ihren süßlichen Duft tief einatmete.

»Ich will dich... jetzt, in diesem Augenblick.«

Seine Worte vibrierten vor Sehnsucht, während sie sich noch fester an ihn drückte.

»Dann nimm mich... zeig mir, wie sehr du mich begehrst.

Lass es mich spüren.«

Das Raunen ihrer Atemzüge schienen der einzige Laut in der Welt zu sein, als sich ihre Lippen trafen und in einem Kuss verschmolzen. Fast mühelos schienen Maribels Bewegungen, geführt von einer inneren Dringlichkeit. Sie spürte die Hitze von Valerius' Haut, die unregelmäßigen Schläge seines Herzens, und sie wusste, dass sie ihn genau hier haben wollte — gefangen in einem Strudel aus Lust und Vertrautheit, den nur sie beide verstehen konnten. Ihre Blicke fanden sich in einer stummen Übereinkunft, die Worte überflüssig machte. In der Tiefe seiner Augen entdeckte Maribel eine Entschlossenheit, die ihre eigene spiegelte, während die Hitze in ihrem Unterleib unerbittlich anschwoll. Worte schienen überflüssig. Mit einem leichten Lächeln, halb verspielt, halb ernst, nahm sie seine Hand und führte ihn die schmale Treppe hinauf zu den Zimmern, die die Taverne für die Nacht bot. Ihre Schritte waren kaum zu hören, doch die Spannung zwischen ihnen pulsierte wie ein zweiter Herzschlag.

Der Zimmer war schlicht, fast leer, doch mit jedem Schritt, den sie setzten, schien er sich zu verändern, allein durch ihre Gegenwart. Der Duft von altem Holz und nasser Erde vermischte sich mit dem der wilden Blumen, die draußen vor den Fenstern emporrankten. Sie sanken auf das Bett, das Laken kühl und weich gegen ihre erhitzten Körper. Ihre Bewegungen waren abgestimmt, als ob ihre Körper längst wussten, was der andere brauchte. Valerius zog sie hungrig an sich, als wollte er jede Linie ihres Körpers in sich aufnehmen. Ihre Finger tasteten über seine Muskeln, spürten die Spannung und Wärme darunter. Da war keine Annäherung mehr, nur die Notwendigkeit,

Halt im Anderen zu finden. Ein stilles Gespräch, in dem keine Worte nötig waren. Der Raum um sie verschwand in einem stummen Sog, während ihre Lippen sich fanden, mehr Kollision als Kuss. Jede Berührung führte sie tiefer in einen Bereich, in dem sie sich immer neu begegneten, intensiver, unverfälschter — bis nur noch der Drang blieb, einander zu spüren.

Jeder Atemzug war geladen, jede Berührung entfachte Kettenreaktionen. Das gedämpfte Licht der Glühbirne ließ Maribels schimmernde Haut und den darauf glänzenden Schweiß wie ein kostbares Werk erscheinen. Seine Berührung schrieb die Geschichte ihrer Haut neu, hinterließ Spuren ungestillter Sehnsucht. Maribel stöhnte, als seine Finger ihren Rücken hinabglitten, suchend, als wollten sie ihr innerstes Wesen freilegen. Ihre Haut brannte unter seiner Berührung, als hinterließe er Feuer, das tief in sie eindrang. In dieser Verschmelzung kristallisierte sich eine unbeschreibliche Intimität heraus. Jede Berührung war ein Schwur gegen das Verlassenwerden, ungeachtet ihrer seelischen Wunden. Ihre Körper kannten keine Grenzen mehr, ihre Seelen griffen nach einer Nähe, die alles umfasste, was sie waren und verborgen hielten. Gemeinsam gaben sie sich einem Rausch hin, der alles um sie verschwinden ließ. Die Nacht wurde zeitlos, ihre Welt reduzierte sich auf Bettwäsche, Berührungen und Blicke. Die Nacht wurde eine Singularität der Ekstase, ein leuchtender Punkt im düsteren Universum.

Als der erste Schimmer des Morgens durch die Fensterläden fiel, verharrten sie in stiller Umarmung, durchdrungen von Ruhe und Zufriedenheit. Was sie in dieser Nacht geteilt hatten, war mehr als flüchtige Ekstase — es war ein unausgesprochener Schwur, verwurzelt und bereit, in den kommenden Tagen weiterzuleben. Das Licht legte sich auf Maribels Gesicht, als hätte die vergangene Nacht ihre Form herausgearbeitet, und spiegelte sich in ihren strahlenden Augen. Die Linien ihres Gesichts waren wie feine Risse im Eis eines zugefrorenen Sees, zart und doch voller Tiefe.

Valerius' Blick glitt über die zarte Rundung ihres Halses, wo der Schatten ihrer Brüste sanft begann, als warteten sie auf seine Berührung. Jede Linie ihres Körpers wirkte wie für seine Finger geschaffen, jeder Zoll ihrer Haut stellte eine Einladung dar, ebenso einladend wie das Versprechen in ihren Augen. Er ließ seinen Blick über Maribels nackten Körper gleiten, als betrachtete er ein Kunstwerk, in dessen Vollkommenheit nur er sich verlieren durfte. Ihre Haut schimmerte wie Marmor, jede Kurve ihres Körpers eine Ode an die Schönheit, die das Feuer in ihm immer wieder neu entfachte.

Ihre Brüste hoben sich verlockend, während ihre schlanke Taille in breitere Hüften überging, eine perfekte Harmonie zwischen Anmut und Stärke. Ihre Hüften schienen sich geradezu in seine Vorstellung zu schmiegen, und ihre geschmeidigen Schenkel versprachen mehr als Berührung. Und ihre Scham schimmerte wie ein geheimer Tempel, der seine Begierde in einen lodernden Brand verwandelte — ein Verlangen, das nicht zu stillen war, je länger er sie ansah. Jede Rundung, jeder Zentimeter ihres Körpers war ein Meisterwerk, geschaffen, ihn zu bezwingen. Seine Haut prickelte vor Erwartung, unfähig, den Drang zu unterdrücken, und seine Finger zitterten, während er sich vorstellte, jede Kurve ihres Körpers erneut zu kosten, jede weiche Linie ihrer Haut weiter zu liebkosen.

Maribel verkörperte eine Anziehungskraft, die seine wildesten Fantasien weckte, bis nichts mehr existierte außer dem Drang, in ihr zu versinken. Sie war kein Traum, kein flüchtiges Bild — sie war Wirklichkeit, Fleisch und Wärme, geschaffen, um verehrt zu werden. Als Valerius ihre Hand in die seine nahm, empfing er nicht die brennende Hitze des Verlangens, sondern die sanfte, beständige Wärme einer stillen Gewissheit. Ihr Lächeln schien nur ihm zu gehören, ein stiller Ruf, und ihre Lippen weckten in ihm ein stetig wachsendes Verlangen.

Die bloße Vorstellung, seine Männlichkeit von ihren üppigen Lippen umschlossen zu sehen, entzündete ein Feuer der Leidenschaft in ihm. Er wagte es kaum, sich auszumalen, wie es sich anfühlen würde, ihre Lippen um sich zu spüren, ihre Zunge, die ihn in Wellen unbeschreiblicher Lust umspielte. Der Gedanke, in ihrem Mund zu kommen, umgeben von ihrer bedingungslosen Hingabe, trieb sein Verlangen an die Grenze des Erträglichen. Wie ein Feuer loderte sein Wunsch, und er fand keine Worte mehr, nur noch ein stummes Flehen in seinen Augen, als er Maribel bittend ansah. Sein Herz schlug wie entfesselt, und jede Faser seines Seins verlangte nach der Erfüllung, die nur sie ihm schenken konnte. Maribel, von einem berauschenden Gefühl der Macht erfüllt, lächelte verschmitzt, als sie seine Bitte hörte. Das pulsierende Verlangen wurde durch seine Unterwürfigkeit nur noch angefacht, und sie fühlte sich lebendiger als je zuvor.

»Bitte, Maribel«, flehte Valerius, seine Stimme von Verlangen durchdrungen. »Lass mich in deinem Mund kommen.«

Maribel erwiderte mit einem neckischen Lächeln:

»Oh, Valerius, du bist so unersättlich. Aber natürlich — für dich würde ich alles tun.«

Sie ließ die Spannung zwischen ihnen für einen Augenblick auflodern, spürte, wie seine Muskeln unter ihrer Nähe zuckten, bevor sie sich ihm schließlich hingab. Ihre Lippen umschlossen ihn in einem Akt höchster Intimität, während sein Verlangen nach Befriedigung mit jedem Herzschlag zunahm. Sein Körper bebte vor Erregung, als Maribel seine Manneskraft mit ihren warmen Lippen umschloss. Ein leises Stöhnen entrang sich seiner Kehle, als er sich in ihrem Mund verlor. Sie genoss jeden Moment dieses sinnlichen Aktes, während sie spürte, wie seine Erregung in ihrem Mund wuchs. Sie umspielte ihn geschickt mit ihrer Zunge, um seine Lust noch weiter zu entfachen, während er rhythmisch in ihrem Mund pulsierte.

»Oh, Maribel«, stöhnte er, als er spürte, wie sich ihre Lippen fest um ihn schlossen. »Ich stehe kurz davor... bitte... hör nicht auf...«

Maribel lächelte verführerisch und ließ einen erwartungsvollen Blick über Valerius gleiten, bevor sie antwortete:

»Nimm, was du brauchst, mein Liebster. Ich bin ganz für dich da.«

Maribel schloss die Augen und konzentrierte sich ganz auf die intensiven Bewegungen ihres Mundes, ihre Lippen sich fest um ihn schließend. Sie spürte seine angenehme Wärme und straffe Festigkeit gegen ihre Zunge. Langsam ließ sie ihn mit spürbarer Hingabe aus ihrem Mund gleiten, während sie den unverwechselbaren, leicht salzigen Geschmack seiner Vorfreude auf ihren Lippen schmeckte — eine Mischung aus seiner Haut und dem ersten Hauch seines Erregungssafts, der sich auf ihrer Zunge ausbreitete. Mit einem genüsslichen Stöhnen führte sie ihn wieder tiefer vorwärts, bis er ihren Gaumen erreichte und sein pulsierendes Zittern durch ihren Körper vibrierte.

Ihre Bewegungen wurden nun gleichmäßiger, ein rhythmisches Vor und Zurück, ihre Lippen umschlossen ihn fest, während ihre Zunge spielerisch über seine empfindlichsten Stellen glitt. Der Widerstand seiner erhitzten Haut, die wachsende Intensität seines Körpers, der Geschmack seiner Lust, der sich allmählich verstärkte — all das erfüllte sie mit einem Gefühl der Macht und Kontrolle. Mit jedem Stoß nahm sie mehr von ihm in sich auf, spürte die steigende Hitze und das rhythmische Pochen, als sein ganzer Körper sich unter ihrer Berührung straffte. Sie trieb ihn unaufhaltsam an den Rand der Ekstase, genoss das machtvolle Gefühl, ihn ganz und gar in ihren Händen und ihrem Mund zu haben.

Schließlich erreichte er den Höhepunkt, und ein heiseres Seufzen entrang sich seiner Kehle, als er sich in ihrem Mund entlud. Sie empfing ihn bereitwillig, ihre Lippen fest um ihn geschlossen, während seine Wärme ihren Hals hinunterlief. Unaufhaltsam füllte er sie aus, während sich jeder Tropfen seiner Lust wie flüssige Hitze ausbreitete. Gierig trank sie ihn, den salzigen, leicht metallischen Geschmack genießend, der die Intimität dieses Augenblicks noch verstärkte.

Die warme Flut erfüllte sie, und ein fast triumphierendes Lächeln zierte ihre Lippen, als sie sich an diesem Moment berauschte. Ihre Zunge spielte weiter mit ihm, während sie mit jedem Schluck die Essenz seiner Ekstase in sich aufnahm, die tief in ihr hinabsank. Sie verlor sich in der vollkommenen Nähe dieses Augenblicks, jeden Tropfen seines Verlangens wahrnehmend. Mit einem leisen Seufzen schluckte sie, spürte, wie seine

Hingabe durch sie hindurchglitt, sich in ihrem Inneren löste und dabei etwas in ihr freisetzte, als würde eine lang ersehnte Spannung von ihr abfallen. Eine sanfte Wärme breitete sich aus, die bis in ihren Unterleib glitt, wo sie sich wie ein innerer Frieden anfühlte. Das letzte bisschen seiner Leidenschaft verschwand in ihr, und jeder Puls dieser Hitze schoss wie Feuer durch ihren Körper, ließ ihre Muskeln zucken und spannte ihre Mitte an, während die Glut in ihre Beine sickerte. Ein Kribbeln breitete sich unter ihrer Haut aus, hob und senkte ihre Brust, und jede ihrer Körperzellen schien erquickt unter der pochenden Hitze, die sie in unkontrollierbares Beben versetzte.

Ein weiteres, tiefes Stöhnen entwich ihrer Kehle, als sie sich an den letzten Resten seines Saftes labte, den süßen Nachgeschmack seiner Hingabe auf ihrer Zunge schmeckte. Zufrieden lehnte sie sich zurück, ihre Lippen noch feucht von ihm, ihre Augen glitzerten vor Genuss. Es war mehr als nur Lust — es war eine tiefe Vereinigung, die ihre Bindung verankerte und sie für einen Moment in vollkommener Harmonie miteinander verschmolz.

»Das war einfach… göttlich«, stöhnte er, sein Atem noch immer schwer vor Erregung, als er Maribel mit einem intensiven Blick ansah.

Maribel leckte sich langsam und genüsslich die Lippen, ihr Blick funkelte verschmitzt.

»Natürlich war es das«, flüsterte sie, ihre Stimme tief und rauchig, während sie seinen süßen Geschmack noch auf ihrer Zunge schmeckte.

»Dein Geschmack ist so… betörend, Valerius. Ich könnte dich stundenlang kosten, bis du nichts mehr hast, was du mir geben könntest.«

Er zog sie sanft an sich, doch sein Verlangen brannte noch immer ungezügelt in ihm.

»Unglaublich, was du mit mir machst«, hauchte er, während seine Hände verlangend über ihre Haut glitten. »Ich will dich immer wieder spüren… alles von dir.«

Maribel lachte leise, ein Triumphgefühl stieg in ihr auf, als sie seine Hände auf ihrer Haut spürte.

»Und ich will dich immer wieder trinken«, murmelte sie vergnügt und ließ ihre Fingerspitzen neckend über seine Brust gleiten. »Du wirst mir immer wieder gehören. Wie oft du auch denkst, dass du mich hattest… Du wirst immer ein wenig mehr von mir wollen, als ich dir gebe.«

Sie küssten sich leidenschaftlich, ihre Körper eng ineinander verschlungen.

»Ich liebe dich«, flüsterte Valerius schließlich, seine Stimme noch immer voller Verehrung.

»Und ich liebe dich«, erwiderte Maribel, ihre Worte von tiefer Befriedigung erfült. »Für immer und ewig.«

V

DER EINGANG WAR EINE SCHMALE PFORTE, verborgen zwischen hohen Mauern und rußbedeckten Gebäuden der Stadt. Doch wer ihn fand, wer mutig genug war, diese unscheinbare Schwelle zu durchschreiten, betrat eine Welt, in der der Alltag wie ein ferner Traum erschien. Es war der *Ætherhain*, der älteste Nebelschleiergarten Etherions, ein verborgener Teil des Ewigen Palasts, der nur von der Elite, den Erleuchteten und Auserwählten, betreten werden durfte. Während die Stadt Schwere atmete, öffnete sich hinter dieser Schwelle eine Welt, die nicht von Menschenhand geschaffen war, und in der die Natur den Schlüssel zu einer Zufriedenheit trug, die tief in den Geist hineinreichte.

Elara und Viktor schritten schweigend einen Pfad entlang, gesäumt von schimmernden Rosen. Die Morgendämmerung lag noch frisch über der feuchten, schweren Luft, während Nebelschleier sich wie ein atmender Schleier über die Vegetation legten. Verwunschene Wege wanden sich durch urtümliche Flora, wo alte, unnachgiebige Bäume wie ewige Hüter standen. Ihre knorrigen Äste, die sich wie gebrochene Finger dem Himmel entgegenstreckten, trugen Blätter, die im leichten Wind tuschelten, als würden sie die Geheimnisse der Stadt über die Mauern hinwegflüstern.

Jedes Blatt, jede Blüte war von diesem Hauch umfangen, als hätte die Zeit aufgehört zu fließen. Die Rosen am Wegrand glühten im diffusen Licht, als würden sie aus den tiefsten Schichten der Erde genährt, vom letzten Funken vergessener Magie. Ihre Düfte waren betäubend süß. Jeder Schritt auf dem vom Tau benetzten Moos ließ den Boden weich nachgeben, und jeder Atemzug durchdrang den Nebel, weckte eine subtile Reaktion der Pflanzen. Elara spürte, wie sich die Wurzeln unter ihren Füßen leicht regten, als ob sie ihre Anwesenheit fühlten. Viktor, in Gedanken versunken, beobachtete, wie sich der Nebel leicht kräuselte.

Sie sprachen nicht viel, doch wenn Worte fielen, waren sie schwer wie Tropfen, die durch den Nebel sanken. In der Mitte des Gartens plätscherte ein Brunnen, umgeben von Beeten. Dahinter, verborgen im Dickicht rankender Rosen und duftender Jasminsträucher, stand der Pavillon. Seine von Zeit und Stadt gezeichneten Säulen trugen noch immer das alte, reich verzierte Dach. Nichts wuchs hier einfach so — jede Pflanze, jedes Detail war Teil eines Netzes, das tiefer reichte, als man auf den ersten Blick erkennen konnte.

Die *Æther-Orangen*, deren Schalen in der Dämmerung wie kleine Sonnen glühten, beeindruckten besonders. Ihr saftig-süßes Fruchtfleisch verband sich mit einem pfeffrigen Hauch von Estragon und schuf eine Komposition, die sowohl den Geist als auch den Gaumen betörte. Als Delikatesse und Heilmittel galten sie, doch nur die Elite kannte ihren wahren Wert. Aber dies war nicht das einzige Wunder des Ætherhains: Pflanzen mit tiefem Bewusstsein entfalteten ihre Blätter, als spürten sie die Anwesenheit der Menschen. Verwelkte Blätter wichen sofort frischen, leuchtend grünen, als hätte die Natur den Zyklus des Vergehens außer Kraft gesetzt. In dieser ständigen Erneuerung lag nicht nur das Überleben des Gartens, sondern auch die Hoffnung für die Welt jenseits seiner Mauern. Nichts in diesem Garten war überflüssig; jede Art hatte ihren Platz, jede spielte eine Rolle, egal wie klein sie auch schien. Nur wer den Ætherhain verstand, konnte ihn wirklich lieben — und nur durch diese Liebe war es möglich, ihn zu bewahren.

Die Stille zwischen Elara und Viktor trug ein ungesprochenes Verständnis. Draußen ächzte Etherion unter dem Druck grober Emotionen und feinteiliger Technologie, doch der Garten atmete eine Weisheit, die solche Widersprüche längst überwunden hatte. Der Garten beobachtete sie nicht nur — er war Teil von ihnen, wie sie Teil der Natur waren, und ihre Gedanken und Sorgen spiegelten sich in jedem Blatt, in jeder Blüte. Doch der Glasflor lag wie ein Schleier über allem — eine leise, unaufhaltsame Bedrohung, die sich durch die Stadt fraß. Hier, inmitten der uralten Flora, wo selbst die Zeit ruhte, verspürten sie keinen trügerischen Schutz, sondern das Wissen, dass dieser Ort jenseits des Chaos existierte. In der rätselhaften Stille, in einem Garten, der wie ein atmendes Wesen auf sie reagierte, schien etwas Tiefes zu schlummern, auf dem selbst die größten Stürme nur flüchtige Wellen waren, die sich im Nichts verloren. Inmitten der stillen Verbindung, die der Garten ihnen bot, atmete Elara tief ein, als schöpfe sie Mut, um auszusprechen, was sie bedrückte.

»Ich habe in den alchemistischen Schriften gewühlt, jede Zeile aufgesogen wie ausgedörrte Erde den ersten Tropfen Wasser. Mit Thaddeus suchte ich nach Mustern, die dem Glasflor einen Ursprung verleihen. Ich zerlegte und fügte die Formeln neu zusammen, trug sie wie ein Gebet durch die Nächte — doch sie blieben hohl. Ich studierte hinterlassene Tagebücher, die starren Gesichter derer, die dem Glasflor nahe waren. Immer dasselbe: Zuerst verblasst das Gedächtnis, dann dieser leere Blick, als sähen sie hindurch in eine andere Welt — bis sie schließlich nicht mehr zurückblicken. Der Glasflor sucht jene, in denen Risse klaffen, jene, die innerlich erloschen sind.«

Eine Æther-Orange löste sich von ihrem Zweig. Ihr Licht erstarb vor dem Aufprall.

»Ich habe Seher aufgesucht und Handwerker befragt, die die Bezirke abriegeln. Ihre Werkzeuge zerbrachen am kristallinen Vormarsch wie Spielzeug. In den befallenen Vierteln sah ich, wie sich die Farbe des Himmels verändert, das Licht in den gläsernen Flächen nicht nur bricht, sondern verweilt, als hielte es etwas fest. Selbst in Thaddeus' verblichenen Pflanzenstudien suchte ich nach Spuren, getrieben von seiner Überzeugung, dass die Wahrheit sich in kleinste Details einritzt. Kein Ursprung, nur ein Geflecht aus Fragen, das sich endlos verzweigt. Jedes Verstehen trübte das Begreifen wie Tinte im Wasser. Die Wahrheit scheint mir zuzuflüstern, taucht in meinen Träumen auf, doch ihre Worte zerfallen zu Staub, zerbrechen beim Erwachen wie dünnes Eis.«

»Was sagt Thaddeus dazu?«

Die Frage kam leise, fast beiläufig, während sie an den phosphoreszierenden Æther-Orangen vorbeischritten.

»Thaddeus meint, der Glasflor sei ein lebendiger Gedanke, der durch die Straßen der Stadt wächst. Er sagt, er verwandele die Stadt nicht, sondern mache nur sichtbar, was wir schon immer waren. Jedes neue Muster legt ein Stück von uns selbst frei, wie ein Auge, das uns ansieht. Thaddeus glaubt, es offenbare sich nur dem, der tief genug blickt, als müsse man in den Abgrund geschaut haben, um die Schönheit darin zu erkennen. Er ist überzeugt, ich könnte diese Wahrheit lesen und dass die Stadt nur dann Antworten findet, wenn ich es tue. Doch was, wenn diese Wahrheit uns zerstört? Wenn der Glasflor nichts als ein leeres Auge ist, das uns in verzerrten Linien unser eigenes Nichts zurückgibt?«

Viktor seufzte, als läge die Antwort jenseits dessen, was selbst er noch begreifen könnte.

»Dann wären wir mit der Suche am Ende.«

Sie sah ihn mit wachem Blick an, als wollte sie ein Seil auswerfen.

»Der Chirurg, der mich gerettet hat, als der Glasflor schon in mir war, Grimwald, könnte er eine Idee haben?«

Er nickte langsam.

»Grimwald, ja. Ich habe viel mit ihm gesprochen in den letzten Tagen.«

Er sah zur Seite, als schärfte er seinen Blick ins Nichts.

»Grimwald sagte mir, was er unter dem Mikroskop gesehen hat. Er sprach kaum hörbar, legte das Mikroskop beiseite, als könne es das Gesehene auf ihn übertragen. Die Kristalle breiten sich im Körper aus wie Pilzgeflecht, fressen sich durch das Nervengewebe. Schicht um Schicht legt sich eine kristalline Struktur über das Fleisch, verhärtet nicht plötzlich, sondern schleichend. Es beginnt in den Sehnen, die unter der Haut zu feinen Splittern erstarren. In dreißig Jahren habe ich Grimwalds Hände nie zittern sehen — doch diesmal war es anders.«

Seine Pupillen zogen sich zusammen.

»Er sagt, er könne sich kein Mittel vorsellen, das die Ausbreitung verhindert; der Glasflor mache unsere Medizin bedeutungslos.«

Ein Hauch von Erstaunen glitt über ihre Züge, kurz und kaum wahrnehmbar.

»Und dennoch konnte er mich damals retten?«

»Du musst wissen, Elara, Grimwald rettet jeden, den man ihm auf den Operationstisch legt — ohne Ausnahme. Doch bei Seuchen, die die ganze Stadt erfassen, ist er inzwischen... zurückhaltend. Wer könnte es ihm verübeln.«

Ihre Stirn legte sich in Falten.

»Warum? Was meinst du?«

Viktor schloss kurz die Augen.

»Weil er mehr Elend gesehen hat, als man ertragen sollte. Beim *Großen Brand* — als Etherion ein einziges Inferno war — stand Grimwald mitten in den Flammen. Die Menschen kamen zu ihm, verwundet, entstellt. Er band sich Tücher um die Hände, die bis zum Ellbogen vom Blut getränkt waren, und arbeitete weiter, während der Rauch ihm die Haut verbrannte. Es heißt, er habe seine eigenen Schmerzen so tief vergraben, dass er selbst kaum noch spürte, was seine Hände taten.«

Viktors Stimme hatte diese präzise Härte, die Elara inzwischen vertraut war.

»Der Mann hat mehr Leben gerettet als ein Fluss Tropfen zählt. Doch ich glaube, er beginnt zu erkennen, dass es Grenzen gibt. Ich sah es in seinem Blick — die Erschöpfung eines Mannes, der weiß, dass er nicht mehr gegen alles ankämpfen kann. Dass der Glasflor mehr ist als ein Leiden. Zum ersten Mal in all den Jahren steht er vor etwas, das größer ist als sein Wille zum Heilen. Und wenn selbst Grimwald, der unerschütterliche Grimwald, seine Hände sinken lässt, scheint es, als würden selbst wir allmählich auf etwas anderes zusteuern.«

Viktor starrte in den perlmuttfarbenen Dunst des Ætherhains, wo das Licht wie zerbrochene Träume durch die Zweige tropfte. Ein Atemzug entwich ihm wie der letzte Dampf einer erkaltenden Maschine, und seine Stimme trug die Schwere geborstener Hoffnung.

»Es ist nicht nur der Glasflor, der Etherion zerfrisst — er spiegelt nur, was längst geschieht. Selbst wenn wir eine Antwort finden, wird sie uns in den Abgrund führen. Die Menschen sehen sich nicht mehr; wir verbluten an Wunden, die wir uns selbst zugefügt haben.«

Die letzten Worte verschwanden lautlos im Nebel, wie Blüten, die zu Boden fielen. Schatten legten sich um Viktors Züge wie Linien einer alten Karte, die Geschichten von Kämpfen und verlorener Zeit erzählte.

»Der Senat ist ein brennendes Buch, dessen letzte Worte kaum noch lesbar sind. Der Rat stemmt sich gegen die Flammen, doch Zephyrus hat die Seiten längst vergiftet und meine Handlungsfreiheit eingeschränkt. Die Stadt wird von einem Wahn erfasst, der an den Rändern ihrer Realität zerbricht. Eine unsichtbare Hand hetzt sie gegeneinander auf.«

Sein Gesicht zeigte die Müdigkeit eines Mannes, der zu oft hinter die Kulissen der Täuschung geblickt hatte und nun nicht mehr wusste, wie weit er noch gehen konnte, ohne daran zu zerbrechen.

»Was können wir tun?« fragte Elara. »Es fühlt sich an, als

wären alle Wege versperrt.«

Viktor blieb stehen, als wöge die Wahrheit zu schwer, um weiterzugehen.

»Kräfte wirken im Verborgenen. Sie wollen nicht nur die Stadt — sie wollen unser Erbe. Und der gefährlichste von ihnen ist Etherions Schildherr. Er schwingt den Glasflor wie eine Sense, die nicht nur Leben erntet, sondern Seelen. Er tanzt am Abgrund und zieht die Stadt mit sich, während alle seinen Wahnsinn für Weisheit halten. Jeder seiner Schritte ist ein Hammerschlag gegen das Fundament der Stadt — und die Menge jubelt ihrem eigenen Untergang zu.«

Viktors Stimme schlug auf, wie ein Fenster, das in die Nacht aufgerissen wird. Elara wich entsetzt zurück. Zephyrus — der ehrwürdige Schildherr. Sie hätte nie geahnt, dass er in skrupellose Machenschaften verstrickt sein könnte. Für die Stadt war er das Bild eines Dieners.

»Unser Schildherr? Warum? Was will er?«

Viktor schloss die Augen, als bäte er darum, dem eigenen Urteil zu entkommen.

»Er hat vergessen, was es heißt, mit menschlichen Augen zu sehen. Die Welt ist für ihn zu einem Spiegellabyrinth geworden, in dem er nur sein eigenes verzerrtes Abbild erkennt. Er thront in einem Palast aus Leere auf einem Berg zerbrochener Versprechen. Er nutzt den Glasflor wie ein unsichtbares Schwert. Er spaltet die Menschen, ohne dass sie es bemerken.«

»Aber warum?« fragte Elara.

»Macht.« — Er spuckte das Wort aus, als verätze es seine Zunge. »Nicht die Art von Macht, die man verstehen kann. Diese Macht ist unersättlich, sie frisst alles, was sich ihr entgegenstellt. Zephyrus ist ein Meister darin, Menschen wie Schachfiguren gegeneinander auszuspielen, um sie zu brechen, zu formen und schließlich zu beherrschen.«

Sie erreichten das Ufer eines stillen Teichs. Das Wasser war schwarz, und die Spiegelung war verzerrt.

»›Teile und herrsche‹«, murmelte Viktor. »Es ist das älteste Handwerk der Macht. Man zerstört keine Stadt durch Gewalt, man sät Zwietracht in die Herzen ihrer Bewohner. Zersplitterte Seelen, aufgelöste Gemeinschaften — sie hinterlassen ein Volk, das sich selbst nicht mehr kennt. Und was sich nicht kennt, lässt sich leicht lenken.«

Elaras Schultern strafften sich unwillkürlich, als ob ein unsichtbarer Faden sie aus ihrer Trance holte.

»Teile und herrsche?« wiederholte sie leise.

Viktor neigte den Kopf, als sickerten seine Gedanken in die tiefen Furchen seines Gesichts.

»Das Prinzip besagt, eine Gemeinschaft in kleinere, zerstrittene Gruppen zu spalten, sodass sie sich nicht vereinen und gegen die wahre Bedrohung auflehnen können. Zephyrus hat die Senatoren nach seinem Willen gebogen, folgsam wie Marionetten. Er ließ die Ankömmlinge aus dem Ödland, die in unserer Stadt Zuflucht suchten, von den Mauern aus erschießen. Er hat es geschafft, unser eigenes Volk gegeneinander aufzuhetzen. Jetzt kämpfen sie gegeneinander, getrieben von etwas, das sie nicht verstehen.«

Elara beobachtete ihn. Ihre Gedanken schwirrten.

»Warum kannst du ihn nicht einfach absetzen? Du bist der Erzregent. Warum nimmst du ihm diese Macht nicht?«

Viktor senkte den Kopf, als hätten unsichtbare Ketten ihn

schwerer gemacht.

»Du verstehst nicht, Elara… Die Macht, die ich formal besitze, ist eine Fiktion, wenn sie nicht im Gleichgewicht mit den Intrigen und politischen Machenschaften steht.«

Elara runzelte die Stirn.

»Aber du hast die höchste Autorität in Etherion. Wie kann das nicht ausreichen?«

»Das stimmt. Doch meine Macht ist nur so stark, wie der Rückhalt im Senat. Und Zephyrus weiß das.«

Er sah sie eindringlich an. Die Silben zerbrachen wie Glas auf seiner Zunge.

»Zephyrus ist nicht einfach irgendein Senator. Er ist der Kommandant über die Wächter. Seine Macht reicht tiefer als jede formelle Befugnis.«

Elara hob die Augenbrauen, unsicher, worauf Viktor hinauswollte.

»Und was heißt das für uns?«

Viktor ließ seinen Blick auf dem Boden ruhen.

»Die Wächter mögen mich offiziell schützen, aber ihre wahre Loyalität gehört ihm. Zephyrus hat ihr Vertrauen in einem Maß gewonnen, dass sie ihm folgen würden, selbst wenn es bedeutete, sich gegen mich zu stellen.«

Elaras Herz zog sich zusammen. Sie hatte gewusst, dass das System korrupt war, aber dass es so tief verwurzelt war… das war schwer zu ertragen.

»Wie kann das sein? Sie sollen dich verteidigen.«

»Zephyrus verwischt die Grenzen des Systems. Seine Rolle als Schildherr gibt ihm Zugang zu Rat und Senat, wo er je nach Bedarf beratend oder entscheidend agiert. Er manövriert geschickt zwischen den Ebenen, nutzt Schwächen des Systems zu seinem Vorteil.«

»Und das heißt… wenn du ihn absetzen würdest, könnte er dich stürzen?«

»Ja«, sagte Viktor knapp. »Ohne den Rückhalt des Senats wäre es Wahnsinn, gegen Zephyrus vorzugehen.«

Elara sog scharf die Luft ein.

»Dann bist du… gefangen.«

Viktor bejahte, sein Blick trüb.

»Gefangen«, wiederholte er. »Bis ich einen Weg gefunden habe, ihn zu schwächen. Dafür brauche ich mehr als Geduld – ich brauche Verbündete. Menschen, die nicht aus persönlicher Gesinnung handeln, sondern aus Verantwortung für ihr Amt und die Stadt. Wahre Loyalität bedeutet zuweilen, sich selbst aufzugeben, um das Größere zu bewahren.«

Elara spürte, wie sich ein Knoten in ihrer Brust lockerte. Sie zögerte, es Viktor zu sagen. Der Schmerz saß tief, doch was sie jetzt aussprechen würde, wog schwerer. Ihr Weg nach Etherion war illegal. Ein Plenipotentiar hatte sie damals eingeschleust. Bis heute war nur Maribel eingeweiht.

»Die Stadt nimmt sich, was sie will, und Loyalität und Selbstaufgabe hinterlassen die schärfsten unsichtbaren Narben. Ich habe dieses Opfer nur bei einem Mann gesehen. Damals war ich noch klein, kaum fähig, das Ausmaß meines Verlustes zu fassen. Mein Vater, du hättest ihn sehen sollen. Ein stiller Mann, kein Held aus Geschichten. Doch er gab alles, was ihm blieb – Schrauben, Bolzen, Splitter von Stahl –, und formte daraus Glieder für mich. Kein wirklicher Ersatz für Arme und Beine, eher die Flügel einer zerschmetterten Maschine, die mich nur notdürftig zusammenhielten. Nacht für Nacht hat er jede Schraube, jedes Zahnrad kalibriert. Seine Hände fanden keine Ruhe, und seine Augen... ich sehe sie noch immer, diesen Blick, als könnte ich ihm jeden Moment unter den Fingern zerfallen. Er schien sich in einem unaufhörlichen Rennen gegen die Zeit zu sehen, alles, was er mir geben konnte, ein flüchtiger Dampfstoß, den er in rostige Gelenke und verschlissene Glieder zu pressen versuchte.«

Elara ließ ihre Finger über die Kanten ihrer Prothese wandern, als sei sie weit weg — als müsse sie durch einen Nebel greifen, der sie in eine Ferne trug, die nur sie sehen konnte.

»Doch die Prothesen wollten nicht halten. Mein eigener Körper stieß sie ab, als wären sie Gift. So saß ich oft allein in der Dunkelheit, brachte mir bei, sie neu zu befestigen, Schraube um Schraube, bis meine Hände kaum noch greifen konnten. Diese rostigen Provisorien hielten mich kaum zusammen. Ich glaubte, wenn ich nur lange genug schrauben und justieren würde, könnte ich das Metall überzeugen, bei mir zu bleiben. Doch immer wieder lösten sie sich — und ich blieb in ständiger Furcht vor der Bewegungslosigkeit.«

Viktor drehte den Siegelring an seinem Finger und schwieg — nicht das unbeholfene Schweigen eines Menschen, der nicht weiß, was er sagen soll, sondern das geduldige Innehalten eines Mannes, der die Kostbarkeit einer geteilten Erinnerung zu würdigen weiß. Elara sprach weiter.

»Meine Eltern sahen mich an, und ich wusste, dass sie mehr fürchteten als nur das Ödland. Sie entschieden, mich nach Etherion zu bringen, in der Hoffnung, dass Etherion mir geben könnte, was sie nicht mehr vermochten. Diese Augmentationen, diese rostigen Lebensfetzen, waren unser letzter Halt — und mein Vater ahnte, dass ohne die Technologie dieser Stadt nichts aus mir würde. Ein Leben, das nie wirklich begann; ein Krüppel, der im Staub des Ödlands verwelkt.«

Viktor blickte auf, sichtlich überrascht.

»Etherion lässt selten Fremde aus dem Ödland passieren — die Kontrollen waren damals äußerst streng.«

Seine Stimme verriet eine Mischung aus Respekt und ungläubigem Staunen. Elara nickte leicht.

»Deshalb konnten sie mich nicht begleiten. Sie wussten, dass es auffliegen würde. Also bezahlten sie einen Diplomaten, um mich in die Stadt zu schmuggeln. Das Letzte, was ich von ihnen sah, war meine Mutter, wie sie mir ihre Hand auf die Stirn legte und sagte: ›*Du wirst leben, Elara.*‹«

Elaras Blick verlor sich auf einen unsichtbaren Punkt, und für einen Augenblick war ihre Stimme dünn wie Dampf, der auf kaltem Metall erstarrt.

»Später erfuhr ich, dass sie ermordet wurden — ob von Ödländern oder Wächtern, weiß ich nicht.«

Viktors Hand wanderte unmerklich an seinen Nacken.

»Ich kenne die Schmerzen an den Verbindungsstellen«, sagte er leise. »Aber ein Kind damit allein zu lassen…«

Er schüttelte den Kopf.

»Wer hat sich deiner angenommen? Wer kümmerte sich um dich, als du zur Waise wurdest?«

Sie lächelte schief.

»Ich musste ja nur die Hand ausstrecken — wenn ich denn eine gehabt hätte: Kaum hatten wir Etherion erreicht, ließ der Diplomat mich zurück. Ab da war ich allein, ein Haufen rostiger Schrauben und Splitter am Rand dieser Stadt. Mir blieben die letzten Überreste seiner Arbeit: provisorische Glieder, die sich Nacht für Nacht von mir lösten, als weigerten sie sich, mich zu tragen. Ich zog Schrauben fest, flickte Gelenke, meine Hände blutig, mein Atem schwer. Tag für Tag, bis ich nicht mehr weinen konnte. Und immer wieder sah ich ihre Gesichter vor mir, die meiner Eltern, die nichts hatten außer dieser einen, verzweifelten Hoffnung, dass ich in Etherion eine Zukunft finden würde. Ihr Opfer, ihre Angst — und ich saß da, drehte Schraube um Schraube, als könnte ich ihnen eine Antwort geben, als könnte ich ihre Hoffnung festhalten.«

Elara und Viktor fanden eine abgeschiedene Nische im Hain, wo die Blüten je nach den Gefühlen in ihrer Nähe die Farbe wechselten. Wut ließ sie rot glühen, Trauer tauchte sie in Blau. Diese Pflanzen galten als Werkzeuge der Selbsterkenntnis und offenbarten nur den Mutigen ihre Geheimnisse. Als Elara weitersprach, reagierten die Blüten wie Spiegel ihrer inneren Kämpfe.

»Eines Tages saß ich am Rand der Straße, klammerte mich an Bruchstücke, versuchte, etwas Ganzes zu bauen aus rostigem Eisen, das ich irgendwo auf dem Müll fand: kleine, verlorene Sterne im Schrott — genau wie ich. Dieses Eisen hielt ich fest wie den letzten Faden einer Erinnerung. Stunde um Stunde, während die Sonne weiterzog und der Wind pfiff, bastelte und schraubte ich, als könnte ein Wunder aus Rost entstehen. Vielleicht hoffte ich, dass mich jemand sehen würde. Dass jemand kommen und sagen würde, ich sei mehr als rostiger Abfall. Doch die Leute gingen vorüber. Ich war unsichtbar, ein Stück Müll in der Stadt. Sie sahen durch mich hindurch — wie durch alles, das sie als nutzlos ansehen. Ich weiß nicht mehr, wie lange es so ging. Manchmal kamen Kinder, die mich stießen, oder Erwachsene, die Dinge nach mir warfen und lachten. Und ich... ich begann zu glauben, dass die Welt mich längst vergessen hatte. Es blieb nur das Gefühl, unsichtbar zu sein — als könnte ich dort verrotten, während die Welt einfach weiterging.«

Viktors Finger glitten entlang der eingelassenen Kante seines Siegelrings.

»Mitunter glaube ich, die Stadt *weiß*, wer von Nutzen ist und wer nicht. Sie erkennt, wer an den Bruchstücken festhält und wer sie loslässt, als wollte sie uns sagen, wer wir sein müssen. Du hast nicht losgelassen; du hast in die Scherben gesehen und dich nicht abgewandt.«

Elara senkte den Blick.

»Wer zu lange in die Scherben blickt, sieht bald nur noch sich selbst darin. Thaddeus... er war der Erste, der stehen blieb. Ein großer Mann, der verharrte, als wäre ihm mein Anblick vertraut. Warum er anhielt, weiß ich nicht, aber ich erinnere mich genau, wie er mich ansah — ein Mädchen ohne Arme und Beine, kämpfend mit alten Prothesen. Andere Kinder hätten damit gespielt, aber ich saß unter einem Gerüst und drehte an einem Scharnier, blind vor Kälte.«

Viktor lauschte ihren Worten, als würde er in jedem Bruchstück eine verborgene Wahrheit erahnen.

»Er sah mehr als nur ein Kind mit Schrott, nicht wahr? Die Art, wie du die Teile gehalten hast — das muss er gesehen haben.«

»Ich weiß nicht, was er gesehen hat. Vielleicht nur ein Bündel zitternder Finger. Doch sein Blick blieb fest, als könnte er mich damit aus der Dunkelheit holen. Er hätte weitergehen können — der größte Alchemist der Stadt, der mehr über das wusste, was Menschen und Maschinen verband, als jeder andere. Doch er ging nicht.«

Viktor zog ein kleines Zahnrad aus seiner Tasche. Dann öffnete er behutsam Elaras Finger, als entfalte er die Blätter einer mechanischen Blume. Das Metall glitt in ihre Handfläche und seine Finger verweilten über ihrer geschlossenen Hand, als versiegele er einen stillen Pakt.

»Manchmal ist ein einzelnes Zahnrad vollkommener als das Uhrwerk, dem es entstammt; es trägt die Wahrheit, was es *sein* könnte, nicht die Last, was es sein *sollte*. Manche Dinge bekennen sich zu uns wie Fremde, als prüfte uns ein unsichtbarer Blick auf Standhaftigkeit. Thaddeus muss gespürt haben, dass etwas in dir nicht zersplittern wollte, egal, wie tief die Dunkelheit war.«

Elara schloss die Hand um das Zahnrad, als hielte sie einen Schlüssel zu längst verschlossenen Räumen.

»Es ist eigenartig, Viktor — manchmal braucht es nur eine einzige Geste der Menschlichkeit, um uns ins Leben zurückzuholen.«

Etwas Ungesagtes vibrierte in ihrer Kehle.

»Weißt du, irgendwann kniete sich Thaddeus zu mir nieder und nahm mir dieses alte Eisenstück aus den Händen. *›Das hält so nicht‹*, sagte er, griff nach einer Schraube, die lose an meinem Prothesengelenk baumelte, und drehte sie fest, als wäre es das Wichtigste in der Stadt. In seiner stillen, geduldigen Präsenz lag etwas, das dem Wahnsinn standhielt, und er war der Erste, der mich so ansah. Ich fühlte mich nicht mehr wie das Kind ohne Zukunft, sondern als gäbe es einen Ort, an den ich gehörte. Ich fühlte mich nicht mehr verloren. Vielleicht war es Mitleid oder einfach der Drang, etwas zu retten, das ihm fremd war. Vielleicht erkannte er, wie sehr ich mich an diesen Metallteilen klammerte und spürte, dass jemand, der sich an Schrott festhält, etwas braucht, das nicht vergeht. Vielleicht war es ein Echo seiner eigenen Wunden, das ihn verweilen ließ, oder der Abgrund, den nur der Schmerz kennt. Oder vielleicht war es nichts davon, nur eine vergängliche Regung – ich weiß es nicht. Doch er blieb.«

Sie schloss die Augen, legte die Hände auf ihre Metallknie, als schlüge jedes Wort eine Bresche in verschlossene Räume, die sie lange gehütet hatte.

»Er nahm mich mit in sein Labor und ließ mich einfach bleiben. Vielleicht war es das Bedürfnis, etwas zu reparieren, etwas, das ganz war, auch wenn es in tausend Scherben lag. Er füllte die Leerstellen mit Wissen und formte mich neu. Es war das erste Gefühl von Liebe seit dem Verlust meiner Eltern. Thaddeus gab mir nicht nur ein Zuhause; er ließ mich wachsen und zeigte mir, dass auch ein Leben aus verrosteten Schrauben und verlorenen Gliedern vollständig sein kann. Und manchmal frage ich mich, ob es nur ich war, die er damit retten wollte.«

Viktors Blick ruhte auf Elaras metallenen Fingern.

»Du glaubst, er hat sich selbst in dir gefunden?«

Ihre Augen verdunkelten sich.

»Er nahm mir nichts ab; ich war für ihn keine Waise, die man umsorgt, kein Kind, dem man die Wunden heilt. Er lehrte mich, so selbstständig zu leben, dass ich mir selbst zu einem eigenen Menschen wurde. Thaddeus hat mich aus dem Nichts geholt, aber manchmal frage ich mich, ob es nicht auch sein eigener Abgrund war, den er in mir sah. Ich habe ihn nie gefragt, warum er stehen blieb; er hat mir nie gesagt, warum er mich aufhob. Vielleicht, weil wir beide nur Fragmente waren, die irgendwie zusammengehalten werden mussten. Oder weil ich ihm ein Spiegel war — ein Scherbenstück, das seine eigene Zerrissenheit zurückwarf. Auf eine seltsame Weise machte es ihn vielleicht ganz, mich dort sitzen zu sehen. Am Ende weiß ich nicht, wer von uns sich wirklich für den anderen entschieden hat — ob es nicht ein stilles Einverständnis war, dass wir uns fanden, in den Scherben, die wir selbst waren.«

Tränen sammelten sich in ihren Augen, und Viktor legte eine Hand auf ihre Schulter.

»Was du mir anvertraut hast, wiegt schwer. Die Selbstlosigkeit deiner Eltern und Thaddeus' übersteigt jedes Maß. Ich verspreche, dein Geheimnis bleibt bei mir.«

Elara betrachtete das Zahnrad und spürte, wie sich der Knoten in ihr löste. Zwischen ihnen wuchs ein unausgesprochenes Bündnis.

»Als du damals versucht hast, dich selbst zu flicken, hast du Stärke bewiesen — doch Thaddeus entdeckte deine Widerstandskraft und zeigte dir, dass er deinen Wert sah. Unsere Stadt ist wie du damals: behelfsmäßig geflickt und am Rand der Zerrüttung. Wir müssen uns wie er neben sie knien und ihr zeigen, dass es andere Wege der Heilung gibt. Nicht durch einen großen Schlag, sondern durch stilles Weitermachen — in kleinen, unerschütterlichen Taten, die seine Macht überdauern und Zephyrus ins Leere laufen lassen.«

Er wandte sich Elara zu, und in seinen Augen blitzte jene

Klarheit auf, die nur dann kommt, wenn man im Kleinen plötzlich das Große erkennt.

»Zephyrus rechnet mit offenen Angriffen. Doch ein stiller, unermüdlicher Beistand, der die Menschen bestärkt, ihren Wert zu erkennen und sich gegenseitig zu stützen, ist eine Kraft, die seine Macht nicht berühren kann. Die Stadt könnte genau das brauchen: eine stille Revolution aus tausend kleinen Akten der Heilung, die ihm die Stirn bieten — ein Netz, das schneller geknüpft wird, als Zephyrus es zerreißen kann.«

Sie gingen weiter, vorbei an einer Statue, die *Lilitu* darstellte — eine tragische Schönheit, geformt aus Schmerz und unstillbarem Verlangen, von der es hieß, sie lebe noch immer in den Schatten Histrions. Ihre halb verhüllten Gesichtszüge schienen aus dem Nebel herauszustarren, als hätte Etherion ihr Gestalt und Atem gegeben. Es war nicht nur die Vergangenheit, die Elara belastete; es war die Gegenwart, die wie morsches Holz unter ihren Füßen zerbrach. Ein beklemmendes Ziehen durchfuhr ihre Brust, als würde die Statue jeden Moment erwachen und das tief unerlöste Leid der Stadt über sie hinwegfegen.

Viktors Blick blieb auf dem steinernen Gesicht ruhen. Seine Augen schienen tief in den Abgrund zu blicken, den die Statue mit sich trug, und für einen Moment teilten sie eine Stille, in der es schien, als wäre Lilitu mehr als ein Relikt — eine lebendige Erinnerung, die die Stadt nicht losließ. Elara sah hinab auf den Boden, wo eine Efeuranke sich wie von selbst bewegte, nach Viktor greifend, wie eine hungrige Hand. Der Garten und die Stadt, dachte sie, waren Spiegelbilder dieser alten Figur, ein Abbild, das sich immer wieder wandelt, doch den Schmerz nie heilt.

»Es braucht mehr als Einigkeit, um der Dunkelheit standzuhalten«, sagte Viktor schließlich, und Elara hörte die Müdigkeit in seiner Stimme. »Es braucht den Mut, sich selbst zu übersteigen, selbst wenn das bedeutet, sich aufzulösen.«

Sie spürte den inneren Riss, der sich in ihm öffnete — der Mann, der so viel für Etherion getan hatte, stand am Rande seiner Kraft. Er versuchte zu lächeln, doch das Lächeln erreichte nicht seine Augen.

»Manchmal müssen wir uns eine Welt vorstellen, die besser ist als die, in der wir leben. Nicht als Fluchtweg, sondern als eine Art Kompass, der uns den Weg weist.«

»Wie die Geschichten, die wir als Kinder hörten, um die Dunkelheit erträglicher zu machen?«

»Genau. Diese Geschichten waren nicht wahr im eigentlichen Sinne, aber sie erfüllten eine wichtige Funktion: sie halfen uns, die Nacht zu überstehen.«

Elara hielt inne, nachdenklich.

»Aber wie können wir sicher sein, dass wir uns in diesen Geschichten nicht verlieren?«

Viktor legte die Hand auf einen moosbedeckten Felsen, und kleine Ætherlichter glitzerten wie gefrorene Tränen.

»Dann ist es an uns, die Geschichten neu zu schreiben. Wir dürfen nicht vergessen, dass Geschichten Mittel zum Zweck sind. Sie sind Brücken, die uns durch schwierige Zeiten tragen. Doch diese Brücken bestehen aus Worten, und Worte können uns auch von der Wirklichkeit ablenken. Wir nutzen sie, um unsere Stärke zu finden, nicht um vor unseren Schwächen zu fliehen. Wenn Menschen das Gefühl haben, dass ihnen die Kontrolle über ihr Schicksal genommen wird und ihre Stimmen ungehört verhallen, wird die Unterdrückung zum Stachel, der sich gegen ihre Verursacher kehrt. In jeder Seele tobt ein Kampf zwischen Macht und Ohnmacht. Jeder, ob reich oder arm, mächtig oder machtlos, spürt diese Kräfte. Die Kunst ist, die Symmetrie in diesem Ringen zu bewahren, ohne sich selbst zu verlieren.«

Einen Moment lang standen sie schweigend da, während Elara die Tiefe seiner Worte ergründete.

»Es ist, als wäre die Stadt ein Schachspiel«, murmelte sie schließlich, »und wir, die Figuren, bewegen uns, ohne das Ganze zu überblicken.«

Viktor legte die Hand sanft auf ihren Rücken, als wollte er sie daran erinnern, dass sie nicht allein war.

»Vergiss nicht: selbst eine scheinbar unbedeutende Figur kann den Verlauf des Spiels verändert — manchmal genügt ein Flüstern, um eine Bewegung in Gang zu setzen, die alles erschüttert.«

Während Elara und Viktor im Ætherhain verweilten, wich der Morgen dem Tag, und die Sonne stieg höher. Die Zeit schritt voran, die Stadt pulsierte, und während Elara und Viktor die Stille genossen, sammelten sich die Menschen von Etherion an einem anderen Ort, getrieben von Angst und der Suche nach Antworten. Der Platz vor dem Ewigen Palast füllte sich, während die Sonne ihren Zenit überschritt und das Pflaster in goldenes Licht tauchte. Zephyrus, in eine rubinfarbige Robe gehüllt, die dunkel schimmerte, trat auf die improvisierte Bühne, die vor dem Palast errichtet worden war. Er musterte die Menge. Seine Gestalt ragte drohend empor, und seine Stimme donnerte wie fernes Gewitter.

»Meine lieben Bürger von Etherion«, begann er mit fester Stimme, »die Zeit des Zögerns ist vorbei. Wir stehen an der Schwelle einer neuen Ära. Der Glasflor, der unsere Stadt bedroht, ist nicht nur eine physische Gefahr; er ist eine Prüfung unseres Geistes, unseres Willens und unserer Einheit. Zu lange haben wir uns von Angst lähmen lassen und zugesehen, wie der Glasflor unsere Stadt und unsere Seelen verschlingt. Es ist Zeit, unsere Faust zu bandagieren und die Glacéhandschuhe beiseite zu legen.«

Sein Blick glitt über die Menge.

»Es gibt jene unter uns, die *möchten*, dass wir uns gegeneinander wenden. Doch das ist nicht der Weg Etherions! Wir sind stärker als die Schatten, die uns verschlingen wollen. Wer sich vor dem Kampf versteckt und seinen Beitrag verweigert, ist nicht besser als die Verräter an unserer Sache. Wir müssen jetzt handeln, um unsere Stadt zu retten. In jedem von uns lebt die Kraft, die Dunkelheit zu überwinden. Einheit, Entschlossenheit und der Glaube aneinander sind unsere Waffen gegen den Glasflor und all jene, die uns spalten wollen. Die Gefahr, die uns droht, ist gewaltig, doch noch gewaltiger muss unser Mut sein. Wir müssen tief in uns selbst graben und das Kriegspotenzial vollständig ausschöpfen!«

Die Menge reagierte begeistert. Er skizzierte seine Vision einer ›neuen Ordnung‹, gegründet auf Stärke, Einheit und Kampf gegen vermeintliche Feinde.

»Jeder von uns, ob Kind oder Greis, muss bereit sein, Opfer zu bringen. Etherion steht am Abgrund, und nur radikale Maßnahmen können den Untergang abwenden. Wir kämpfen, bis die Bedrohung erloschen ist!«

Murmelnder Beifall.

»Stellt euch ein Feld von Rennpferden vor, die mit kraftvollen Bewegungen über die Hürden gleiten, ihre Hufe im gleichen Takt über das weite Feld preschen lassen. So müssen auch wir sein — beweglich, entschlossen, unaufhaltsam in unserem Handeln. Wie Ringer, Fechter und Ballspieler, deren gekonnte Bewegungen so leicht erfolgen, dass selbst das Gewagteste mühelos erscheint. Diese Meisterschaft, meine Freunde, ist es, die wir anstreben müssen, um die Bedrohungen zu bekämpfen, die unsere geliebte Heimat heimsuchen.«

Er schwenkte seinen Blick über die versammelten Gesichter, deren Ausdrücke von Sorge in Entschlossenheit umschlugen.

»Ideen, die in unser Blut übergegangen sind, verlangen nach Taten. Der Krieg, meine lieben Bürger, ist nicht bloß eine Katastrophe, sondern die ewige Form des höheren menschlichen Daseins. Er ist die Feuerprobe unseres Willens und unserer Kraft. Das Recht des Menschen ist das Recht des Stärkeren. Was wir in Verfassungen schreiben, mag die Oberfläche berühren, doch entscheidend ist, was unser gemeinsamer Instinkt daraus formt. Wir müssen stark sein, nicht nur in Worten, sondern in Taten.«

Seine Hände öffneten sich über der Stadt wie die eines Puppenspielers vor seinem Theater.

»Krieg ist die Urpolitik des Lebens. Kampf und Leben sind in der Tiefe eins, und ohne den Willen zum Kampf verliert das Sein seine Bedeutung. Das Leben ist erbarmungslos, und Mitleid ist ein Luxus, den sich nur eine entseelte Menschheit leistet, die der Wahrheit ausweicht. Wir dürfen nicht diese späten Menschen werden, die vor der harten Realität zurückschrecken. Wir dürfen nicht zulassen, dass unser Geist und unsere Stärke durch falsches Mitleid geschwächt werden. Wir stehen am Rand des Abgrunds, aber auch an der Schwelle zu einer großen Erneuerung. Unser Schicksal liegt in unseren eigenen Händen.«

Als er seine Rede beendete, brandete Applaus und Jubel auf. Seine Worte hatten die Herzen der Menschen erreicht und ihre Unsicherheiten in einen wilden Entschluss verwandelt. Unter einem blutroten Himmel schlug Etherion ein neues Kapitel seiner Geschichte auf, geprägt von Zephyrus' unbeugsamem Willen und skrupellosen Ambitionen. Als der Applaus nachließ, begannen die Menschen, sich zu zerstreuen. Die Abenddämmerung legte sich über die Stadt und tauchte sie in goldenes Licht, während die letzte Glut der untergehenden Sonne den Himmel in Schattierungen von Orange und Purpur färbte. Eine gedämpfte Stille breitete sich über die Gassen aus, die nur gelegentlich von den Geräuschen des heimkehrenden Alltags unterbrochen wurde. In den darauffolgenden Stunden, als ein kühlerer Abendwind wehte, zogen sich die Einwohner hinter die Sicherheit verschlossener Türen zurück.

In den Tagen nach der Rede, geprägt von einer geladenen Atmosphäre, fand sich Viktor in der Kammer seines Palastes wieder. Umgeben von den verblassten Porträts seiner Ahnen, die ihn mit leeren, vorwurfsvollen Blicken beaugapfelten, begann er einen inneren Monolog, der einem Höllenabstieg glich. Die kalte Luft seiner Kammer roch nach verbranntem Fleisch und muffiger Erde. Die Wände schienen näher zu rücken, zu pulsieren im Takt seines gequälten Herzschlags. Im Spiegel seines Zimmers, der sein Äußeres und seine Taten reflektierte, erschien kein Erzregent, sondern ein Monstrum, geboren aus dunkelsten Impulsen. Die Gesichter der Ödländer, die unter seiner Herrschaft exekutiert wurden, materialisierten sich in den Schatten, ihre Augen voller Anklage, ihre Münder zu stummen Schreien geformt. Die Grenzlinien zwischen der greifbaren Wirklichkeit und den verschwommenen Konturen seiner Wahnvorstellungen begannen sich aufzulösen.

Viktor hörte die Stimmen der Verstorbenen, die in seinem Bewusstsein widerhallten und unermüdlich von Leid und Schmerz flüsterten, für die er die Schuld trug. Ihre Worte, scharf wie Messerschneiden, bohrten sich in seinen Kopf, ein endloser Strom aus Vorwürfen, der seine Psyche erodieren ließ. In einem Moment extremer Zerrüttung sah Viktor sich als groteske Gestalt in einem absurden Theaterstück, als Regisseur und Protagonist zugleich. Vor seinem inneren Auge entfaltete sich eine Szene, in der er durch die Straßen von Etherion schritt, umgeben von den bleichen Leibern seiner Opfer. Ihre blutgetränkten Hände streckten sich nach ihm aus, als wollten sie ihn in die Abgründe ihrer Verzweiflung ziehen. Plötzlich begriff Viktor, dass er nicht allein war. Die Geister seiner Vergangenheit waren bei ihm, flüsternd, höhnend aus jeder Ecke seiner Existenz, ihre Präsenz so greifbar, als könnten sie die Luft, die er atmete, verdichten. Er erkannte, dass er nicht nur ein Opfer seiner Macht war, sondern Architekt seines eigenen Niedergangs. Die Dämonen, die er zu bekämpfen glaubte, waren nicht die seiner äußeren Feinde, sondern seines eigenen Geistes.

In dieser Nacht lag das schwerwiegende Gewicht von Viktors Erkenntnissen wie ein giftiger Nebel über der Stadt, schwer schwebend zwischen den schmiedeeisernen Spitzen der

Stadtmauer und den schimmelnden Steinen der Gerbergasse. Während Elara die abgelegenen Straßen entlangging, hallten ihre Schritte zwischen feuchten Hauswänden wider. Aus einem verfallenen Torbogen drangen gelbe Augenpaare hervor, hungrig und berechnend, ihre Blicke so unbarmherzig wie die Gedanken, die Viktors Geist vergifteten. Die verkrümmten Schatten, die das fahle Mondlicht an die schmutzigen Mauern warf, zuckten bei jeder ihrer Bewegungen wie hungrige Spinnen.

Elara, deren Schönheit oft ungewollte Aufmerksamkeit auf sich zog, spürte die drohende Gefahr. Die Ætherklinge, die Thaddeus ihr anvertraut hatte, pulsierte an ihrer Hüfte, als spürte sie die nahende Bedrohung. Einer der Männer, dessen Gesicht von tiefen Narben entstellt war, trat mit unverhohlener Absicht näher. Seine zerfurchte Haut glänzte im Mondlicht wie geschmolzenes Wachs, und seine Finger spreizten sich wie die Klauen eines Aasvogels. Die Gasse schien sich enger um Elara zu schließen, die Spannung in der Luft so erstickend wie die Last von Viktors Wissen, das wie ein schwelendes Memento über der Stadt hing.

»Ein so hübsches Gesicht in einer so hässlichen Welt«, raunte er, sein Blick durchdringend vor lüsterner Gier. »Heute Nacht wirst du uns gehören.«

Die anderen Männer lachten rau und zustimmend, gefangen zwischen Begierde und dem Willen zur Macht.

»Schau nur, wie sie glänzt; wie ein kostbares Juwel in unserem dreckigen Reich«, spottete einer, seine Worte tropften vor Verachtung und Lust.

Ein anderer, dessen schmutzige Kleidung, schiefes Grinsen und zerrissene Gesichtszüge seinen moralischen Zerfall widerspiegelten, fügte hinzu:

»Sie wird eine herrliche Trophäe sein; ein Beweis unserer Überlegenheit über jene, die sich für etwas Besseres halten.«

»Ich gehöre nur mir selbst«, entgegnete Elara, ihre Stimme ruhig. Ein Mann, dessen Gesicht die Hässlichkeit seiner Seele nach außen zu stülpen schien, musterte sie herablassend.

»Stell dir vor, wie sie sich unter uns windet«, fuhr ein Dritter fort, während seine Augen über Elaras Körper wanderten, »wie sie bettelt, dass wir aufhören, während wir erst richtig anfangen. Jeder von uns wird seinen Teil bekommen. Sie wird sich an diese Nacht erinnern als die Nacht, in der sie ihren Platz in der Ordnung der Dinge fand.«

»Wie süß sie schreien wird, wenn sie spürt, wie die Kälte unseres Stahls ihre warme Haut küsst«, sinnierte ein anderer, seine Stimme voll ungeduldiger Vorfreude. »Wir könnten sie an den Handgelenken aufhängen, ein bisschen Spiel mit Seilen und Ketten, ihre zarte Haut gegen den rauen Hanf reiben.«

»Oder wie wäre es mit Wachs?« schlug ein weiterer vor. »Heißes Wachs, tropfenweise auf ihren Rücken gegossen, während sie unter unseren Händen zuckt.«

»Überleg mal, wie sie zuckt, wenn wir sie festbinden, ihre Beine spreizen und jeder von uns seinen Teil fordert«, knurrte einer der Männer, seine Augen glühend vor grausamer Begierde. »Wir nehmen sie, jeder von uns, bis sie vergisst, wer sie ist.«

»Denk nur an das Seil«, fügte jemand hinzu, die Luft greifend, als könnte er das Seil bereits fühlen. »Wie es sich um ihre zarte Kehle schließt, jeder Atemzug ein Ringen, jede Regung eine Aufforderung für mehr.«

»Stell dir die Angst in ihren Augen vor, wenn wir sie vor

einen Spiegel stellen und sie zusehen muss, wie wir sie entehren«, ergänzte der Anführer, seine Stimme dunkel vor Vergnügen. »Ein Spiel der Spiegel, in dem sie sich selbst von allen Seiten sehen kann.«

»Und dann«, fuhr ein anderer fort, »überschütten wir sie, beklecksen ihr blasses Gesicht, ihren Körper, bis sie nichts anderes ist als eine Leinwand unserer Lust.«

Die Luft war geladen. Wie eine Meute hungriger Wölfe, die sich ihrer Beute sicher waren, kreisten sie um Elara, getrieben von dem Drang, ihre perverse Interpretation von Macht und Kontrolle zu demonstrieren.

»Wir werden dir zeigen, wie die Realität in Etherion aussieht, mein schöner Engel. Du wirst uns gehorchen, ob du willst oder nicht.«

In diesem Moment vollzog sich in Elara eine unerwartete Wandlung. Normalerweise empfand sie keinen Gefallen am Töten, kein Luste an der Gewalt. Doch jetzt, konfrontiert mit der schieren Bosheit dieser Männer, erwachte etwas Dunkles in ihr. Ein lange schlummernder Funke entzündete sich in ihren Augen und verwandelte ihren Blick in etwas Fremdartiges. Ihre Bewegungen wurden fließender, gefährlicher, als würde sie jeden Schritt in eine tödliche Choreografie übersetzen.

»Ich würde euch raten, Abstand zu halten«, warnte sie, während ihre Ætherklinge zu schimmern anfing. Der Anführer lachte rau und trat näher — ein breitschultriger Kerl mit hervorquellenden Muskeln und einem rostigen Dolch.

»Du wirst nicht gewinnen, Hexe!« brüllte er und stürmte auf sie zu, getrieben von roher Wut, doch bevor er sie erreichte, zog Elara ihre Klinge.

Mit der Anmut einer Raubkatze wich sie aus, ihre Bewegungen fließend und präzise, während ihr eiskalter Blick den Mann durchbohrte. In einer einzigen, tödlich genauen Bewegung traf ihre Klinge seinen Arm, riss die Haut auf und ließ einen kräftigen Rotstrahl herausspritzen. Er wich zurück, presste die Hand auf die klaffende Wunde, doch das Blut strömte zwischen seinen Fingern hervor. Elara schritt anmutig vor, schnitt ihm die Kehle durch, warmes Blut spritzte auf die Pflastersteine. Sein Körper fiel zu Boden.

Unbeirrt stand Elara da, mit tropfender Klinge, ihren Blick auf die verbliebenen vier Männer gerichtet. Die Männer verharrten kurz, schockiert durch Elaras plötzliche Gegenwehr, doch ihre unersättlichen Absichten ließen sie erneut vorpreschen. Elaras Klinge tanzte durch die Luft, durchschnitt Fleisch und Knochen wie Stoff. Mit einem Schrei brach ein Angreifer zusammen, seine Eingeweide quollen aus der Wunde. Ein weiterer fiel durch einen Hieb ihrer Ætherklinge durch seinen Brustkorb. Seine Innereien ergossen sich in einem Strom auf den frostigen Boden. Ein anderer schrie auf, als seine Hand durch einen präzisen Schnitt in einem blutigen Bogen durch die Luft geschleudert wurde.

Das letzte Opfer, ein vom Leben gezeichneter Mann, kroch blutend auf allen vieren vor Elara. Blut sickerte aus seinen zahlreichen Wunden, sammelte sich in den Rillen des rauen Kopfsteinpflasters und färbte es tiefrot. Seine aufgerissenen Hände hinterließen blutige Spuren, während er heiser gegen den Schmerz ankämpfte. Zu Elaras Füßen erreichte der gepeinigte Mann seinen Endpunkt, sein vernarbtes Gesicht eine Maske der Verzweiflung.

»Bitte, verschone mich«, keuchte er, während seine Hände ziellos in der Luft ruderten. »Ich war blind, habe Fehler gemacht... lass mich gehen. Es tut mir leid.«

Ein vergnügtes Lächeln breitete sich auf Elaras Gesicht aus, während Eingeweide und Körperteile ihrer Besiegten verstreut lagen und sie den intensiven Duft von Blut und Angst aufsog, der wie ein dichter Nebel um sie waberte.

»Bitte... Ich bin Joren... Joren der Schmied«, stotterte der Mann, seine Stimme gebrochen von Todesangst. Seine Hände kratzten über das Pflaster, als suchten sie Halt.

»Joren der Schmied?« wiederholte Elara.

Sie lachte, während sie ihn von oben herab musterte. Ihre Lippen blieben geschlossen, doch ihre Mundwinkel zogen sich weit nach oben. Wellen des Amüsements erfassten sie und vibrierten durch ihren Körper. Ihr Lachen wurde von einem leisen, vollen Klang begleitet, der tief aus ihrem Körper kam und eine resonante, warme Qualität besaß. Es wirkte nicht zurückgehalten oder gedämpft, sondern natürlich und spontan.

»Deine Hände, die so geschickt im Schmieden waren, sind jetzt erbärmliche Fleischklumpen, die zitternd um Gnade betteln«, säuselte sie, während ein Schauer der Erregung ihre Wirbelsäule hinunterlief.

Sie beugte sich hinunter und strich mit der Klinge über Jorens verschwitzte Stirn, als wäre es eine Liebkosung, nur um dann die scharfe Spitze langsam unter sein zitterndes Kinn zu schieben.

»Bitte... ich bin Joren«, flehte er, während Elara jeden Moment seiner Qual mit brünstiger Faszination verfolgte. »Ich habe Familie, Kinder... ich wollte nur...« erstickten seine Worte in einem Schluchzen.

»Erzähl mir, Joren, wie tief du sinken kannst, bevor deine Seele zerbricht«, forderte Elara und drückte die Klinge tiefer, sodass ein dünner Blutstrahl seinen Hals hinablief. »Zeig mir, wie ein Mann wie du sich dem Tod stellt.«

Der Mann, reduziert auf ein Bündel menschlichen Elends, kroch über den Boden, seine zitternden Hände ausgestreckt.

»Bitte. Ich werde alles tun«, stieß er hervor, sein Gesicht verzerrt vor Schmerz. In Elaras Zügen lag ein unheimliches Verlangen – eine Mischung aus Verachtung und Hochgenuss.

»Alles tun?« wiederholte sie seine Worte mit einer Stimme, durchtränkt von unheilvoller Süße, die seine Hoffnung zunichtemachte. »Dann kriech. Zeig mir, wie tief du sinken kannst«, befahl sie.

Schmerzhaft und unbeholfen quälte er sich über den kalten, blutigen Boden, um ihren Launen zu entsprechen.

»Genau so. Kriech wie das Insekt, das du bist«, sagte sie, ihre Worte umwickelten seine zerschmetterte Würde wie giftige Seide. »Deine Mutter hätte dich lieber schlucken sollen«, hauchte Elara voller dunkler Freude, während sie die Klinge sanft über seine Haut führte und ein leises Zischen aus ihm herauslockte, das sich im Wind verlor. Jedes ihrer Worte war ein weiterer Tropfen Gift auf die Wunden seiner Seele.

Der Mann kroch weiter, seine Hände und Knie bluteten, als sie über den rauen Boden schabten. Elara kostete genüsslich jede Sekunde aus.

»Bitte. Ich tue alles«, flehte er, seine Stimme erstickt von Tränen und Staub in seinen Wunden.

Elara genoss ihre Kontrolle, neigte den Kopf und flüsterte:

»Dein Schicksal war besiegelt, als du den ersten Schritt wagtest.«

Langsam erhob sie ihre Klinge, die im fahlen Mondlicht glänzte, als wäre sie ein lebendiges Wesen.

»Sag mir, welches Körperteil soll ich dir abschneiden, damit deine Würde aus dir heraussickert? Hmm, lass uns überlegen.«

Ihre Worte tropften süß wie Honig, während die Spitze der Klinge sanft über seine bebende Haut fuhr, die unter der kalten Berührung zu zucken schien. Die Angst in seinen Augen war greifbar, und er rang nach Luft, als könne er nicht atmen.

»Bitte, nicht. Ich flehe dich an«, stammelte der Schmied.

Elara aber genoss seine Qualen, ihr Herz pulsierte vor Aufregung und Lust an seiner Hilflosigkeit.

»Ich werde dir zeigen, wie süß der Tod sein kann«, wisperte sie, während ihre Klinge mit liebevoller Präzision über seine Wange glitt und eine blutige Linie zeichnete. Der Mann schloss die Augen, seine Lider flatterten und sein Körper zuckte unter ihren Berührungen.

»Zieh deine Hose aus. Zeige mir deine eigene Klinge«, befahl sie scharf und kalt.

Zögerlich gehorchte der Mann, seine Hände zitterten, während sein Herz ungestüm hämmerte. Mit fahrigen Bewegungen zog er seine Hose hinab. Elara beobachtete, wie er sich vor ihr entblößte, seine Verletzlichkeit offenbarend. Ihr Lächeln vertiefte sich, von dunkler Belustigung durchdrungen, während sie die Panik in seinen Augen aufsog und ihre Klinge neigte. Sein entblößter Körper schimmerte unter dem kalten Mondlicht, jeder Muskel angespannt. Elara, sichtlich amüsiert, nickte anerkennend.

»Erstaunlich, so ein mächtiges Schwert in so schwachen Händen«, befand sie mit rauschhaft vergnügtem Ton, als sie seine Schwäche betrachtete.

»Nun... es wird Zeit zu beweisen, dass es mehr als nur Zierde ist.«

Ihre Worte umrankten ihn wie giftige Lianen. Die Luft um sie herum schien zu knistern, vom Anblick des winselnden Schmieds entzündet, der hilflos vor ihr lag, und geladen mit der elektrischen Spannung des Unvermeidlichen.

»Sag mir, Joren, warum bist du Schmied geworden?« fragte Elara, fragte Elara, ihre Stimme hämisch gefärbt.

Joren keuchte, seine Hände blutüberströmt.

»Mein Vater war Schmied, und ich... ich wollte wie er sein... stark«, stieß er hervor. »Hab's ihm versprochen, als er... als er starb.«

Seine Stimme zersplitterte, während sich Elaras Blick tief in seine ängstlichen Augen bohrte.

»Du hast die Kunst des Schmiedens geliebt, nicht wahr?« Ihre Stimme klang sanft, und doch eiskalt.

»Ja... ja, ich habe sie geliebt.«

Joren brach in Tränen aus, und für einen flüchtigen, schmerzhaft reinen Moment schien er sich in den kleinen Jungen zurückzuverwandeln, der einst seinen Vater verloren hatte. Elara setzte sich auf ihn und blickte ihm tief in die Augen. Sie streichelte sanft über seinen Kopf, ihre Berührung tröstend.

»Oh, Joren... was hätte nur aus dir werden können, wenn du dein Talent weitergeführt hättest? Wenn du die Energie, die du an deinen nächtlichen Raubzug vergeudet hast, in das Erbe deines Vaters investiert hättest? Wenn du gesund geblieben wärst, und wenn du nicht versucht hättest, dich mir aufzunötigen?« Sie neigte sich zu Joren, ihre Lippen beinahe an seinem Ohr, und flüsterte mit einer von Konkupiszenz durchdrungenen Stimme: »Weißt du, dein hilfloses Zappeln weckt tiefste Genugtuung in mir.«

Ihre Augen funkelten unheilvoll, während ihre Hand seine Wange berührte und über die Narben in seinem blutverschmierten Gesicht strich.

»Lass uns dein letztes Werk vollenden«, wisperte sie, berauscht von der dunklen Erquickung, die der winselnde Schmied in ihr hervorrief. »Du hast von deinem Vater gelernt, wie man Stahl und Eisen formt. Nun, Joren, forme ich dein Schicksal.«

Mit einer schnellen Bewegung setzte sie ihre Ætherklinge an und trennte ihn von seiner Männlichkeit. Ein markerschütternder Schrei vermischte sich mit Elaras amüsiertem Kichern, als eine Blutfontäne das Kopfsteinpflaster mit karmesinroten Mustern besprenkelte. Sie stöhnte lustvoll, während sie seine Selbstachtung fest in ihrer Hand hielt. Ihre Augen funkelten, und für einen gestohlenen Augenblick hielt die Zeit still.

Wie ein ersticktes Gebet verklangen die Schreie, und eine erdrückende Leere schnürte Elaras Kehle zu. Das Pochen ihres Herzens kehrte in seinen ursprünglichen Rhythmus zurück, während das warme Blut an ihrer Klinge zu einem klebrigen Film erstarrte.

Sie ließ die Klinge fallen.

Elara sank zu Boden, und die kalte Nachtluft küsste ihre fiebrige Haut, fremd und doch sanft — wie die trügerische Zärtlichkeit einer Mutter, die ihr Kind zum Schlachthof führt. Ihr

Körper lastete schwer, ihre mechanischen Glieder gehorchten nur widerwillig. Die Ætherklinge neben ihr glänzte matt im Mondlicht. Ihr Atem bildete kleine Wolken. Sie fühlte sich taub und doch hypersensibel, als spürte sie jeden Stein unter sich. Die Geräusche um sie herum, das leise Summen einer späten Taverne, das Knistern der wärmenden Feuerstellen, das Zischen der Laternen im Kampf gegen die Dunkelheit und das gelegentliche Scheppern eines verlassenen Wagens, der im Wind schwankte, erreichten sie gedämpft und doch schmerzhaft laut. Ihre Augen waren trocken und brannten, während sie ihre Umgebung wieder scharfzustellen versuchte. Doch ihre Gedanken waren wirr, fragmentiert. Bilder der vergangenen Stunden flackerten vor ihr auf — chaotisch, wie Blätter, die der Wind aufwirbelt.

Erschöpft ließ Elara sich auf die steinerne Kante eines kleinen Brunnens nieder. Der Geschmack von Eisen und Schuld lag in ihrem Mund. Langsam atmete sie die Nachtluft ein, füllte ihre Lungen damit. Mit jedem Ausatmen versuchte sie, die Schwärze, die ihren Geist umnebelte, und die chaotischen Gedanken, die wie Raben um sie kreisten, zu vertreiben. Schwer ging ihr Atem, als kämpfte sie mit jedem Zug gegen die Last jener Leben, die sie genommen hatte. Ihr Herzschlag beruhigte sich langsam, doch ein unruhiges Flattern regte sich in ihrer Brust, als hätten sich Schmetterlinge darin verirrt.

Sie schloss die Augen, ihre Lider fielen wie Grabplatten. Quälende Bilder blitzten in ihr auf: die verzerrten Züge der Männer, Jorens hilfloses Gesicht, das Blut, das in scharfen Bögen das graue Pflaster in ein entsetzliches Fresko verwandelte — und Anklagen schrieb in einer Sprache, die nur ihr Gewissen lesen konnte: jeder Tropfen ein Urteil, jede Lache ein Malzeichen des Verrats. Ein Schauer der Erkenntnis durchfuhr sie, enthüllte das Ausmaß ihrer Taten und lähmte sie mit einem plötzlichen Grauen. Sie, die noch nie zuvor einem Menschen absichtlich Leid zugefügt hatte, sah nun fünf Männer leblos vor sich. Der Schock, zur Mörderin geworden zu sein, ergriff sie mit unerbittlicher Heftigkeit. Eine dunkle, fremde Macht schien Besitz von ihr ergriffen zu haben, und die verstörende Wahrheit hämmerte in ihrem Kopf, dass dies nicht *sie* sein konnte.

Der Gedanke, vom Glasflor infiziert zu sein, trieb sie in tiefe Melancholie. Sie hatte geschworen, nie ein Werkzeug des Verderbens zu werden, doch der Glasflor hatte sie genau dazu gemacht. Ein endloser Schlund schien sich in ihr aufzutun, drohte, sie zu verschlingen. Sie fürchtete, was sie geworden war, fürchtete den Verlust ihrer Selbstkontrolle — wie Wachs, das in einer Flamme zerfließt, während eine fremde, hungrige Präsenz jeden leeren Raum in ihr beanspruchte. Ihre Finger krallten sich in den Stoff ihres Mantels, Halt suchend in einer Welt, die sich in ein Alptraumkarussell verwandelt hatte. Langsam beruhigte sich ihre Atmung wieder, und erschütternde Klarheit kehrte zurück. Mit einem Seufzer richtete sie sich auf, verharrte einen Moment. Doch ein neuer, schärferer Schmerz regte sich in ihrer Brust: *die Angst vor dem eigenen Selbst.*

Der Nachtwind strich sanft über ihre tränennassen Wangen, wie die Hand eines Henkers, der sein Opfer tröstet. Sie blickte zum Sternenhimmel auf, hoffend auf ein Zeichen der Vergebung, doch die Sterne über ihr waren nur kalte, teilnahmslose Augen, die auf ihre Verdammnis hinabblickten. In diesem Moment fühlte sie sich verloren und doch seltsam präsent. Die Dunkelheit schmiegte sich an sie wie ein Leichentuch, das sie vor den anklagenden Augen der Welt verbarg. Ihr Blick, verschleiert wie ein beschlagener Spiegel, zeigte ihr nur Fragmente dessen, was sie einmal gewesen war. Schwerfällig entfernte sie sich vom Ort des Geschehens. Der Mond, dieser bleiche Richter am nächtlichen Firmament, verhüllte sein Antlitz hinter Wolken wie ein Geschworener, der sein Urteil nicht aussprechen will.

Ihre Schritte nach Hause waren unsicher, jeder davon ein Widerhall ihrer zersplitterten Seele. Als sie ihre Wohnung erreichte und die Tür hinter sich schloss, brach ihre letzte Kraft. Ihr Körper gab nach wie die Mauern einer belagerten Stadt. Sie sank zu Boden, die Knie an die Brust gepresst, die Hände in ihrem Gesicht verborgen. Die Wände ihrer Wohnung schienen näher zu rücken, wie die Seiten einer sich schließenden Falle. Tränen fielen wie ätzende Tropfen der Wahrheit, heiß, fast siedend gegen die Kälte, die ihr Inneres wie eine Eiszeit erstarrt hatte. Mit jedem Atemzug fühlte sie, wie die Schwere von ihr wich, doch zugleich legte sich eine neue Last auf ihre Seele. Es war, als müsste sie sich aus einem dichten Nebel herausschälen, Schicht für Schicht, während sich die Luft wie zäher Rauch in ihren Lungen sammelte. Ihr Körper schüttelte sich, während sie die dunklen Spuren auf ihren mechanischen Händen betrachtete, die einst Teil von ihr waren, sie jetzt aber als leere Hülle zurückließen.

Die Nacht zog sich hin, und mit jedem Schluchzen brach ein weiteres Stück der Fassade, die Elara um ihre Seele errichtet hatte. Schmerzhaft hämmerte ihr Herz, jeder Schlag ließ die scharfen Krallen der Trauer tiefer in das verstümmelte Gewebe ihrer Existenz schneiden. Die Erkenntnis, zum Spielball einer unvorhersehbaren Kraft geworden zu sein, verstörte sie zutiefst. Umgeben von einer Armee unsichtbarer Feinde — dunkler Entitäten, die ihr den Atem raubten — wurde die Luft in ihrem Zimmer dichter, schwerer, als würden die Dämonen ihrer Psyche Gestalt annehmen.

In ihrer Vorstellung breitete sie die Stücke ihrer Seele auf dem Teppich ihres Bewusstseins aus, jedes ein Fragment ihres früheren Selbst. Da waren der Mut, den sie kannte, die Verzweiflung, die sie so oft bekämpft hatte, Splitter von Liebe, eingefärbt mit Trauer, und Fragmente von Wut, scharf und glitzernd wie zerbrochenes Glas. Sie hob jedes Teil auf, fühlte sein Gewicht, seine Textur, und legte es behutsam wieder an seinen Platz, fügte die Teile zusammen wie ein zerbrechliches, kostbares Puzzle. Mit jedem Teil, das sie behutsam zurücksetzte, fühlte sie, wie sich die Ordnung in ihrem Inneren wiederherstellte, die Dunkelheit zurückwich und ihr inneres Licht, schwach, aber unüberwindlich, die Schatten zurückdrängte. Nur so konnte sie hoffen, dem Glasflor zu widerstehen und nicht erneut von ihm überwältigt zu werden. Es war ein mühseliger, quälender Prozess. Sie fühlte sich, als müsse sie jedes kleinste Teil ihres Seins auseinandernehmen und sorgfältig untersuchen, Schuld und jedes Echo des Schreckens, das in ihren Gedanken widerhallte. Die Vorstellung, dass der Glasflor sie erneut überkäme und sie jemandem, den sie liebte, Schaden zufügen könnte, war eine unaufhörliche Qual.

Während Elara in ihrer Wohnung kauerte, geplagt von den Nachwirkungen des Glasflors, der sich wie ein eisiger Schatten über ihr Dasein zu legen schien, brodelte in Etherion, unter der der dünnen Kruste der Normalität, die unaufhaltsame Seuche weiter. In der *Großen Halle* — einem prunkvollen Festsaal, gelegen an den leuchtenden Avenuen — zelebrierte die Elite inmitten schimmernder Kerzen und glänzender Girlanden ein Fest von seltener Pracht und Freude, das die dunkle Realität, die sich in der Stadt zusammenbraute, zu ignorieren schien.

Tausend Kerzen in vergoldeten Haltern ließen Kristallstaub von der Decke rieseln, während Diener auf Stelzen zwischen den Gästen schwebten, ihre turmhohen Perücken durchflochten mit schimmernden Saphirketten. Auf Spiegeltischen türmten sich Berge von kandierten Orchideenblüten und Früchten, die in zartes Goldblatt gehüllt waren. Daneben sprühten Fontänen abwechselnd Rosenwasser und perlenden Wein. Damen in Roben aus schillernder Muschelseide ließen sich Konfekt aus Rubinschalen reichen, während ihre Fächer aus geschliffenem Bernstein die parfümierte Luft zerteilten.

In Pavillons erklangen die nie endenden Melodien von Spieluhren, begleitet vom Rascheln seidener Schleppen auf Böden aus geschliffenem Lapislazuli. Die Luft war durchwoben von den Klängen der *Elanthar* — aus gefangenem Sternenlicht geschliffene Klangweber —, deren Töne wie leuchtende Tautropfen die gewundenen Kristallbahnen hinabschlängelten und sich vereinten. Lachen erfüllte die Szenerie, die Gäste in prächtigen Gewändern tanzten und scherzten. Kristallgläser sangen ihr eigenes Requiem, der Wein in ihnen schimmerte wie flüssiges Gold.

Fremde umarmten einander wie alte Freunde und reichten auf silbernen Tabletts duftende Köstlichkeiten weiter. Selbst die ältesten Gäste, deren Rücken sonst vom Gewicht der Jahre gebeugt waren, standen aufrecht, ihre Finger fest verwoben mit denen der Jugend im gemeinsamen Tanz. Jede Geste, jedes Lachen, jeder geteilte Blick schien die Vollkommenheit dieses Augenblicks zu bezeugen — tausend kleine Freuden, wie sie nur Etherion hervorbringen konnte. Überall herrschte ein Gefühl der Eintracht und des Glücks, als ob die Welt all ihre Sorgen vergessen hätte. Die Schönheit dieses Festes spiegelte das Beste wider, was Etherion zu bieten hatte: ein Triumph des Lebens, der Kunst und der Gemeinschaft.

Die Idylle wurde jäh zerrissen, als eine unsichtbare Welle durch den Saal zog. Die ersten Anzeichen waren subtil: zitternde Hände, ein starrer Blick, Fingerspitzen, die wie von einem unsichtbaren Takt erbebten — als würde die Seele gegen ein gläsernes Gefängnis pochen. Ein Mann am Fenster hielt inne, seine Hand mit dem Weinglas erstarrte. Unter seiner Haut, die sich in angelaufenes Glas verwandelte, wuchs eine seltsame Härte. Lautlos glitt der Glasflor durch den Raum, markiert von abbrechenden Gesprächen und erstickten Bewegungen. Eine Frau starrte auf ihre Hand, durchsichtig wie feinstes Kristall, während ihr Nachbar nach ihr greifen wollte — seine Finger bereits kalt und steif. Noch drehten sich die Gäste zur Musik, blind für die schleichende Verwandlung, die am Rand des Saales begann, und sich ihren Weg bahnte, wie ein lautloser Tänzer, der einen nach dem anderen zu seinem tödlichen Menuett zwang. Ein junges Paar, das sich im Tanz eng umschlungen hielt, erstarrte gemeinsam — ihre Hände ineinander verschmolzen, die Lippen aufgerissen, die Augen geweitet, jede Falte konserviert wie ein Insekt im Bernstein. Ihre Gesichtszüge schwangen noch im letzten Lidschlag, während sich das letzte Zucken der Mundwinkel in ewigen Linien abzeichnete.

Das Fest verwandelte sich in ein Pandämonium des Grauens: Blut, das aus den Rissen gläserner Körper tropfte, mischte sich mit den Tränen derer, die noch nicht erfasst waren. Der Glasflor beschleunigte sein grausames Spiel, durchzog den Saal wie ein unsichtbarer Henker und berührte einen nach dem anderen, bis die letzten Bewegungen, das letzte Lachen und der letzte Atemzug erstarrten. Einer nach dem anderen verfiel der Erstarrung, die Gäste vitrifizierten mitten in ihren Bewegungen. Die Transmutation war nicht sanft, sondern von quälenden Schmerzen begleitet. Die Stimmen der Verwandelten, erst einzeln, dann vielstimmig, ließen die Steinquader in den Wänden vibrieren, bis Mörtel aus den Fugen rieselte. Ein Mann, der gerade einen Trinkspruch ausbrachte, erstarrte mitten im Wort. Seine Haut verwandelte sich in ein lebendes Vitral. Risse durchzogen seinen Körper wie ein Netz aus kristallisierten Träumen, und mit einem entsetzlichen Krachen brachen Teile von ihm ab, fielen zu Boden und zersplitterten in tausend scharfe Scherben. Doch es war nicht nur Glas, das zerbrach, sondern die Illusion menschlicher Unvergänglichkeit.

Ein anderer Mann, der an einem Tisch saß, versuchte vergeblich, sich zu bewegen, als seine Finger nach dem Wein tasteten. Seine Haut riss und splitterte unter den Schmerzen, während sie sich in ein durchsichtiges Archiv unerzählter Leben verwandelte. Sein Körper wurde eine brüchige Skulptur, und das Letzte, was man von ihm sah, war sein verzerrter Mund, während Blut aus seiner Haut sickerte und in funkelnden Rot- und Silbertönen auf dem Boden zerplatzte. Eine Tänzerin drehte sich in einer eleganten Pirouette, doch plötzlich wurde ihr Körper von krampfhaften Zuckungen ergriffen. Ihr Gesicht verzerrte sich, als ihre Muskeln und Sehnen sich in gläserne Fäden verwandelten, die unter der Spannung splitterten. Mit einem schaurigen Klang zerbrach ihr Körper unter der eigenen Bewegung, ihre Gliedmaßen klirrten auf den Boden, und ihre Teile flogen umher, die Luft mit einem schaurigen Echo erfüllend. In einer Ecke des Saals kauerte eine alte Frau, die ihre Hände vor das Gesicht schlug, um die grausame Szene nicht sehen zu müssen. Doch ihre Tränen verwandelten sich in Glasperlen, die über ihre gefrorenen Wangen rollten. Mit einem leisen Klirren fielen sie auf den Boden, zerbarsten in funkelnde Splitter und schleuderten scharfe Fragmente.

Ein kleiner Junge, der durch den Raum tollte, schrie auf, als der Glasflor ihn ergriff. Seine Hände verwandelten sich in scharfe Klauen, seine Augen erstarrten zu glänzenden Kugeln. Entsetzen malte sich auf sein Gesicht, während seine Glieder knisternd zerbrachen, die scharfen Kanten das flackernde Licht der Kerzen reflektierend. Sein letzter Schrei hallte durch den Saal wie das Echo einer sterbenden Welt, bis seine Kehle zu einem zerbrechlichen Gefäß wurde und zersprang. Weiche Kinderhände falteten sich zu schneidenden Kristallfächern, staunende Augen gefroren zu stillen Seen — jeder Splitter Teil einer verlorenen Zukunft.

Die Ereignisse mündeten in eine grauenerregende Stille, nur durchbrochen vom unregelmäßigen Knistern erlöschender Dochte und dem splittrigen Knacken des Glasfleisches. Das kristallene Gewebe fing das Glimmen der letzten Flammen, brach es in flirrende Facetten. Verstreut lagen die zersplitterten Überreste, leblos wie gesprungene Spiegel. In ihnen spiegelte sich die Zerbrechlichkeit menschlicher Hoffnungen: dass selbst unsere kostbarsten Momente zerbrechlich sind, dass in jedem Herzschlag die Möglichkeit des Zerbrechens wohnt.

In den Tagen nach dem Vorfall versuchte die geplagte Stadt verzweifelt, einen Hauch von Normalität zurückzugewinnen. Es war eine Zeit des stillen Gedenkens, aber auch des Weitermachens. Viele suchten Trost und Ablenkung in den vertrauten Ecken ihrer Welt, fernab der Erinnerungen an jene Nacht. Zu jener Zeit fanden sich Maribel und Elara in der *Schimmernden Sichel* wieder, einem Ort, der trotz der allgegenwärtigen Bedrohung durch den Flor ein fröhliches Gewimmel aufrechterhielt. Das geschäftige Personal bewegte sich gekonnt zwischen den Tischen hin und her, während die Besucher in angeregten Gesprächen vertieft waren. Einige spielten Karten, andere lauschten den Geschichten der Reisenden, und wieder andere genossen einfach nur die Atmosphäre dieses einzigartigen Ortes. Die Wände waren mit phosphoreszierenden Röhren verziert, deren Leuchten einen warmen, goldenen Schimmer auf die dunklen Holztische und die weichen, samtbezogenen Sessel warf. Jede Ecke des Raumes war gefüllt mit kleinen Kuriositäten: antike Bücher, seltene Ætherkristalle und kunstvolle Plastiken. Die Luft war erfüllt vom Duft exotischer Getränke, deren Dämpfe in hypnotischen Mustern tanzten und die Sinne in einen Zustand träumerischer Entspannung versetzten. Leise, fast unhörbare Melodien spielten im Hintergrund, ein Gewebe aus Klängen, die den Raum mit einer subtilen, aber eindringlichen Präsenz erfüllten.

Maribel und Elara saßen an ihrem Stammtisch, umgeben von den vertrauten Geräuschen und dem Duft von Kupferkernbrot und gedämpften *Algen-Schatullen* — einer Delikatesse, die nirgendwo anders als in der Schimmernden Sichel zu finden war: Für dieses Gericht nutzte man sorgsam ausgewählte Algenblätter, die zu kompakten Behältern in Schatullenform gefaltet wurden. Jede Schatulle wurde dann mit einer Mischung aus fein gehackten Kräutern befüllt: Petersilie, Dill, Schnittlauch und blanchierten Brennnesseln, wahlweise aber auch andere Kräuter wie Koriander oder Minze. Die befüllten Schatullen wurden schonend gedämpft, wodurch sich die Aromen miteinander verbanden und die Algen eine weiche Konsistenz erhielten.

Maribel ließ sich genüsslich in ihrem Stuhl zurückfallen, als sie vorsichtig in eine der Schatullen biss. Die dampfenden Algenblätter entfalteten sich auf ihrer Zunge, und die Füllung verbreitete eine Explosion an Aromen. Das zarte Grün der Brennnesseln, deren erdiger Geschmack durch das Dämpfen mild und angenehm geworden war, harmonierte perfekt mit den anderen Kräutern.

»Oh, diese Schatullen sind himmlisch«, murmelte sie, während sie den nächsten Bissen vorbereitete.

Ihre Augen schlossen sich für einen Moment, als sie den Geschmack aufnahm und der aufsteigende Dampf ihre Sinne umschmeichelte. Ihre Finger fühlten die Textur der feuchten Algenhülle, die leicht zwischen den Fingerspitzen nachgab. Jede Geste, mit der sie die Schatulle zum Mund führte, ließ sie die Welt um sich herum vergessen, ganz vertieft in das kulinarische Erlebnis.

Elara wirkte an diesem Abend nachdenklich und zurückgezogen. Ihre Hände um die dampfende Tasse geklammert, schaute sie Maribel mit einem Blick an, der Furcht und Selbstvorwurf offenbarte. Maribel beobachtete Elara mit einem Blick, der gleichzeitig Trost und Stärke ausstrahlte.

»Ich sehe es in deinen Augen. Es ist der Glasflor, nicht wahr?«

Elara nickte nur, ihr Blick verloren in der dampfenden Tasse.

»Ich… ich habe etwas Schreckliches getan, Maribel.«

Maribels Stirn legte sich in Falten, ihre sonst so fröhlichen Züge erstarrten in ernster Besorgnis. Sie griff nach Elaras Hand, drückte sie sanft.

»Erzähl mir, was passiert ist. Du weißt, du kannst mit mir über alles sprechen.«

Elara schloss die Augen, als kämpfe sie gegen eine unsichtbare Macht. Ein Zittern durchlief ihren Körper.

»In den Gassen… letzte Nacht…« Ihre Stimme brach. »Männer… sie…«

Maribel lehnte sich vor.

»Haben sie dir wehgetan?« fragte sie leise. »Oder… schlimmer?«

Elara nickte kaum merklich. Maribels Atem stockte, und für einen Moment schloss auch sie die Augen.

»Ich verstehe. Du musst nichts sagen, wenn es zu viel ist. Sie wollten dich… besitzen.«

Eine Träne rollte über Elaras Wange, während sie stoßweise nach Luft rang.

»Ich… ich habe es nicht zugelassen.«

Maribel hielt ihre Hand fester.

»Was quält dich so sehr, Elara? Sag mir, was wirklich los ist.«

Elaras Blick fiel auf ihre mechanischen Hände, als sie die klebrige Wärme des Blutes noch immer zu spüren glaubte.

Ihre Finger krallten sich noch fester um die Tasse. Ihre Worte kamen zögernd.

»Ich… ich habe sie getötet. Alle fünf.« Tränen liefen über Elaras Wangen. »Es… es war… ich kann es nicht erklären.«

Maribel saß regungslos, holte tief Luft, versuchte, keinen Schock erkennen zu lassen. Dann legte sie ihre andere Hand auf Elaras Arm.

»Getötet?« flüsterte sie. »Das kann nicht sein.«

Erinnerungen an ihre gemeinsame Kindheit blitzten auf: verletzte Fenneks, die sie gemeinsam gesund gepflegt hatten, Elaras tiefes Mitgefühl, ihre unerschütterliche Güte.

»Doch«, schluchzte sie, ihre Stimme zitternd vor unterdrückten Emotionen. Ihr Blick flackerte, die Bilder der Nacht noch vor Augen.

»Diese Männer. Ich sah in ihren Augen nichts als Gier und Verderbtheit. Sie wollten mich haben. Und als ich gegen sie kämpfte, spürte ich eine dunkle Freude in mir aufsteigen, als wäre etwas in mir explodiert. Ich konnte nicht aufhören. Es war, als würde eine fremde Macht mich lenken.«

Elara ballte ihre Hände zu Fäusten.

»Als ich diesen Männern gegenüberstand, spürte ich nicht nur die Dunkelheit ihrer Absichten. Eine fremde Erregung stieg in mir auf und nahm mich vollständig ein. Als ich meine Klinge hob, durchzuckte mich… eine Art rauschhafter Kitzel. Mit jedem Hieb wurde ich mehr zu einem Raubtier, das seine Beute zerreißt.«

Sie schluckte schwer.

»Es war mehr als nur Kampfgeist. Ich erkannte mich selbst nicht wieder, als wäre ich… eine verzerrte Version von mir. Mit jedem Blutstropfen wuchs diese perverse Freude. Ich fühlte mich unbesiegbar — und das Schlimmste war, dass es sich richtig anfühlte. Ich habe nicht nur gekämpft, um zu überleben… ich habe es genossen, fühlte diese Macht — und ich hasse mich dafür.«

Maribel zog ihre Stuhlkante näher, ihre Augen fest auf die ihrer Freundin gerichtet. Die hob ihren Blick, voller Angst.

»Was, wenn es wieder passiert? Was, wenn ich zu einem Monster werde?«

Maribel zog sie an sich und weinte ebenfalls.

»Nein, Elara. Du wirst kein Monster. Was auch immer geschehen ist — es war der Glasflor, nicht du. Ich kenne dich. Du bist eine Kämpferin, aber keine Mörderin.«

»Aber die Freude«, stammelte Elara, ihre Stimme bebend. »Sie ist immer noch in mir. Was, wenn ich die Kontrolle verliere und zu dem Ungeheuer werde, gegen das ich all die Jahre gekämpft habe? Ich kann nicht riskieren, jemandem Schmerz zuzufügen, den ich mit meiner ganzen Seele liebe. Mein ganzes Leben habe ich die beschützt, die mir näher als mein eigenes Herz sind, habe gegen die Maschinen gekämpft, die mir so viel genommen haben. Was, wenn diese Dunkelheit stärker ist als ich? Wenn ich wieder jemanden verletze oder sogar töte? Wenn ich damit genau das zerstöre, was ich retten wollte?«

Maribel ließ sie nicht los, strich beruhigend über ihren Rücken.

»Es war nicht deine Schuld«, sagte sie mit fester Stimme. »Der Glasflor hat dich manipuliert, hat versucht, dich zu etwas zu machen, das du nicht bist. Überleben zwingt uns manchmal, Dinge zu tun, die gegen unsere Natur sind.«

Ihre Stimme blieb sanft, doch unerschütterlich.

»Wir werden einen Weg finden, den Glasflor zu brechen. Du bist nicht allein, und ich werde nicht zulassen, dass er dich zerstört. Du bist stark, Elara. Ich habe dich durch die dunkelsten Stunden gehen sehen — und du bist immer zurückgekommen.«

Sie legte beruhigend eine Hand auf Elaras Rücken.

»Aber ich hätte nicht so viel Freude empfinden dürfen. Dieser Teil von mir, der das Töten genossen hat... Was, wenn ich das nächste Mal die Kontrolle verliere? Die Gesichter der Männer... sie lassen mich nicht los. Ich wollte ihnen die Hölle zeigen, aber jetzt habe ich sie in mir. Manchmal glaube ich, ich bin zwei Menschen. Der eine will helfen, der andere zerstören — und ich weiß nicht, welcher von ihnen stärker ist.«

Maribel hob ihre Hand, berührte Elaras Wange.

»In jedem von uns gibt es einen Ort, in dem die Schatten wohnen — einen Teil, den wir fürchten, aber akzeptieren müssen. Es liegt an uns, wie wir damit umgehen.«

Elaras Augen suchten Maribels, die ihr mit unerschütterlicher Ruhe begegnete.

»Du bist nicht allein. Jeder kämpft gegen seine Dunkelheit. Und es ist das Licht, das den Schatten ihre Form gibt.«

Ein leiser Seufzer entwich Elaras Lippen.

»Aber wie kann ich diese dunkle Freude jemals kontrollieren?«

Maribel drückte ihre Hand fester.

»Indem du erkennst, dass sie nur ein Teil von dir ist, aber nicht das Ganze. Du bist Elara — mutig, leidenschaftlich —, die sich immer wieder dem Abgrund stellt und trotz allem ihre Menschlichkeit bewahrt.«

Elara senkte den Blick, von Maribels Worten umwoben.

»Diese Dunkelheit ist so stark, Maribel… so stark, dass ich Angst habe, sie könnte mich verschlingen.«

Maribel beugte sich konzentriert vor.

»Das wird sie nicht. Wir lassen das nicht zu.« Ihre Stimme wurde weicher. »Weißt du noch, wie wir in Thaddeus' Werkstatt saßen, die alten Sphärenmühlen reparierend? Du hast mir damals gezeigt, dass selbst ein erstarrter Ätherpendel wieder in Schwingung kommen kann — und das kannst du auch, Elara.«

Sanft umarmte sie Elara, und ein Moment der Intimität hüllte sie ein, wie er nur zwischen Seelenverwandten existiert, die gemeinsam der Dunkelheit trotzen.

»Es gibt immer eine Zukunft. Sie wird von uns in jedem Augenblick geformt«, sagte Maribel, und Elara beobachtete sie, wie sie trotz der düsteren Situation eine unverwüstlichen Zuversicht ausstrahlte.

»Woher nimmst du nur all diesen Optimismus?«

Maribel seufzte.

»Siehst du, manche Menschen finden immer einen Grund zur Klage. Sie schieben alles auf äußere Umstände, ohne zu erkennen, dass es in Wirklichkeit um sie selbst geht.«

»Und was, glaubst du, ist der wahre Grund dafür?« hakte Elara nach.

»Weil es ihnen nie wirklich um die Wahrheit geht, sondern nur darum, sich selbst in den Mittelpunkt zu stellen. Sie suchen nach Gründen, um sich besonders zu fühlen, ohne zu erkennen, dass die Wahrheit oft viel einfacher ist. Sie ziehen die Zahnräder ihrer Maschine an, bis sie sich selbst blockieren, und dann wissen sie nicht, wie man sie wieder in Bewegung setzt. Aber du bist nicht wie sie, Elara. Du suchst keine Ausreden, keine Rechtfertigungen: Du stellst dich deiner Dunkelheit, auch wenn sie dich ängstigt — und genau das macht dich stärker.«

Ihre Stimme war sanft, aber deutlich.

»Wir sind mächtiger, als wir denken — vor allem, wenn es um unser eigenes Leben geht. Vielleicht fühlt sich der Glasflor auch so an — wie Zahnräder, die stillstehen und uns gefangen halten. Du bist nicht allein damit. Gemeinsam finden wir einen Weg, dich wieder in Bewegung zu bringen.«

»Du denkst, die Leute werden immer etwas finden?«

»Genau«, bestätigte Maribel. »Selbst wenn wir ein Heilmittel gegen den Glasflor finden, wird es welche geben, die auch dagegen sind. Sie werden behaupten, dass es schlimmer sei als der Glasflor selbst.«

Elara nickte langsam, ihre Gedanken schienen Maribels Worte nachzuhallen.

»Und was denkst du, wie wir mit dieser Herausforderung umgehen sollten?«

»Indem wir uns auf das konzentrieren, was wir beeinflussen können. Unsere Zukunft liegt in unseren Händen, nicht in den Schatten, die uns umgeben.«

Elara hörte zu, und obwohl sie nicht sicher war, ob sie Maribel zustimmen konnte, spürte sie, wie deren Worte Trost in ihr weckten — ein leises, kaum wahrnehmbares Licht inmitten der Dunkelheit. Maribels Stimme erinnerte sie daran, dass es immer Hoffnung gab, selbst in den dunkelsten Stunden, und diese Erkenntnis schien für einen Moment die drückende Schwere zu lindern. Ihr Körper fühlte sich schwer an, als hätte die Last ihre Glieder ergriffen. Erschöpft und schwach lehnte sie sich an

Maribel, suchte in ihrer Wärme den Halt, den sie allein nicht finden konnte. Die Angst war immer noch da, nagte an ihr, wie ein ständiges Flüstern, das sie in die Tiefe ziehen wollte. Doch Maribels ruhige Stärke gab ihr ein wenig Halt — einen zerbrechlichen, aber kostbaren Hoffnungsschimmer. Sie wusste nicht, wie sie diesen Kampf überstehen sollte, doch sie wusste, dass sie dabei nicht allein sein würde.

Doch während sie in der Schimmernden Sichel — umgeben von den Stimmen der Gäste und dem vertrauten Klang der Laute — einen Moment des Friedens fand, verwandelte sich die Stadt in ein mattes Abbild ihrer einstigen Größe. Unter dem bleichen Schein des Mondes schlängelte sich ein kleines Mädchen allein zwischen den gläsernen Statuen hindurch, deren groteske Formen im kaltweißen Licht schimmerten. Jeder Schritt ließ das zerbrochene Glas unter ihren Füßen knirschen. In der Nähe einer Backstube entdeckte sie die Figur eines Brotbäckers, dessen Hände beim Teigkneten erstarrt waren. Einst lebendige Hände waren nun glitzernde Glasgebilde. Neben ihm wartete ein Fennek, beunruhigt, mit übergroßen Ohren und funkelnden Augen. In Etherion waren Fenneks eine vertraute Erscheinung, streunend auf den Straßen oder in treuer Begleitung ihrer Besitzer. Der Fennek in der Backstube, dessen besorgte Blicke auf seinem Herrn ruhten, blieb wie alle seiner Art immun gegen den Glasflor — was eine überaus rätselhafte Tatsache war.

Als sie den ehemals belebten Marktplatz erreichte, lagen überall Splitter verstreut, wo einst Lebensmittel feilgeboten wurden. Ein kleiner Junge, der nahe einem umgestürzten Obststand kauerte, schien in einer ewigen Bewegung nach einer herabgefallenen Frucht zu greifen. Sein Gesicht wirkte wie eine stumme Bitte um Hilfe, die Augen auf die glasverkapselten Körper gerichtet. Ein Mann, dessen Gesicht zu einem ewigen Schrei verzerrt war, hielt die Hand seiner Tochter — beide in ein gläsernes Gefängnis gebannt. Ihr Körper, dünn wie Eis, drohte zu brechen. In der Nähe hockte ein alter Bettler, seine letzte Geste des Flehens in einer Pantomime verewigt. Seine leeren, starren Augen richteten sich auf eine gnadenlose Welt. Um ihn lagen Splitter anderer zerplatzter Körper.

Eine junge Frau stand reglos an der Straßenecke, ihr Gesicht verzerrt. Ihr Fleisch verwandelte sich in glasige, spitze Dornen, die aus ihrer Haut brachen. Sie fiel in Stücke, ihre Gliedmaßen klirrten auf dem Boden wie gebrochenes Porzellan. Voller Angst betrachtete das Mädchen jedes dieser gläsernen Antlitze. In den Augen einer jungen Frau, die mitten im Lachen erstarrt war, spiegelte sich ein unvollendetes Glück, das niemals seine Pointe vollenden konnte. Ihr gegenüber stand ein alter Mann, dessen Hände eine unsichtbare Last trugen, jede Falte seines Gesichts erzählte von Mühsal und Sorgen. Tränen bildeten sich in seinen Augen, gefroren in der eisigen Nacht fast zu Kristallen und liefen seine Wangen hinab. Ein junger Mann, der einst lächelnd durch die Straßen flanierte, stand nun reglos da. Ein Netz aus Rissen durchzog seinen Körper, und sie sah, wie Blut aus einer der Wunden sickerte. Schließlich senkte sie den Blick und betrachtete ihre eigenen Hände, in Erwartung, das gleiche Schicksal zu erleiden. Doch ihre Haut war noch warm, lebendig. Mit einem zitternden Atemzug hob sie den Kopf und blickte entschlossen in Richtung des verlassenen Hafens.

VI

DAS GLEISSENDE LICHT DER MITTAGSSONNE schnitt scharf durch die verlassenen Gebäudeschluchten, warf zitternde Reflexe auf tote Hauswände, deren Schatten wie Leichengewänder lagen. Die Häuser standen verlassen, ihre Fenster leere Augenhöhlen eines Totenschädels. Überall lagen Scherben — der Boden war ein Feld aus blitzendem Glas, die Umgebung ein bizarres Leuchten. Jede Scherbe brach die Sonne in zuckende Lichtspeere, die an den verwitterten Fassaden zu Mustern verschmolzen — Strukturen, in denen sich das Bewusstsein der Stadt selbst kristallisierte. Der Boden floss wie geschmolzenes Quecksilber, während der Glanz in den Scherben sang — ein Echo jenseits des hörbaren Spektrums.

Unter Elaras Füßen zerbrach nicht nur Glas, sondern auch die Illusion von Kontinuität. Über einem Meer aus Gesichtern wandelte sie, die Scherben unter ihr schrien gläsern, und die Überreste der Bürger ragten auf — ihre Körper von einem morbiden Glanz umgeben, der von ihrem Fleisch abstrahlte. Die dröhnende Stille wurde nur gestört, wenn ein weiteres Körperteil brach, die Last zu groß wurde und die fragile Gestalt nachgab. Das Klingen zerbrechender Körper glich einem Totengeläut. Durch dieses Tableau des Verderbens wandelte Elara, das Grauen in jeder Faser fühlend. Ihre Augen starrten ins

Nichts, ihre Stiefel tasteten vorsichtig über die scharfen Scherben. Bei jedem Schritt krachte und knirschte es, als zerträte sie die spröden Knochen einer längst vergessenen Zivilisation. Auf den kupferverstärkten Wegen hallten ihre Schritte wie geisterhafte Schreie der Vergangenheit. Und die Splitter drängten als düstere Vorahnung gegen ihre Sohlen, manche so spitz, dass sie das mineralisierte Leder fast durchdrangen. Ringsum lagerten Leichen: Halb zerschmettert, zerquetscht wie Spielzeug, ihre Glieder grotesk verbogen — manche nur noch teilweise vorhanden. Das Blut, das einst durch ihre Adern floss, schimmerte silbrig auf gläsernem Grund. Der Kopf eines Mannes lag abgetrennt, mehrere Meter von seinem Rumpf entfernt, in einer Lache aus kristallisiertem Glas, dessen schimmernde Oberfläche an das Leben eines fremdartigen Wesens erinnerte.

Die Straßen, einst erfüllt von Euphorie, Fortschritt und zahllosen Festen, lagen verwüstet, allseitig von Puppen bevölkert. Die Gebäude, zerfallene Monumente einer vergessenen Ära, wirkten wie Abbilder eines zerrütteten Geistes. Elara betrachtete die bröckelnden Mauern, in denen der Verfall wie eine unheilbare Krankheit wütete — jeder Riss in den Fassaden ein Echo ihres eigenen Schmerzes. Die Schatten in den leeren Fensterhöhlen schienen ihren Namen zu flüstern — Erinnerungen an Worte, die nie gesagt, und Taten, die nie vollendet wurden. Vergangenheit und Zukunft zerflossen in einem unerträglichen Jetzt: eine zersprungene Teetasse mit noch sichtbarem Lippenabdruck, eine zerborstene Kinderpuppe, deren glasiges Auge stumm zum Himmel starrte, ein halb geleertes Glas, ein Ehering, eingeschmolzen in eine gläserne Pfütze — Überbleibsel einer zersprungenen Zeit. Die vormals bunten Marktstände lagen grau und verlassen unter einer dicken Schicht Glasstaub, der in der stillen Luft flirrte. Und ein scharfer Geruch hing in der Luft, vermengt mit dem süßlichen Aroma verrottender Früchte und dem bitteren Nachhall verbrannter Erde.

Für einen Augenblick waren die Scherben kein Boden, sondern ein Spiegel. Sie hielt inne, und in den Splittern erschien ihr Gesicht: Wangen, durchzogen von Rissen, Augen, die zu zerbrechen schienen. Zerschnitten in tausend Bilder offenbarte jedes Fragment eine andere Version ihrer selbst: eine Elara, die lachte; eine, die weinte; eine, die nur starrte. Jedes Fragment bewahrte eine Zeitlinie, die niemals erfüllt worden war. In einem Splitter sah sie sich selbst: ein Kind mit den Falten des Alters, Augen, die die Unschuld der Jugend spiegelten. Versionen ihrer selbst bewegten sich zwischen den Scherben: eine Tochter, die sie nie geboren hatte, deren Lachen so vertraut klang wie die Erinnerung an etwas Verlorenes. Die Reflexionen enthüllten nicht nur, wer sie war, sondern zeigten alle Möglichkeiten ihrer Existenz — die nun wie zerbrochene Wahrheiten vor ihr lagen. Und während Elara sich den Weg durch die schreckliche Szenerie bahnte, kam sie nicht umhin, sich vorzustellen, wie der Tod höchstselbst durch die Straßen gefegt war, um die Stadt in ein Schlachthaus zu verwandeln.

Doch die Scherben zeigten nicht nur ihr eigenes Gesicht. Zwischen ihnen schimmerten Fragmente der Stadtbewohner: ein Atemzug, zu Diamant gepresst, ein Lidschlag, gefangen in Bernstein, Augen, die zu viel gesehen hatten, Hände, erstarrt im Akt des Greifens, ein Schrei, für immer in den Rand einer Scherbe geritzt. Elara ging weiter — nicht, weil sie ein Ziel hatte, sondern weil Weitergehen zur letzten Gewissheit geworden war. Es war keine Flucht, keine Hoffnung — nur Gehen. Es war alles, was blieb.

Der Wahnsinn kratzte an den Rändern ihres Bewusstseins, ein heiseres Flüstern, das unerbittlich lauter wurde. Ein hoher, dünner Ton zog mit dem Wind durch die leeren Straßen, als wäre ein Faden aus Glas gespannt und dann gezupft worden. Die Luft schnitt in ihre Lungen, wie eine Klinge, die über die Splitter fuhr, sie gegeneinander schlug und eine zittrige, schrille Melodie spielte — zu laut, um sie zu ignorieren, zu leise, um sie wirklich zu verstehen.

Sie ließ sich auf die Stufen der verfallenen Kathedrale nieder, deren einst prachtvolle Türme kraftlos und gebrochen gegen den Himmel lehnten. Das Pfeifen des Windes durch die offenen Arkaden und zerbrochenen Bögen klang wie das rauchige Atmen eines schlafenden Ungeheuers. Jede Böe, die durch die geborstenen Fensterbögen zog, trug den Nachhall verlorener Gebete, die niemals erhört worden waren. Und ihre Tränen, die sie zu weinen versuchte, waren wie Asche in ihrem Mund: trocken, bitter, ohne Erlösung.

In einem abgelegenen Winkel der Stadt erblickte Elara später einen Mann, gefangen in den Qualen seiner Verwandlung. Vorsichtig näherte sie sich, die Augen unverwandt auf den Leidenden geheftet. Im gläsernen Teppich hinterließen ihre Schritte Spuren, die sich mit dem kupferroten Staub der sterbenden Sonne füllten. Der Mann lag, von Glas umschlossen, auf kaltem Pflaster — heulend vor Schmerz, schwimmend in Gebeten. Feine Risse durchzogen seine Haut, aus denen Blut und scharfe Glasfetzen quollen. Ein entsetzlicher Klang berstenden Glases begleitete seinen Gestaltwandel. Splitter schossen aus klaffenden Wunden, jede Bewegung eine unermessliche Agonie, während seine Haut stückweise zu gläsernem Material zerfiel, das von innen nach außen wucherte. Seine Augen flackerten mit einem letzten Funken Menschlichkeit — flehend starrten sie in die Leere, suchten nach einem Ausweg. Sein Körper zuckte und wand sich, als kämpfe er noch gegen das unausweichliche Urteil. Stöhnen und Wimmern hallte durch die Straßen, während blutige Tränen über sein Gesicht rannen und Glasfragmente aus seiner Haut hervorplatzten wie Perlen aus einem zerbrochenen Collier. Die Gasse schien das Grauen zu spiegeln: ihre Wände wölbten sich, als könnten sie das Elend verbergen. Die Dunkelheit verdichtete sich, als hätte die Nacht selbst geschworen, die Szene zu verhüllen. Der Himmel brodelte wie ein Meer aus pechschwarzen Wolken, und in den Schatten wisperte eine ungreifbare Präsenz.

Späterentags, im trüben Schein des blassen Mondes, zog ein Fluss von Blut durch die Bezirke der Stadt. Glassplitter bedeckten die Straßen, und das klirrende Geräusch der umhüllenden Flügel hallte in den Alpträumen der Überlebenden wider. Leblose, grotesk verformte Körper säumten die Straßen – Opfer der Vitrifizierung. Elara bewegte sich durch düstere Ecken und enge Straßen, wo das Leid sich sammelte wie Regen in den Spalten eines zerbrochenen Felsens. Schwer wog die Luft, erfüllt vom fauligen Gestank, dem metallischen Beißen von Blut und dem klagenden Heulen des Windes, der durch verfallene Dampfdomizile zog. Wie das Wehklagen verlorener Seelen klang der Wind, während Schreie durch verlassene Gebäude hallten. Der Glasflor offenbarte sich auf blutgetränkten Wegen, inszenierte seine makabre Aufführung mit eiskalter Präzision und verwandelte Bewohner in hilflose Marionetten. Die Menschen verloren nicht nur ihre Körper, sondern auch ihren Verstand, als die Dunkelheit ihre Seelen in den geistigen Abgrund stürzte. Das Knistern geborstenen Glases glich dem Lachen eines Wahnsinnigen, der über die Trümmer seiner eigenen Schöpfung triumphiert. Die Überlebenden blickten ins Chaos, zerrissen zwischen der brutalen Realität ihres Leidens und der surrealen Grausamkeit der Seuche. In ihren Augen spiegelte sich unbeschreibliche Trauer.

In einer zentralen Gasse lag ein morbides Gemurmel in der Luft, während die blassen Gesichter zweier Gestalten aus der Dunkelheit traten. Ihre Worte waren scharf wie Messer, die die Wahrheit aufschlitzten und Lügen entblößten. Die erste Gestalt, krankhaft blass, trug ein abgenutztes Gewand, besudelt mit getrocknetem Blut. Seine knochigen Finger glitten über die vernarbte Klinge, als wäre sie ein alter Vertrauter. Er schnitt sich selbst die Kehle durch und Blut spritzte auf den Boden. Seine leeren Augen starrten in die Finsternis. Der andere Mann leckte gierig das Blut auf, seine Zunge glitt über die Klinge, ein dämonisches Grinsen verzerrte sein Gesicht. Das Blut vermischte sich mit seinen Worten — ein bizarrer Chor des Wahnsinns. Ein Kichern drang aus den Lippen des blutverschmierten Mannes, begleitet von einem Grinsen. Dann schnitt er sich die Haut auf, goss heißen Wachs darüber und lachte, als wäre der Schmerz reine Ekstase.

Unter dem peitschenden Regen und dem drückenden Schwarz des Himmels versammelten sich die ratlosen Bürger, die der Seuche bisher entkommen waren. Eine Angst, lodernd wie Flammen, fraß sich durch ihre Herzen. Die Grausamkeiten des Glasflors, der Verlust ihrer Liebsten und die ungewisse Zukunft trieben sie an den Rand des Wahnsinns. In dieser Nacht strömten sie verzweifelt zum *Kupferkronplatz*, im Zentrum des wohlhabendsten und ältesten Teils Etherions. Ein Mann trat aus der Menge hervor, und in seinen Augen glommen Leidenschaft und Wahnsinn zugleich. Seine zittrigen Hände umklammerten eine Scherbe, die er sich mit einem unmenschlichen Schrei in den Leib rammte. Blut spritzte in alle Richtungen, die Menge gelähmt vor Entsetzen.

Die Selbstmord-Epidemie erreichte ihren Höhepunkt, als immer mehr verlorene Seelen dem Beispiel dieses Mannes folgten. Einige schnitten sich auf offener Straße die Pulsadern auf, andere stürzten sich von Gebäuden in den Tod, wieder andere erdrosselten sich mit bloßen Händen. Die Straßen wurden zu Flüssen aus Leichen, während die wenigen Überlebenden mit leeren Augen auf das Chaos starrten. Regen schwemmte Blut in Abwasserkanäle. In einem Hinterhof umklammerte eine junge Frau ein scharfes Stück Eisen und trieb es immer wieder in den Körper. Ihre Schreie zerschnitten die Stille, Blut spritzte in unregelmäßigen Stößen aus ihren Wunden.

In einem finsteren Keller kauerte eine Familie, ihre Gesichter von Tränen und Trostlosigkeit überzogen. Der Vater, mit leeren, glasigen Augen, drückte nacheinander seinen Kindern und seiner Frau die Luft ab, um sie vor der unausweichlichen Verdammnis zu bewahren. Das erstickte Röcheln und das leise Wimmern der Opfer verschmolzen zu einem makabren Requiem. Woanders sprang ein Mann kopfüber von einem Balkon; sein Schädel zerschellte auf rissigem Pflaster, und sein Blut bildete ein groteskes Gegenbild zu den trüben Pfützen. Im

Zentrum der Stadt zerfleischte sich eine Gruppe Überlebender gegenseitig, riss sich die Gliedmaßen ab und schien den Schmerz zu genießen.

Inmitten dieses Alptraums erhob sich eine verlassene, heruntergekommene Kirche. Ihr Inneres war nur spärlich mit blassen Kerzen erleuchtet. Mittig des Kirchenschiffs lag ein Mann auf einem blutbefleckten Altar, sein Körper übersät mit Schnitten. Er hatte sich selbst verstümmelt und eine blutige Botschaft in den Boden geritzt, die nur aus einem einziges Wort bestand: *»Erlösung«*. Um den Altar scharten sich Menschen. Eine Frau lachte, während sie ein Messer immer wieder in ihre eigenen Hände stieß. Ein erhängter Mann zuckte noch, der Strick um seinen Hals spannte sich bei jeder Bewegung. Der Chor aus Schreien, Gelächter und röchelnden Atemzügen ließ die Kirche erbeben. Regen tropfte durch das eingerissene Dach, vermischte sich mit dem Blut und rann in einem beständigen Strom die Stufen des Altars hinab.

Nahe dem Alter kauerte ein Mann. Seine Haut war mit Schnitten übersät, die er sich selbst zugefügt hatte. Blutüberströmt hielt er ein zerbrochenes Glas, das er sich in den Mund gerammt hatte, sodass sein Gesicht von blutiger Glaswolle durchzogen war. Mit irrem Blick riss er sich die Eingeweide aus dem Bauch. Die anderen Anwesenden waren Teil eines bizarren Rituals, in dem sie einander grausam quälten. Eine Frau, die gerade ein Kind geboren hatte, schnitt es vor den Augen der Teilnehmer auf und durchwühlte seine Innereien. Ein Mann hatte sich die Augen ausgestochen und sie einer Frau zwischen die Zähne gedrückt, ihre Lippen blutverschmiert von der unfreiwilligen Gabe. Der Boden war von einer Schicht aus

Blut, Gedärmen und Fleischfetzen bedeckt — der Gestank war unerträglich.

Am südlichen Ende der *Schwirrlichtallee* — die für ihre nächtliche Beleuchtung durch zahlreiche gasbetriebene Laternen bekannt war, und bei Nacht einen spektakulären Anblick bot — ereigneten sich auf einem verlassenen Platz denkbar entsetzliche Massenhinrichtungen. Sogar Kinder wurden hingerichtet, oft vor den Augen ihrer Eltern. Der Hunger nach Gewalt schien unersättlich, als sich das stetig wachsende Publikum daran labte, wie Gefangene zuerst auf ein Podium getrieben und dann enthauptet wurden. Der Henker schwang sein rostiges Beil, um daraufhin mit perverser Zufriedenheit zu beobachten, wie blutige Köpfe vom Podium rollten, karmesinrote Spuren hinter sich herzogen und oft erst unmittelbar vor den Füßen der Schaulustigen zum Stillstand kamen. Elara erstarrte beim Anblick der zerstückten Körper und der abgetrennten Köpfe, die mit leeren Augen in die Menge starrten. Unfähig, den Blick abzuwenden, brannte sich dieses Bild unauslöschlich in ihr Gedächtnis ein.

In einer angrenzenden Gasse, gesäumt von Ruinen, stieß Elara auf hungergetriebene Gestalten, die sich um einen kaum noch als solchen erkennbaren Leichnam scharten. Mit entstellten Gesichtern fielen sie über den Kadaver her, rissen Fleischstücke heraus und verschlangen sie inbrünstig. Einer von ihnen war Orlan, ein gefeierter Uhrmacher, bekannt für seine filigranen Wunderwerke — nun eine groteske Monstrosität. Seine einst geschickten Hände, die zierlichste Zahnräder zu justieren vermochten, zitterten wie Espenlaub, als er gierig in das noch zuckende Fleisch eines menschlichen Armes biss. Sein durch die Nacht hallendes Lachen schnitt wie ein Hohn durch das Knirschen der brechenden Knochen zwischen seinen Zähnen. Neben ihm kniete Lyssa, die mal Blumen auf dem Marktplatz verkaufte. Ihre einstige Schönheit war nun hinter einer Maske aus Blut und Raserei verborgen. Mit hastigen Bewegungen zerriss sie das Fleisch, ihre Zähne in einem barbarischen Grinsen entblößt. Ihre sanfte, melodische Stimme hatte sich in ein kehliges, unnatürliches Kichern verwandelt.

Eine weitere Frau saß abseits in der Gruppe — ihr cremeweißes Kleid, mit doppelten Chromträgern und goldenen Zierknöpfen geschmückt, war nun von Blut und Dreck befleckt. Sie hielt das bluttriefende Herz eines Menschen in ihren Händen und lachte sardonisch, bevor sie mit animalischer Gier ihre Zähne ins weiche, pulsierende Gewebe schlug und Blut hervorspritzte. Links von ihr kniete ein Mann, der hektisch an einem abgetrennten Bein kaute, seine Reiß- und Kaugeräusche mischten sich mit dem klagenden Heulen des Windes. Hoch oben auf einem zerfallenen Balkon stand ein alter Mann, sein Blick leer und verloren. In seinen Händen hob er die Überreste eines Schädels empor, wie eine Trophäe, die er dem verhangenen Himmel darbot.

Kaum war Elara einen Schritt zurückgewichen, begann ihre Ætherklinge zu pulsieren. Ihre Finger krallten sich um den Griff, ihre Augen durchbohrten die Gasse. Die zerfallenen Gebäude, erstickt unter Blut und Glasstaub, brannten eine unerbittliche Wahrheit in ihren Geist: Etherion war verloren. Doch nicht das Unheil der Stadt jagte ihr Herz wie ein gefangenes Tier gegen die Rippen. Es waren die Menschen, die ihr geblieben waren — allen voran Maribel, der letzte Stern in einer erlöschenden

Galaxie, der die Dunkelheit ihres Lebens durchbrach. Allein die Vorstellung, dass die Seuche Maribel in eine wahnsinnige Marionette verwandelte, schnürte ihr die Kehle zu.

Elara wusste, dass sie keine Sekunde verlieren durfte — sie musste zu Maribel, bevor es zu spät wurde. Die Gasse aber war verstellt, und bevor sie die Gefahr erfasste, glühten dutzende gierige, blutunterlaufene Augen auf. Ein schrilles Aufheulen und die Gestalten stürmten los — ein Sturm aus Klauen, Zähnen und peitschenden Gliedmaßen, der auf sie zuraste. Sie riss ihre Klinge hervor — ein Funke ihres Willens, der wie gewebtes Licht durch die Schatten jagte.

Knochen zersprangen, Fleisch zerplatzte in gellenden Stößen. Ihre Ætherklinge glitt durch Muskeln wie Wachs, ihre Bewegungen ein Strudel des Todes. Blut schoss durch die Luft, während die Schreie der Wahnsinnigen im Zischen der Klinge erstarben. Elaras Kampfkunst war ein tödlicher Tanz, gelenkt von der Klinge, die wie ein lebendiges Wesen agierte. Ein Angreifer mit zähnefletschendem Maul stürzte auf sie zu, doch ein diagonaler Hieb durchschnitt seinen Leib wie Papier. Der Oberkörper rutschte ab, während der Unterleib noch einen Schritt vorwärts taumelte, bevor er zu Boden sackte.

Doch immer mehr Gestalten drängten in die Gasse, als würde die Dunkelheit sie gebären. Die ersten Wahnsinnigen, die sie angriffen, wirkten wie ein Signal, das die nächsten lockte. Aus den Schatten und Ruinen kamen sie, die Horde zu verstärken — schreiend, keuchend, zähneknirschend. Elara schnitt einer Frau die Kehle durch, das Blut ein rubinroter Sturzbach. Doch ehe sie nachsetzen konnte, traf eine Klaue ihre Seite und zerriss das Leder. Doch sie kämpfte verbissen weiter, ihre Klinge eine blendende Schneise. Eine andere Gestalt stürzte sich auf sie, doch ein waagerechter Hieb spaltete sie entzwei. Mit einem feuchten Aufprall schlug der Torso auf den Boden, dampfende Eingeweide quollen hervor. Die Ætherklinge tobte, doch die Gegner wurden zu einer erdrückenden Übermacht. Elara spürte, wie ihre Bewegungen schwerfälliger wurden, die Muskeln brannten, und ihre Reflexe versagten. Trotz ihrer unermüdlichen Verteidigung drängten die Gegner sie zurück. Mit einem letzten Hieb rammte sie die Klinge in die Brust des nächsten Angreifers, bevor sie unter der Wucht des Ansturms zu Boden ging. Der schartige Boden biss durch ihre Kleidung in die Haut, und als sie aufblickte, ragten verzerrte Fratzen über ihr auf.

Dann ein ohrenbetäubender Knall, gefolgt von einem tiefen Brüllen. Eine Dampfbüchse donnerte, spie eine Salve aus, zerfetzte Schädel in einem Schwall aus Glas und Blut. Mit eisiger Entschlossenheit bahnte sich die Gestalt einen Weg durch die wimmelnde Horde. Elara kämpfte sich auf die Beine, doch ein Schwindel übermannte sie und sie taumelte. Gerade als sie zu stürzen drohte, schloss sich eine starke Hand um ihre Schulter und zog sie hoch.

»Kannst du stehen?« fragte er scharf, doch nicht ohne Wärme.

Elara nickte benommen.

»Wer…?«

»Fragen später. Bewegung jetzt«, schnitt er ihr ins Wort und feuerte eine weitere Kugel ab. Die wenigen überlebenden Angreifer zogen sich knurrend zurück, ihre Raserei zerbrochen. Sein Blick folgte den Kreaturen, die in die Schatten zurückkrochen. Stille kehrte ein.

»Nicht gerade der sicherste Ort für einen Abendspaziergang«, bemerkte er trocken.

Sie keuchte schwer.

»Wer bist du?«

»Cato. Wächter. Du kannst mir später danken.«

Sein Ton war nüchtern, doch seine Augen musterten sie neugierig.

»Halt dich besser fest. Sie werden bald zurück sein.«

Bevor sie etwas sagen konnte, legte er einen Arm um ihre Taille und führte sie hinaus. In Elara stiegen Fragen auf, doch der Schrecken verschloss ihre Stimme. Wenig später erreichten sie eine halb zerstörte Ladentür. Er riss sie auf, und sie krachte metallisch gegen die Wand. Das Innere war düster, nur die flackernden Röhren einer beschädigten Gaslaterne erleuchteten den Raum. In der Luft schwebten Staubpartikel, die wie Glutflocken eines erloschenen Feuers wirkten. In einer Ecke stand ein defekter Schmelzofen. In der Mitte stand ein Sessel, dessen Leder von Rissen durchzogen war. Ein Schrank lehnte schief, seine Türen klafften leer. Daneben stand ein Waffentisch, bedeckt mit verkohlten Zahnrädern und abgeplatzten Schrauben. Unter Catos Stiefeln knirschten Glassplitter, ein rostiges Messer und das verbogene Fragment eines Soldatenabzeichens mit der kaum noch lesbaren Inschrift: *»Ehre Etherions«*. An der Rückwand stand eine Werkbank, umgeben von Sprengkapseln und Staub. Die rissigen Wände schienen die Last der Jahre kaum noch zu tragen.

»Hilf mir, das hier zu sichern«, sagte Cato, während sein Blick den Schutt streifte. Elara trat an seine Seite, und sie sammelten schweigend die verstreuten Überreste.

»Alles verrottet, verrostet, verfallen«, murmelte er, während er die Zündmechanismen einer Kapsel inspizierte.

Seine Bewegungen waren routiniert, doch der Druck seiner Finger verriet den Ernst eines Mannes, der wusste, dass die Welt einem nicht viele Fehler verzeiht.

»Aber wer weiß? Vielleicht reicht es für einen letzten Knall, bevor sie uns in Stücke reißen.«

Elara betrachtete ein Schild, auf dem »ZYLINDER & FLAMME — WAFFEN FÜR DIE EWIGKEIT« in verwitterten Lettern prangte. Die Ironie drängte sich ihr auf wie ein Spott, und sie drehte sich zu Cato, der gerade eine Zündschnur prüfte.

»Gibt es überhaupt einen Plan?« fragte sie unvermittelt. »Haben die Wächter eine Idee, wie sie das hier stoppen können?«

Catos Blick wanderte zur Bodenklappe.

»Es gibt kaum noch Wächter«, begann er, seine Stimme das Knistern einer schwelenden Flamme. »Keine Leichen. Keine Spuren. Vielleicht sind sie verwandelt worden. Vielleicht treiben sie jetzt als Glasscherben durch den Wind.«

Elara starrte ihn an, suchte nach Hoffnung in seinem Gesicht, doch Cato griff nur nach einer rostigen Klinge auf dem Tisch, als sei die Frage erledigt.

»Wenn ich noch zu jemandem gehen könnte, dann zu Valerius. Er war der Letzte, der noch an Ordnung glaubte.«

Cato legte die Klinge beiseite und griff nach einer weiteren Sprengkapsel. Elara trat näher.

»Was macht dich so sicher, dass dieser Valerius noch lebt?« fragte sie leise.

Cato warf ihr einen Blick zu, dann entwich ihm ein raues

Lachen — mehr Nachhall als Geräusch.

»Ich bekomme regelmäßig Nachrichten von ihm auf meinem Dampfresonator.«

»Und? Warum antwortest du nicht?«

Cato hielt inne, die Sprengkapsel zwischen seinen Fingern ruhte schwerer als Metall.

»Weil ich weiß, dass diese Nacht meine letzte ist.«

Elara stutzte.

»Was meinst du damit?«

Er zog schweigend seinen Ärmel hoch. Unter der dampfverschmierten Lederrüstung glomm seine Haut — ein gläserner Glanz, der das Licht brach wie Eis auf dunklem Wasser.

»Das Glas…« flüsterte sie entsetzt.

Cato nickte mit einem bitteren Lächeln.

»Es ist schon zu spät. Aber keine Sorge — ich werde nützlich sein. Solange ich noch Mensch genug dafür bin.«

Elara sah, wie Cato das Licht einfing, und bemerkte etwas Unaussprechliches. Es war, wie seine Finger die Kapsel hielten — nicht fest, sondern wie eine Reliquie, die ihn jederzeit verraten könnte. Sein Griff war angespannt, aber zögernd, als hielte er einen Gedanken fest. Das Licht brach sich in den Rillen seiner schwieligen Hände, während seine Augen die gläserne Oberfläche durchdrangen. Der harte Winkel seines Kiefers zeigte Resignation, ein Mann im Schlund des Unausweichlichen — noch nicht besiegt.

»Ich habe mich zurückgezogen, weil ich es wusste, bevor die ersten Anzeichen kamen. Ich wusste, dass ich nicht zurück kann. Die Wächter würden mich töten, ohne zu zögern.«

Seine Stimme war voller Mühe, jede Silbe über die Kette

seiner Gedanken zu ziehen.

»Valerius würde es nicht tun. Er würde versuchen, mich zu retten, so töricht es wäre. Und wenn ich ihm zu nahe käme, würde ich ihn zu Glas machen.«

Die Worte hingen im Raum. Er legte die Kapsel zurück und begab sich zu einer Nische am anderen Ende des Raumes zu einem *Frostkammermodul* — ein mechanischer Wandschrank, der durch dampfbetriebener Kühlspiralen ein stetiges Kälteklima aufrechterhielt. Ein Nebel entwich zischend den Dichtungen, als Cato die massive Eisentür aufschwang. Ein dünner Schleier von kaltem Dampf sickerte aus den Spalten, während er eine schwere, dunkelgrüne Flasche mit schwarz-goldenem Inhalt hervorzog: ein Gießerei-Stout, Etherions beliebteste Bierspezialität.

»Manchmal lassen sich Menschen, die einem wichtig sind, nur schützen, indem man ihnen niemals zu nahe kommt.«

Cato warf sich in den Sessel und öffnete die Flasche. Das geprägte Etikett auf dem polierten Glas funkelte wie Malachit, und ein Duft von geröstetem Malz und dunklem Karamell stieg auf, begleitet von Noten schwarzer Johannisbeeren und Schokolade. Der erste Schluck war ein Ritual. Das herbe, samtige Aroma drang bis in die verborgensten Winkel seiner Gedanken. Auf der Zunge entfaltete sich eine dichte Textur, geschmeidig und zugleich kraftvoll. Ein Hauch von geräuchertem Holz verlieh erdige Tiefe, während die Bitterkeit des Hopfens den Gaumen beglückte. Das Gießerei-Stout schien für jene Momente geschaffen, in denen die Welt innehält, um ihre Wunden zu zählen. Ein schweres, vollmundiges Bier, das mit der Präzision eines Alchemisten gebraut war.

Während Cato im Sessel saß, ging Elara zu einer Nische nahe des Frostkammermoduls, wo ein alter Waschtisch mit einer verbeulten Kupferschüssel stand, deren abplatzende Emaille kaum noch zu erkennen war. Obwohl sie die Stiefel abgestreift hatte, waren Reste von Innereien und Blut tief in das Leder ihrer Hose gedrungen. Mit geübten Bewegungen wischte sie den Schmutz ab. Jedes Mal, wenn sie das Tuch in die trübe Flüssigkeit tauchte, färbte es sich rot. Ihre Hände glitten über die Prothesen, die von einer Kruste geronnenen Blutes überzogen waren. Mit wütender Gründlichkeit wusch sie ihr Gesicht, bis die Haut rot aufblühte. Cato beobachtete sie, seine Augen eine Mischung aus Neugier und Skepsis.

»Du weißt, wie es um die Stadt steht. Und doch streunst du durch Gassen wie jene. Warum? Was suchst du dort?«

Seine Stimme war tief, fast gefährlich ruhig, während sie gedankenverloren Blutspuren an ihrem Kinn abtupfte.

»Ich wünschte, ich könnte dir eine klare Antwort geben«, sagte sie leise. »Aber irgendetwas treibt mich. Vielleicht sind es Splitter des Glasflors. Vielleicht ist es etwas anderes.«

Ihr Blick wanderte zu den Werkzeugen auf dem Tisch.

»Manchmal fühle ich mich wie eine dieser Waffen hier. Kaputt. Auseinandergenommen. Und doch halte ich sie in der Hand und versuche, sie wieder zusammenzusetzen, weil etwas in mir sagt, dass ich es tun muss. Dass ich, wenn die Teile passen, einen Weg finde, etwas zu heilen. Vielleicht mich selbst, vielleicht die Stadt.«

Cato sagte nichts, nippte an seiner Flasche, ließ sie weitersprechen.

»Und doch gibt es Momente, in denen ich glaube, die Stadt

sucht mich. Sie führt mich an Orte, wo das Elend wie ein Mantel über alles liegt. Zu Menschen, deren Leben Rissen in einem Spiegel gleichen. Zu Büchern, die mehr Fragen als Antworten bergen. Ich folge diesen Wegen, weil… ich hoffe, dass irgendwo eine Antwort liegt. Etwas, das uns rettet.«

Ihre letzten Worte mischten sich mit dem Rauschen des Windes draußen. Die Lampe über ihnen flackerte leicht, als habe sie selbst keine Antwort.

Elara holte tief Luft, als wolle sie das Schweigen zerreißen, das zwischen ihnen wie eine unsichtbare Wand hing.

»Ich muss zu Maribel«, sagte sie schließlich. »Sie ist meine beste Freundin. Sie bedeutet mir alles.«

Cato setzte die Flasche langsam ab und musterte Elara mit einem Blick, der beinahe amüsiert wirkte.

»So, so. Deine beste Freundin also. Nun, dann sollten wir sie nicht warten lassen.«

Seine Stimme trug diesen zynischen Unterton, dem dennoch etwas Liebeswürdiges anhaftete.

»Ich bringe dich hin. Es wäre schade, wenn eine andere Bande Aasfresser dich unterwegs zerlegt. Such dir eine Dampfpistole vom Waffentisch aus, falls du damit umgehen kannst. Ich trinke das hier noch aus, dann brechen wir auf.«

Elara nickte zögernd, ihre Schultern sanken, doch die Spannung wich nicht ganz. Sie trat an den Waffentisch. Ihre Finger glitten über die Kolben, bevor sie eine der Waffen aufnahm. Sie überprüfte das Gewicht, drehte sie in der Hand und nickte erneut, als ob sie sich selbst davon überzeugte, damit umgehen zu können. Im Hintergrund summte das Frostkammermodul, dessen Kühlspiralen leise knisterten. Ihre Finger fuhren über die Lederriemen, die sich wie ein straffes Band um ihre Gedanken legten, während ihre Gedanken abschweiften. Sie war bereit.

»Dann lass uns gehen. Ich habe alles.«

Keine Antwort.

»Cato?«

Er rührte sich nicht. Elara drehte sich um. Cato saß im abgewetzten Sessel, sein Körper entspannt, doch seine Augen starrten ins Nichts. Ihr Atem stockte. Langsam trat sie näher, die Dielen knarrten. Sie griff nach seinem Arm, die Kälte seiner Haut ließ sie zurückzucken.

»Cato!« rief sie.

Sie schüttelte ihn. Keine Reaktion. Seine Brust hob und senkte sich nicht. Seine Augen schienen durch sie hindurchzusehen. Er hielt die Flasche noch immer umklammert. Elara wich zurück. Ein leises Geräusch erklang, ein Knistern, als würde etwas tief in seinem Inneren brechen. Ein Klirren folgte, kaum hörbar. Sie starrte auf ihn und glaubte in der Dunkelheit seines Blicks eine Bewegung zu sehen — einen Schatten, der nicht seiner war. Zitternd wandte sie sich ab. Ihre Schritte waren schwer, als sie den Laden verließ.

Kaum betrat sie Maribels Heim, umarmte diese sie liebevoll. Die Erschöpfung zeichnete sich in ihrem Gesicht ab, und Maribel, die Elara instinktiv verstand, führte sie wortlos zu einem weichen Bett. Die Nacht war still, abgesehen vom sanften Rauschen des Windes, der durch die dampfgetriebenen Fensterläden zog. Kaum hatte ihr Kopf das Kissen berührt, sank sie in tiefen, traumlosen Schlaf.

Am nächsten Morgen machte sich Maribel daran, einen Tee zuzubereiten, der Elara Trost spenden und ihren Geist beruhigen sollte. In der Küche setzte sie ihr dampfgetriebenes Infusionssystem in Gang, das sie mit Sorgfalt bediente. Sie wählte eine edle Mischung der *Nebelkrone*, deren Blätter in den höchsten Etagen der Dampftürme gezogen worden waren, wo sich Industriedampf und Morgennebel vermischen. Behutsam legte sie die Blätter in den Infuser. Der Dampf, der durch das System strömte, intensivierte die Aromen des Tees, ließ die Zitrusnoten und die ætherische Frische hervortreten und verwandelte das Wasser in eine duftende Flüssigkeit.

Als der Tee fertig war, goss Maribel ihn in eine fein verzierte Tasse. Mit einem warmen, aufmunternden Lächeln stellte sie ihn auf den Tisch vor Elara, die gerade erwacht war. Nachdem sie einen ersten Schluck genommen hatte, ließ Elara ihren Blick durch den Raum schweifen. Maribels Wohnung war ein lebendiges Wirrwarr aus exotischen Stoffen, hellen Farben und kuriosen Gegenständen. Überall spiegelte sich Maribels Gespür für Ästhetik und Komfort, von den sanft drapierten Vorhängen bis zu den gemütlich platzierten Leseecken. Die Wärme des Tees breitete sich in Elaras Körper aus, und eine wohlige Ruhe milderte die Schärfe ihrer Gedanken.

»Dieser Tee ist wunderbar. Ich weiß nicht, wie du es schaffst, aber er hat die Gabe, die Seele zu heilen.«

Maribel antwortete mit einem Glänzen in den Augen.

»Es ist nichts Besonderes. Nur eine kleine Geste, um etwas Wärme in diese düsteren Tage zu bringen.«

Elara nickte dankbar, wärmte noch ein wenig müde die Hände an der Tasse.

»Die Lage in der Stadt wird immer schlimmer. Der Glasflor hat die meisten Bezirke erfasst. Je weiter ich nach Unterstadt vorgedrungen bin, desto schlimmer wurde es.«

Maribel schwieg, ihre Finger ruhten reglos auf dem Rand ihrer Tasse.

»Und was ist mit Viktor? Gibt es keine Nachricht von ihm oder vom Palast? Haben sie keine Lösung gefunden?«

Elara schüttelte langsam den Kopf.

»Nein. Sie sind genauso gefangen wie alle anderen.«

Maribels Augen wurden größer, Unsicherheit glitt über ihr Gesicht. Ihr Griff um die Tasse festigte sich, als suche sie nach Sammlung. Elara hatte Maribel selten so gesehen. Bilder ihres Weges durch die Stadt drängten in ihren Kopf. Sie dachte an die Angriffe, die sie überlebt hatte, und an die leeren Augen derer, die sie nicht retten konnte. Sie spürte den Drang, alles auszusprechen — jede Einzelheit. Die Wahrheit, ungeschönt. Doch sie zögerte. Maribels zerbrechlicher Blick hielt sie zurück. Maribel war ihr einziger Anker in einer Welt, die zerfiel. Wenn sie jetzt sprach, wenn sie Maribel mit den Schrecken ihrer Reise überschüttete, würde die fragile Stärke zerbrechen, die sie beide stützte — und mit ihr die letzte Hoffnung, die in ihrer Freundin noch glomm. Maribel atmete tief durch.

»Und die Wächter? Sie müssen doch etwas tun. Sie können doch nicht einfach…«

Elara schloss die Augen, als wollte sie die Worte, die sie aussprechen musste, von sich abwenden.

»Die meisten von ihnen sind tot. Der Rest kämpft, so gut sie können. Aber sie… sie sind überrannt, Maribel. Niemand wird uns helfen.«

Die Worte schienen Maribel aus dem Gleichgewicht zu bringen, doch sie atmete langsam ein, um die Realität klarer zu fassen. Ihre Hände klammerten sich fester um die Tasse, ihr Blick blieb unbeirrt auf Elara gerichtet.

»Dann ist niemand mehr da?«

Ihre Augen blitzten auf.

»Valerius«, sagte sie, die Dringlichkeit in ihrer Stimme ließ Elara aufhorchen. »Wenn es so schlimm ist, wie du sagst, muss ich zu ihm — ich muss wissen, ob er sicher ist.«

»Valerius?« fragte Elara, die Stirn leicht gerunzelt. »Ich habe von ihm gehört, aber du hast nie erwähnt, dass ihr euch kennt.«

Maribel lächelte breit.

»Oh, Valerius... Ich wollte es dir ja erzählen, aber in der Taverne warst du ja so sicher. Und nach deinem Kommentar dachte ich, ich warte lieber bis *nach* ›Übermorgen‹.«

Sie zwinkerte. Elara hob amüsiert eine Augenbraue.

»Na gut, dann erzähl endlich. Was genau verbindet euch beide?«

Maribel lehnte sich entspannt zurück, ihre Augen funkelten vor Aufregung.

»Wir haben uns in der Theaterbar kennengelernt, gleich nach meiner Aufführung. Er ist so... außergewöhnlich.

Sie hielt kurz inne, als wollte sie den Moment auskosten.

»Er ist einer der Wächter von Etherion. Stell dir vor — jemand, der so stark und doch so liebevoll sein kann.«

»Ein Wächter also«, sagte Elara nachdenklich. »Vielleicht könnte er uns gerade wirklich helfen.«

»Absolut«, bestätigte Maribel. »Er kennt die Stadt besser als jeder andere. Ich denke, er könnte uns Schutz bieten, und vielleicht weiß er auch, wo wir andere Überlebende finden können. Er lebt in einem großen, sicheren Anwesen am Rande der Stadt, nahe des Saphirhafens.«

»Dann ist das unser Plan«, sagte Elara. »Mit etwas Glück finden wir unterwegs Menschen, die sich uns anschließen, besonders am Hafen. Er könnte ein Sammelpunkt für jene sein, die die Stadt verlassen wollen. Es ist unwahrscheinlich, dass er noch in Betrieb ist, aber Überlebende könnten sich dort aufhalten.«

Sie blickte aus dem Fenster.

»Ich kenne die Bezirke, die wir meiden müssen. Die Straßen sind voller Wahnsinn und Tod — Infizierte, die sich selbst zerreißen oder alles angreifen, was sich bewegt. Wenn wir den direkten Weg gehen, werden wir sterben. Wir müssen die schlimmsten Straßen umgehen, in manchen Vierteln wartet nur das Ende.«

Maribel starrte sie an und nickte langsam.

»Natürlich nehmen wir den längsten aller möglichen Wege zu Valerius. Wäre ja auch zu einfach gewesen.« Sie wurde ernst. »Aber du hast recht — wir sollten uns beeilen.«

Elara stimmte zu.

»Wir brechen sofort auf. Solange das Tageslicht uns begleitet, haben wir eine Chance, die gefährlichsten Gebiete hinter uns zu lassen.«

Sie packten schnell ihre Sachen zusammen und machten sich auf. Doch als sie zur Tür hinaustraten, hielt Maribel abrupt inne.

»Warte kurz!« rief sie, hastete zurück in die Wohnung und kam mit einem abgenutzten, liebevoll gepflegten Notizbuch zurück, das sie an ihre Brust drückte.

»Jetzt bin ich bereit. Dieses Notizbuch«, erklärte sie strahlend, während sie die Tür zuzog, »enthält alle meine Gedanken und Skizzen. Ohne es fühle ich mich nicht vollständig. Schau, hier die Zeichnungen von Valerius, die er gemacht hat, als wir zusammen *Plauderbrause* tranken, gemütlich an unserem Lieblingsplatz im Sonnenlicht.«

Elara lächelte breit, berührt von der Offenbarung.

»Das ist wirklich süß, Maribel. Mit so einem Schatz, wer braucht da noch einen Ritter in glänzender Rüstung?«

Bei Regen durchquerten sie die Stadt. Wind heulte durch verwitterte Straßen, Nebel verschleierte die trüben Umrisse einer untergegangenen Gesellschaft, als wandelten sie durch das Geäst eines grauen, toten Waldes, dessen Zweige sich nach ihnen ausstreckten. Endlich erreichten sie den Saphirhafen, die Dunkelheit war vollständig hereingebrochen.

Seit jeher ein glanzvoller Knotenpunkt des Handels, lag der Hafen nunmehr in Trümmern. Die Docks, an denen prächtige Luftschiffe und dampfbetriebene Frachter anzulegen pflegten, lagen verlassen. Die großen Kräne, die schwere Container mit seltenen Materialien hoben, ragten gespenstisch im Dunkel. Und zwischen den rostigen Schienen der Güterbahnen und den leeren Lagerhallen lagen die Überreste früherer Opulenz. Jeder ihrer Schritte hallte hohl über das gepflasterte Nass, bedeckt mit einer dünnen Schicht aus Glasscherben — wie die Gebeine der Stadt selbst. Blutspuren schlängelten sich wie Lebenslinien über die Steine, führten zu den zahllosen Leichen, die über das Areal verstreut lagen. Diese Körper, oft nur noch in Teilen vorhanden, waren durchsetzt von Glassplittern, die wie bizarre Kristallwucherungen aus modrigem Gewebe ragten.

Maribel zog ihren Mantel enger, als sie an einer verrosteten

Anzeigetafel vorbeigingen, die früherentags die Ankünfte und Abfahrten der Schiffe verkündete. Sie war zertrümmert; ihre leuchtenden Buchstaben waren mit Blut und Innereien verklebt und unleserlich. Rudimente menschlicher Körper hingen in Fetzen von den metallenen Überbleibseln, als wäre die Tafel Teil eines makabren Schlachtfelds. Um sie herum lagen aufgerissene Gepäckstücke, ihr Inhalt — Habseligkeiten und zerbrochene Andenken — über die gefügten Steine verstreut, viele der Koffer offenbar durchwühlt. Blut vermischte sich mit Regenwasser, bildete kleine Bäche, die in die Abflüsse liefen und das Meer rot färbten. In der Ferne, wo die zerbrochenen Masten der Handelsschiffe wie Finger toter Riesen in den grauen Himmel strebten, schwankten zerrissene Flaggen im Wind, wie Bürgen des Niedergangs einer ehedem blühenden Hafenstadt.

In einer Ecke fanden sie ein Mädchen, kaum zehn Jahre alt. Es kauerte in der Vertiefung einer alten Ladebucht, ein zerbrechliches Bündel, verloren zwischen Frachtcontainern und Überresten des Hafenlebens. Die aufgeschürften Knie presste sie gegen die Brust. Ihre Finger zeichneten Kreise in den Staub, als wollte sie die Zeit zurückdrehen. Ihre zerschnittenen Hände krallten sich in den rissigen Boden. Der Körper des Kindes war übersät mit Narben und frischen Wunden. In diesem Moment teilten Elara und Maribel die Verzweiflung des Mädchens, in einer Welt, die selbst die Unschuld eines Kindes zerstörte.

»Kleine, kannst du mich hören? Wir sind hier, um dir zu helfen«, sagte Elara.

»Wir bleiben bei dir«, flüsterte Maribel, ihre Worte behutsam wie Schritte auf dünnem Eis.

Das Mädchen hob den Kopf. Salzverkrustete Tränenspuren

durchzogen ihr Gesicht wie erstarrte Flüsse, ihre Augen vom Meer der Tränen ausgespült. Maribel und Elara blickten nicht in ein Universum kindlicher Neugier, sondern in die Leere einer paralysierten Seele. In ihren großen Augen spiegelte sich das graue Hafenwasser — eine Tiefe, in der alle Kindergebete ertrunken waren. Sie hatten in einer Nacht mehr Schrecken gesehen, als andere in einem ganzen Leben.

»Wie heißt du, Liebes?« fragte Maribel.

Das Mädchen tastete nach den Buchstaben wie nach verlorenen Muscheln, während es in Maribels Augen suchte.

»*Yael*«, hauchte sie schließlich. Der Name schwankte zwischen den Mauern wie eine erlöschende Kerze.

»Bist du allein hier?« Elara berührte vorsichtig Yaels verletzten Arm.

Yael nickte. Ihre Fingernägel gruben sich in ihre Handflächen, und ihre Lippen zitterten.

»Sie kamen, als der Mond noch schlief. Sie trugen Laternen, die tanzten wie böse Sterne.«

Elara und Maribel fühlten den rohen Schmerz des Mädchens – jedes ihrer Worte war ein Stich ins Herz. Mit brüchiger Stimme malte Yael ein Bild der Schrecken, die sie erlebt hatte: von Banden, die Kinder wie Ware handelten, von Händen, die nach Kindern griffen wie nach Münzen. Ihre Erinnerungen waren getränkt von Schweiß und dem Rost alter Ketten, ein Abgrund, in dem Kinder zu billigen Opfern wurden.

»Sie haben... alle mitgenommen.« Yael presste die Worte durch ihre zusammengebissenen Zähne.

Elara säuberte Yaels Wunden mit vorsichtigen Bewegungen, tupfte das getrocknete Blut von ihren Handgelenken, während Maribel die zitternde Hand des Mädchens umschloss und wärmte. Die Luft war schwer vom salzigen Duft des Meeres und dem kalten Moder alter Steine. Der Hafenwind heulte sein altes Klagelied, trug den Geruch von Salz und verrostetem Eisen heran und wisperte von verlorenen Kindern.

»Wer seid ihr?« fragte Yael leise, ihre Worte dünn wie ein zerrissener Faden.

Elara streckte ihre mechanische Hand aus, und das Mondlicht brach sich in den Gelenken.

»Siehst du die Risse in meinem Arm? Jeder erzählt von einem Tag, an dem ich nicht aufgegeben habe.« Die Metallplatten klangen wie eine ferne Glocke.

»Können die Narben verschwinden?« Yael berührte die Stelle, wo Fleisch und Metall in Elaras Arm verschmolzen.

»Nein«, sagte Maribel sanft, »aber sie werden zu Brücken.«

Yaels Augen glänzten im schwachen Licht, während Elara, deren mechanische Glieder schimmerten, von Stärke sprach, die aus der Seele und den Narben erwächst.

»Stärke ist mehr als Kraft«, sagte Elara, während sie weiter Yaels Verletzungen versorgte. »Sie wächst aus den Tiefen der Seele und wird sichtbar in jeder Narbe, in jedem Schritt, den wir wagen.« Ihre Metallhand schimmerte wie ein stilles Versprechen. »Manchmal wachsen die stärksten Blumen aus den tiefsten Rissen. Die Ideale des Geistes werden alle am Körper sichtbar.«

In Yaels Augen spiegelte sich erstes Verstehen, als sie Elaras Narben betrachtete, die wie eine Landkarte ihrer Kämpfe wirkten: Gebrochenes konnte trotzdem ganz sein.

»Ich möchte auch stark sein, so wie ihr«, flüsterte sie. »Ich will nicht mehr zerbrechen.«

In diesem Moment wurde klar, dass ihre Begegnung der Beginn einer tiefen Verbindung war — geformt durch Schmerz und Heilung. Elara und Maribel boten Yael an, sie zu begleiten — entschlossen, sie nicht allein zu lassen. Nach einem kurzen Blickaustausch nahm Maribel Yaels Hand sanft in ihre.

»Dann komm mit uns. Manche Dinge heilen besser zusammen.«

Yael zögerte, bis Elara ihren Schal um Yaels schmale Schultern legte. Der Stoff, noch warm von ihrer Körperwärme, schien die Kälte der Welt für einen Moment auszuschließen.

Gemeinsam begaben sie sich zu Valerius' Anwesen, das am Rand von Etherion wie eine Bastion gegen die Seuche thronte. Erbaut aus dunklem Basaltstein, vereinte es gotische Zinnen mit barocken Ornamenten. Seine Mauern waren durch eisenverstärkte Balken gesichert und wirkten in der Dämmerung beinahe bedrohlich. Sie traten durch das massive Tor, das mit einem endgültigen Klang hinter ihnen schloss und die bedrückende Welt draußen abschirmte. Der von Steinmauern umgebene Innenhof bot eine strenge, festungsähnliche Atmosphäre. Efeu wucherte zwischen den Pflastersteinen, und Rosenbüsche streckten ihre Dornen wie Klauen in die Dunkelheit. In der Mitte erhob sich die moosbedeckte Statue eines vergessenen Helden. Sie strahlte stille Würde aus.

Vor der Haustür betätigte Elara eine Vorrichtung mit Zahnrädern und Pfeifen. Dampf zischte durch verrostete Ventile und ein grollendes Läuten kündigte ihre Ankunft an. Die Tür schwang auf. Valerius' imposante Gestalt trat aus dem Schein der Öllaternen.

»Maribel.«

Sie fiel in seine Arme wie ein Blatt in einen stillen See. Ihre Finger gruben sich in den groben Stoff seines Mantels.

»Ich habe überall nach dir gesucht. Das Theater war verlassen. Niemand wusste, wo du bist — ich hatte solche Angst um dich.«

Maribel presste ihr Gesicht an seine Schulter, eine Träne glitzerte im Licht.

»Ich bin so froh, dich wiederzusehen, Valerius.«

Ein Moment verging, in dem Maribel und Valerius schweigend einander umarmten, erfüllt von der Freude des Wiedersehens. Dann löste er sich sanft und wandte sich Elara zu. Seine Augen tasteten über ihre mechanischen Glieder, die Narben und die geschmiedete Härte in ihrem Blick. Ein Lächeln breitete sich auf seinem Gesicht aus.

»Du bist also Elara.« Seine Stimme trug die Wärme eines lang geschürten Feuers. »Die Mechanikerin, die Maribels Leben rettete.«

Elara streckte ihre Metallhand aus, und Valerius umschloss sie ohne Zögern — Fleisch traf auf Stahl mit der Leichtigkeit einer längst erwarteten Begegnung.

»Es ist mir eine Ehre, dich zu treffen.« Seine Finger fuhren behutsam über die Linien in ihrer Metallhand. »Maribel hat oft von dir gesprochen.«

Elaras Augen leuchteten, ein unerwartetes Strahlen.

»Es freut mich wirklich, dich kennenzulernen.«

Ein Schatten huschte hinter Elaras Beinen hervor, und Valerius' Blick fiel auf zwei große, wachsame Augen. Yael presste sich an Elaras Bein, als suche sie Schutz. Mit einer langsamen, bedachten Bewegung — wie man sich einem scheuen Vogel nähert — sank Valerius auf ein Knie.

»Ich bin Valerius. Du bist bei Freunden, du brauchst keine Angst zu haben«, sagte er sanft. »Wie heißt du?«

Yaels Finger lösten sich zögernd von Elaras Bein. Sie machte einen kleinen Schritt vor, ihr Blick pendelte zwischen Maribel und dem Fremden.

»Yael«, hauchte sie leise wie fallendes Herbstlaub.

Valerius neigte den Kopf, als hätte sie ihm ein kostbares Geheimnis anvertraut.

»Ein schöner Name. Willkommen zuhause, Yael.«

Yael schien von Valerius' Worten berührt, ihre Zurückhaltung wich einer vorsichtigen Neugier. Ihre Augen wanderten von Maribels Lächeln zu Valerius' Gesicht.

»Kann ich… hier bleiben?« fragte sie leise, fast ängstlich.

Valerius streckte seine Hand aus.

»Natürlich, Yael. So lange du möchtest.«

Elara und Maribel beobachteten die Szene mit Erleichterung und Zufriedenheit. Maribel warf Elara ein verschmitztes Lächeln zu, begleitet von einem Zwinkern, während sie sich an ihre Schulter lehnte. Elara spürte, wie sich das Kupfer in ihren Gelenken erwärmte.

»Eure Sicherheit ist nun meine Verantwortung«, erklärte er gelassen, und führte sie ins Haus.

Trotz der Stärke des Anwesens lag eine unausweichliche Melancholie in der Luft — ein Echo der Unruhen jenseits seiner Mauern. Valerius' Heim war mehr als ein Rückzugsort; es war ein Strategium, eine Festung aus Stein und Erinnerungen, wo Pläne gegen die Dunkelheit geschmiedet wurden. Jede Karte an der Wand und jedes abgegriffene Buch erzählten von einem Mann, der die Nacht nicht nur aussperrte, sondern studierte, um sie zu besiegen.

Im Wohnzimmer, wo Stein auf Samt traf — eine Trutzburg, verkleidet als Salon —, legte Valerius seine Einschätzung der Lage dar. Schwere, tiefrote Samtvorhänge hingen vor den hohen Fenstern, flossen wie Wein an ihren Rahmen herab, während Flammen im Kamin an der Nordwand tobten. Sie knisterten, jagten Schatten an die Decke und erfüllten den Steinraum mit Wärme. Darüber hing ein *Dōtanuki*, dessen Klinge im Feuerschein schimmerte — ein stilles Symbol von Schutz und Bereitschaft, das einst einem Krieger aus dem Ödland gehört haben soll. Ölgemälde schmückten die Wände — Schlachtenszenen und Stadtansichten in lebendigen Farben. Dunkle Eichenmöbel ankerten den Raum in der Vergangenheit, ihre Oberflächen glatt von zahllosen Händen. Jedes Stück war meisterhaft gefertigt, verziert mit Einlegearbeiten aus Elfenbein und Silber. Auf dem massiven Tisch in der Mitte drängten sich Karten und Schriften – Valerius' papierene Armee im endlosen Krieg um seine Stadt. Seine Finger fuhren über die Karte und markierten schwarze Flecken.

»Lasst mich zeigen, was wir wissen. Jede Nacht wird es schlimmer. Seht ihr diese Schatten? Das war gestern. Und hier… das ist heute.« Die dunklen Bereiche breiteten sich wie Tinte im Wasser aus. »In Rostsegenhöhe errichteten sie Wälle aus Stahl und Stein.« Er lachte bitter. »Als könnte man den Glasflor aufhalten wie eine Armee.«

Elara beugte sich vor.

»Ich habe gesehen, wie er wächst — Kristalle, die das Leben

aussaugen, bis nur glitzernde Leere bleibt.« Ihre Stimme wurde scharf. »Etherion stirbt, Stück für Stück.«

Valerius nickte ernst.

»Ich erinnere mich an einen Vorfall in der Kathedrale. Sie lag verlassen da, und jeder meiner Schritte hallte durch die Kuppel, begleitet von unheimlichem Stöhnen und keuchendem Atem. Eine Frau war dort, durchbohrt von Dornen und Haken, auf einem Teppich aus Blut kniend. In ihren Armen hielt sie ein Kind — zerschnitten, wimmernd vor Schmerz.«

Er schluckte.

»Als sie mich sah, stürzte sie vor. Ich rief ihr zu, doch sie griff blindlings an. Ich hatte keine Wahl — ich musste das Aetherius-Gewehr einsetzen. Es war grausam, aber die einzige Möglichkeit, das Kind zu retten.«

Er senkte den Blick.

»Ich brachte sie ins Sanatorium, doch es war zu spät — das Kind hatte zu viel Blut verloren.«

Maribel schmiegte sich an ihn, ihre Finger fanden seine und verschränkten sich wortlos.

»Die Stadt macht uns alle zu dem, was wir sein müssen«, sagte Elara leise. »Nicht zu dem, was wir sein wollen.«

»Ich werde alles tun, um uns zu schützen«, versprach er. »Hier sind wir vorerst sicher. Aber wir müssen auf alles gefasst sein.«

Seine Augen wanderten zu den verhangenen Fenstern.

»Wenn der Glasflor nicht aufzuhalten ist, bleibt uns nur die Flucht.«

Er deutete auf eine zerknitterte Karte der Stahlbrachlande, die auf dem Tisch lag. Elara stand auf, in Gedanken versunken.

»Der Erzregent muss es erfahren. Morgen werde ich ihn im Ewigen Palast aufsuchen. Er muss wissen, dass Etherion verloren ist – und dass er und der Rat die Stadt verlassen müssen.«

Valerius sah sie an, seine Augen spiegelten Sorge und Respekt.

»Du hast den Mut, den wir alle brauchen. Der Erzregent kann froh sein, dich an seiner Seite zu wissen.«

»Ich werde ihn überzeugen, dass eine Evakuierung unumgänglich ist«, erwiderte sie entschlossen.

Maribel warf einen skeptischen Blick in die Runde.

»Und natürlich steht der Palast noch — wenn nicht sogar schon bereit, uns mit offenen Armen zu empfangen. Es sei denn, der Glasflor hat beschlossen, Geschichte zu schreiben und den ›ewigen‹ Teil wörtlich zu nehmen«, bemerkte sie trocken. »Ich schätze ja euren Optimismus«, fuhr Maribel fort, »aber wir reden hier über einen Palast inmitten einer Stadt, die von einer alles vertilgenden Seuche verwüstet wurde. Nicht, dass ich den alten Mauern ihre Stärke absprechen möchte, aber selbst Wunder der Architektur haben ihre Grenzen.«

»Der Palast ist zweimal so alt wie die Stadt selbst, Maribel«, argumentierte Elara. »Er hat weit Schlimmeres überstanden.«

Valerius nickte.

»Das ist wahr, der Palast ist mehr als Mauern und Türme — er ist ein Symbol der Beständigkeit, ein Bollwerk gegen alles, was uns bedroht. Solange der Ewige Palast steht, ist Etherion nicht verloren.«

Maribel grinste schief.

»Nun, dann lasst uns hoffen, dass die Mauern das auch wissen. Aber wenn der Glasflor auch nur halb so hartnäckig ist wie der letzte Winter, sollten wir uns besser einen Plan B offenhalten.« Sie verschränkte die Arme. »Stehen die Mauern überhaupt noch? Habt ihr sie mit eigenen Augen gesehen? Oder vertraut ihr einfach Geschichten von gestern?«

Valerius wandte sich Yael zu, der Bürgin der schweren Diskussion.

»Du bist hier sicher. Unter meinem Dach wird dir kein Leid geschehen«, sagte er beruhigend.

Die Atmosphäre war geladen mit den bevorstehenden Herausforderungen, doch innerhalb der massiven Mauern von Valerius' Heim und getragen von seiner Entschlossenheit fühlten sich Yael, Maribel und Elara geschützt und durch ein unsichtbares Band vereint. Maribel brachte Yael ins Bett und wartete, bis sie ruhig eingeschlafen war, bevor sie sich leise aus dem Raum schlich. In der Umarmung der Nacht zog sie sich zurück, suchte Ruhe in ihren Gedanken und Stärke für den kommenden Tag. Ihre müden Schritte hallten leise auf dem alten Holzboden, bevor sie sich in Valerius' Bett legte und in die Decke hüllte. Draußen auf dem Balkon blieben Valerius und Elara wach, ihre Silhouetten im kalten Mondlicht.

»Bevor ich zum Erzregenten gehe, muss ich morgen Thaddeus holen. Er ist nicht nur mein Mentor, sondern essenziell im Kampf gegen den Glasflor. Er dürfte in der Akademie sein.«

Valerius nickte.

»Verständlich. Wenn du möchtest, biete ich ihm Unterschlupf. Mein Haus hat genug Platz, und hier wäre er sicher.«

Elara wandte sich ihm mit einem dankbaren Blick zu. »Das ist großzügig. Es beruhigt mich, zu wissen, dass er sicher wäre — besonders jetzt, wo uns die Zeit davon läuft.«

Sie blickten auf die Stadt. Der Wind trug die Geräusche der

Nacht zu ihnen, irgendwo in der Ferne knirschten Glasscherben. Etherions Türme ragten wie schwarze Nadeln in den Himmel, während der Glasflor sich Straße um Straße durch die Bezirke fraß. Doch die Aussicht, Thaddeus in sichere Obhut zu bringen, verlieh Elara Mut. »Noch eine Nacht«, schwor sie sich. »Noch eine Nacht, dann bist du in Sicherheit.«

Valerius sah sie nachdenklich an.

»Ich wollte dir noch sagen, wie sehr ich Maribels Fürsorge für das Mädchen bewundere. Sie ist ein außergewöhnlicher Mensch, und Worte reichen nicht aus, um zu sagen, wie sehr ich sie liebe.«

Elara atmete die Nachtluft ein, die nach Rost und Hoffnung schmeckte.

»Sie gibt nicht auf. Selbst wenn die Welt zerbricht, pflanzt sie ihre Blumen — nicht weil sie überleben, sondern weil sie es müssen.«

Er lächelte, und verweilte kurz in Erinnerungen.

»Genau deshalb werden wir überleben. Maribel besitzt die seltene Gabe, in jedem das Beste zu sehen und selbst aus den dunkelsten Momenten Gutes zu schöpfen. Ihre Stärke und ihr Mitgefühl machen sie unersetzlich.«

»Sie ist mutig«, sagte Elara. »Ihre Fähigkeit, Liebe zu geben, inspiriert mich jeden Tag. Sich den Schrecken zu stellen und so viel Wärme zu bewahren — das ist bewundernswert.«

»Das stimmt. Wenn wir diese Krise überstehen – und das werden wir —, dann wegen Menschen wie ihr.«

Elara fühlte sich gestärkt, als sie den Willen in seinem Blick wahrnahm. Sie lehnte sich ihm näher zu.

»Weißt du, es gibt einen Moment, den ich nie vergessen werde«, begann sie leise, übertönt nur vom Flüstern der Vorhänge und dem leisen Ächzen des alten Holzes. »Es war während des Festes der Talente. Du weißt, wie die Stadt dann wird — ein feuriger Wirbel, ein lebendiges Wesen.«

Valerius nickte, gefesselt von der Intensität ihrer Worte.

»Maribel fand ein altes, verstaubtes Akkordeon, vergessen zwischen den Gassen. Sie setzte sich auf einen umgedrehten Eimer am Rand des Marktplatzes, umgeben von einem Meer aus Lichtern. Und dann begann sie zu spielen. Jeder Ton, den sie dem Instrument entlockte, trug eine reine, unerschütterliche Sehnsucht. Es war, als baute sie mit jeder Note eine unsichtbare Brücke zwischen den Herzen ihrer Zuhörer. An jenem Abend, eingehüllt in die Magie ihrer Musik, sah ich alte Männer weinen und Kinder ehrfürchtig lächeln. Sie spielte, als könnte sie mit jedem Akkord die Welt heilen, jede gebrochene Seele flicken. Für einen kostbaren Augenblick schien alles möglich.«

Valerius sah sie an, seine Stimme voller Trost.

»Erinnerungen wie diese zeigen uns, dass das Streben nach Schönheit einem Manabrunnen gleicht — einer nie versiegenden Quelle, die alles um uns herum belebt und heilt. Wann immer wir nach Schönheit streben, fällt uns das Gute wie von selbst zu.«

Elara sah ihn nachdenklich an.

»Sag, wie hast du Maribel eigentlich kennengelernt?«

Ein tiefer Seufzer entglitt ihm, als Erinnerungen ihn überfluteten.

»Es war in der Theaterbar, direkt nach ihrer Aufführung. Die gefeierte Künstlerin des Abends lehnte nonchalant an der Theke. Ihr Kleid umschmeichelte ihren Körper, ihr Haar glänzte im Licht — sie war atemberaubend.«

Seine Augen leuchteten. Elara versank im Klang seiner Stimme und neigte sich vor, um kein Detail seiner Erzählung zu verpassen.

»Um sie herum wogte die Menge, doch Maribel schien das bunte Gewimmel aufzusaugen, während ihre Fingerspitzen den Takt trommelten. Der Kopf leicht zur Seite geneigt, die Augen halb geschlossen — als würde sie Noten aus der Luft pflücken. Dann zuckte ihr Mundwinkel nach oben — eine Dirigentin, die ihr unsichtbares Orchester lenkte.«

Valerius' Stimme schwang vor Bewunderung, als er erzählte, wie Maribel die Bar mit ihrer Ausstrahlung einnahm — nicht nur durch ihre Bühnenpräsenz, sondern durch die Natürlichkeit, die sie zum Juwel des Abends machte.

»Sie war nicht nur eine Schauspielerin, sondern Inbegriff der Vielfalt und Schönheit dieser Stadt«, schloss er, jedes Wort ein Spiegel dafür, wie tief Maribel ihn berührt hatte.

Elara schwieg, ihre Gedanken verflochten mit dem Lied des Windes. Dann flüsterte sie, als legte sie ein Gelübde ab:

»Ich werde alles tun, um sie zu beschützen. Wir dürfen sie nicht verlieren.«

Er legte eine Hand auf ihre Schulter.

»Das werden wir nicht.«

Über den düsteren Gassen Etherions, in der Kühle der Nacht, fanden zwei Seelen Trost in ihrer Liebe zu einer Frau, deren unbezwingbarer Geist ein Schild gegen das Elend war und deren Herz hell genug leuchtete, um das Dickicht der Verzweiflung zu durchbrechen. Eine Weile blickten sie auf die Häuserschluchten hinab, die unter dem Sternenhimmel trügerische Ruhe ausstrahlten, bevor Elara sich erschöpft für die Nacht zurückzog. Ein Lächeln huschte über ihr Gesicht. Valerius nickte und begab sich zu Maribel, die tief schlummerte.

Im ersten Dämmerlicht des Morgens, als die Stadt noch schlief, machte sich Elara auf den Weg. Sie wusste, dass sie Thaddeus am ehesten frühmorgens antreffen würde, da er in der Akademie oft die ganze Nacht beschäftigt war. Sie umklammerte ihre Tasche aus oxidiertem Kupferleder, die ein renommierter Handwerker in der *Glimmstahlgasse* für sie angefertigt hatte. Darin hatte sie alles für Thaddeus' Evakuierung verstaut. Vorsichtig durchquerte sie die leeren Straßen, deren Stille nur vom Knistern der Glassplitter unter ihren Füßen durchbrochen wurde.

Das Tor der Akademie stand einen Spaltbreit offen — Thaddeus' stille Einladung für die wenigen, die seine Zeichen kannten. Sie schritt durch das Foyer, wo das Morgenrot die Marmorbänke in Särge aus Schatten verwandelte. Wenige Menschen waren dort; von den Studenten keine Spur. Zielstrebig eilte sie zum Forschungssalon, Thaddeus' bevorzugtem Rückzugsort, dessen Weg sich in ihr Gedächtnis geätzt hatte: drei Treppen hoch, dann links, dann wieder links — wo der süßliche Geruch seiner Experimente die Luft vergiftete. Die Tür stand halb offen, und sie sah ihn, vertieft über Folianten, umgeben von bauchigen Flaschen, Destillierkolben und Bindegefäßen aus blasigem grünen Glas. Die Luft schmeckte nach vergilbten Geheimnissen und ätzenden Wahrheiten — der bittere Cocktail seiner Forschung.

»Thaddeus.«

Er hielt den Blick gesenkt, seine Finger glitten müde über

brüchige Buchseiten. Langsam sah er auf, schwer. Hinter den dicken Gläsern seiner Brille glomm Erleichterung.

»Elara. Was führt dich zu so später Stunde?«

Seine Stimme klang rau, erschöpft.

»Ich habe alles durchforscht: alte Schriften, die Aufzeichnungen der ersten Alchemisten, selbst die verborgenen Notizen der frühen Siedler. Der Flor entzieht sich jedem Verständnis. Er wirkt wie ein Schatten aus einer fremden Welt, die sich unserer Logik entzieht.«

Elara schwieg einen Moment.

»Ich bin nicht deswegen hier.«

Die Schärfe in ihrer Stimme ließ ihn aufhorchen.

»Die Situation in der Stadt wird immer schlimmer, und Maribels Freund, ein Wächter, hat uns Zuflucht angeboten. Bei ihm bist du sicherer.«

Thaddeus' Blick wanderte unruhig über die Bücherreihen und die blinkenden Apparate seines Salons. Er liebte diesen Ort; jedes Stück zeugte von seiner lebenslangen Hingabe an die Wissenschaft. Ein Seufzer entwich ihm, und er sah Elara mit müden, aber wachsamen Augen an. »Ich hatte nicht gedacht, dass es so schnell geht.«

Sie straffte die Schultern.

»Wir können hier nicht bleiben. Und Maribel... sie macht sich auch Sorgen um dich.«

Bei der Erwähnung Maribels entspannten sich seine Züge. Ihre Meinung hatte für ihn stets Gewicht, und die Sorge in Elaras Stimme ließ ihn die Gefahren realisieren.

»Dann sollte ich wohl einige wichtige Unterlagen mitnehmen. Gib mir einen Moment. Ich hole nur das Nötigste.«

Gemeinsam sammelten sie Bücher und Instrumente, die Thaddeus für seine Forschung brauchte. Jeder Gegenstand, den sie in die Taschen verstauten, war ein möglicher Schlüssel zur Rettung ihrer Stadt.

Zurück in Valerius' Anwesen, fanden sie eine Szene vor, die von harmloser Normalität geprägt schien. Valerius, Elara und Thaddeus versammelten sich um den großen Eichentisch im Studierzimmer, um das weitere Vorgehen zu besprechen. Draußen im Garten spielte Maribel fröhlich mit Yael, ihr Lachen vermischte sich mit dem Zwitschern der Vögel. Valerius bemerkte, wie Thaddeus innehielt und durch das geöffnete Fenster blickte.

»Lassen wir sie vorerst ungestört«, schlug Valerius vor, »sie verdienen ein wenig Unbeschwertheit.«

Thaddeus nickte, und sie konzentrierten sich auf die Karte, die Valerius auf dem Tisch ausbreitete.

»Ich habe die Ausbreitung kartografiert — sie folgt exakt den Adern unserer Infrastruktur und verdoppelt ihre Geschwindigkeit alle siebzehn Tage. Der Glasflor greift schneller um sich als erwartet; konventionelle Maßnahmen versagen. Wir müssen unsere Verteidigungsstrategie überdenken«, sagte er und fuhr mit den Fingern die Linien entlang. »Er wächst nicht wie eine Krankheit, sondern folgt den Nervenbahnen der Stadt selbst. Handelswege, Versorgungslinien, soziale Verbindungen: alles wird zum Vektor. Die Kristallisierung beginnt in den Kernen menschlicher Aktivität — Märkte, Manufakturen, Versammlungsorte —, als würde die Stadt selbst zum Hort der Verwandlung. Jeder Versuch unserer Wächter, die Ausbreitung zu stoppen, beschleunigt sie nur — Quarantänezonen werden zu Brutstätten. Die Stadt reagiert auf unsere Eingriffe wie ein Organismus, der die Medizin in Gift verkehrt. Jede Abriegelung wird zum Katalysator — als spielte die Stadt mit ihrem eigenen Untergang.«

Elara sah ihn eindringlich an:

»Die Ärzte sprechen von molekularer Rekonfiguration und Nervenbahnresonanz. Wenn der Flor aber die Stadt selbst kristallisiert, wird jeder Körper zum Mikrokosmos — ein Abbild der Stadt im Kleinen.«

Thaddeus zog Fläschchen und Papiere aus seiner Tasche.

»Ich habe Theorien über die Natur des Glasflors entwickelt. Möglicherweise könnten spezielle chemische Verbindungen die Ausbreitung verlangsamen.«

Elara lehnte sich vor, die Falten auf ihrer Stirn vertieften sich.

»Können wir diese Verbindungen praktisch einsetzen? Reichen unsere Ressourcen aus, um genug herzustellen?«

»Die Herstellung wäre aufwändig, aber nicht unmöglich. Es muss jedoch klar sein, dass meine Theorien spekulativ sind. Wir müssen sie erst testen und optimieren, was Zeit erfordert. Außerdem brauchen wir bestimmte seltene Zutaten, die nur in den *Kupfergewölben* zu finden sind.«

Valerius runzelte die Stirn.

»Ein Vorstoß in die nördlichen Kavernen wäre gefährlich und unvorhersehbar. Der Glasflor hat die Gegend vermutlich kontaminiert. Jeder Atemzug in den Minen füllt die Lungen mit flüssigem Feuer — Eisenoxid und Schwefelwasserstoff verbrennen die Bronchien. Quecksilberdämpfe fräsen sich durch die Haut, als wäre sie Papier. Zudem ist das von Ruß- und Rostpartikeln durchtränkte Höhlensystem so instabil, dass es jederzeit nachgeben könnte. Selbst mit Spezialausrüstung wäre es ein Todesmarsch durch die Eingeweide der Hölle.«

Während der Diskussion über Strategien gegen den Glasflor lenkte Yaels Ruf die Aufmerksamkeit der Gruppe abrupt um. »Maribel, kannst du mir helfen?« rief das Mädchen, doch Maribel reagierte nicht.

Valerius, Elara und Thaddeus tauschten besorgte Blicke aus. Elara sprang auf und eilte zum Fenster, Thaddeus und Valerius folgten ihr. Draußen rüttelte Yael sanft an Maribels regloser Schulter.

»Maribel?« fragte das Mädchen erneut.

Schließlich schüttelte Maribel den Kopf, wie aus einem tiefen Traum erwachend, und lächelte Yael gezwungen an.

»Entschuldige, mein Schatz, ich war nur... in Gedanken.«

Thaddeus und Elara sahen sich wortlos an, erfüllt von einer düsteren Vorahnung. Unverzüglich eilte die Gruppe nach draußen, wo Maribel scheinbar gefasst dasaß. Ihre Finger strichen mechanisch über Yaels Haar. Doch ihre Lider flatterten, und als sie sich erheben wollte, ließ eine Welle der Schwäche sie erschauern.

Ein eisiger Schreck durchfuhr Elara.

Valerius schob Yael ins Haus, um sie von der beunruhigenden Situation fernzuhalten. Elara begann mit eiliger Genauigkeit, Maribels Symptome zu untersuchen.

»Maribel, kannst du mich hören?« fragte sie, ihre Stimme vor Angst zitternd.

Sie rang mit den Tränen, um ihre Konzentration nicht zu verlieren — eine Konzentration, die nun über Leben und Tod entscheiden könnte. Elara zog Maribels Gesicht nahe an das ihre, suchte verzweifelt nach einer Reaktion in ihren Augen.

»Ich... fühle mich so fremd«, raunte Maribel, kaum hörbar.

Valerius' Finger gruben sich in Maribels Hand, sein Körper vibrierte vor unterdrückter Panik.

»Wir müssen sofort handeln«, sagte Elara entschieden.

Thaddeus packte Valerius am Arm wie ein Anker in der Panik.

»Valerius. Bernsteinstaub, Eisenkraut, Phosphoröl. Haben wir das da?«

Valerius hielt inne, nickte dann. Schnellen Schrittes führte er Thaddeus in die üppig befüllte Speisekammer. Neben Lebensmitteln bewahrte er dort in einer verborgenen Ecke auch ausgefallenere Zutaten auf. Thaddeus sammelte zügig alles Benötigte.

»Wir brauchen außerdem Schwefel, ein kleine Menge Natron und *Citrus medica*.«

Thaddeus hob fragend die Augenbrauen.

»Die Zedrate liegen gleich da. Der Rest müsste sich in diesem Regel befinden.«

Thaddeus bestätigte wortlos. »Zuletzt benötige ich Zimt und etwas Thymian, falls vorhanden.«

Valerius zögerte.

»Tut mir leid, aber so etwas habe ich gar nicht.«

Thaddeus überlegte kurz.

»Wie steht es mit Rosenwasser?«

»Hmm, das müsste da oben stehen.«

Valerius kramte in einem der oberen Regale und reichte ihm schließlich ein kleines Fläschchen.

Mit den nötigen Bestandteilen brachte Valerius den Alchemisten in eine selten genutzte Apothekerstube im hinteren

Flügel des Hauses. Dort fand Thaddeus alle Instrumente für seine Arbeit. Er trat an einen messingbeschlagenen Arbeitstisch, umgeben von Retorten und Alambics, die in Zahnradmechanismen hingen. Sogleich begann er, die Zutaten vorzubereiten: Er zerrieb sie im Mörser, wog sie auf einer Kleinwaage aus poliertem Holz, die mit Dampfdruck selbst kleinste Unterschiede maß, und mischte sie in einer kugelförmigen Flasche mit destilliertem Wasser.

»Ich stelle ein Elixier her, das ihr helfen könnte«, erklärte er Valerius, der schweigend und mit einer Mischung aus Erstaunen und Irritation zusah.

Thaddeus erhitzte die Mixtur in einem kleinen Kessel über einer blauen Flamme. Sie begann zu brodeln und entließ einen Schleier aus Dampf. Nach wenigen Minuten kehrten beide in den Garten zurück. Thaddeus trug einen dampfenden Becher mit dem seltsam schimmernden Trank.

»Versuche, das zu trinken, Maribel.«

Elara warf ihm einen besorgten Blick zu, vertraute ihm jedoch genug, um Maribel zu helfen, den Becher zu halten. Maribel nahm einen Schluck und verzog das Gesicht.

»Das schmeckt ja scheußlich!«

Elara und Valerius lächelten leicht.

»Scheußlich, ja — aber er wirkt. Der Trank sollte die Ausbreitung des Glasflors in deinem Geist für einige Stunden verhindern und seine Wirkung verlangsamen. Er kann ihn nicht austreiben, aber er schützt dein Bewusstsein.«

»Immerhin leuchtet er hübsch«, sagte Maribel neckisch, ihre Stimme noch schläfrig, doch ihre Klarheit kehrte langsam zurück.

Elara warf Thaddeus einen dankbaren Blick zu, während Valerius besorgt Maribel beobachtete. Thaddeus deutete Elara an, mit ihr unter vier Augen sprechen zu wollen. Sie kehrten zurück ins Studierzimmer, wo Elara durch das Fenster Maribel im Auge behalten konnte.

»Jede Sekunde ist kostbar, Elara. Für den Moment haben wir das Schlimmste verhindert, aber der Glasflor wird sich weiter in ihr ausbreiten — auch wenn sie sich dessen nicht bewusst ist. Sie hat vielleicht noch einen halben Tag, bevor ihr Herz so durchsichtig ist wie ein Kristall.«

Elaras Antwort ließ auf sich warten, während Thaddeus' Worte durch ihren Kopf schwirrten wie Funken im Getriebe ihrer rasenden Überlegungen. Kälte kroch über ihre Haut, jedes Haar stand auf und ihr Puls hämmerte in ihren Ohren. Ihre Augen glommen fieberhaft, flackerten unstet, während sie im Geiste jedes mögliche Schicksal sondierte, jeden gangbaren Weg durchmaß und jede denkbare Option abprüfte, um Maribel zu retten.

»Wir bringen sie in den Ewigen Palast. Icaron Grimwald besitzt möglicherweise das Wissen, das nun unentbehrlich ist. Als der Glasflor mich befallen hatte, fand er einen Weg; vielleicht kann er auch Maribel retten.«

Thaddeus nickte knapp.

»Je rascher wir handeln, desto größer ihre Chance. Ich sage Valerius, er soll sich um Yael kümmern, bis wir zurück sind.«

Nach einer kurzen Planbesprechung machten sich Elara, Thaddeus und die noch entrückt wirkende Maribel bereit. Valerius geleitete sie zur Tür, umarmte Maribel. Die Muskeln in seinem Nacken wölbten sich vor Anspannung, und die Adern an seinen Schläfen traten hervor.

»Bringt sie mir zurück«, sagte er mit bebender Stimme.

Kurz bevor sie das Gebäude verließen, ging Valerius zurück ins Haus. Als er herauskam, hielt er eine selbst konstruierte Dampfbüchse. Der gravierte Kupfer- und Stahlkorpus war mit Zahnrädern und Spiralen verziert, der schlanke Lauf mit Messingringen verstärkt, und der Schaft aus dunklem Ebenholz verbarg ein ausgeklügeltes System aus Dampfventilen.

»Nimm dies, falls ihr auf Widerstand stoßt.« Er strich über den polierten Lauf. »Sie arbeitet präzise und zuverlässig und ist mit einem beschleunigten Munitionszufuhrsystem ausgestattet. Geht jetzt und seid vorsichtig. Ich kümmere mich um Yael.«

Elara nahm das Gewehr mit ernstem Nicken entgegen.

»Danke. Wir werden vorsichtig sein.«

Hastig verließen sie das Anwesen, getrieben von der Notwendigkeit, Maribel vor einem Schicksal zu bewahren, das ihnen nur allzu deutlich vor Augen stand. Auf dem Weg wurde Maribel spürbar geistesgegenwärtiger. Obwohl der Glasflor weiterhin in ihrem Körper brütete, hielt Thaddeus' Mittel ihr Bewusstsein vor der Überwältigung durch die Seuche bewahrt. Sie fühlte sich noch immer seltsam, blieb jedoch geistig klar, ihre Wahrnehmung ungetrübt.

Die Sonne stand hoch, als sie den Palast erreichten — und was sich ihnen darbot, brannte sich in ihre Netzhaut. Vor ihnen lag ein Monument gewordener Alptraum. Die gewaltigen Tore, die seit Jahrhunderten geruht hatten, hingen verdreht in den Angeln — als hätte ein Riese sie im Wahnsinn aus dem Mauerwerk reißen wollen. Umgestürzte Marmorsäulen lagen wie zerborstene Knochen, ihre ehedem glänzenden Oberflächen zerfurcht und gezackt. Schwarzes Moos fraß sich in die Bruchstellen, als würde der Palast von innen verfaulen. Das große Mosaik im Atrium, vormals voller Farben und Geschichten, jetzt ein Puzzle aus einer Million toter Steine. Die zentrale Quelle war verstummt, ein ausgetrockneter Krater. Fresken und Gemälde, die einst von Siegen und Entdeckungen erzählten, lagen unter Staubschichten begraben oder waren von den Wänden gerissen. In den leeren Fensterhöhlen nisteten Raben, als wären sie die neuen Herren dieser steinernen Leiche. Einst ein Symbol von Macht und Weisheit, war der Palast nun ein offenes Grab derer, die sich unsterblich wähnten — durchdrungen von der erbarmungslosen Kälte des Vergessens.

Ihre Schritte hallten durch die bröckelnden Korridore wie Herzschläge in einem toten Körper.

»Hast du eine Idee, wo wir Grimwald finden könnten — sofern er noch lebt?« fragte Thaddeus.

Elara überlegte kurz.

»Er müsste im Westturm sein, im Sanatorium.«

Schnell machten sie sich auf den Weg und fanden Chirurg Grimwald, über Diagramme gebeugt, vertieft in seine Studien, aber unversehrt. Als er aufblickte, mischten sich Freude und Erleichterung in seinen sonst ernsten Zügen.

»Elara, wie gut, dich wohlbehalten zu sehen«, sagte er mit seltener Feierlichkeit. Sein Blick verweilte kurz, während er nach Zeichen ihrer Gesundheit suchte. »Deine Anwesenheit bestätigt, dass sich der Eingriff gelohnt hat.«

Sofort berichteten sie ihm von den Geschehnissen und der besorgniserregenden Verfassung Maribels. Ohne zu zögern, führte er sie in die Diagnosestube.

Er setzte spezialisierte Geräte ein, darunter ein Dampfresonanz-Spektrometer und ein Æther-Diagnostikgerät, um Einblicke in die biologischen und energetischen Zustände ihres Körpers zu gewinnen. Mit routinierten Bewegungen führte Grimwald die Geräte über Maribels Körper, während Diagramme auf den dampfbetriebenen Monitoren aufleuchteten. Sein Gesichtsausdruck verfinsterte sich zusehends, je weiter die Messungen fortschritten. Nach der Untersuchung bat Grimwald seine drei Gäste, ihm zurück in sein Arbeitszimmer zu folgen. Die Atmosphäre im Raum war angespannt, die Blicke auf Grimwald gerichtet.

»Es ist schlimmer, als ich befürchtet habe«, murmelte Grimwald, schockiert über seinen Befund. »Ihre inneren Organe sind fast vollständig zu Glas transmutiert. Herz, Lunge, Leber, Nieren, Pankreas — jedes essenzielle Organ ist von kristallinen Netzwerken durchsetzt.«

Er hob eine geriffelte Glasscheibe ans Licht, in der die Venen wie silberne, gefrorene Äderchen glitzerten.

»Die Blutzirkulation müsste längst erloschen sein, denn selbst die kleinsten Gefäße sind zu starren Kanälen erstarrt. Es gibt kaum noch Austausch von Sauerstoff oder Ernährung der Gewebe. Ich verstehe offen gesagt nicht, weshalb sie überhaupt noch am Leben ist.«

Grimwald setzte sich auf seinen Mahagonistuhl, schenkte sich Wasser ein und nahm einen Schluck. Elara, getrieben von Pflichtgefühl, insistierte:

»Es muss doch etwas geben, was wir tun können. Wir müssen sie retten.«

Grimwald schüttelte den Kopf, Skepsis in jeder Geste.

»Das ist unmöglich. Maribels Körper besteht bereits zu zwei Dritteln aus Glas. Es grenzt an ein Wunder, dass sie nicht längst an einem Herzstillstand oder Lungenversagen gestorben ist.«

Thaddeus trat vor.

»Wir dürfen sie nicht aufgeben. Gibt es wirklich keine Möglichkeit, Herr Grimwald?«

Elara zog einen Hocker heran, stellte ihn vor Grimwalds Stuhl und setzte sich mit Nachdruck. Sie beugte sich vor, stützte die Arme auf die Lehnen seines Stuhls, ihr Gesicht nur Zentimeter entfernt. Ihre Augen fixierten ihn mit durchdringender Intensität, ihre Worte klar und fordernd.

»Sie sind der fähigste Mediziner unserer Ära, und als ich dem Tod geweiht war, haben Sie das Unmögliche möglich gemacht.«

Die Luft zwischen ihnen vibrierte. Grimwalds Blick wich Elaras durchdringendem Starren aus, verlor sich kurz im Reflex einer vergessenen Glaskaraffe und kehrte dann zu ihr zurück. Mit bebender Stimme voller unterdrückter Dringlichkeit bekräftigte Elara ihre Forderung.

»Sie werden uns jetzt bitte sagen, wie wir unsere Maribel retten können, Herr Wunderheiler.«

Ihre Worte waren stille Entschlossenheit und trugen das Gewicht eines Schwurs. Ein Augenblick, gestreckt und gedehnt, endete, als Grimwald seine Brille höher auf die Nase schob.

»Nun, ihr Körper ist verloren, doch ihr Kopf ist bemerkenswerterweise nicht betroffen. Ihr Gehirn ist völlig frei von jeglicher kristallinen Infiltration.«

Elara blickte zu Thaddeus, der ihr ein kaum sichtbares Lächeln zuwarf.

»Das liegt wohl an der alchemistischen Arznei, die ich Maribel verabreicht habe, um den Glasflor zu hemmen«, erklärte er.

Grimwald, mit den Grundzügen der Alchemie vertraut, hob erstaunt die Augenbrauen.

»Das war eine kluge Intervention. Ohne diesen Trank wäre Maribel wahrscheinlich schon lange dem Wahnsinn verfallen oder hirntot.«

Er holte tief Luft.

»Wenn wir sie wirklich retten wollen, bleibt uns nur eine Möglichkeit: Ihr Kopf ist noch intakt, also könnten wir eine Transplantation in Erwägung ziehen und sie an einen mechanischen Körper anschließen — einen, den ich selbst mitentwickelt habe.«

Die Luft im Raum verdichtete sich. Maribel erbleichte.

»Was werdet ihr tun?« fragte sie zitternd.

Mit beherrschter Eile trat Elara zu Maribel, um ihre Panik zu glätten, bevor sie überlief.

»Maribel, wir werden dich retten. Vertraue uns, alles wird gut.«

»Aber was genau wird passieren?« drängte Maribel.

Elara zögerte, dann sagte sie:

»Dein Körper besteht größtenteils aus Glas, aber dein Kopf ist noch gesund. Wir werden deinen Kopf transplantieren und dir einen neuen, wundervollen, mechanischen Körper geben.«

Maribel wich zurück, ihre Augen weit aufgerissen.

»Das kann doch nicht euer Ernst sein!«

Die Diskussion zwischen den beiden intensivierte sich, während Elara versuchte, Maribel zu beruhigen und von der Notwendigkeit der Maßnahme zu überzeugen. Thaddeus, die

Augenbrauen besorgt hochgezogen, wandte sich an Grimwald, seine Stimme schwankend zwischen Ungläubigkeit und Beunruhigung.

»Ist eine Kopftransplantation wirklich machbar? Bisher wurde so etwas beim Menschen doch noch nie versucht.«

Grimwald nickte langsam.

»Richtig. Eine Kopftransplantation beim Menschen ist bisher unerprobt. Das größte Hindernis dabei war die Verbindung des Rückenmarks.«

Er pausierte.

»Dank neuer Durchbrüche in der Nervenfaserchirurgie, einschließlich ultrascharfer Klingen, Fusogenen und Elektrischer Nervenanregung, könnte es jedoch möglich sein, die Nervenenden so zu behandeln, dass sie fusionieren.«

Elara atmete durch.

»Also gibt es Hoffnung?«

»Theoretisch ja«, bestätigte Grimwald. »Diese Methoden könnten die Nervenenden wieder zusammenwachsen lassen. Es ist heikel und riskant, aber es wäre der einzige Weg.«

Grimwald fuhr nachdenklich fort.

»Eine Gehirntransplantation wäre noch komplexer und völlig undenkbar. Das Gehirn kann sich nicht mit einem fremden System verbinden.«

»Warum genau ist es so unmöglich, ein Gehirn zu transplantieren?« hakte Thaddeus nach, der eine gewisse Faszination für das Thema nicht verhehlen konnte. »Ich meine, wenn wir den Kopf transplantieren können, warum dann nicht das Gehirn allein?«

Grimwald lehnte sich zurück und ließ den Füllfederhalter kreisen.

»Es gibt vier Hindernisse, die das unmöglich machen. Erstens ist das Gehirn eng mit Blutgefäßen verbunden, die venöses Blut und Gehirnflüssigkeit transportieren. Die Strukturen sind so fein und komplex, dass sie bei einer Entnahme unweigerlich beschädigt werden würden.«

Er hielt kurz inne, bemüht, die Schwere seiner Erklärung zu verdeutlichen.

»Zweitens, selbst wenn man das Gehirn aus seinem Schutzmantel entfernen könnte, bleibt das Problem, die großen Blutgefäße von Hals und Gehirn wieder anzuschließen. Das ist technisch nicht machbar, und die Gefahr von Blutungen ist zu hoch. Drittens gibt es keine anerkannte Methode, die zwölf Hirnnervenpaare oder ein durchtrenntes Rückenmark wieder funktionsfähig zu verbinden.«

»Und viertens?« fragte Thaddeus.

»Viertens reichen die Schutzmaßnahmen für das Gehirn zwischen Entnahme und Wiedereinsetzen nicht aus. Uns fehlen Methoden, um Immunreaktionen zu verhindern, sofern das Gehirn nicht in einen genetisch identischen Klon transplantiert wird. Der gesamte Kopf lässt sich viel eher transplantieren. Wir bewegen uns zwar auf neuem Terrain, aber es ist unsere einzige Option.«

Maribel stand mit starrer Haltung da, ihre Augen funkelten mit einer Intensität aus Furcht und Entschiedenheit. Ihre Stimme zitterte, doch sie sprach mit einer Klarheit, die ihre Überzeugungen ausdrückte.

»Ich kann und will das nicht tun. Ich bin mehr als mein Kopf, mehr als die Summe meiner Gedanken und Erinnerungen. Mein Körper ist keine austauschbare Hülle; er ist das Instrument, auf dem meine Seele spielt.«

Sie umschlang sich mit den Armen, und ihre Fingernägel gruben sich in die weiche Haut ihrer Oberarme — eine instinktive Geste der Selbstbehauptung gegen die drohende Auflösung ihres Seins.

»Die Idee, meinen Kopf vom Körper zu trennen und auf eine Maschine zu verpflanzen… Das ist wie ein Instrument zu zerschneiden und zu erwarten, dass die Musik dieselbe bleibt. Wer wäre dieses neue Wesen?«

Ihre Stimme hallte durch den Raum wie der letzte Ton einer sterbenden Glocke.

»Körper und Geist sind wie Wasser und Welle — man kann sie nicht trennen, ohne beides zu zerstören. Jeder Herzschlag formt meine Gedanken, jeder Atemzug meine Gefühle. Diesen Körper zu ersetzen, wäre wie den Tanz zu behalten, aber die Tänzerin zu töten.«

Thaddeus und Elara tauschten Blicke, ihre Gesichter ein Spiegel aus Mitgefühl und Respekt für Maribels Standpunkt. Grimwald rieb sich das Kinn, nachdenklich über die ethischen und philosophischen Herausforderungen von Maribels Einwänden. Mit Sorgenfalten auf der Stirn richtete sich Thaddeus an Grimwald.

»Maribel hat einen wichtigen Punkt angesprochen. Die Beziehung zwischen Gehirn und Körper ist dynamisch und wechselseitig. Wenn ihr Kopf auf einen mechanischen Körper transplantiert wird, bleibt ungewiss, wie ihr Bewusstsein darauf reagieren wird. Die Annahme, dass eine Kopftransplantation das Selbstbewusstsein nicht beeinflusst, setzt eine Trennung voraus, die viel zu simplizistisch ist. Der Körper ist nicht nur ein Gefäß für das Gehirn, sondern ein integraler Bestandteil unseres Bewusstseins. Der Körper trägt wesentlich zu unserer Erfahrung, unserem Selbstverständnis und unserer Interaktion mit der Welt bei.«

Grimwald nickte beifällig.

»Gewiss doch. Eine Kopftransplantation könnte zu psychologischen Veränderungen führen: Identitätsstörungen, Verhaltensanomalien, psychotischen Episoden oder Depressionen.«

Maribel sah von einem zum anderen.

»Ihr redet über mich, als ob ich nicht hier wäre. Was ihr beschreibt, klingt furchteinflößend. Wenn mein Kopf auf einen mechanischen Körper transplantiert wird, besteht der größte Teil des resultierenden Organismus aus etwas, das nicht *ich* bin. Es ist nicht *mein* Körper, nicht die Form, die ich mein Leben lang gekannt und gefühlt habe. Wie kann ich noch ich selbst sein, wenn so viel von mir ein *anderer* ist?«

Elara wandte sich Grimwald zu.

»Sagen Sie, Herr Grimwald, wie viel Prozent macht der Kopf von der gesamten Körpermasse aus?«

»Ungefähr acht Prozent«, antwortete Grimwald trocken. Bei dieser Antwort blickte er nicht einmal von seinen Notizen auf.

»Wie wahrscheinlich ist es dann, dass sie nach der Transplantation noch dieselbe Maribel ist?«

Grimwald dachte nach, legte den Füllfederhalter beiseite.

»Wenngleich eine Kopftransplantation beim Menschen noch nicht durchgeführt wurde, zeigen Tierexperimente, dass vom Kopf gesteuerte Funktionen wiederhergestellt werden können, wenn das Rückenmark erfolgreich verbunden wird. Das Verbinden des Rückenmarks ist machbar — meine Kollegen haben es bei Tieren bewiesen. Entscheidend ist, Maribels Gehirn durch Hypothermie zu schützen. Sie kühlt das Gehirn ab und ermöglicht ein Überleben ohne Blutversorgung für bis zu einer Stunde — genug, um alle Gefäßverbindungen zu schließen. Ein einseitiger Blutfluss reicht aus, das ganze Gehirn zu versorgen. Nach der Transplantation und Wiedererwärmung sollten die neuronalen Funktionen und Verhaltensmuster intakt sein.«

Maribel lachte kurz auf.

»Ach, ist das alles? Dann kann ja wirklich nichts mehr schiefgehen. Beruhigend zu wissen, dass nur eine Stunde ohne Blut ausreicht.«

Elara nickte bedächtig, ihr Gesicht von Ambivalenz erfüllt.

»Wie hoch ist das Risiko, dass ihr Kopf den neuen Körper abstößt?« fragte sie weiter.

»Das ist ein kritisches Feld«, gab Grimwald zu. »Die Abstoßungsreaktion erfordert sorgfältige Kontrolle. Es wird eine Herausforderung, Maribels Immunsystem zu überzeugen. Aber die Wissenschaft hat Fortschritte gemacht, und ich glaube, wir haben die Mittel.«

»Und was, wenn mein Kopf, nachdem ihr ihn abgeschnitten habt, aufgibt? Das wäre nicht nur medizinisches Versagen, sondern käme einer Hinrichtung gleich.«

Maribels Stimme war brüchig, ihre Augen glänzten. Elara ging behutsam auf sie zu, ihre Umarmung fest wie ein *Tourniquet* um eine blutende Wunde. Ihre Blicke verhakten sich — zwei Ertrinkende im Sturm —, während Tränen über ihre

Wangen strömten.

»Ich weiß, was du fühlst. Aber ohne diesen Eingriff wird der Glasflor dein Ende herbeiführen. Es ist unsere einzige Chance, dich zu retten.«

Jedes ihrer Worte tropfte vor schmerzhafter Ehrlichkeit.

»Wir dürfen dich nicht verlieren, Maribel.«

Elara hielt inne.

»Als ich nur noch eine Hülle war, die sich durchs Leben schleppte, hast du mir gezeigt, dass Schönheit kein flüchtiger Moment ist, sondern eine bleibende Wahrheit. Als alles in mir zu Staub zerfiel, warst du der leise, unbeirrbare Funke, der die Dunkelheit erhellte. Du hast mir gezeigt, was Hoffnung wirklich bedeutet — nicht die naive voller Versprechen, sondern die echte, geboren aus der Asche der Aussichtslosigkeit. Deine Worte haben die Mauern eingerissen, die ich um mein Herz gebaut hatte, und gezeigt, dass selbst in der Verzweiflung noch Schönheit wohnt: du hast mich daran erinnert, warum es sich lohnt, weiterzugehen. Wenn ich sage, dass wir dich nicht verlieren dürfen, meine ich alles, was du bist. Deine Seele, dein Lachen, die Geschichten, die nur du erzählst, und die Stärke, die du nicht siehst — ohne dich würde diese Stadt ihre Seele verlieren. Lass uns jetzt für dich da sein, wie du es immer für uns warst.«

Maribel schluchzte, ihr Blick verzweifelt verloren.

»Aber was ist, wenn ich danach nicht mehr *dieselbe* bin? Was, wenn ich aufhöre, ich selbst zu sein?«

Elara umfasste Maribels Gesicht, ihre Daumen strichen sanft über ihre Wangen.

»Ich weiß um das Risiko. Aber ich vertraue auch unserer

Technologie und Grimwalds Fähigkeiten. Wir werden alles tun, damit du durchkommst — als die Maribel, die wir lieben. Du bist ein Feuer, das weitergibt, was andere längst verloren haben. Bitte, lass nicht zu, dass dein eigenes Licht erlischt, während du den Weg für andere erhellst.«

Tränen glitten über ihre bleichen Wangen, glänzend wie Kristalle. Während sich Elara und Maribel in ihr Gespräch vertieften, zogen sich Thaddeus und Grimwald in eine ruhigere Ecke des Raumes zurück. Thaddeus betrachtete den Chirurgen mit drängender Neugier.

»Ich muss verstehen, wie diese Transplantation funktionieren soll«, begann Thaddeus gedämpft. »Über die theoretische Machbarkeit zu sprechen, ist eine Sache. Wie sicher können wir sein, dass sie den Prozess unbeschadet übersteht?«

»Nun. Zunächst würde ich den Nacken strecken, um den notwendigen Raum für den Eingriff zu schaffen, und anschließend einen waagerechten Schnitt unterhalb des Kehlkopfes setzen.«

Grimwald deutete auf ein anatomisches Modell.

»Nach Freilegung von Haut und Muskeln binde ich die Halsvenen ab, durchtrenne sie und klappe das Gewebe nach oben, um die tieferen Schichten zugänglich zu machen. Dabei durchtrenne ich Sehnen und rolle sie auf, um den Zugang zu Nerven und Blutgefäßen zu erleichtern. Eine zentrale Sehne schneide ich beidseitig durch, um die darunterliegenden Muskeln zu lösen. Schließlich präpariere ich die freigelegten Blutgefäße und Nerven.«

Er justierte seine Brille.

»Schilddrüse, Luftröhre und Speiseröhre trenne ich auf

Höhe des fünften und sechsten Halswirbels, um den Kopf zu isolieren. Die Nerven im oberen Halsbereich durchtrenne ich unterhalb eines Nervenknotens. Anschließend präpariere ich die Halsmuskeln sowie die Gefäße und Nerven, die durch die Foramina der Wirbel verlaufen.«

Mit einem prüfenden Blick zu Maribel, die es sich freimütig auf einem Labortisch am anderen Ende des Raumes bequem gemacht hatte und mit Elara diskutierte, die an eine Konsole gelehnt stand, führte Grimwald weiter aus:

»Auf Höhe des dritten Halswirbels binde ich die Hauptarterien ab, durchtrenne sie und säge den Wirbel durch, um den Kopf vom Körper zu trennen.«

Als Elara sich mit einer Grazie näherte, die trotz ihrer mechanischen Glieder von Eleganz geprägt war, bemerkte Grimwald die Klarheit in ihrem Blick. Vor ihm stehend, sah sie ihm unverwandt in die Augen.

»Wie gedenken Sie, Chirurg der letzten Hoffnung, sicherzustellen, dass Maribel ihre Empfindungs- und Bewegungsfähigkeit behält? Wie können wir garantieren, dass sie die Maribel bleibt, die wir kennen, und nicht ein gelähmtes Abbild ihrer selbst wird?«

Grimwald nickte ungewöhnlich verständnisvoll, seine Augen hinter den Brillengläsern konzentriert.

»Die Operation würde in mehreren Schritten erfolgen. Die Positionierung und das Handling des Rückenmarks sind entscheidend. Ich verwende ein ultrascharfes Skalpell, das neuralen Strukturen möglichst wenig Schaden zufügt und die Erfolgschancen der Verbindung mit dem mechanischen Körper erhöht.«

Er neigte den Kopf.

»Die Fusionsstelle des Rückenmarks ist besonders heikel. Hier setze ich ein selbst entwickeltes Fusionsmittel ein, das die bioelektrische Leitfähigkeit zwischen den Materialien fördert. Es ermöglicht eine Verbindung der neuralen Pfade.«

Er beobachtete Elara, wie sie die medizinischen Details zu verstehen versuchte.

»Die Verbindung muss nahtlos funktionieren, damit Maribel nicht nur überlebt, sondern auch ihre kognitiven und physischen Funktionen wiederherstellen kann. Das Risiko von Infektionen und Abstoßungsreaktionen bleibt, doch mit Vorbereitung und Technik werde ich sie minimieren.«

Sein Ton wurde ernster.

»Wie gesagt, wir betreten unerforschtes Gebiet. Es ist unmöglich vorherzusagen, wie Maribels Geist reagieren wird. Die Entscheidung, ihren Kopf zu transplantieren, erfordert Sorgfalt und klares Bewusstsein für die Konsequenzen.«

»Können Sie das alles alleine bewältigen?« fragte Elara und sah ihn konzentriert an.

»Eine Kopftransplantation erfordert präzise Koordination. Üblicherweise setzen wir mehrere spezialisierte Ärzte ein und benötigen Stunden für den Eingriff. Normalerweise arbeiten zwei Teams gleichzeitig: eines für den vorderen, das andere für den hinteren Teil des Halses, einschließlich der Konservierung lebenswichtiger Hirnnerven. Da keine anderen Ärzte mehr da sind, würde ich also eure Unterstützung brauchen. Einer von euch würde den vorderen, der andere den hinteren Teil übernehmen. Wir müssten präzise und synchron arbeiten, um Maribels Leben zu retten.«

Maribel kam hinzu, legte den Arm um Elara und lehnte ihre Stirn an deren.

»Elara, als Theaterschauspielerin habe ich meine ganze Seele in meinen Körper gelegt. Jede meiner Bewegungen malt Träume in die Luft. Wie soll ich jemals wieder die Seele einer sterbenden Prinzessin verkörpern, wenn mein Körper aus Metall besteht? Die Wärme einer Umarmung darstellen, wenn meine Hände keine Wärme mehr spüren?«

Ein Schleier des Kummers durchflutete ihre Augen, als sie ihre Hand hob und Elara ansah.

»Diese Hände haben tausend Leben gelebt, tausend Geschichten erzählt. Sie haben gezittert, geliebt, gekämpft. Sie sind die Brücke zwischen meiner Seele und der Welt. Wenn ich sie verliere…«

Ihre Stimme brach.

»Ich kann nicht nur ein Kopf sein: mein Körper macht mich zur Künstlerin.«

Elara zog sie an sich.

»Ich kenne deine Angst, Maribel, aber denke an die Alternative. Ich kann nicht zulassen, dass du stirbst, wenn es doch eine Chance gibt, dich zu retten. Wir finden einen Weg, deinem neuen Körper Ausdruck zu verleihen und deine Kunst fortzusetzen.«

Maribel schüttelte den Kopf, unfähig, den Gedanken zu akzeptieren.

»Aber wird das noch ich sein? Wird dieser neue Körper in der Lage sein, die Emotionen zu fühlen, die meine Darbietungen ausmachen? Kann ein mechanischer Körper weinen, kann er zittern, kann er das Publikum spüren?«

Elara strich ihr über den Kopf und suchte nach Worten der Beruhigung.

»Wir werden alles daransetzen, dass du weiterhin die Maribel sein kannst, die du immer warst. Vielleicht wird es sich anders anfühlen, aber du wirst immer noch du sein, mit all deinen Erinnerungen, deiner Leidenschaft und deinem unglaublichen Talent. Wir machen das zusammen. Ich lasse dich nicht im Stich.«

Schließlich stand Grimwald auf.

»Wir haben nun lange über die Transplantation gesprochen, doch die Zeit drängt. Wir haben vielleicht noch vier Stunden, bevor der Glasflor Maribels Blut-Hirn-Schranke erreicht. Danach ist es zu spät.«

Die Vorstellung, Maribel zu verlieren, war unerträglich, und obwohl schwerwiegende Bedenken und die Gefahr des Eingriffs sie plagten, traf Elara eine Entscheidung. Sie trat zur Seite, zog sich mit Grimwald und Thaddeus zurück, außer Hörweite von Maribel, und senkte ihre Stimme.

»Tun Sie es. Retten Sie sie, egal was es kostet.«

Ihre Augen trafen die von Thaddeus. Nach einem kurzen, bedeutsamen Schweigen nickte er gefasst.

»Ich stehe Ihnen bei, Grimwald. Ich werde bei der Operation assistieren.«

Sein Blick auf Elara war voller Sorge und Respekt — ein stilles Einvernehmen, dass sie den Punkt ohne Umkehr erreicht hatten. Ergriffen von der Last, spürte Elara, wie ein tiefes Kribbeln in ihr aufstieg. Doch die Liebe zu Maribel brannte heißer als jeder Zweifel. Grimwald, der die Einigkeit seiner unerwarteten Assistenten wahrnahm, nickte.

»Gut, dann bereiten wir alles vor. Wir haben keine Zeit zu verlieren.«

Er drehte sich um und begann, die Instrumente für die Operation zu organisieren — eine Aufgabe, die sonst ein ganzes Team von Spezialisten übernahm. Die Stille im Raum war so dicht wie erkaltetes Blei, durchbrochen nur vom metallischen Klirren der Werkzeuge und dem hämmernden Puls in Elaras Schläfen. Jeder wusste, dass das, was sie taten, Geschichte schreiben oder in einer Tragödie enden könnte. Doch für Elara war es keine Wahl — es war ein Schwur, geschrieben mit der Tinte ihrer eigenen Angst, unterzeichnet mit der bebenden Hoffnung auf Maribels Überleben.

Im Operationssaal beleuchteten spezielle Lampen den Operationstisch und konturierten feinste anatomische Details. Ihre patentierte Æthertechnik erzeugte ein kaltenweißes Licht, das aus Glaskolben mit einer seltenen Mischung aus Æthergasen fast übernatürlich strahlte. An verstellbaren Armen montiert, bewegten sich die Lampen wie Spinnenbeine und ließen sich exakt positionieren. Ihr Licht spiegelte sich auf den Instrumenten und tauchte das Operationsfeld in eine konzentrierte Klarheit, während Grimwald, unterstützt von Thaddeus und Elara, mit methodischer Präzision Gewebe, Muskeln und Nerven in Maribels Hals bearbeitete.

Zuerst stellte er sicher, dass Maribel vollständig narkotisiert war, und überprüfte akribisch Sauerstoffsättigung, Herz- und Gehirnaktivität. Ihre Haut zeigte bereits den fahlen Ton, den Elara von damals kannte. Nachdem er einen Atemschlauch eingesetzt und ihren Kopf fixiert hatte, senkte er mithilfe eines Kühlhelms die Temperatur ihres Gehirns auf zehn Grad Celsius, um die metabolische Aktivität zu reduzieren.

Mit einer feinen Klinge durchschnitt er ihre zarte Haut. Der Duft von Blut mischte sich mit der Kälte des Raumes, während er bläulich schimmernde Venen freilegte, sie abband und durchtrennte. Sein Skalpell glitt unterhalb des Kehlkopfes und offenbarte ein komplexes Netz, das er Schicht für Schicht freilegte. Er identifizierte die Halsvenen, band sie ab, schnitt sie durch und legte mithilfe eines Retraktors die darunterliegende Muskulatur frei. Schließlich trennte er die Sehnen der Halsmuskeln und klappte sie zur Seite.

Grimwalds Vorgehen beim Transfer des Kehlkopfs verlangte äußerste Präzision, um die essenziellen Nerven für die Stimmbildung intakt zu halten. Dieser Hauptnerv, der um den Aortenbogen verläuft, durfte weder berührt noch beschädigt werden, da Maribels Fähigkeit zu sprechen und zu atmen direkt davon abhing. Bei der Freilegung vermied Grimwald jede Berührung, um Stimmverlust oder Atemlähmung zu verhindern. Gemeinsam mit Elara klemmte er den Aortenbogen ab und durchtrennte ihn, um seine Unversehrtheit zu sichern. Jede seiner Bewegungen war durchdacht, basierend auf jahrzehntelanger anatomischer Einsicht. Gleichzeitig überwachten Thaddeus und Elara die Sauerstoffsättigung und sorgten dafür, dass die Gehirnkühlung fortgeführt wurde, da jede Unterbrechung des Blutflusses das Risiko eines Sauerstoffmangels im Gehirn erhöhte.

Vorsichtig drehten Elara und Thaddeus Maribel auf den Bauch, und Grimwald setzte einen Längsschnitt entlang der Wirbelsäule, der Haut und Muskeln trennte. Wie ein Künstler durchtrennte er die Nackenmuskeln, um den Druck auf die Wirbelsäule zu mindern. Sobald die Wirbelsäule zugänglich war, entfernte er selektiv Teile der Wirbel, um zum Rückenmark vorzudringen, ein Schritt, der äußerste Präzision erforderte. Mit spezialisierten Werkzeugen löste er die Schutzstrukturen, setzte Schrauben strategisch ein und schuf eine stabile Basis, die gefährliche Bewegungen minimierte.

Nachdem Grimwald die Rückenmarkhaut geöffnet hatte, verödete er mit präzisen Bewegungen die vorderen Wirbelsäulenblutgefäße, um die Blutversorgung zu kontrollieren. Bei jedem Schwenk der Lampen, deren Metallarme zischten und knarrten, durchtrennte er mit einem ultrascharfen Skalpell das Rückenmark. Die präzise Schnittführung war entscheidend, um eine exakte Schnittfläche für die Fusion der Nervenfasern zu schaffen. Unter einem Mikroskop stellte er die neuralen Verbindungen sorgfältig her und nähte die Enden des Rückenmarks zusammen, um sie mikrometergenau auszurichten. Thaddeus und Elara arbeiteten eng mit Grimwald zusammen, hielten das Operationsfeld frei, reichten Werkzeuge und überwachten Vitalfunktionen — eine unverzichtbare Assistenz, da jeder Handgriff und jede Sekunde abgestimmt sein mussten.

Ein kalter Schauer überlief Elara, als der letzte Verbindungsfaden durchtrennt wurde und sich der Kopf ihrer geliebten Freundin von ihrem sterbenden Körper löste. Maribels Gesicht wirkte noch immer beseelt, während ihr Körper aufhörte, Teil von ihr zu sein. Nach der Trennung wurde ihr Kopf sofort mit eiskalter, isotoner Infusionslösung gespült, um Blutgerinnung zu verhindern. Doch kaum wich der letzte Blick aus Maribels Augen, erfasste Elara eine Welle aus Schwindel. Thaddeus erkannte die Veränderung unmittelbar. Mit fast väterlicher Fürsorge trat er an Elaras Seite.

»Elara, wir brauchen jetzt deine volle Konzentration. Dies ist der Moment, der über Maribels Schicksal entscheidet.«

Seine Worte zogen sie zurück in die Realität. Sie atmete durch, richtete den Blick auf den Operationstisch, und signalisierte Thaddeus, dass sie bereit war, weiterzumachen. Zurück am Operationstisch warf Grimwald einen kurzen, automatischen Blick auf Elara.

»Alles in Ordnung?« murmelte er, kaum wahrnehmbar und ohne wirklich eine Antwort zu erwarten. Noch während die Worte verklangen, richtete er seine Aufmerksamkeit wieder auf die feinen Strukturen vor ihm — eine routinierte Reaktion, geprägt von zahllosen ähnlichen Momenten.

Elara nickte knapp.

»Bereit.«

Ohne sichtbare Reaktion vertiefte er sich weiter in die Verbindung des Kopfes mit der Mechanik. Seine Konzentration glich einem gespannten Draht — hauchdünn, doch stark genug, das Gewicht einer Existenz zu tragen. Gemeinsam mit Elara und Thaddeus positionierte Grimwald den mechanischen Körper so, dass der Halsbereich auf Maribels Kopf vorbereitet war. Die größte Herausforderung war, die neuralen Verbindungen zwischen Kopf und mechanischem Körper herzustellen. Für die Kommunikation zwischen Gehirn und Mechanik musste jede Faser mikrometergenau ausgerichtet sein. Grimwald applizierte ein Fusionsmittel, das die Haftung zwischen Nervenenden und mechanischen Anschlüssen optimierte und eine dauerhafte Verbindung ermöglichte.

Elara assistierte Grimwald, während er das Mittel auftrug. Das schimmernde Reservoir in ihren behandschuhten Händen schien mit jeder Sekunde schwerer zu werden, während ihre Augen die unmögliche Präzision verfolgten, mit der sich die Nadel in Grimwalds Hand bewegte — Einstich, Austritt, Einstich, Austritt. Elaras Atem wurde flach, ihr Herzschlag zu einem fremden Geräusch in ihren Ohren. Die Zeit dehnte sich, und das Fusionsmittel zischte leise. Immer wieder, wenn Grimwald die Nadel in das Fusionsmittel tauchte, zischte es — als hätte es einen eigenen Willen, Gewebe und Mechanik zu verschmelzen.

Mit jeder Bewegung durch das Gewirr aus Nerven und Metallanschlüssen spürte Elara, wie Grimwald das Schicksal einer Person bestimmte, die ihr mehr bedeutete als ihr eigenes Leben. Ihre Konzentration ließ die Welt um sie herum verblassen, bis nur noch das feine Netzwerk vor ihr existierte. In diesem Augenblick, da Maribel an der Spitze einer Nadel hing, implodierte Elaras Wahrnehmung auf einen einzigen Punkt — diese eine Bewegung, diesen einen Moment, diese eine Chance. In dieser unendlichen Sekunde wurde ihr klar, wie ihre Hände nicht nur ein Fusionsmittel hielten, sie hielten Maribels letzte Chance auf Leben, und dass die kleinste Erschütterung genügen würde, diese Chance für immer zu zerstören.

Nachdem die neurologischen Verbindungen hergestellt und getestet worden waren, fixierte Grimwald den Kopf endgültig auf dem mechanischen Körper — ein Schritt, der außergewöhnliche Sorgfalt erforderte, da er Maribels kognitive und emotionale Funktionen beeinflusste. Unterstützt von Thaddeus verband er die Halsschlagadern und Jugularvenen, um die Blutzirkulation sicherzustellen. Anschließend stabilisierte er die Wirbelsäule, indem er die vordere Halswirbelsäule mit einer

Titanplatte verstärkte. Nach Anbringung der vorderen Platte befestigte Grimwald die hintere und platzierte die Schrauben entlang der stabilsten Stellen der Wirbelsäule, um Kopf und Körper sicher zu verbinden. Der biegsame Stab wurde angepasst und fixiert, während die wiederangebrachten Lamellen die Belastung der Wirbelsäule gleichmäßig verteilten und die Krümmung bewahrten.

Thaddeus stand konzentriert an Grimwalds Seite und reichte Instrumente für jede Phase der Operation. Sein Geist war vertieft, jede Handbewegung getragen von einem Verständnis für die kritische Natur des Eingriffs. Er unterstützte Grimwald nicht nur handwerklich, sondern bewies auch mentale Disziplin, als er unaufgefordert die Überwachungsgeräte anpasste, um Maribels Vitalfunktionen im Blick zu behalten — wissend, dass jede seiner Entscheidungen das Leben eines Menschen für immer verändern konnte.

Grimwald verband die Rückenmarkenden mit biokompatiblem Kleber, der Zellmembranen reparierte und die Fusion der Nervenbahnen ermöglichte — ein Schritt zur Wiederherstellung der Signalübertragung. Der Chirurg injizierte eine Chemikalie, die das Wachstum und die Verbindung der Nervenfasern förderte und die Kommunikation zwischen Maribels Kopf und ihrem mechanischen Körper verbesserte. Als Alchemist überwachte Thaddeus mit seinem Verständnis für Chemikalien akribisch die Reaktionen im mechanischen Körper und erkannte unverzichtbar selbst subtilste Veränderungen in der chemischen Zusammensetzung. Er steuerte die Substanz so, dass sie die elektrische und chemische Kommunikation zwischen Maribels Kopf und ihrem mechanischen Körper förderte, und gab

Grimwald Hinweise zur Dosierung und zeitlichen Koordination, um den Effekt zu maximieren.

Nach der Applikation des Klebers setzten Grimwald und Elara feine Nähte um die Verbindungsstelle, während Thaddeus Maribels neurologische Funktionen überwachte. Nachdem die temporären Schläuche entfernt waren, verband Grimwald die Halsarterien und -venen, um die Blutversorgung sicherzustellen. Der mechanische Körper, entwickelt zur Nachahmung menschlicher Physiologie, versorgte Maribels Kopf über ein künstliches Kreislaufsystem mit Blut. Dieses System simulierte natürliche Druck- und Flussraten, da der Kopf echtes Blut für den Transport von Sauerstoff und Nährstoffen benötigte.

Grimwald verband Luft- und Speiseröhre, stellte die harte Hirnhaut wieder her und installierte ein Stimulationssystem für das Rückenmark. Ein Schrauben-Stab-System stabilisierte die Wirbelsäule, während wichtige Nerven verbunden wurden, um Maribels Stimme, Atmung und vitale Funktionen zu erhalten. Dieser Schritt war essenziell, damit sie sprechen und atmen konnte. Anschließend vernähte er Muskeln und Haut, bevor er die äußeren Schichten rekonstruierte, um Maribels Kopf auf dem mechanischen Körper zu befestigen. Auch hierbei war Präzision geboten, um ihr Erscheinungsbild so natürlich wie möglich zu bewahren. Er und Elara schlossen die letzten Nähte, reinigten die Operationsstelle und deckten sie steril ab. Abschließend legten sie Maribel eine zervikothorakale Orthese an — eine Stützvorrichtung, die Kopf und Wirbelsäule während der Regeneration in Position hielt.

Dann herrschte Stille — so vollkommen, dass selbst die Geräte verstummten.

Die Operation war vollendet und teilte die Welt in ein Davor und Danach. Maribels Halsschlagader pulsierte, während die Systeme ihre Arbeit aufnahmen und elektrische Signale durch die Leiterbahnen liefen. Kühle Luft strich über die Verbindungsstellen, wo Gewebe auf Metall traf. Elara ließ ihren Blick auf dem Übergang ruhen — jener präzisen Stelle, an der Maribels Haut endete und das Titan begann. Im grellen OP-Licht schien dieser Moment wie ein Schnitt durch die Realität selbst. Was sie geschaffen hatten, war ein Wunder der Wissenschaft — und zugleich ein Monument des Verlusts. Mit der Anbringung der Orthese und der Befestigung des Kopfes endete ein Kapitel, das zugleich Totenschein und Geburtsurkunde war. Elara, Thaddeus und Grimwald brachten Maribel zur Intensivstation, wo ihre Vitalzeichen zur Überwachung postoperativer Komplikationen erfasst wurden.

»Wie ist Ihr Gefühl? Glauben Sie, dass alles gutgehen wird?« fragte Thaddeus, die Müdigkeit in seiner Stimme unüberhörbar.

Grimwald nickte, seine Ruhe fast ansteckend.

»Ich bin zuversichtlich. Die Operation verlief hervorragend, trotz unseres ›überschaubaren‹ Teams. Ich bin überzeugt, dass Maribel überleben wird.«

Seine Worte brachten Erleichterung in die Gesichter. Berührt lächelte Elara, während Thaddeus anerkennend eine Hand auf Grimwalds Schulter legte.

»Ihre Fähigkeiten und Ihr Engagement haben das Leben eines besonderen Menschen gerettet. Dafür gebührt Ihnen unser tiefster Dank.«

Der Chirurg, sonst so beherrscht, zeigte ein seltenes, breites Lächeln.

»Wir haben ihr einen neuen Körper gegeben — jetzt muss ihre Seele lernen, ihn zu bewohnen.«

Wenig später waren Maribels Vitalwerte stabil. Grimwald betonte, dass Maribel Ruhe und Schlaf brauche. Elara und Thaddeus lehnten sich an das Fußende des Bettes, um die nächsten Schritte zu besprechen. Thaddeus wirkte nachdenklich.

»Elara, wenn wir wirklich die Stadt verlassen, dann sollten wir nach Königsnest.«

Ein kaum merkliches Heben ihrer Brauen ließ eine Andeutung von Müdigkeit durchscheinen.

»Ach Thaddeus, nicht schon wieder — Königsnest ist und bleibt ein Mythos.«

Grimwald, noch in Hörweite, mischte sich ein.

»Das stimmt nicht. Boten, die aus den Stahlbrachlanden zurückkehrten, haben mir von Königsnest berichtet. Es muss real sein.«

Elara schwieg, während ihre Zweifel mit Grimwalds Worten rangen und flüchtige Erwähnungen aus alten Berichten — kaum mehr als Gerüchte — zogen wie Geister durch ihre Gedanken.

»Dann bleibt uns wohl nichts anderes übrig.«

Ihre Stimme war ruhig, doch ein Funken Hoffnung flackerte auf, als ihre Achtung vor Thaddeus' und Grimwalds Weisheit ihre Zweifel verblassen ließ.

»Wir sollten mit Valerius und Yael aufbrechen, sobald es Maribel besser geht. Zuerst möchte ich Viktor bitten, sich uns anzuschließen.«

Thaddeus spürte ihre Sorge.

»Warum ist dir Viktor so wichtig?«

Elaras Blick löste sich vom Überwachungsmonitor. Bilder vergangener Tage stiegen auf, während ihre Finger still auf der kalten Strebe des Krankenbettes ruhten.

»Ich muss Viktor finden, weil ich ihm so viel verdanke. Nachdem die Wächter mich auf dem Marktplatz fanden, veranlasste er meine Rettung. Viktor brachte mich zu Grimwald, der mich wiederherstellte, und gewährte mir Zuflucht im Ewigen Palast, um zu genesen. In den dunkelsten Stunden der Stadt erwies er mir eine Güte, die ich nicht für möglich hielt. Deshalb muss er mit uns kommen. Ich will nicht zulassen, dass er mit Etherion untergeht. Er verdient eine Chance, so wie er sie mir gegeben hat.«

»Dann lass uns keine Zeit verlieren. Finde Viktor und überzeuge ihn, dass seine Zukunft nicht hier liegt, sondern irgendwo da draußen, wo Hoffnung noch eine Bedeutung hat.«

Elara blickte zu Grimwald.

»Und Sie, Genie des Skalpells? Begleiten Sie uns?«

Grimwald schüttelte den Kopf.

»Ich bin zu alt für solche Abenteuer. Es macht mir nichts aus, mit einer Stadt unterzugehen, der ich mein Leben lang gedient habe.«

Elara respektierte schweigend. Dann wandte sie sich wieder Thaddeus zu.

»Ich werde jetzt Viktor suchen. Wahrscheinlich finde ich ihn in seinen Gemächern oder im Thronsaal.«

Er klopfte ihr auf die Schulter.

»Ich bleibe bei Maribel. Pass auf dich auf. Und vergiss deine Dampfbüchse nicht.«

Bevor sie ging, beugte sich Elara über Maribels gelöstes

Gesicht. *»Alles wird gut, liebe Maribel«*, flüsterte sie und strich ihr zärtlich über den Kopf. Dann verließ sie den Raum, um Viktor zu überzeugen, dass Flucht ihre einzige Chance war.

Sie wandelte durch die endlosen Korridore, die wie Katakomben anmuteten, bedeckt von einem kristallenen Teppich, der unter ihren Stiefeln zu Diamantenstaub zerfiel und sich wie gefrorenes Licht in den Steinfugen verfing. Das Knacken bröckelnder Wände durchbrach die Ruhe, während die Luft nach Moder und Verfall schmeckte. Um sie herum standen Bedienstete, in Glas gebannt, ihre Gesichter leere Masken, wie Puppen in einem bizarren Theater. In diesem Reich des durchsichtigen Stillstands wirkte Elara wie die letzte Überlebende einer gefallenen Dynastie. Die steinernen Fensterhöhlen gähnten wie leere Gräber, durch die die Asche verbrannter Dekrete wirbelte. In den Wandteppichen lösten sich die Gesichter Faden um Faden auf und sanken wie Schatten in den kahlen Stein. Die Fresken blätterten ab, ihre goldenen Lettern von Rissen durchpflügt. Die Marmortreppen führten noch zu den Senatskammern, doch ihre Stufen waren von den Schritten toter Gesetzgeber blank geschliffen.

Im Kartenzimmer zerbrachen die Globen an ihren Achsen. Ihre zerfließenden Längengrade tropften durch geborstene Böden in die Bibliothek und vereinten sich mit der Tinte zerfallender Atlanten. Zwischen den gespaltenen Fundamentquadern sickerte ihr Wissen wie schwarzes Blut. Im Bankettsaal zersprangen die Kristallleuchter wie gebrochene Versprechen über versteinerten Tafeln. Die Bronzebeschläge der Ratskammertüren korrodierten, fraßen sich wie eine türkisfarbene Krankheit durch Eichenholz. In der Schatzkammer überzog

Schwärze das Silber der Kesselkronen, während ihre Rubine und Saphire zu Körnern zerfielen wie vergessene Herrschernamen. Die Säulen des Palastes neigten einander zu, als suchten sie im Niedergang Halt. Die Ordnung zersprang an ihren Adern, Kapitelle stürzten die imperiale Geometrie. Der Palast selbst erschien wie ein müdes, geisterhaftes Gebilde, begraben in den Ruinen vergangener Größe.

Als sie die monumentalen Türen des Thronsaals aufstieß, kreischten die Scharniere wie rostende Ketten. Ein kalter Luftzug wehte. Durch die hohen Bogenfenster strömte kaltweißes Licht, fiel wie gefrorener Regen und ließ alles wie aus Eis gemeißelt erscheinen. Unter ihren Schritten sang der gesprungene Marmor das spröde Lied seiner eigenen Zerstörung, während sich vor ihr der gewaltige Bereich erstreckte, der einst das pulsierende Herz der Macht war, nun jedoch wirkte wie die Kammer eines verlassenen Mausoleums. Je weiter sie vordrang, verdichtete sich die Luft wie erstarrtes Quecksilber, presste gegen ihre Lungen, als würde der Raum nach ihr greifen wie eine alte, gierige Hand aus den Tiefen eines Alptraums, der nicht vergehen will. Der lange, trümmerübersäte rote Teppich, der seit jeher die Schritte der Mächtigen gedämpft hatte, kroch zum Thron wie eine aufgeplatzte Ader. Feine Linien spannten sich wie ein Netzwerk gefrorener Blitze über das edle Material und ließen den Thron in kühlem Glanz erstrahlen, während das Gold der Insignien an den Wänden und Säulen verdunstete.

Viktors Krone lag ihm zu Füßen wie eine aufgegebene Gleichung, ihr einst vollkommener Kreis nun eine gebrochene Linie im Staub. Doch im Licht glitzerte sie und überzog den Thron mit einem Schimmer. Das Sonnenlicht glitt über den Marmor und seine aschfahle Haut, als wären beide aus derselben Substanz geschliffen. Er verweilte in einer Pose, die Ruhe und Resignation offenbarte. Doch sein Blick ging durch sie hindurch, als wäre Elara gar nicht dort, mit der Leere eines Herrscherporträts, dessen Farben so lange verblasst waren, bis nur noch die Form des Sehens übrig blieb. Seine rissigen Blickhüllen glichen einem Gravurwerk aus altem Silber. Seine Haut war dünn wie Pergament, das das einfallende Licht in wirren, zersplitterten Mustern brach, als sei sie das Vermächtnis eines zerschlagenen Denkmals. Die leuchtenden Farben seines Umhangs waren zu trüben Pastelltönen verrottet, die an seinem Leib hingen wie welkende Blätter.

Sie näherte sich ihm langsam, als könnte sie nicht fassen, was sie sah. Sie sprach seinen Namen, leise, fast wie ein Gebet. Doch es kam keine Antwort, kein Laut — nur das Echo ihrer eigenen Stimme. Die Stille lastete so schwer, dass ihr Atem darin gefror. Eisernes Schweigen baute sich wie ein Schleier zwischen sie und Viktor, dass es fast wie eine Mauer wirkte. Ihre Fingerspitzen streckten sich aus, so leicht, dass sie den Raum kaum zu stören schienen. Zögernd berührten sie seine Schulter. Doch als sie ihn erreichte, spürte sie nicht das, wonach sie suchte. Kein Pulsschlag, keine Körperwärme. Nur eine glatte Fläche. Aber die Kälte war nicht das Schlimmste. Es war die Leere dahinter — wie ein ausgebranntes Haus. Ihre Finger tasteten weiter, über eine Oberfläche so fremd, dass sie für einen Moment nicht mehr wusste, ob ihre Hand noch zu ihr gehörte.

Und dann geschah es. Zuerst an seiner Schulter — ein feiner Riss, wie eine Spinne, die über Glas kriecht. Weitere Risse schlängelten sich über seinen Arm, seinen Brustkorb, verästelten sich zu einem Netz, das mit jeder Sekunde wuchs. Sie erstarrte, sah zu, wie es sich fortsetzte — die Linien tiefer wurden, sich über seinen Hals, sein Gesicht, seinen gesamten Körper zogen. Die erste Scherbe löste sich lautlos, schlug auf den Marmor und blieb dort, glitzernd. Dann eine zweite, eine dritte. Sein Gesicht zerbrach — erst die Wangen, dann die Stirn. Die Bruchstücke rieselten herab, als hätte die Schwerkraft beschlossen, ihn aus der Welt zu tilgen. Kein Laut durchbrach diese Vernichtung, nur das lähmende Wissen, dass keine Macht der Welt ihn noch zusammenhalten konnte. Seine Gestalt zerfiel wie ein Kartenhaus im Wind, nicht mit einem Kampf, nicht mit einem letzten Aufbäumen, sondern in tausend Fragmente, die wie gefrorener Regen zu Boden sanken. Die Scherben sammelten sich um ihre Füße, funkelten schwach im Licht und brachen die Sonnenstrahlen in schillernde Regenbogenfarben, die sich wie ein Nachhall seines Wesens über den Boden ergossen. Elara stand wie versteinert. Ihre Hand schwebte in der Luft, nutzlos, unfähig, etwas zu halten. Sie sah zu, wie Viktor sich vor ihren Augen auflöste, bis nichts mehr von ihm übrig war als ein Haufen glitzernder Scherben.

Sie sank zu Boden. Vor ihr lag nichts mehr — kein Körper, keine Stimme. Nur ein Haufen scharfer Scherben, leuchtend und tot, als wären sie gefrorene Tränen. Ihre Hände griffen danach, tasteten reflexhaft über die spitzen Kanten, als könnte sie Viktors Wärme in den Bruchstücken finden. Doch die Splitter waren scharf und unbarmherzig und schnitten in ihre Haut, als wollten sie ihr jede Berührung heimzahlen. Blutstropfen rannen über das Kristall wie Rubine auf Eis, mischten sich mit dem kalten Glanz zu einer grotesken Spiegelung. Sie spürte den

Schmerz erst, als die dunkelroten Perlen auf den Boden fielen. Doch sie hielt die Fragmente fest, ließ das Blut zwischen ihren Fingern tropfen wie die letzten Sekunden einer zerbrochenen Uhr. Nichts konnte das Verlorene zurückholen.

In den Scherben sah sie ihr Gesicht — zerschnitten in Teile. Sie wollte wegsehen, doch sie konnte nicht. Es blickte sie an, doch es war nicht ihres — nur das, was von ihr übrig geblieben war. Als ihre Fingerspitzen über ihre Wangen strichen, ertasteten sie dieselben spitzen Grate, dieselben klaffenden Furchen. Rubinrote Tränen perlten. Die Zeit gefror in den Kristallen. Kein Trost drang durch die eisige Stille. Nur sie und die glitzernden Grabsteine seiner Existenz.

Ein markerschütternder Schrei zerriss ihre Kehle, und erschütterte nicht nur die bleigefassten Fenster, sondern die Fundamente des Bauwerks insgesamt und ließ selbst die uralten Gewölbebögen unter der Last ihrer Agonie erbeben. Tränen fielen wie flüssige Diamanten; jeder Tropfen verwandelte den Boden in ein Meer erlöschender Sterne.

Ein sirenengleicher Ton webte sich durch den Raum. Sie wusste nicht, was sie wahrnahm — nur, dass es da war, näherkam, ein drängendes Heulen, das sich wie Raureif ausbreitete, sich in Elaras Wesen fraß und unlösbar in ihr Fleisch ätzte. Dieser anhaltende Ton legte sich wie eine zweite Haut über ihren Körper, kroch durch ihre Poren wie eisiger Nebel und zerteilte jeden Gedanken mit der Präzision eines Diamantschleifers, als würde er sie mit einem Draht fein säuberlich sektionieren. Elara hielt inne, ihr Atem stockte. Der Ton war kein Klang, kein Geräusch, sondern ein Glasdolch, der die Luft veränderte. Nicht lauter, sondern schärfer wurde er, bohrte sich wie Stacheldraht durch ihre Schläfen und zog sich bei jedem Pulsschlag enger um ihr Gehirn. Die Luft raspelte in ihrer Kehle, brannte, sickerte in ihre Lungen, doch sie gab keinen Atem zurück. Was sie atmete, war dichter als Wasser, schwerer als Blei. Die Wände begannen zu weinen, als wären sie aus Wachs. Steintränen rannen über die Reliefs, Schatten krochen und zerflossen zu Klecksen, die ihr Blick nicht fassen konnte. Der Raum schrumpfte, während der Ton immer tiefer in sie eindrang — in ihre Ohren sickerte, sich mit ihrem Blut vermischte, ihren Herzschlag dirigierte wie ein dämonischer Puppenspieler.

Die heulende Anomalie nahm eine fassbare Gestalt an, als transformierten sich Luftmoleküle in winzige Nadeln, die sich in jede Zelle, jeden Winkel ihres Körpers und Geistes gruben. Silbrig glitzernd, als bestünde er aus mikroskopisch kleinen Sternen, schwebte der Ton durch den Raum. Sein schrilles Pfeifen entfesselte in Elara unerträglich stechende Schmerzen, und mit jedem Aufblitzen der tonerzeugten Lichter zuckte ihr Körper wie unter Stromstößen — als hätte jemand ihre Organe in den Raum gehängt. Der Ton löschte jegliche Grenze zwischen ihrer inneren und äußeren Welt aus, verschmolz mit jedem Atemzug zu flüssigem Frost in ihrer Lunge. Der Ton umhüllte sie; prickelte auf ihrer Haut wie elektrische Angelhaken, schmeckte auf ihrer Zunge wie kalte Asche, stieg in ihre Nase wie der beißende Geruch von sengendem Ozon.

Elara hob die Hand. Sie wollte etwas greifen, doch da war nichts — ihre Finger tasteten ins Leere. Und doch spürte sie, wie sich der Ton gleich einem Kokon um sie spannte — frostig wie Leichenhaut, ätzend wie Vitriol. Sie wollte schreien, aber ihr Körper ließ es nicht zu. Mit jedem Herzschlag steigerte sich dieser infernalische, sirenenartige Lärm, bis er alles um sie bedeutungslos machte. Die Welt verdichtete sich zu einem Nebel des Schweigens, nur durchstochen von diesem Glaspfeil des Tons, der in ihren Knochen vibrierte. Dort, inmitten des Nebels, lagen Elaras Tränen wie der Tau eines weinenden Engels, der nie erscheinen durfte. Elaras Bewusstsein zerfaserte wie morscher Stoff, während der Ton lauter wurde — ein endloses Läuten, das heraufzog, sie zu verzehren. Elara konnte nicht unterscheiden, ob der quälende Ton von außen eindrang oder aus den Tiefen ihres Bewusstseins blutete: seine Gegenwart durchdrang sie wie ein Dolch aus Schall, der gleichzeitig von innen und außen stach.

Die Schreie draußen fielen mit den Wirbeln in ihr zusammen, und Elara erkannte, dass zwischen ihnen nie eine Grenze bestanden hatte. Ihre Kräfte versagten, ihr Bewusstsein entglitt. Um sie herum verschwanden die Säulen und Bögen, als würde sich die Realität selbst auflösen. Der allpräsente Ton wurde zur einzigen Gewissheit, eine Konstante, die jedes Bild verschluckte. Er presste sie gegen den Marmor, drückte die Luft aus ihren Lungen wie eine kristallene Schlinge. Sie versuchte sich zu bewegen, aber sie blieb gefangen. Es war, als besäße der Ton eine eigene Gravitation — gleich einem schwarzes Loch.

Dann verstummte alles. Was folgte, war kein Frieden, sondern eine *andere* Art von Schmerz. Eine Stille, so abgrundtief wie ein Ozean aus geschmolzenem Obsidian. Elara ließ die Hände sinken. Sie wusste nicht, ob sie stand oder fiel, atmete oder erstickte, lebte oder starb — es gab keinen Unterschied mehr. Der Raum hatte sie verschluckt. Und dann war da nichts. Nur Dunkelheit. Und in dieser letzten Klarheit erblickte Elara die wahre Natur des Glasflors: er war keine Krankheit, die Körper in Glas verwandelt; er war eine *elementare Kraft*, die die Wärme des Lebens in die kalte Symmetrie des Todes übertrug, alles Lebendige und Schöne in etwas Starres und Unnachgiebiges transmutierte. Und in der tiefsten Tiefe ihres Bewusstseins, als der Ton überwältigend still wurde, erkannte Elara, dass ihr Kampf vergebens war.

BLEIB AN MEINER SEITE

Wenn dich *Der Ewige Palast* berührt hat, freue ich mich über deine Rezension auf Amazon. Jede Bewertung hilft, das Buch bekannter zu machen und mehr Leser zu erreichen. Deine ehrliche Meinung — ob Lob oder Kritik — ist wichtig, denn sie unterstützt mich dabei, weiter zu lernen und mich zu verbessern.

Falls du Fragen hast, schreib mir direkt an:

drachenfels.goto@gmail.com

Deine Gedanken bedeuten mir viel.

Unsere Reise geht weiter — und ich möchte sie mit dir fortzusetzen. Halte Ausschau nach den nächsten Bänden der Reihe *Die Augen der Medusa*.

In stiller Verbundenheit und gespannter Erwartung,

EMILIE VON DRACHENFELS

Printed in Poland
by Amazon Fulfillment
Poland Sp. z o.o., Wrocław

44636614R00246